Elias Haller
Der Seelenhirte

AF216998

Das Buch

Auf dem Hof eines Schafzüchters bietet sich ein grausames Bild: Die komplette Familie wurde ausgelöscht, ein Teil der Opfer mit einem Schwert enthauptet. Von der Brutalität am Tatort ist nicht nur die sonst so abgeklärte Kriminalhauptkommissarin Klara Frost erschüttert, sondern die gesamte Mordkommission.

Bei ihren Ermittlungen erkennt Frost Parallelen zwischen der Handschrift des Mörders und dem fiktiven Werk eines Krimiautors. Während sie fieberhaft in dem Buch nachforscht, um dem Täter näher zu kommen, zieht sich eine blutige Spur durch Leipzig. Denn der Serienkiller arbeitet seine Liste gnadenlos ab. Schaf für Schaf ...

Der Autor

Elias Haller, Jahrgang 1977, lebt in einer sächsischen Großstadt. Den Zündstoff für seine packenden Thriller bezieht er aus seiner beruflichen Erfahrung mit Rechtsbrechern und deren Opfern. Seine Leidenschaft fürs Schreiben ermöglicht es ihm, kaltblütige Mörder und tragische Helden aufeinander loszulassen, ohne dabei ein schlechtes Gewissen zu haben.

ELIAS HALLER

Der Seelen hirte

THRILLER

Deutsche Erstveröffentlichung bei
Edition M, Amazon Media EU S.à r.l.
38, avenue John F. Kennedy, L-1855 Luxembourg
Mai 2019
Copyright © der deutschsprachigen Ausgabe 2019
By Elias Haller

Umschlaggestaltung: zero-media.net, München
Umschlagmotiv: © Buena Vista Images / Getty; © Lauren Burke / Getty;
© Gordan / Shutterstock
Lektorat und Korrektorat: Verlag Lutz Garnies, Haar bei München,
www.vlg.de

Gedruckt durch:
Amazon Distribution GmbH, Amazonstraße 1, 04347 Leipzig /
Canon Deutschland Business Services GmbH, Ferdinand-Jühlke-Str. 7,
99095 Erfurt /
CPI books GmbH, Birkstraße 10, 25917 Leck

ISBN 978-2-91980-877-9

www.edition-m-verlag.de

Für alle meine Schäfchen.

PROLOG

Vom Brunnenrand aus ging der Junge dreizehn Schritte Richtung Norden. Dann drehte er sich nach Osten. Um die Himmelsrichtungen exakt einzuhalten, benutzte er einen Kompass, den er sich von seinem Großvater geborgt hatte. Sicherheitshalber schaute er erneut auf den Brief, den er gestern zu seinem dreizehnten Geburtstag bekommen hatte. Gemeinhin gilt die Dreizehn als Unglückszahl, doch für ihn war sie ein gutes Omen. Der Brief führte nämlich zu einer Überraschung.

Leider wusste der Junge nicht, wer ihn geschickt hatte. Auf dem Umschlag standen nur sein eigener Name, seine Anschrift und zusätzlich der Vermerk: *Ich bin ein Geheimnis.*

Sein Vater hatte sich gewundert, als er den Umschlag im Briefkasten gefunden hatte, jedoch waren er und die Mutter davon ausgegangen, dass es sich um eine Glückwunschkarte eines Schulkameraden handelte. Der Junge dagegen glaubte nicht, dass der Brief von einem seiner Freunde stammte, und er hatte ihn auch nicht im Beisein seiner Eltern aufgerissen. Erst spät am Abend nach der Feier hatte er ihn im Bett geöffnet. Statt einer Glückwunschkarte hatte er einen zusammengefalteten A4-Zettel mit Zahlen und geheimen Symbolen vorgefunden. Schnell hatte er gemerkt, dass es sich um eine besondere Art von Brief handelte, dessen Botschaft man erst entschlüsseln musste.

Gespannt hatte er die halbe Nacht über den Inhalt gebrütet. Weil er viel Fantasie und damit eine enorme Vorstellungskraft besaß, hatte er es schließlich geschafft, die Zeichen zu deuten. Er hatte herausgefunden, dass es sich um eine Schatzkarte handelte. Und er wusste auch, wo er mit der Suche beginnen musste: beim Brunnen auf dem Hof.

Ich bin ein Geheimnis.

Vielleicht stammte der Brief von seinem Geschichtslehrer, der ihn sehr mochte. Denn der Junge interessierte sich für die Menschheitsgeschichte und der nette Mann wusste viele sonderbare Dinge über die Welt zu berichten. Gewiss, irgendwie ergab es Sinn, dass ausgerechnet dieser Lehrer ihm eine Nachricht geschickt hatte.

Zum Glück war heute Sonntag und er musste nicht in die Schule. Stattdessen konnte er noch vor dem Kirchgang den Hinweisen der Schatzkarte nachgehen. Also machte er weitere zehn Schritte und erreichte den Gartenzaun. Von hier waren siebenundachtzig Zaunlatten abzuzählen und er kam beim Kirschbaum an, der zu dieser Jahreszeit in voller Blüte stand. Der Hund bellte, Schafe blökten. Der Wind wehte über den Hof und zerzauste ihm das Haar. Er wusste, dass er von seinem Standort aus einen roten Gegenstand finden musste. So stand es in dem Brief – natürlich in Geheimschrift. Deshalb drehte er sich einmal um die eigene Achse und entdeckte Mutters rote Wäscheleine, die aufgewickelt an einem Haken am Scheunentor hing. Freudestrahlend rannte er los. Allein der Nervenkitzel bei der Schatzsuche war das beste Geburtstagsgeschenk, das sich ein abenteuerlustiger Junge wünschen konnte. Bald hatte er alle Hinweise des Briefes richtig gedeutet. Nun stand er an der alten Jauchegrube, die drei Meter tief in die Erde reichte und mit einem zweiflügeligen Holztor abgedeckt war. Sein Vater warnte ihn immerzu, die Bretter nicht zu betreten, weil das Holz an manchen Stellen morsch sein konnte. Zu dumm, dass die Schatzkarte ihn genau an diesen Ort geführt hatte. Nachdenklich drehte er sich zum Wohnhaus um. Anscheinend beobachtete ihn niemand. Somit nahm er all seinen Mut zusammen und trat mit einem Fuß auf das Tor, um zum Riegel in der Mitte zu gelangen. Doch dann fiel sein Blick auf den Kontrollschacht an der Seite. Der war viel einfacher zu erreichen. Vielleicht lag dort das Ziel …

Schnell eilte er dorthin und schob die quadratische Abdeckplatte aus Metall beiseite. Und dann pochte sein Herz vor Freude und Aufregung. Im Schacht zwischen den Rohren und einigen Spinnweben lag ein in Geschenkpapier eingewickeltes Päckchen. Er nahm es an sich und riss noch an Ort und Stelle das Papier auf. Sekunden später hielt er ein Buch mit einem uralt wirkenden braunen Ledereinband in der Hand. Zuerst hielt er es für eine Art Tagebuch, doch als er die Schlaufe löste und es aufschlug, konnte er den handschriftlichen Titel lesen: *Vom Schlachten der Schafe.*

Auch der übrige Text war mit der Hand geschrieben. Etliche Sätze stammten wohl aus der Bibel. Zudem befanden sich auf mehreren Seiten Skizzen. Es waren verstörende Zeichnungen, die teilweise grausame Hinrichtungen von Schafen zeigten, teilweise jedoch auch von Menschen. Ähnliche Bilder kannte der Junge aus dem Geschichtsunterricht, als sie über die Kreuzzüge und die Gräueltaten der Ritter in Jerusalem gesprochen hatten. Allerdings war das hier kein Geschichtsbuch und garantiert hatte es auch nicht sein Lehrer an diese Stelle gelegt.

Halb faszinierten, halb widerten ihn die Zeichnungen und Texte an. Er wusste, dass er das Buch niemandem zeigen durfte, schließlich musste es einen Grund geben, warum ausgerechnet er es finden sollte. Er nahm sich vor, es zu studieren, um seinen Zweck herauszufinden. Dann schob er es unter seinen Pullover und rannte zurück ins Haus, wo er das Buch im Kinderzimmer versteckte.

Zu dem Zeitpunkt ahnte er noch nicht, wie sehr das Buch sein zukünftiges Leben beeinflussen sollte …

KAPITEL 1

Kriminalhauptkommissarin Klara Frost stand in ihrem Hotelzimmer vor der Panoramascheibe und zählte die Lichter der Großstadt. Aus den Deckenlautsprechern dröhnten Synthesizerklänge, unterlegt von wummernden Bässen. Sie sorgte sich nicht um die Nachtruhe der anderen Hotelgäste, da sie sich in aller Regel nur um sich selbst kümmerte. Außerdem waren die Wände des Luxusappartements schallisoliert. Bei Bedarf konnte sie die Disco bis in die Morgenstunden ausdehnen.

Liquid Skies.

Ein Techno-Hit aus den Neunzigern von DJ-Legende Kai Tracid. Die alten Tracks versetzten sie jedes Mal einer Zeitreise gleich zurück in die Vergangenheit, als sie nächtelang euphorisiert und von Musik zugedröhnt durch die Diskotheken gezogen war. Immer auf der Suche nach einem besseren Ort. Im Gegensatz zu anderen Jugendlichen hatte sie nie Drogen genommen.

Mal abgesehen von jeder Menge Nikotin.

Es waren die kühlen, blitzartigen Melodien gewesen, die sie in eine Art Rausch versetzt hatten. Nach welchem Ort sie damals auch immer gesucht haben mochte, sie war stets in derselben gnadenlosen Welt aufgewacht. In der Welt, in der sie heute als Polizistin den Abschaum der Menschheit jagte.

Liquid Skies.

Wie eine flüssige Masse zogen auch die Wolken über Leipzig. Sie kündeten Sturm und Regen an. In einer Hand hielt sie eine Zigarette, in der anderen den Briefumschlag, den man ihr an der Rezeption des *Halo* überreicht hatte. Kein Hinweis auf den Absender. Ein Kurier hatte den Brief für sie abgegeben. Er war zum Hotelempfang geeilt, hatte den verschlossenen Umschlag auf den Tresen gelegt und gemeint, er brauche keine Unterschrift für die Zustellung. Nach eigenen Aussagen hatte die Empfangsdame die Sendung einige Zeit unschlüssig gemustert, statt den Boten aufzuhalten.

Eins achtzig groß. Sportlich. Gepflegte Fingernägel. Dunkle Haare, darüber saß ein Basecap mit dem Logo des FC Bayern München. Soweit sich die Hotelbeschäftigte zu erinnern glaubte, trug er eine Art kakifarbene Feldjacke. Falls die Beschreibung des Mannes stimmte, weckte sie in Frost keinerlei Erinnerung.

Denn eine Hure ist eine tiefe Grube.

Nur dieser eine Satz befand sich im Umschlag. In sauberen Buchstaben auf einer Art Visitenkarte gedruckt. Auf der Rückseite des Kärtchens standen Frosts Name und ihre Telefonnummer.

Es war die Botschaft eines Unbekannten. Obwohl die meisten Anfeindungen ihr gegenüber an ihr abprallten, bereitete ihr die Botschaft Unbehagen. Deshalb fand sie trotz des anstrengenden Arbeitstages keine Ruhe. Anfangs hatte sie sich mit einer Wolldecke auf die Couch gelegt und die Augen geschlossen, doch schon bald war sie aufgestanden, hatte die Musik angestellt und nach Zigarettenschachtel und Feuerzeug gegriffen. Sosehr sie darüber nachdachte, sie fand keine Erklärung für den Satz. Im Gegenteil, ihre Gedankengänge wurden immer wirrer.

Denn eine Hure ist eine tiefe Grube. Ich sehe weder eine Hure noch eine Grube, sondern nur flüssigen Himmel.

Abends lief sie gern splitterfasernackt vor dem Panoramafenster ihres Appartements im obersten Stockwerk des Nobelhotels entlang – eine Angewohnheit, die man ihr leicht als exhibitionistische Neigung auslegen konnte. Doch ringsum gab es keine Nachbargebäude von derselben Höhe wie das *Halo*. Demzufolge konnte auch niemand ihre nackte Haut mit den unzähligen Tätowierungen sehen. Höchstens mit einem Feldstecher. Daneben liebte sie Sex mit aufregenden Männern. Deshalb war sie noch lange keine Prostituierte.

Ich bin kompliziert, keine Hure.

Längst wusste sie, dass es sich bei dem Satz auf dem Kärtchen um ein Bibelzitat handelte: Sprüche 23, Vers 27. Obwohl ihre Adoptiveltern bei ihr auf die Taufe verzichtet hatten und sie auch als Erwachsene nicht zu denen gehörte, die jeden Sonntag in die Kirche gingen, hatte sie es sofort gewusst. Zu ihrem Bücherregal gehörte eine Bibel. Vorhin hatte sie den Wälzer hervorgezogen und die entsprechende Stelle aufgeschlagen. Frost las oft und viel, und sie sog Wissen in sich auf wie ein Schwamm Nässe.

Ihr Handy klingelte. Sie sah zur Uhr. Weder erwartete sie einen Anruf, noch hatte sie in dieser Woche Rufbereitschaft beim K11 – dem Kommissariat, das sich mit Leichen und Tötungsdelikten beschäftigte.

Nachdenklich blickte sie auf den Briefumschlag, ließ ihn auf den Glastisch fallen, nahm einen Zug von der Zigarette und steuerte auf ihr Smartphone zu. Sie nahm es auf und betrachtete das leuchtende Display. Unterdrückte Nummer.

Ihr Blick ging zurück zum Brief.

Warum überrascht mich das nicht?

Sie hob ab und lauschte.

»Ist dort Klara?«, kam die Frage bedacht.

Die Männerstimme war ihr unbekannt. Das musste nichts bedeuten. Je nach Qualität der Mobilfunkverbindung konnte eine Person anders klingen als gewöhnlich. Trotzdem glaubte Frost, dass es sich bei dem Anrufer um einen Fremden handelte. Jemand, der akzentfrei Deutsch sprach und der aufgrund seiner Sprachfärbung jederzeit einen Job als Synchronsprecher beim Film oder Fernsehen bekommen hätte.

Sie gab keine Antwort.

»Klara, hörst du mich?«, redete der Unbekannte weiter. »Ich wollte fragen, ob du jetzt Zeit hast. Eine halbe Stunde reicht. Wie sind deine Preise?«

Frost brauchte einen Moment, um den Sinn der Worte zu verstehen, dann kam ihr ein Verdacht. Kommentarlos kappte sie die Verbindung.

»Woher haben die Idioten nur immer die Handynummern von Leuten wie mir?«, murmelte sie. »Mein Leben ist doch kein verdammtes Telefonbuch.«

Bevor sie das Handy komplett ausschalten konnte, begann es erneut zu klingeln. Kampfbereit nahm sie das Gespräch an, ließ dem Anrufer jedoch keine Chance zum Luftholen.

»Egal, wer Sie sind, falls Sie auf der Suche nach einer schnellen Nummer sind, bemühen Sie die einschlägigen Nuttenseiten im Internet, da werden Sie fündig.«

»Das habe ich getan«, kam es zurück. »Und ich habe dort deine Nummer gefunden, Klara.«

Diesmal klang die Männerstimme nicht nach einem Freier, der bei einer Prostituierten einen Termin ausmachen wollte, sondern wie diejenige eines echten Psychopathen. Die Art, wie er ihren Namen betonte, machte sie hellhörig. Das hier war kein Scherzanruf. Dafür klangen seine Sätze viel zu kontrolliert.

»Wie gefällt dir das, du Schlampe?«, fragte der Anrufer. »Wirst du feucht, wenn fremde Männer dich spontan anrufen?«

»Mir kommen höchstens die Tränen, wenn ich mir vorstelle, dass man Ihnen das Abo für die Sexhotline gekündigt hat und Sie nun einsam in Ihrer anonymen Behausung sitzen, wahllos Frauen anrufen, sexuelle Anspielungen in ihr Handy raunen und sich dabei einen runterholen.«

»Vorsicht! Willkürlich habe ich deine Nummer weiß Gott nicht gewählt. Du hast doch meinen Brief bekommen, nicht wahr?«

Auch wenn Frost es geahnt hatte, stockte sie, als er es aussprach. »Meinen Sie den Umschlag, den ich im Hotelfoyer samt meiner Kippe im Mülleimer entsorgt habe?«

»Eine Lüge. Ich habe dich beobachtet. Im Foyer liegt einzig und allein der Stummel deiner Zigarette, doch den Brief hast du mit in den Aufzug genommen.«

Er hat mich beobachtet.

Frost zog sich die Decke von der Couch und wickelte sie sich um ihren nackten Körper. Sie lief zur Tür und überprüfte, ob sie abgesperrt hatte. »Wollten Sie mir mit dem Zitat Nachhilfe in Bibelkunde geben? Da muss ich Sie leider enttäuschen, ich bin nicht interessiert – genau wie an allem anderen nicht.«

»Pass bloß auf, dass dich niemand fickt, Hure, okay? Du bist eine Scheißhure, besser du studierst schleunigst die Bibel, denn dort steht, was mit Huren geschieht.«

Kapitel 2

Als Benno Rodenberg sich für einen Toilettengang vom Tisch erhob, hörte er die Schreie. Während seine Frau, seine Tochter und sein Schwiegersohn Scherze über einen Bundespolitiker machten und Rotwein in die Gläser nachfüllten, verharrte er in der Bewegung und ergrimmte. Zweifellos kamen die Laute aus dem Stall. Die Schafherde befand sich in Aufruhr.

»Seid mal ruhig«, herrschte er seine Familie an.

Augenblicklich breitete sich im Raum ein beklemmendes Schweigen aus. Selbst Großmutter hörte auf, mit ihrem Holzstuhl zu knarren und obszöne Witze zu reißen. Von draußen brauste der aufziehende Sturm gegen die Fensterscheiben und pfiff eine Schauermelodie. Sie glich einem Jammerlied. Der Wind fegte über den Hof, zwängte sich unter dem Türspalt hindurch und verursachte an den Kanten scharfe Geräusche. Doch die schaurigen Töne kamen nicht vom Wetterphänomen, sondern aus den Kehlen der eingesperrten Tiere.

Rodenberg lief zum Fenster und spähte in die Nacht. Obwohl auf dem Gehöft Licht brannte, konnte er kaum bis zum Stall sehen.

»Nicht schon wieder«, brummte er und schlug mit den Fäusten auf das Fensterbrett.

»Was ist denn?«, fragte seine Frau Sandra.

Es war mehr ein Bauchgefühl, das Rodenberg in Alarmbereitschaft versetzte. Wahrscheinlich reagierte er über. Er erinnerte sich daran, was vor drei Monaten geschehen war, als sich ein Unbekannter an einem seiner Schafe vergangen hatte. Ein einziges Mal bloß, aber allein die Möglichkeit einer Wiederholungstat machte ihn wütend.

Statt seiner Frau zu antworten, schaute er zur Uhr. Fast zweiundzwanzig Uhr. Sie hatten später als sonst Abendbrot gegessen. Auf der Koppel war der Zaun an mehreren Stellen beschädigt gewesen. Dafür hatte er Baumaterial anliefern lassen. Zusammen mit seinem Schwiegersohn Tobias und dessen Vater hatte er tagsüber Draht und Zaunlatten ausgebessert. Anschließend hatten sie frisches Heu von einem Anhänger geladen und ins Futterlager geschleppt. Eine reine Vorsichtsmaßnahme wegen des angekündigten Unwetters.

Bisher war der Regen ausgeblieben.

»Bestimmt wittern sie einen Wolkenbruch«, sagte Tobias, der neben ihn trat und ebenfalls zum Nachthimmel blickte. »Irgendwann beruhigen sie sich wieder.«

Rodenberg nickte, obwohl er die Aufregung der Tiere, anders als sein Schwiegersohn, nicht auf das Wetter zurückführte. Tobias war ein feiner Kerl. Ihm traute er zu, später einmal mit seiner Tochter den Betrieb weiterzuführen. Doch bis dahin musste der Fünfundzwanzigjährige noch jede Menge über die Landwirtschaft lernen. Vierhundertneunundfünfzig Schafe waren eine Lebensaufgabe.

Rodenberg löste sich vom Fenster und lief schnurstracks auf seinen Waffenschrank zu. Nein, die Schafe fürchteten weder Sturm noch Donner.

In den Zeitungen hatten sie kürzlich von einem Wolf berichtet, der sich in der Nähe von Leipzig herumtrieb. Doch das Geschmiere hielt Rodenberg für das Hirngespinst eines selbst ernannten Experten, der sich ins Gespräch bringen wollte.

17

Er konnte sich beileibe nicht vorstellen, dass die Waldgebiete um Leipzig ausreichend Lebensraum für diese Raubtiere boten. Und selbst wenn die Berichte stimmten, kein Wolf würde sich jemals dem Stall nähern.

»Was hast du vor?«, fragte Sandra, als er die Flinte aus dem Schrank nahm.

»Ich will nur auf Nummer sicher gehen.«

»Mit dem Gewehr?«

»Du weißt, was man kürzlich einem meiner Schafe angetan hat.« Er prüfte den Ladezustand der Waffe. »Ich werde kein weiteres Tier notschlachten.«

Alle stierten ihn an, als hätte er etwas ausgesprochen, was in diesem Haus strikt verboten war. Zusätzlich machte Großmutter eine Scheibenwischerbewegung in Augenhöhe, als wäre er ein armer Irrer.

»Dein Vater hat auch hinter jedem Wind einen Aberglauben gewittert«, sagte sie. »Und weil er sich immerzu Sorgen gemacht hat, ist er frühzeitig im Grab gelandet.«

Rodenberg war längst nicht so einfältig wie sein Vater. Für ihn zählten allein Tatsachen und klingende Münze. Damit hatte er das Kleinunternehmen seines Vaters zum angesehensten Landwirtschaftsbetrieb in der Region gebracht. Er war ein Schäfer und er kümmerte sich um seine Herde. War die Herde unruhig, war er es auch. Vierhundertneunundfünfzig Schafe. Vor drei Monaten waren es vierhundertsechzig gewesen.

»Ich lauf hinüber zum Stall.«

»Soll ich mitgehen?«, fragte Tobias und griff nach der Jacke am Garderobenhaken.

»Du bleibst hier und leistest den Frauen Gesellschaft«, entschied Rodenberg. »Bei der Gelegenheit kannst du gleich eine neue Flasche Wein aus dem Keller holen. Wenn ich wiederkomme, steht ein guter Tropfen für mich bereit.«

Damit zog er seine Gummistiefel an. Ohne Jacke, nur in Hemd und Hose und mit dem Gewehr in den Händen stapfte er über das Grundstück. Zielstrebig lief er auf die Stalltür zu. Bei jedem Schritt knallten seine Stiefelabsätze auf dem Steinpflaster. Der Wind wehte ihm Blätter und Äste vor die Füße. Die Hunde bellten in ihren Zwingern. Unbeirrt lief er weiter. Der Doppellauf der Flinte zeigte zum Boden. Die Rohre waren geladen. Nie zuvor hatte er mit der Waffe einen Menschen bedrohen müssen, doch notfalls würde er es tun. Erst recht, als er vor die Stalltür trat und bemerkte, dass das Vorhängeschloss fehlte und der Riegel offen stand.

Rodenberg hatte den Stall als Letzter verlassen. Er war sich sicher, dass er die Tür verschlossen hatte. Noch im Nachhinein hallte das scheppernde Geräusch vom Schließen des Riegels in seinem Ohr. In seiner Hosentasche spürte er den Schlüssel, mit dem er abgeschlossen hatte.

Er legte den Gewehrlauf in die Beuge seines linken Armes und griff nach dem Türblatt, um es aufzuziehen. Im Gebäude blökten die Schafe. Es erinnerte ihn an die Situation vor drei Monaten, als ein Fremder nachts in den Stall eingedrungen war und sich an einem schwangeren Schaf vergangen hatte. Das Tier hatte sich von der Herde zurückgezogen und war somit leichte Beute gewesen. Der Unbekannte hatte dem Tier Vorder- und Hinterläufe gefesselt, das Euter mit Draht abgebunden und es mit seinem Penis, der Hand, dem Arm und zum Schluss mit einem Holzpflock missbraucht.

Aufgrund der schweren inneren Verletzungen hatte Rodenberg das Schaf töten müssen. Der Täter war bisher nicht gefasst worden.

Doch vielleicht änderte sich das heute.

In der Erwartung, dass der Unbekannte ihm direkt vor die Gewehrmündung lief, betrat Rodenberg den Stall. Das Geräusch der Türscharniere kündigte sein Kommen an. Die Flinte im

Anschlag tastete er nach dem Lichtschalter. Augenblicklich wurde es hell. Keine fremde Person. Nur die Tiere. Das Licht trieb die Herde zusammen. Weg vom Eingang, weg von ihrem Herrn. Weg von dem Kadaver, der neben der Tränke lag und das Stroh darunter blutrot färbte.

»Oh Gott!«, rief Rodenberg, denn er war ein gläubiger Mann, dem Gewalt an Tieren und Menschen ein Gräuel war.

Eilig lief er auf das tote Schaf zu. Jemand hatte es geköpft. Zwischen den Schulterblättern war eine einzige große Wunde zu sehen. Knochen, Sehnen und Innereien hingen heraus. Fast das komplette Fell war mit Blut besudelt. Rodenberg wich zurück, weil er an das Werk eines Teufels glaubte. Suchend schaute er sich um. Ungläubig musste er feststellen, dass der Kopf nirgendwo im Stall lag.

Schließlich bückte er sich und untersuchte den Tierkörper. Als Schäfer wusste er, wie man schlachtete, wenngleich auf andere Art. Blut sickerte aus der Wunde. Demnach konnte der Verbrecher noch nicht weit gekommen sein. Und mit einem blutigen Schafkopf unter dem Arm fiel er unweigerlich auf.

Rodenberg klopfte seine Hosentasche ab und rannte aus dem Stall. Mangels Mobiltelefon musste er zurück ins Haus. Dort würde er die Polizei verständigen. Nach dem Missbrauch hatten die Kriminalbeamten ihm geraten, umgehend den Notruf zu wählen, falls er etwas Ähnliches feststellte. Das hatte er nun.

Am Haus angekommen, klingelte er mehrfach, doch niemand öffnete ihm.

»Verdammt, hört denn keiner?«, brüllte er und suchte mit blutverschmierten Fingern in seiner Hosentasche nach dem Haustürschlüssel. »Sandra, Helena, Tobias, macht endlich auf!«

Weil selbst daraufhin niemand reagierte, benutzte er schließlich den Schlüssel und schob ihn ins Schloss. In seiner Hektik brach er ihn fast ab. Er stellte das Gewehr gegen die Hauswand. Beidhändig schaffte er es schließlich, die Tür aufzusperren.

Er trat ein und in der Küche fiel sein Blick sofort auf den Fremden, der mit dem Rest der Familie am Tisch saß. Zugleich erkannte er das Messer, das er Sandra an die Kehle hielt.

Kapitel 3

»Wir haben schon auf dich gewartet«, sagte der Mann und drückte die Messerklinge eine Spur fester an Sandras Hals. »Deine Frau war so nett und hat mich reingelassen.«

Bewegungsunfähig blieb Rodenberg an der Schwelle zur Küche stehen. Von einem plötzlichen Schwächeanfall ergriffen, stützte er sich am Türrahmen ab. Der Schockmoment ließ seine Knie schlottern. Seine Familie saß am Tisch und sah ihn mit flehenden Augen an. Selbst seine sonst so vorlaute Mutter hockte stocksteif im Schaukelstuhl, als wäre sie bereits tot.

Im Stillen zwang Rodenberg sich, etwas zu unternehmen, schließlich war er der Hausherr. Er musste doch bloß nach draußen rennen, die Flinte holen und dem Bastard den Schädel wegpusten.

Wie viel Zeit würde er dafür wohl brauchen? Zehn Sekunden? Mehr? Zu lange vermutlich. Der Eindringling würde seine Tochter Helena, die tapfer gegen die Tränen ankämpfte, ihren Ehemann Tobias, der sie beschützend um die Schultern fasste, und Rodenbergs Mutter, die wie tot in ihrem Stuhl hockte, innerhalb dieser Zeitspanne abstechen, als wären sie wehrlose Lämmer, die bereits vor der Schlachtbank warteten. Genau wie seine Frau, die aufrecht im Griff des Messermannes verharrte. Sie schien nicht einmal zu blinzeln. Ihre Haltung drückte Stolz und Beherrschung aus, aber in ihren Augen konnte Rodenberg lesen, welche Todesängste sie litt.

Paradoxerweise war die Klinge an ihrer Kehle nicht der schlimmste Anblick, sondern der abgetrennte Schafkopf, der auf der Tischplatte lag und dessen Blut das Holz in der Mitte dunkel färbte. Von dort verteilte sich der ihm wohlbekannte Schlachtgeruch. Rodenberg war entsetzt, wie erbärmlich ein einzelner Tierkopf stinken konnte. Und obwohl er ein großer, kräftiger Landwirt war, der schon die übelsten Verletzungen bei seinen Schafen verarztet hatte, fühlte er sich, als müsste er jeden Augenblick anfangen, jämmerlich zu weinen.

»Komm«, forderte der Mann Rodenberg auf und nickte zu dem freien Stuhl an der Stirnseite des Tisches. »Setz dich, damit wir beginnen können.«

»Lassen Sie meine Frau und meine Familie gehen«, entgegnete Rodenberg. »Verschwinden Sie einfach und niemand wird je erfahren, dass Sie hier waren.«

»Ich wiederhole meine Anweisung kein weiteres Mal: Setz dich hin.«

Auch wenn der Mann nicht aussah, als würde er bluffen, löste Rodenberg sich vom Fleck und machte zwei Schritte auf Sandras Handy zu, das in Reichweite neben dem Herd lag. »Ich rufe jetzt die Bullen.«

Ein Schnitt. Rodenbergs Tochter Helena kreischte und wollte sich panisch vom Tisch wegschieben, aber Tobias hielt sie fest. Auch die Großmutter schrie, genau wie Rodenberg selbst.

»Scheiße!«, stieß er aus und taumelte gegen die Wand.

Die Einzige, die nicht sofort reagierte, war Sandra. Erst als ihr das Blut an Kopf und Hals hinunterlief, tastete sie nach ihrem rechten Ohr. Vergeblich. Es lag auf dem Boden. In einer einzigen Bewegung hatte der Mann es abgeschnitten.

»Ruhe!«, verlangte der Eindringling und setzte das Messer wieder an Sandras Hals an. Mit einem Nicken deutete er zur

Spüle. »Wenn du mich herausforderst, können wir so die ganze Nacht weitermachen. Los, wirf ein Handtuch her!«

Diesmal gehorchte Rodenberg und warf es ihm zu. »Sie verblutet, mein Gott!«

»Nach Gott brauchst du nicht zu rufen, denn er schickt mich, um dich zu prüfen.« Der Mann drückte Sandra, die nun ebenso wimmerte wie der Rest der Familie, das Tuch in die Hand, damit sie es sich auf die Wunde pressen konnte. »Habe ich endlich eure ungeteilte Aufmerksamkeit?«

»Das bringt doch nichts«, versuchte Rodenberg, den Mann zu beschwichtigen. »Wir können …«

»Hinsetzen.«

Augenblicklich gehorchte Rodenberg. Der abgetrennte Schafkopf in seinem Haus war widerwärtig, jedoch nichts im Vergleich mit dem abgeschnittenen Ohr seiner Frau auf dem Küchenboden. Der Anblick reichte, um jeglichen Widerstand in ihm zu brechen. Von nun an klammerte er sich an die Hoffnung, dass seine Familie den Abend irgendwie überstehen würde, sobald der Eindringling bekam, was er wollte.

»So ist es besser.« Die Stimme des Mannes wurde beinahe freundlich. »Und jetzt erkläre ich euch, wie das hier abläuft. Du da!«

Helena erschrak.

»Richtig, du, kleines, süßes Mädchen, greif in meinen Rucksack und hol die Handschellen heraus. Ich will, dass du die Handgelenke deiner Familie zwischen den Stuhllehnen hindurchführst und fesselst. Schaffst du das?«

Statt aufzustehen oder zu widersprechen, schaute Helena zum Rucksack, der neben dem Mann auf dem Boden lag. Dann nahm sie Blickkontakt mit ihrem Vater auf. Rodenberg schüttelte kaum merklich den Kopf.

»An deiner Stelle würde ich mich beeilen«, sprach der Eindringling Helena an und führte die Messerklinge ein wenig zur Seite. »Schließlich hat deine Mutter nur noch ein Ohr.«

»Nein, aufhören!«, mischte Rodenberg sich ein und erhob sich halb.

»Halt deinen Mund! Du wirst gleich genug Zeit haben, zu reden.« Der Blick des Mannes wechselte von ihm zur Tochter. »Worauf wartest du, Mädchen?«

Erst zögerlich, dann hektisch kramte Helena die Handschellen aus dem Rucksack.

»Und ich möchte beim Schließen das Klicken hören«, ergänzte der Mann. »Also wäre es besser, wenn ihr euch ab sofort mucksmäuschenstill verhaltet.«

Kapitel 4

Für einen Moment dachte Rodenberg daran, sich gegen das Anlegen der Handschellen zu wehren. Schlussendlich gewährte er es seiner Tochter.

»Entschuldige, Papa«, flüsterte Helena, als sie hinter ihm stand und die Fesseln verriegelte.

»Ist schon in Ordnung«, beruhigte Rodenberg sie. »Mach einfach das, was der Gentleman sagt.«

Der Mann bedachte die Bezeichnung mit einem wohlwollenden Nicken. Das gleichzeitige diabolische Lächeln ließ jedoch nicht darauf hoffen, dass ihn die Anrede milder stimmte. Während Helena ein Familienmitglied nach dem anderen an den Stühlen festkettete, sagte er kein einziges Wort. Nur seine Augen sprachen. Sie waren die eines Wolfes. Demzufolge hatten die Zeitungsartikel nicht gelogen. Sie hatten allerdings auch nicht die ganze Wahrheit gesagt.

Während Rodenberg den Schafschädel anstarrte, bei dem die Zunge leblos aus dem Maul hing und dessen tote Augen wie zwei finstere Kameralinsen auf ihn gerichtet waren, überlegte er, wie der Eindringling dem Tier den Kopf abgetrennt hatte. Selbst mit dem schärfsten Messer hätte man das niemals bewerkstelligen können. Nicht in so kurzer Zeit. Zweifellos hatte er den Kopf direkt im Nackenbereich abgeschlagen.

Rodenberg wendete den Blick ab und beobachtete seine Tochter. Bei ihrer Mutter zögerte Helena, denn mit einer Hand drückte Sandra nach wie vor das Tuch an ihr Ohr.

»Nimm die Hand runter«, befahl der Mann. Er sagte es leise und Rodenbergs Frau gehorchte. »Je schneller wir hier fertig sind, umso eher kannst du dein Ohr verarzten.«

Der Mann schien keine Angst vor einem überraschenden Angriff der Tochter zu haben. Sie sah leichenbleich aus, genau wie ihr Mann Tobias und ihre Großmutter. Woher sollte Helenas Mut auch kommen, wenn sogar Rodenberg bisher tatenlos geblieben war?

Rodenberg versuchte, aus den Worten des Mannes zu entschlüsseln, weshalb er in sein Haus eingedrungen war. Erst da wurde ihm gewahr, dass der Mann keinerlei Maske trug. Schlagartig bekam er eine Ahnung, was das bedeutete.

»Du fragst dich jetzt sicherlich, ob ich euch am Leben lasse, nachdem ihr mein Gesicht gesehen habt«, redete der Mann ihn unvermittelt an, weil er offensichtlich Rodenbergs Gedanken lesen konnte. Statt eine Antwort zu geben, packte er Helena, als sie ihre Mutter gefesselt hatte, am Schopf und zerrte sie zurück auf ihren Stuhl. Dort legte er ihr als Letzter die Handschellen an.

Danach strich er sich durchs Haar und Sandras Blut verteilte sich darin. Es schien ihm nichts auszumachen. Als er Rodenberg erneut anblickte, waren auch seine Stirn und sein Nasenbein blutverschmiert. Es sah aus wie die Kampfbemalung eines wilden Kriegers.

»Bitte, wir haben wertvollen Schmuck und etliches Bargeld im Haus«, versuchte es Rodenberg. »Nehmen Sie alles.« Er vermutete, dass der Mann es darauf abgesehen hatte. Es war kein Geheimnis, dass er ein erfolgreicher Landwirt war. Unter einer Diele auf dem Dachboden lagen in einer Kiste zwanzigtausend

Euro. Für sein Leben und das seiner Familie hätte er sogar die PIN seiner Geldkarten preisgegeben.

»Sehe ich wie jemand aus, den dein Geld interessiert?«, fragte der Mann, tätschelte den Tierkopf, als wäre das Schaf noch lebendig, und umrundete den Tisch, bis er dicht neben Rodenberg stehen blieb.

»Um was geht es dann?«, stammelte Rodenberg, wobei er versuchte, ebenso aufrecht sitzen zu bleiben wie seine Ehefrau.

»Tapferkeit.«

Rodenberg blinzelte wie benebelt, weil er nicht verstand. »Was?«

»Bist du ein tapferer Mann, Benno Rodenberg?«

»Ich … Ich denke schon, ja, aber …«

Der Mann presste ihm zwei Finger seiner linken Hand auf die Lippen. Der kupferartige Geruch von Sandras Blut, das am Leder der Handschuhe klebte, stieg ihm unerträglich in die Nase. »Tapferkeit sei deine Prüfung, Benno Rodenberg. Denn Gott hat mich im Sturm gesandt, um seine Schafe zu führen.«

»Aber, warum wir? Ich bin ein gläubiger Christ«, nuschelte Rodenberg, doch der Mann ließ sich nicht unterbrechen.

»Er geht vor ihnen hin, und die Schafe folgen ihm nach; denn sie kennen seine Stimme …«

Rodenberg kannte den Wortlaut aus der Bibel. Erst kürzlich hatte er ihn im Gottesdienst gehört.

»… einem Fremden aber folgen sie nicht nach, sondern fliehen von ihm; denn sie kennen der Fremden Stimme nicht.«

Nach Beendigung des Bibelauszugs nahm er seine Hand von Rodenbergs Gesicht. Während er fortfuhr und die Heilige Schrift weiter zitierte, verließ er die Küche, um kurz darauf mit einem Gegenstand in beiden Händen zurückzukehren.

Da wusste Rodenberg, wie er dem Schaf den Kopf abgeschlagen hatte.

Mit einem Schwert.

Einem Schwert mit einer Inschrift.

»Nein!«, schrie Rodenberg. »Nein, nur das nicht, ich bin ein tapferer Mann, genau wie meine Familie.«

»Wir werden es ...«

»Du Hurensohn!«, wetterte auf einmal die Großmutter in Richtung des selbst ernannten Gottesstreiters.

»Sei still!«, fuhr Rodenberg sie an. »Lass ihn aussprechen.«

»Ach was, der da ist kein Prophet«, ließ sie sich nicht unterbrechen. Sie spuckte aus und ihre Mundwinkel verzogen sich abfällig. »Allenfalls hat ihn der Teufel geschickt.«

Der Mann trat auf sie zu und lächelte kühl. *Der aber zur Tür hineingeht, der ist ein Hirte der Schafe.*«

Jetzt fing auch Sandra an, heftig zu schluchzen.

»Nein!«, brüllte Rodenberg vergeblich.

Ein Hieb, und der abgetrennte Kopf seiner Mutter flog durch den Raum. Schlagartig rutschte der Rumpf im Schaukelstuhl zusammen.

Alle aus der Familie kreischten los. Doch kein Nachbar konnte sie hören. Dafür lag das Anwesen zu weit abseits. Entsetzt verstummte einer nach dem anderen.

»Bist du ein tapferer Mann?«, kam wiederholt die Frage.

»Was soll ich denn nur machen?«

»Deine Sünden vor deinen Liebsten beichten.«

»Aber ich habe nichts Unrechtes getan.«

Der Mann legte den Kopf schräg und das Schwert mit einem Krachen auf den Tisch, nahm wieder das Messer zur Hand und deutete mit der Klingenspitze auf die Tochter. Bevor Rodenberg seine Antwort überdenken konnte, stand der Mann hinter Helena und schnitt ihr beide Mundwinkel auf.

»Bist du ein tapferer Mann, Benno Rodenberg?«

Hilflos musste Rodenberg mit ansehen, wie Helena vor Schmerzen jammerte und ihr das Blut über Kinn und Hals lief. Konnte das wirklich sein? Wusste der Mann von seinen

Seitensprüngen? Von den Prostituierten, die er regelmäßig aufsuchte, während seine treue Frau Haus und Hof pflegte. Oder hatte einer seiner Geschäftspartner geplaudert? Wusste der Mann von den illegalen Medikamenten aus Polen, die Rodenberg seinen Tieren verabreichte? Oder hatte jemand den Henker geschickt, weil Rodenberg Kommunalpolitiker mit Bestechungsgeldern fütterte, damit sie ihm im Gegenzug unliebsame Konkurrenten vom Hals hielten?

»Wir alle machen hin und wieder Fehler«, fiel Rodenberg nichts Besseres ein.

»Deshalb habe ich euch mitten in der Nacht aufgesucht«, flüsterte der Mann, während Helena unter seinen Händen und dem Messer stöhnte. »Bekenne deine Fehler vor deiner Familie. Ich bin sicher, das möchte sie hören.«

Rodenberg straffte sich, auch wenn er seelische Schmerzen litt. Er würde garantiert nichts aussprechen, was den Familienfrieden gefährdete. Er redete sich ein, dass der Mann unmöglich wissen konnte, was er im Verborgenen tat. Deshalb erwiderte er: »Ich habe mir nichts vorzuwerfen.«

»Du bist ein Feigling und ein Lügner, Benno Rodenberg.« Der Mann holte schleifend Luft und hob das Messer. »Wollen wir sehen, ob deine Tochter tapferer ist als du.«

KAPITEL 5

Frost fuhr mit ihrem Mercedes AMG zur Arbeit. Weil sie vom wenigen Schlaf völlig verkatert war, hatte sie im Badezimmer mehr Zeit als sonst benötigt. Als Kontrast zu ihren wasserstoffblonden Haaren und ihren eisblauen Augen trug sie auch heute dunkles Make-up und schwarze Kleidung. Schwarz wie der Lack ihres Wagens. Nach dem Schminken und Ankleiden hatte sie im Hotelrestaurant ausgiebig gefrühstückt. Hauptsächlich exotisches Obst und sehr viel Kaffee. Danach war sie mit einer Zigarette in der Hand zur Tiefgarage gelaufen. Unterwegs hatte sie ihr Handy wieder eingeschaltet.

Mehrere verpasste Anrufe von Nummern, die ihr nichts sagten. Dafür kannte sie die vom Kommissariat nur zu gut. Ihre Chefin hatte versucht, sie zu erreichen. Dreimal innerhalb der letzten Stunde. Es schien dringend. Frost sah jedoch keinen Grund, zurückzurufen.

Die Zeit läuft uns niemals davon. Sie ist genau an dem Punkt, wo sie sein sollte. Im Hier und Jetzt.

Statt in Eile zu verfallen, schwamm sie im morgendlichen Leipziger Stadtverkehr mit. Im Radiosender sang Luis Fonsi die letzten Töne seines Hits *Échame la culpa*. Ein Nachrichtensprecher redete über Politik. Gleichzeitig ertönte ihr Handyklingelton.

Wieder eine unbekannte Nummer.

Frost nahm das Gespräch an, ohne sich mit Namen zu melden.

»Ist dort Klara?«, fragte eine Männerstimme.

Sofort kam ihr der nächtliche Anruf in den Sinn. Anscheinend hatte der Spinner noch nicht aufgegeben.

»Hatte ich mich gestern Abend nicht klar ausgedrückt?«

»Was?«

Die Frage kam ernsthaft erstaunt. Plötzlich war Frost sich nicht mehr sicher, ob es sich tatsächlich um denselben Anrufer handelte.

»Wer ist dort?«, fragte sie.

»Ähm, bist du Klara?«

»Was soll das werden? Ein Telefonquiz?«

»Ich wollte fragen, ob du Zeit hast …«

»Zeit wofür?«

»Ich verstehe nicht? Ich habe deine Anzeige gelesen …«

»Falsch verbunden.«

Damit beendete sie das Gespräch. Die Nachrichten setzten wieder ein. Mit unterdrückter Komik berichtete der Sprecher von einer ausgebrochenen Herde Schafe, die verstreut durch Leipzig zog und für erhebliches Verkehrschaos sorgte.

Was ist nur in dieser Großstadt los?

»Erst rufen mich lauter Spinner an und jetzt erzählen sie mir im Radio eine Geschichte vom Schaf«, redete sie vor sich hin.

Wie auf Kommando schaltete das Radio stumm und ein erneuter Anruf kam über die Freisprecheinrichtung herein. Abermals rief eine Handynummer an, die Frost nie zuvor gesehen hatte.

Neugierig hob sie ab.

»Klara?«, kam es knapp und roh.

»Nein«, antwortete sie.

»Gut, ich stehe auf Rollenspiele.« Die fremde Männerstimme klang schroff und bestimmend. »Wo soll ich hinkommen?«

»Zur Polizei.«

»Hör zu, Schlampe, ich bezahle und du machst, was ich sage, klar?«

»Klar ist nur, dass ich Ihre Nummer sehe und zufällig auf dem Weg zur Kripo bin. Also wie haben Sie mich eben betitelt?«

»Soll das eine Verarsche sein? Ich kenne dein Gesicht, deine Titten und deine Vorlieben, also nenn mir deinen Preis und wir beide werden auf unsere Kosten kommen, okay, Klara?«

Leck mich.

Es auszusprechen, ersparte sie sich, weil das den Fremden vermutlich erst recht angemacht hätte. »Wie gesagt, ich habe Ihre Nummer und bald Ihren Namen und Ihre Adresse.«

Aufgelegt.

Konsterniert stierte sie auf das Display in der Mittelkonsole, wo jetzt »Verbindung getrennt« stand. Sie rief sich die Worte der beiden Männer in Erinnerung, um nach der Ursache der seltsamen Anrufe zu forschen.

Schlampe. Preis. Anzeige. Hier stimmt irgendwas gewaltig nicht.

So ähnlich drückte es der Verkehrsfunksprecher aus, als das Radio automatisch die Lautstärke wieder hochfuhr.

> »… achten Sie im Stadtverkehr unbedingt auf herumstreunende Schafe. Versuchen Sie nicht, die Tiere einzufangen. Laut einem Experten könnten die Tiere panisch reagieren und …«

»Wo sollen denn auf einmal Scha…«

Zu spät hämmerte sie den Fuß auf das Bremspedal. Frontal krachte sie in das plötzlich aufgetauchte Hindernis. Das Fellbündel schleuderte über die Motorhaube und wurde von der Frontscheibe gestoppt. Um Frosts Brust straffte sich der Gurt wie eine Eisenklaue. Der Airbag knallte ihr ins Gesicht. Für einen Moment war sie orientierungslos.

Kurz darauf bemerkte sie, dass ihr Wagen stand. Zitternd vor Schreck stierte sie zur blutverschmierten Frontscheibe. Zuerst wusste sie nicht, was ihr da vor die Stoßstange gelaufen war, doch dann erkannte sie, dass es sich um ein Schaf handelte.

Ich habe mitten im Stadtzentrum ein verdammtes Schaf totgefahren.

Als die Fahrertür von einem fremden Mann aufgerissen wurde, erschrak sie erneut.

»Geht es Ihnen gut?«, fragte der Herbeigeeilte, der nach dem Unfall offensichtlich Erste Hilfe leisten wollte.

»Fragen Sie das lieber mal das dämliche Schaf.«

»Mäh«, kam es von vorn.

Ungläubig mussten Frost und die Umstehenden mit ansehen, wie das eben noch reglose Tier den Kopf hob, von der Motorhaube rutschte, sich schwer verwundet von der Straße schleppte und auf dem Gehweg vollends zusammenbrach.

»Das glaubt mir keine Versicherung.«

Zu allem Überfluss klingelte abermals ihr Handy. Zuerst wollte sie vor Verärgerung losschimpfen, doch dann erkannte sie, dass ihre Kommissariatsleiterin anrief.

Wie passend. Da kann ich dir gleich erklären, dass ich heute später in der KPI eintreffe. Oder gar nicht, je nachdem, wie lange die Reparatur dauert.

Doch ihre Chefin Alexandra Lorenz ließ sie gar nicht erst zu Wort kommen. »Kannst du mir verraten, wo du steckst, Klara?«

»Bei einer Live-Aufführung von *Das Schweigen der Lämmer.*«

»Sehr geistreich, komm mir heute bloß nicht mit Humor. Im Aufenthaltsraum wartet schon seit einer geschlagenen Stunde dein Praktikant.«

Mein Praktikant? Ich dachte, heute werden keine Witze gemacht?

An das Praktikum hatte sie gar nicht mehr gedacht, weil Lorenz es zwar erwähnt, Frost jedoch keineswegs damit gerechnet hatte, dass die Sache ernst gemeint war. »Soweit ich weiß, war Sarah für die Praktikantengeschichte vorgesehen.«

»Das dachte ich auch, aber unser Dezernatsleiter hat anders entschieden, nachdem der Praktikant ausdrücklich nach dir als Betreuerin verlangt hat.«

Kein Mensch, der klar bei Verstand ist, kommt freiwillig in die Nähe der Exorzistin.

Exorzistin, so nannten ihre Kollegen Frost nämlich.

»Seit wann ist Rainer Kron von meinen pädagogischen Fähigkeiten überzeugt?«, fragte Frost. Dabei musste sie feststellen, dass die ersten Schaulustigen bereits mit der Begutachtung ihres Mercedes anfingen und mit den Fingernägeln an der Stoßstange kratzten. Sie schaute auf die Uhr. »Wie dem auch sei, ich schaffe es nicht in …«

»Das kannst du gern mit Kron bereden, oder besser gleich mit dem Polizeipräsidenten, denn wie du weißt, ist dein Praktikant dessen Großneffe. Ich erwarte dich in Kürze in meinem Büro.«

Kapitel 6

Kaum dreißig Minuten nach ihrem Anruf im Führungs- und Lagezentrum zahlte sich für Frost der Kollegenbonus aus. Mittlerweile fotografierten zwei Kollegen vom Unfalldienst den Schaden an ihrem Mercedes und schüttelten dabei ungläubig die Köpfe.

»Als Wildunfall zählt das aber nicht«, kommentierte einer von ihnen die Situation.

»Und wie wild ich bin«, entgegnete Frost. Eine Schilderung des Unfallherganges ersparte sie sich angesichts der Spurenlage und des verendeten Tierkörpers auf dem Fußweg.

»Wäre ich an deiner Stelle auch, Kollegin, dabei hattest du noch Glück! Auf der A14 hat das Autobahnrevier mit knapp hundert Metern Lammgulasch zu kämpfen.« Er deutete mit der Hand einen fahrenden Zug an und gab dabei ein Zischen ab. »Ein polnischer Vierzigtonner hat gleich mehrere Schafe erwischt. Der Fahrer soll noch gezittert haben, als man ihn in den Rettungswagen verbracht hat. Dank der Ohrmarken sollte bald feststehen, woher die Viecher kommen.«

»Falls ihr es herausfindet, gebt mir die Adresse des Besitzers, damit ich ihm die Werkstattrechnung schicken kann.«

Vor den Augen der Zuschauer trat sie das halb abgerissene Nummernschild komplett ab, stieg in den AMG, stopfte den ausgelösten Airbag notdürftig zurück ins Lenkrad und düste davon. Den Rest an Erklärungen überließ sie dem Schaf.

Statt umgehend die Dienststelle anzufahren, wie von Lorenz verlangt, machte sie einen Umweg zum Autohaus. Beim dortigen Service unterschrieb sie einen Werkstattauftrag, im Gegenzug händigte man ihr den Fahrzeugschlüssel eines Leihwagens aus. Weil sie es eilig hatte, bemerkte sie zu spät, dass es sich um eine A-Klasse mit Elektroantrieb und pinkfarbenem Chassis handelte.

Verärgert und mit weiteren vierzig Minuten Verspätung betrat sie das Büro ihrer Kommissariatsleiterin. In einer Ecke hockte ein junger Mann vom Typ Milchgesicht. Wie es schien, war die Sache mit dem Praktikanten keine leere Drohung gewesen.

Und dafür habe ich mich extra beeilt?

Nach einem flüchtigen Blickwechsel mit Lorenz, der Frost signalisierte, welche Spannung in der Luft lag, sprang der Praktikant mit ausgestrecktem Arm von seinem Stuhl auf.

»Hallo, Frau Frost, ich heiße Oliver Paulsen und ich freue mich auf zwei aufregende Wochen an Ihrer Seite.«

Schweigend erwiderte Frost den Handschlag.

Ja, das sind elf Armbänder an meinem Handgelenk und die Tätowierungen an meinen Unterarmen und am Halsansatz zieren meinen gesamten Körper. Was interessiert dich noch an mir? Warum bist du hier?

Während er sie regelrecht bewundernd betrachtete, musterte sie ihn ihrerseits von oben bis unten. Was sie sah, ließ sie keineswegs in Entzückung verfallen. Falls Paulsen tatsächlich der Großneffe vom Polizeipräsidenten war, dann musste man rein äußerlich das Verwandtschaftsverhältnis schon mit der Lupe suchen. Hinter Lorenz hing ein Foto an der Wand, das die Kommissariatsleiterin bei ihrer letzten Beförderung zeigte. Auf dem Bild stand Polizeipräsident Joachim Ackermann neben ihr und überreichte die obligatorische Urkunde. Lorenz war bereits kräftig gebaut, aber Ackermann schlug sie um Längen.

Oder besser gesagt, um Breite.

Manche verglichen ihn sogar mit Reiner Calmund, dem ehemaligen Manager vom Fußballklub Bayer 04 Leverkusen. So weit wollte Frost bei der Bewertung der Leibesfülle nicht gehen. Im Vergleich zu seinem Onkel war Paulsen ein Strich in der Landschaft. Kein durchtrainierter Athlet wie die meisten Polizeianwärter, die sich regelmäßig nach der Schule im Fitnessraum herumtrieben. Paulsen war dürr und blass. Auf Frost wirkte seine Hautfarbe ungesund, als hätte er vorzeitig eine Krankentherapie beendet. So behutsam, wie er ihr die Hand reichte, konnte sie sich kaum vorstellen, dass er dem Job eines Polizisten gewachsen war. Letztlich war ihr sein weiterer Werdegang aber egal, denn sie arbeitete stets allein und sie hatte kein Interesse, daran etwas zu ändern.

Paulsen wollte seine Hand zurückziehen, doch Frost hielt sie fest und geleitete ihn zur Tür.

»Lass uns einen Augenblick allein.«

Bevor er oder Lorenz widersprechen konnten, drängte sie ihn zum Zimmer hinaus und knallte hinter ihm die Bürotür zu. Lorenz' Augenrollen sprach Bände. Davon ließ Frost sich nicht einschüchtern.

»Das kann nicht dein Ernst sein«, begehrte sie auf.

»Oh, ich meine es so ernst wie bei der letzten Scheidung von meinem untreuen Ehemann. Paulsen ist ab sofort nicht mehr mein Problem, sondern das einer anderen Frau.« Ihr Zeigefinger zielte auf Frost. »Nämlich von dir.«

»Hast du dir den Jungen mal richtig angesehen? Der hält keine zwei Wochen bei mir durch.«

»Er muss einfach an die frische Luft. Raus aus dem Klassenzimmermief. Dafür ist so ein Praktikum bestens geeignet.«

Auch wenn Frosts und Lorenz' Meinungen manchmal auseinandergingen, schätzten sich beide und sie konnten offen miteinander sprechen. Fast wie beste Freundinnen.

Nein, sie ist ganz bestimmt nicht meine Freundin.

Frost deutete mit dem Daumen Richtung Flur. »Vielleicht ist er ja ein Spitzel vom Chef.«

Lorenz zuckte mit den Schultern, doch Frost nahm es ihr nicht ab, dass ihr ein Informant in der Abteilung egal war.

»Falls es dir hilft, Klara, die Entscheidung kam vom Dezernatsleiter, nachdem Paulsen explizit den Wunsch geäußert hat, sein Praktikum bei dir zu machen. Also sieh es positiv, offenbar hast du einen Fan.«

Darauf konnte Frost gern verzichten. Lieber pflegte sie ihr Image als unbeliebteste Mitarbeiterin. Damit war sie in der Vergangenheit überaus gut zurechtgekommen, denn es half ihr, die meiste Zeit allein arbeiten zu können. Nicht umsonst nannte man sie auch innerhalb der Direktion die *Exorzistin*.

»Seit wann macht Kron das, was andere wollen?«

»Was spielt das für eine Rolle?«

»Eine ziemlich gewaltige. Wenn Kron den Neffen vom großen Chef zu mir steckt, ist was faul an der Sache. Damit will er mir eins auswischen.«

»Darüber habe ich sogar ganz kurz nachgedacht. Und weißt du, zu welchem Ergebnis ich gekommen bin?«

»Zu welchem?«

»Dass du dich einfach anstrengen musst, um keinen Ärger zu bekommen.«

»Alexandra, ich …«

Mit einer Wischbewegung unterbrach Lorenz sie. »Wegen eines Praktikanten reibe ich mich weder am Dezernatsleiter noch am Präsi auf. Laut meinen Informationen reagiert Paulsen zuweilen schwierig auf Anweisungen von Lehrern und

Vorgesetzten. Damit passt er ausgezeichnet zu dir, das musst du zugeben.«

Kommentarlos hörte Frost zu.

»Außerdem sollen seine Schulnoten lausig sein. Wenn er nicht anzieht, rasselt er gleich in drei Fächern durch. Kriminalistik, Kriminologie und Strafrecht. Ich gebe es zwar ungern zu, aber du bist meine beste Ermittlerin. Deshalb glaube ich, er ist bei dir gut aufgehoben. Sein Onkel hatte bereits alle Mühe, ihn durch den Aufnahmetest zu bekommen. Angeblich ist die Polizeiausbildung die letzte Chance für seinen Neffen.«

»Soll das heißen, er ist das schwarze Schaf der Familie?«

Unwillkürlich musste Frost an ihren Unfall denken und daran, dass manche sie ebenfalls für ein schwarzes Schaf innerhalb der Polizei hielten.

Manche halten auch meine Seele für schwarz.

Statt eine Antwort auf die Frage zu geben, griff Lorenz in das Ausgabefach des Druckers und schob ein A4-Blatt über den Tisch. »Schaf ist übrigens ein gutes Stichwort! Das kam gerade vom Lagezentrum.«

Frost nahm das Papier auf und überflog den Text.

Verdacht auf Tötungsdelikt im Wohnhaus eines Landwirtschaftsbetriebes. Zusammenhang mit ausgebrochener Schafherde und diversen Verkehrsunfällen im Stadtgebiet. Hinweisgeber Nachbar. Revierkräfte vor Ort. Erste Presseanfragen. KDD informiert. Anforderung K11.

Es handelte sich um Auszüge aus dem Einsatzbericht, der vor weniger als fünfzehn Minuten eröffnet worden war. Die Adresse des Tatortes lag am Stadtrand. Und so wie es sich las, fand sich dort die Ursache für ihren morgendlichen Zusammenstoß mit dem vierbeinigen Wolllieferanten.

Während Frost die wichtigsten Informationen im Gedächtnis abspeicherte, redete Lorenz weiter.

»Ich weiß, wie schwer du dich damit tust, mit anderen zusammenzuarbeiten, …«

Schwer ist kein Ausdruck dafür. Ich hasse es.

»… also sieh den Fall als Entschädigung für den Praktikanten. Aufgrund von Überstundenabbau und Krankheit fehlen mir die Leute. Kümmere dich bitte darum, aber schock den Jungen nicht gleich an seinem ersten Tag, ja?«

»Er will doch Polizist werden, also was sollte ihn schrecken?«

»Dann sag ich dir jetzt mal, wie es die Revierkollegen am Tatort ausgedrückt haben.« Lorenz holte tief Luft. *»Jeder hier wünscht sich, dieses gottverdammte Haus niemals betreten zu haben …«*

KAPITEL 7

Mit einer Zigarette zwischen den Lippen und verfolgt von Paulsen lief Frost über den Hof der KPI.

»Wow«, rief der Polizeianwärter, als sie an ihrem Leihwagen ankamen. »Abgesehen davon, dass Sie extrem schweigsam sind, sind Sie extrem mutig.«

Sie entriegelte die A-Klasse und sah ihn über das Fahrzeugdach hinweg streng an.

»Pink«, sagte er. »Die Karosse ist komplett pink.«

»Ist mir bisher gar nicht aufgefallen.«

Sie stieg ein.

Paulsen nahm auf dem Beifahrersitz Platz und rieb sich die Hände. »Verstehe, Sie reden ungern.«

»Falsch. Ich mag es nicht, den Babysitter zu spielen.«

Per Knopfdruck startete sie die Zündung. Geräuschlos fuhr der Wagen an. Neben der Misere, dass sie jedes einzelne PS ihres AMG und dessen schnurrendes Motorgeräusch vermisste, fing Paulsen schon wieder an zu reden.

»Keine Sorge, ich werde Ihnen nicht auf die Nerven gehen.«

Ich gebe dir fünf Sekunden, dann tritt genau das Gegenteil ein.

»Können wir uns duzen?«, bestätigte er ihre Befürchtung bereits nach zwei Sekunden. »Ich meine, das würde unsere Zusammenarbeit irgendwie vereinfachen, finden Sie nicht?«

Frost trat die Bremse.

»Hör zu, Oli.P, damit wir uns richtig verstehen: Es gibt keine Zusammenarbeit. Uns trennen mindestens fünfzehn Jahre Diensterfahrung. Bis du die aufgeholt hast, bist du mir nur im Weg. Persönlich habe ich nichts gegen dich, aber der einzige Grund, warum du in meiner Karre sitzt, ist die Tatsache, dass mir momentan die Zeit fehlt, einen neuen Praktikantenbetreuer für dich zu organisieren. Verlass dich darauf, dass ich noch heute dafür sorgen werde, dass du jemand anderem zugeteilt wirst. Jemand, bei dem du besser aufgehoben bist.«

Danach zählte sie im Stillen exakt vier Sekunden, ehe Paulsen die Stille im Fahrzeug erneut störte. Sie rechnete mit einer eingeschnappten Reaktion, doch dahingehend irrte sie.

»Wow, klasse Ansage! Nur wer ist Oli.P?«

Wenn das so weitergeht, bekomme ich bald Flugzeuge im Bauch. Aber garantiert nicht vor Liebesgefühlen.

»Der Eminem der Neunziger.«

»Okay, toll, nennen Sie mich ruhig Oli.P. Immerhin sollen Sie ja auch so eine Art weiblicher Eminem bei der Kripo sein. Ein bisschen evil, ein bisschen crazy. Man nennt Sie sogar die E…«

Einhaltgebietend hob sie den Zeigefinger, woraufhin er augenblicklich verstummte. »Halt einfach die Klappe.«

»Ich werde schweigen wie ein Grab.«

Schon wieder ein Versprechen, das du brechen wirst.

Frost behielt recht. Kaum, dass sie die Louise-Otto-Peters-Allee erreichten, plapperte Paulsen abermals los. Er sprach sie auf ihre Tätowierungen an, auf ihr millionenschweres Erbe, ihren verhafteten Vater. Sogar über Heinrich Kramer, den berühmten Inquisitor, der sich angeblich irgendwo in ihrem Stammbaum tummelte, wusste er Bescheid. Er fragte und sie gab keine Antworten, sondern öffnete bloß die Fensterscheibe, stieß den Qualm einer neu angezündeten Zigarette nach draußen und steuerte den Wagen durch Leipzig. Ihr Schweigen schien ihn nicht im Geringsten zu stören, denn als sie nichts über sich preisgab, redete er ersatzweise über sich und darüber, dass er auch einmal ähnlich reich wie Frost werden wollte und deshalb schon seit drei Jahren jeden Cent in Gold investierte. Worüber er allerdings kein einziges Wort verlor, war die Arbeit als Polizist. Erst als sie sich der Stadtgrenze näherten und ein Hinweisschild auf den Nachbarort Radefeld auftauchte, erinnerte er sich anscheinend, dass er gerade sein Praktikum absolvierte.

»Wohin fahren wir eigentlich?«

»Zu einem Mord.«

»Ach, das ist ja aufregend. Damals, als meine Großmutter gestorben ist …«

Nur mit Mühe schaffte Frost es, seine weiteren Worte auszublenden. Im Stillen betete sie darum, dass es ihm spätestens am Tatort die Sprache verschlagen würde.

Bald erreichten sie das Gehöft von Benno Rodenberg. Wie eine Burganlage lag es einsam, umgeben von Feldern und Weideflächen. Von hier war es ein Katzensprung bis zum Schladitzer See, einem beliebten Erholungsgebiet. Bei der Anfahrt versperrten Hecken, Lindenbäume und eine meterhohe Steinmauer die Sicht. Der helle Putz zeugte von einem tadellosen Zustand des Grundstücks. Irgendwann in der Vergangenheit musste Frost den Namen Rodenberg aus den Medien aufgeschnappt haben, denn er war ihr bekannt vorgekommen, als sie ihn im Lagebericht gelesen hatte. Von Lorenz hatte sie erfahren, dass der Landwirt neben einem anständigen Ruf in der Region etliche Hektar Ackerland besaß. Und mittlerweile wusste sie auch, dass die Schafherde, die über Nacht in Leipzig eingefallen war, ihm gehört hatte. Leider konnte sie dem Eigentümer den Schaden an ihrem AMG nicht mehr in

Rechnung stellen. Denn es sprach einiges dafür, dass Benno Rodenberg ermordet worden war – samt seiner Familie.

Trotz des sperrangelweit offen stehenden Tores parkte Frost in ausreichendem Abstand zum Gehöft. Im Gegensatz zu den Streifenbeamten vom Revier Leipzig-Nord, die mit ihren Funkwagen direkt bis vor die Haustür gefahren waren, rückte sie nicht als Spurenvernichtungskommando an.

»Du bleibst hinter mir«, wies sie Paulsen an, der nach dem Aussteigen als Erstes den Ladezustand seiner P10 prüfte, als wäre das hier das Finale in einem actionreichen Kriminalfilm. »Und die Pistole steckst du am besten weit weg. Ich mag es nicht, wenn man mir in den Rücken schießt.«

»Geht klar, Kollegin Frost.«

»Eine Sache noch.« Genervt zündete sie sich eine Zigarette an. »Ab sofort nennst du mich Klara. Die vom Revier halten mich auch so schon für spießig.«

Paulsen quittierte es mit einem dankbaren Lächeln. Sie wandte sich um und betrat den Hof. Zwischen herumstehenden Traktoren, einem Futtermischwagen und einer Ballenpresse grasten etliche Schafe. Entweder waren sie von allein hierher zurückgekehrt oder nie fortgelaufen. Die Tiere ließen sich weder von Frost und Paulsen noch von den anderen umhereilenden Polizisten stören.

Neben den Schafen und den Hunden im Zwinger erspähte Frost auf dem Giebel des Wohnhauses eine einzelne Krähe, die ihrerseits das Treiben beobachtete. Frost mochte diese Vögel. Gemeinhin galten sie als klug und jede ihrer Bewegungen strahlte Erhabenheit aus. Manchmal bildete sie sich ein, dass sie mit diesen Rabenvögeln per Telepathie kommunizieren konnte.

Bist du ein Zeuge? Wenn ja, was hast du gesehen?

Die Krähe lüftete ihr Gefieder und schaute zur Seite, als gingen sie die Sorgen der Menschen auf dem Hof nichts an. Beinahe so, als wäre nichts passiert. An jedem anderen Tag hätte der Ort absolut friedlich gewirkt. Heute jedoch verkündete das flackernde Blaulicht der parkenden Streifenwagen Unheil. Frost ahnte, dass jede Menge Arbeit auf sie zukam. Schon seit Minuten waren ihre Sinne für den Tatort geschärft. Wie eine Videokamera fing sie die Eindrücke um sich herum ein.

Kaum Wind. Kaum Lärm. Viel Schafgeruch. Bellende Hirtenhunde.

Vor einer Stalltür hielt ein Uniformierter einen stadtbekannten Journalisten in Schach. Frost fragte sich, wie der Paparazzo überhaupt an den Tatort gekommen war. Immerhin hatten die Revierkollegen nicht mit Absperrband gegeizt.

Endlich nahm eine Schutzpolizistin Notiz von Frost und ihrem Begleiter. Schnellen Schrittes kam die Kollegin heran. Es handelte sich um eine ältere Kommissarin, die Frost von früheren Ereignissen als tüchtig in Erinnerung hatte.

»Soll das ein Witz sein?«, begann die Kollegin sofort. Jeglicher Handschlag unterblieb. »Ich meine, seid ihr die Einzigen, die das K11 schickt?«

Trotz der seltsamen Begrüßung reagierte Frost nicht beleidigt. Sie merkte, dass der Kollegin der Schrecken des Tatorts noch in den Gliedern steckte.

»Das ist mal wieder typisch Kripo«, redete sie aufgeregt weiter. »Die ganze Scheiße bleibt am Streifendienst hängen.«

»Was sagt der Notarzt?«, unterbrach Frost ihre Wutrede und schaute zum Einsatzfahrzeug des Mediziners und zum danebenstehenden Rettungswagen.

»Der hat es kaum zehn Sekunden im Haus ausgehalten, dann hat er uns beschimpft, warum wir ihn überhaupt angefordert haben. Er nannte es eine grässliche Katastrophe. Für ihn sei da drin überhaupt nichts mehr zu machen, jeder Blinde hätte sehen können, dass da keiner mehr lebt. Um ehrlich zu sein, waren wir mit der Situation überfordert.«

Das klang beunruhigend, aber Frost blieb gelassen. »Okay, beruhige dich und erzähle mir in wenigen Sätzen, was mich erwartet.«

»Eine verdammte Leichenstube! Jawohl, das findest du in der Küche vor. Seit Dienstbeginn ist mein Revier mit herumstreunenden Schafen beschäftigt und dann bekommen wir einen Anruf mit dem Hinweis, wem die Herde gehört. Und was finden wir vor?« Sie stockte und kurzzeitig sah es aus, als würde sie keine Luft mehr bekommen. »Die Haustür stand offen, und wir haben trotzdem geklingelt und gerufen. Wir sind eingetreten und wurden von fünf abgeschlachteten Menschen begrüßt. Und dann habe ich es gesehen … Oh, Gott! Sein Kopf! Jemand hat ihm den Kopf durch …«

Sie brach ab und würgte.

Zur Beruhigung legte Frost ihr eine Hand auf die Schulter. Gleichzeitig schaute sie über den Hof, zählte die Beamten und nickte zum Wohnhaus. »Ich nehme an, ich soll da allein reingehen.«

»Na, ich betrete das Haus garantiert kein zweites Mal.«

»Ich komme mit«, sagte Paulsen.

Frost tat, als hätte sie es nicht gehört.

Im Gegensatz zu mir hast du keinen blassen Schimmer, was auf dich zukommt. Ich bin geimpft gegen den Tod, aber du, du bist für seinen Schrecken eine allzu leichte Beute.

»Okay«, willigte sie schließlich ein und drückte ihm den Fahrzeugschlüssel in die Hand. »Vorher holst du aus dem Kofferraum meine KT-Tasche. Wir wollen nämlich keine Spuren verfälschen oder vernichten.«

»Einweghandschuhe und Ganzkörperanzüge, ich weiß.«

Damit lief er davon und Frost tippte die in sich gekehrte Kommissarin an.

»Wo finde ich den Hinweisgeber?«

»Wir haben ihn nach Hause geschickt, wo er sich für uns bereithalten soll.«

Darum würde Frost sich später kümmern. Andere Dinge hatten Vorrang. »Du besorgst mir von allen Personen, die vor mir den Tatort betreten haben, die Namen und Adressen. Ich will eine lückenlose Auflistung. Und du kümmerst dich darum, dass er«, Frost nickte Paulsen hinterher, »das Haus nicht betritt, okay?«

Zögerlich bejahte die Kollegin und Frost vertraute ihr.

Dann nickte sie, aber mehr zu sich selbst, denn sie war bereit, sich dem Tod zu stellen. Und der Tod hielt auch für sie eine Überraschung bereit.

KAPITEL 8

Sobald Frost die widerlichen Fantasien von Leid und Grausamkeit vor ihrem geistigen Auge ausblendete, blieb ein einziger Fakt übrig: fünf Tote in einem Zimmer.

Vor Betreten des Hauses der Familie Rodenberg war Frost samt ihren Lederboots in wasserdichte, bis zu den Knien reichende Überstiefel aus PVC geschlüpft. Diese »Überzieher« hatte sie in einer sterilen Verpackung unter ihrer Jacke mitgebracht, wohl wissend, dass sie die Hilfsmittel am Tatort benötigte, um sich einen ersten Überblick zu verschaffen. Beginnend am Hauseingang hatte sie zudem mit Täfelchen eine Laufgasse markiert. Diese würde später den Kriminaltechnikern helfen, sich im Haus zu bewegen.

An der Tür waren ihr sofort die blutigen Schuhabdrücke auf dem Fußboden aufgefallen. Die Fährte führte nach draußen. Das Blut war getrocknet. Garantiert gehörten die Abdrücke zum Täter. Ein flüchtiger Blick hatte ihr genügt, um zu erkennen, dass es sich um ein und dasselbe Profil handelte, und auch die Größe schien gleich. Die Schuhspur verriet ihr außerdem, dass der Täter entweder in Eile gewesen war oder seine Abdrücke absichtlich hinterlassen hatte.

Er hält sich für göttlich, deshalb lässt er uns eine Chance.

Die Spurensicherung überließ sie den Fachleuten vom K41. Sie war hier, um den Tatort, den Tathergang, die Opfer, den Täter und sein Motiv zu analysieren. Dafür scannte sie jeden Winkel, skizzierte gedanklich die Räume nach, achtete auf Details, überlegte, was nicht ins Bild passte, ergründete, warum sie manche Dinge vorfand und manche fehlten. Vor allem wollte sie Zusammenhänge verstehen. Verstehen, warum etwas passiert war. Das war für sie der Schlüssel zu einer erfolgreichen Fallaufklärung. Ein Mord war komplex, gleichzeitig jedoch in seiner Ausdehnung begrenzt. Streng genommen konnte man jedes Verbrechen mit einem Uhrwerk vergleichen. Manche Uhrwerke waren komplizierter, manche simpler aufgebaut, aber sie alle hatten gemeinsam, dass sich kein Rädchen ohne das andere drehte. So ähnlich funktionierte auch ihr Gehirn. Präzise und mechanisch.

Klick. Klack. Tick. Tack.

Anders als weithin angenommen, nutzte sie Fallanalyse nicht erst, sobald die Ermittlungen in einer Sackgasse steckten, sondern sie war stets fester Bestandteil ihrer Arbeitsweise. Während die meisten Kollegen sie für ihren Glauben an die Fallanalyse belächelten, wälzte sie in ihrer Freizeit kriminalistische Fachbücher. Entsprechend ging sie bei ihren Analysen fast lehrbuchmäßig vor.

Fast. Denn Lehrbücher benötigen von Zeit zu Zeit eine Überarbeitung.

Nach den wenigen Metern, auf denen sie einen ersten Eindruck von den Menschen, die hier gelebt hatten, gewonnen hatte – sei es durch die Anordnung von Gegenständen im Haus, durch die Wandbilder oder den Geruch innerhalb der Wände –, stand sie in einer Küche, die bis auf einen alten Schaukelstuhl hell und modern eingerichtet war. Mit Granitarbeitsplatte, Elektrogeräten von Miele und reichlich Glasoberflächen mutete sie luxuriöser an, als man sie beim bundesdeutschen Durchschnittsbürger zu sehen bekam.

Landwirtschaft zahlt sich also immer noch aus.

Auf einen teuren Wein ließ auch das Etikett der leeren Flasche schließen, die neben dem Spültisch stand.

Das Glas ist noch ganz. Keine Beschädigungen an der Einrichtung. Nichts deutet auf einen Kampf hin. Das Türschloss ist intakt. Ich wette, wir finden auch kein kaputtes Fenster. Demzufolge hat man dir freiwillig geöffnet, und du hattest etwas bei dir, um fünf Menschen in Schach zu halten. Du allein warst es. Wie hast du es angestellt? Eine Waffe? Es war eine Waffe, nicht wahr?

Frost bezweifelte, dass die Einrichtung jemals wieder in ihrem ursprünglichen Glanz erstrahlen würde. Nach dem angerichteten Blutbad sah der Raum aus, als hätte ein Schlachter Vieh gejagt. Selbst für eine zierliche Gestalt wie Frost war es schlichtweg unmöglich, irgendwo nicht in Blut zu treten. Die zum Großteil getrockneten Flecken klebten überall. Auf den Bodenfliesen, auf der Tischplatte, an den Stuhlbezügen, an den Schränken, am Essen, am Geschirr, an den Handtüchern und den Topfpflanzen. Sogar an der Deckenlampe entdeckte sie etliche Spritzer.

Fünf Tote.

Fraglos von einer weiteren Person ermordet, denn sie alle waren gefesselt. Vier Leichen am Tisch, eine im Schaukelstuhl. Bei letzterer konnte Frost erst auf den zweiten Blick, anhand der altmodischen Kleidung und der Altersflecken an den Händen das Alter abschätzen, denn ihr fehlte der Kopf. Dieser lag links von Frost in der Ecke auf dem Boden. Die toten Augen stierten sie an. Ein wuchtiger Hieb mit einem scharfen Gegenstand musste die Frau enthauptet haben. Wenn Frost das Blutbild richtig deutete, war der Kopf vor dem Auftreffen auf den Fliesen gegen die Wand geprallt.

Was war deine Waffe?

Die grauen Haare und die faltige, fleckige Gesichtshaut verrieten Frost, dass es sich bei diesem Opfer um die Älteste der Familie gehandelt hatte.

Die anderen Leichen waren nicht weniger übel zugerichtet. Frost merkte, wie sie mit Abscheu und Tränen kämpfte.

Bleib stark, Klara. Du darfst keine Gefühle zulassen. Nicht im Angesicht des Todes, sei er auch noch so hinterhältig herbeigeführt worden.

Einem zweiten weiblichen Opfer hatte der Täter die Bluse aufgeschnitten. Vermutlich hatte er ein extrem scharfes Messer oder ein Skalpell mitgebracht. Der Blusenstoff hing seitlich an den Brüsten der Frau herunter und war komplett rot gefärbt. Von der Brusthaut fehlten Stücke. Frost zweifelte nicht daran, dass das Opfer noch lebte, als ihr Peiniger sich mit der Klinge an ihrem Körper vergangen hatte. Zusätzlich zu den gehäuteten Stellen fehlten der Frau beide Ohren.

Ein Ohr lag auf dem Boden. Das andere steckte halb im Mund einer dritten Frau, der man die Mundwinkel aufgeschnitten hatte. Sie war vermutlich die Jüngste gewesen. Natürlich war es zu früh, um einen solchen Schluss zu ziehen, aber Frost hätte sich nicht gewundert, wenn der Täter die junge Frau gezwungen hätte, die Hautstücke aus der Brust der anderen zu verspeisen. Dafür sprach, dass Frost im Zimmer nirgendwo die herausgetrennte Haut fand.

Der Täter sammelt keine Trophäen. Er hinterlässt Symbole.

Für symbolisch hielt Frost es, dass man der Frau die Nase abgeschnitten hatte. Unwillkürlich musste sie an die Geschichte von Pinocchio denken.

Du sollst nicht lügen.

Den daneben sitzenden blutüberströmten Körper identifizierte Frost als männlich. Auch hier hatte sie Mühe, das Alter zu schätzen, denn man hatte dem Opfer entlang der Stirn kreisrund die Schädelhaut aufgeschnitten und sie halb nach oben gerissen.

Kurzzeitig musste Frost den Blick von dem abscheulichen Stillleben abwenden. Dann betrachtete sie das letzte Opfer. Augenscheinlich hatte der Täter diesem die größte Aufmerksamkeit gewidmet. Denn die Zurschaustellung der Leiche übertraf an Ekel alles, was Frost in ihrem gesamten Leben gesehen hatte.

KAPITEL 9

Falls es sich bei dem leblosen Mann an der Stirnseite des Tisches um Benno Rodenberg handelte, war er möglicherweise einen schnelleren Tod gestorben als drei der anderen Personen im Raum. Frost vermutete, dass man ihn auf die gleiche Art geköpft hatte wie die alte Frau im Schaukelstuhl. Allerdings lag sein Kopf mittig auf dem Küchentisch. Sicherlich war er nicht von selbst dorthin gekommen, nein, jemand hatte ihn genau dort platziert. Und zwar so, dass er seinen ehemaligen Besitzer direkt anschaute. Er sollte die Verwandlung mit eigenen Augen sehen. Die Verwandlung von einem Menschen zu einem Schaf.

Jemand hatte dem Mann einen Schafkopf auf den Halsstumpf gesetzt. Einen echten Schafkopf. Das Mischwesen sah aus wie eine Gestalt aus der Hölle. Frost konnte nicht erkennen, wie der Tierschädel befestigt war, damit er nicht herunterfiel. Möglicherweise mit einer Stange, die man von oben in den Rumpf gerammt hatte. Der Oberkörper war mit einem Seil an die Rückenlehne des Stuhls gebunden, um zu verhindern, dass der Tote vornüberkippte.

Nein, du bist am grausamsten gestorben, denn du musstest mit ansehen, wie man die anderen gefoltert und umgebracht hat. So war es doch, nicht wahr? Jetzt bist du ein Schaf. Nein, ein Symbol. Ein Schaf, das man zur Schlachtbank geführt hat.

Im christlichen Glauben galt das Schaf als starkes Symbol. In der Bibel war es sogar das am häufigsten genannte Tier. Ein Symbol dafür, dass der Mensch Führung, Pflege und Schutz benötigt. So zumindest deutete Frost es. Unweigerlich musste sie an den Spinner von letzter Nacht denken, der sie auf ihrem privaten Handy angerufen und ihr mit einem Bibelzitat gedroht hatte.

Denn eine Hure ist eine tiefe Grube.

War der Bezug zur Bibel ein merkwürdiger Zufall? Doch bei der Zurschaustellung der fünf Toten ging es augenscheinlich nicht um Hurerei. Oder war Benno Rodenberg ein untreuer Ehemann gewesen? Welche Geheimnisse hatte die Familie verborgen? Warum mussten in diesem Haus so viele Menschen in einer Nacht sterben?

Bald würde Frost die Antworten kennen. Hoffentlich. Denn ohne ein Motiv würde sie diesen Fall niemals lösen können. Sie musste herausfinden, warum der Mörder einen Schafsmenschen zurückgelassen hat.

Nachdem du hier fertig warst, hast du die Schafe aus dem Stall gelassen, das Tor des Gehöfts geöffnet und die Tiere hinausgetrieben. Du hast es getan, weil du wusstest, dass die Herde uns hierherführen würde. Du wolltest, dass wir das sehen.

Die Todesszenerie vor Frost sollte eine Botschaft sein, doch sie musste deren Bedeutung erkennen. Dafür brauchte sie die Unterstützung der Kriminaltechniker und der Rechtsmedizin. Sie nahm ihr Smartphone zur Hand und überlegte, ob sie es einschalten konnte, ohne wieder von lauter unbekannten Anrufern belästigt zu werden. Nur selten benutzte sie ein Diensthandy, denn sie fand es lästig, mehr als ein Mobiltelefon mit sich herumzuschleppen. Nach etlichen Diskussionen hatte sie davon sogar ihre Vorgesetzten überzeugt. Seitdem riefen die Kollegen auf ihrem Privathandy an.

Kurzerhand schaltete sie ihr Gerät an, tippte die PIN ein und wollte direkt die Rechtsmedizin anwählen. Doch sie stockte angesichts der Liste an verpassten Anrufen. Es waren ausnahmslos fremde Nummern. Einige davon hatten sogar mehrere Anwahlversuche unternommen. Sie musste sich schleunigst eine neue SIM-Karte besorgen.

Bevor sie die Nummer der Rechtsmedizin gefunden hatte, klingelte ihr Telefon auch schon. Wütend nahm sie das Gespräch an.

»Was wollen Sie von mir?«

Der Mann am anderen Ende stockte, bevor er antwortete: »Ficken, was sonst?«

»Egal, wer Sie sind, ich bekomme Ihren Namen heraus und dann mache ich Sie fertig.«

»Hey, langsam. Ich habe deine Anzeige gesehen und deine Nummer gewählt. Sag mir nicht, du bist nur ein Fake. Oh, Gott, ich finde dich so scharf. Sag mir, dass du 'ne echte Nutte bist. Du bist doch Klara, oder?«

Sie kam nicht mehr dazu, dem unbekannten Anrufer zu sagen, dass er sich selbst ficken sollte, denn hinter ihr wurde es plötzlich laut.

»Ach du krasse Scheiße!«, stieß Paulsen aus, der entgegen ihrer Anweisung das Haus betreten hatte. Einen kurzen Moment stand er mit weit aufgerissenen Augen und offenem Mund da, ehe er sein Handy zückte. »Das muss ich aufnehmen, das glaubt mir sonst kein Mensch.«

Frost breitete die Arme aus, um ihm die Sicht zu verdecken, und drängte ihn zurück.

»Ich will das aber sehen!«, protestierte er.

»Was stimmt denn nur mit dir nicht?«

Im Hintergrund stürzte die Kommissarin durch den Flur. »Ich wollte ihn aufhalten, ehrlich!«

Gemeinsam mit ihr schaffte Frost es, den Praktikanten aus dem Haus zu bringen.

»Was ist da drin passiert?«, fragte Paulsen.

»Etwas, für das ich noch keine Antworten habe, bei dem du mir allerdings auch nicht helfen kannst.«

»Aber ich bin in deinem Team, ich habe ein Recht darauf, es mir wenigstens anzusehen.«

Nun sah Frost endgültig den Zeitpunkt gekommen, klare Fronten zu schaffen. Sie packte Paulsen fest am Jackenkragen und zog sein Gesicht nah an ihres. »Hör zu, du machst gefälligst das, was ich sage, andernfalls lernst du mich kennen. Es ist mir scheißegal, ob dein Onkel der Polizeipräsident, der Dalai Lama oder Gott persönlich ist. Für mich bist du nur ein Grünschnabel. Und wenn du dich ab sofort still verhältst, dann kannst du eine Menge Punkte bei mir sammeln, kapiert?«

»Ja, ja, aber Scheiße, ich wollte unbedingt das Schwert sehen. Ich …«

»Welches Schwert?«, unterbrach Frost ihn.

»Ja, welches Schwert?«, fragte auch die Kommissarin, die bis dahin beschämt und schweigend herumgestanden hatte.

»Na, die Leute wurden doch geköpft. Und der eine Kollege vom Revier sagte, da drin würde ein scheißgroßes Schwert liegen.« Aufgeregt deutete er zum Hauseingang.

»Von welchem Kollegen sprichst du?«, wollte Frost wissen.

»Ich glaube, das war ich«, ertönte es hinter ihr.

KAPITEL 10

Frost schwang herum und blickte in das Gesicht eines Streifenbeamten, den sie nie zuvor gesehen hatte.

»Ich bin Frank Brandner«, stellte der Polizeihauptmeister sich seelenruhig vor, als wäre das ein x-beliebiger Tatort. »Wir kennen uns noch nicht, Kollegin. Bin erst kürzlich von Sachsen-Anhalt hierher versetzt worden.«

Er streckte die Hand aus, doch Frost erwiderte die Begrüßung nicht, weil sie endlich wissen wollte, von welchem Schwert hier die Rede war.

Brandner begegnete ihrer Zurückhaltung mit einem smarten Mundwinkelzucken. »Jedenfalls sollte ich mich um den Jungen da kümmern.« Er nickte zu Paulsen. »Aber er ließ sich partout nicht aufhalten. Er argumentierte ständig, dass er dir dringend helfen müsse. Also dachte ich, ich erzähle ihm ein bisschen was über die Situation im Haus, in der Hoffnung, er hätte dann genug. Hat leider nicht funktioniert.«

Er lachte kurz auf, was Frost als unpassend empfand.

»Es stimmt, Frank sollte ihn für mich übernehmen«, ergänzte die Kommissarin. »Er sollte deinen Schützling beaufsichtigen, während ich wie gewünscht alle Personalien notiert habe.«

»Du hast gesagt, ich soll deine Tasche aus dem Wagen holen«, fing Paulsen an.

Bis dahin hatte Frost jedem aufmerksam zugehört, nun reichte es ihr. »Ich will jetzt wissen, warum er von einem Schwert redet.«

»Er meint das Schwert im Flur«, antwortete Brandner.

»Da war kein Schwert«, entgegnete Frost, denn das hätte sie gesehen.

»Wie war das?« Brandners Stirn legte sich in Falten.

»Ich sagte, dort liegt kein Schwert.«

»Klar liegt es dort, ich habe das Haus als Erster betreten. Ganz sicher war da ein Schwert. Und zwar ein ziemlich großes.«

»Dann sehen wir gemeinsam nach.«

Zuerst zögerte er, dann nickte er und machte eine Handbewegung, um ihr den Vortritt zu lassen. »Nach dir.«

»Mich bekommen da keine zehn Pferde mehr hinein«, warf die Kommissarin ein.

»Aber ich komme mit«, sagte Paulsen.

Blitzschnell legte Frost ihm ihre Hand auf die Brust. »Nein.«

Und mehr musste sie nicht sagen. Sie ging zurück ins Haus und der Polizeihauptmeister folgte ihr.

»Wo, sagtest du, soll das Schwert gelegen haben?«, fragte sie.

Er deutete im Flur auf eine leere Stelle am Boden. »Genau dort, ich bin förmlich darüber gestolpert, ich schwöre es. Das habe ich mir doch nicht eingebildet.«

Statt zu antworten, verließ Frost umsichtig ihren zuvor markierten Laufweg und schaute in eine Nische, in der mehrere Schuhe standen und diverse Kleidungstücke hingen. Dort stieß sie einen leisen Pfiff aus.

»Und hast du das Schwert angefasst?«, fragte sie.

»Nein, natürlich nicht, bin ja schließlich schon ein paar Jahre bei der Polizei.«

»Dann hat es sich wohl von selbst in der Garderobe versteckt.«

Sie streifte Einweghandschuhe über. Halb verborgen von einer Jacke lehnte das Schwert an einem Garderobenschrank. Sie ergriff es vorsichtig, musste aber beide Hände benutzen, um es anzuheben, weil es extrem schwer war.

»Verdammt, das muss einer der Sanitäter gewesen sein, als sie das Haus betreten haben. Vermutlich wollten sie vermeiden, dass noch jemand darüber stolpert.«

»Klingt logisch.«

Während Frost eigene Überlegungen anstellte, betrachtete sie das Schwert. Es ähnelte denen, die man aus Ritterfilmen kannte, doch hierbei handelte es keinesfalls um eine billige Requisite, sondern eine aus solidem Stahl gefertigte Waffe mit scharfer Klinge.

Beinahe schon zu scharf.

Gemeinhin galten Schwerter als Hieb- beziehungsweise Stichwaffen, die früher weniger durch ihre Schneidfähigkeiten glänzten, sondern vielmehr dazu dienten, Rüstungen zu durchstoßen oder durch die Aufschlagswucht schwere Verletzungen anzurichten. Anhand des beschlagenen Metalls am Griff und der unzähligen winzigen Einkerbungen an der Parierstange und der Schneide vermutete sie, dass es sehr alt war. Höchstwahrscheinlich war es sogar wertvoll, denn dafür sprach die aufwendige Buchstabengravur unmittelbar in der Hohlkehle der Klinge.

»*Qualis rex, talis grex*«, las sie die lateinische Inschrift vor.

»Du kannst das lesen?«, fragte Brandner.

»Lesen ja, übersetzen nein.«

Bis auf das Wort rex. Der König.

»Hätte ich damals in der Schule nur Latein gewählt«, scherzte Brandner, doch von seinem unpassenden Humor ließ sie sich nicht anstecken.

Längst war sie wieder in ihre eigene Welt abgetaucht, in der es ein Verbrechen aufzuklären galt.

Schwerter sind Macht- und Statussymbole. Wer tötet mit einem Schwert? Ein Mittelalterfan? Ein Fanatiker? Ein Henker?

Sie selbst trug auf ihrem Rücken ein übergroßes Tattoo von einem Engel, der eine Sanduhr und ein Schwert hielt. Es sollte symbolisieren, dass einmal für jeden die Zeit kommt, wo er nach seinen Taten gerichtet wird. Gerichtet nach gut oder böse. Für Frost gab es kein dazwischen.

Wolltest du es zurücklassen? Um uns was zu verdeutlichen?

»Du sagtest«, begann sie und zeigte im Flur auf den Boden, »dass es genau dort gelegen hat?«

»Genau so.« Mit beiden Händen deutete er in der Luft die exakte Lage an. »Wie gesagt, man konnte es nicht übersehen. Schätze, unser Täter wollte, dass wir es als Erstes finden. Sollte vielleicht so eine Art Warnung sein.«

Möglicherweise. Möglicherweise auch nicht.

Sie legte das Schwert ab, wie es ursprünglich gelegen hatte. Dabei dachte sie darüber nach, warum der Täter neben den Opfern einen so wertvollen Gegenstand zurücklassen sollte. Vielleicht, weil er durch irgendetwas oder irgendjemanden gestört worden war …

Kapitel 11

Endlich trafen die Rechtsmedizinerin und zwei Kollegen von der überlasteten und unterbesetzten Kriminaltechnik am Tatort ein. Somit fand Frost Gelegenheit, den bisher einzigen Zeugen namens Robin Zerbe aufzusuchen. Schließlich konnten die Fachleute auch ohne ihr Beisein ihre Arbeit verrichten. Vielleicht sogar besser, weil sie sich dann nicht von Frost beobachtet fühlten. Sie würde sich die Ermittlungsergebnisse bei ihrer Rückkehr ansehen. Ewig würde sie für die Befragung von Robin Zerbe nicht brauchen, ganz im Gegensatz zur Spurensicherung und den Leichenschauen im Haus Rodenberg. Unterstützung bekamen Mediziner und Kripo von der uniformierten Truppe, allen voran Hauptmeister Brandner, den der Anblick der Toten weit weniger zu erschüttern schien als seinen Revierkollegen.

Gemeinsam mit Paulsen fuhr Frost unterdessen einen halben Kilometer die Straße zurück, bis sie ein Einfamilienhaus mit weißer Fassade und rotem Holzzaun erreichten. Ein großes Haus, bei dem der Architekt den Spagat zwischen alter Villa und neumodischem Kubusbau geschafft hatte und das nicht so richtig in die Reihe an ländlichen Bauten passte. Hier wohnte Robin Zerbe. Laut seinen Angaben beim Notruf hatte er von der ausgebrochenen Schafherde in den Nachrichten gehört und daraufhin die Polizei informiert. Seiner Meinung nach gehörten die Tiere dem Landwirt Benno Rodenberg, was sich letztlich bestätigt hatte.

»Nur zur Wiederholung«, fing Frost an. »Was sollst du da drin tun?«

»Da, ich habe es!«, jubilierte Paulsen, statt ihr zu versichern, dass er den Mund halten würde. »›Qualis rex, talis grex‹ bedeutet ›Wie der König, so die Herde‹. Der Spruch stammt von einem Philosophen namens Titus Petronius Arbiter. Laut Wikipedia ist der Mann römischer Senator gewesen.« Ohne aufzusehen, tippte der Milchbart auf seinem Smartphone herum. »Oh, und er hat sogar einen satirischen Roman mit dem klangvollen Titel *Satyricon* geschrieben.«

Nach dem Fund des Schwertes hatte Frost Paulsen beauftragt, nach der lateinischen Inschrift zu googeln. Voller Tatendrang war er der Aufgabe nachgegangen und präsentierte ihr nun stolz das Ergebnis.

»Ach, das ist ja interessant«, stieß Paulsen plötzlich aus. »In einer anderen Übersetzung heißt ›Qualis rex, talis grex‹: ›Wie der Hirte, so die Herde‹.«

König. Hirte. Herde. Schafe. Ein Schafsmensch.

Frost nahm es zur Kenntnis und stieg aus. Vielleicht hatte sie später eine neue Aufgabe für ihren Praktikanten. Darüber würde sie später entscheiden. Vorerst klingelte sie an der Haustür.

Eine Frau von geschätzt fünfunddreißig Jahren öffnete. Vermutlich die Ehefrau.

Frost wies sich als Kriminalbeamtin aus.

»Sie wollen sicher meinen Mann sprechen«, sagte die Frau mit besorgter Miene. »Sonst sehen wir hier nicht so viele Polizeifahrzeuge. Es geht doch um die Schafe, oder?«

Frost hatte Verständnis für ihre Nachfrage, ging jedoch nicht darauf ein. »Ihr Mann hat heute Morgen den Notruf gewählt, darüber möchte ich mich mit ihm unterhalten.«

»Ja, sicher, kommen Sie rein, er tauscht nur schnell seine Jogginghose gegen moderatere Kleidung. Sie müssen wissen, er ist zurzeit krankgeschrieben nach einer Knie-OP, deshalb bevorzugt er zu Hause momentan legere Stoffe.«

Frost und Paulsen nahmen in teuren Ledersesseln Platz. Seit die Grundstückspreise in Leipzig explodiert waren, konnte man davon ausgehen, dass jeder, der sich in der Gegend ein Eigenheim baute oder kaufte, gut situiert war. Das Ehepaar gehörte fraglos zu den wohlhabenderen Leuten.

»Eigentlich trägt er sonst nur Anzüge«, redete die Ehefrau weiter. »Er ist Anwalt, aber das wissen Sie vermutlich schon. Immerhin sind Sie von der Polizei. Kann ich Ihnen einen Kaffee oder ein Wasser anbieten?«

»Ja, für mich gern …«, meldete Paulsen Interesse an.

Doch Frost legte ihm ihren Arm wie eine Schranke auf die Brust: »Nein, danke, wir haben es eilig.«

Haben wir natürlich nicht, denn Zeit ist endlos. Mache die Zeit zu deinem Freund, dann hast du genug davon.

Nach dieser Maxime versuchte Frost stets zu handeln. Um jeden Preis wollte sie Eile und Hektik bei ihren Ermittlungen vermeiden. Meistens gelang ihr dies.

Schritte auf der Flurtreppe. Kurz darauf betrat ein adretter Mann das Zimmer. Robin Zerbe war kaum älter als seine Ehefrau. Er humpelte nicht einmal, wie Frost erwartet hatte, nachdem seine Frau von einer Knie-OP gesprochen hatte.

»Ist etwas Schlimmes passiert bei den Rodenbergs?«, fragte er direkt.

Darüber wunderte Frost sich nicht, denn garantiert hatte das Ehepaar die ganze Zeit aus dem Fenster geschaut und beobachtet, was sich beim Nachbarn tat. Von hier hatte man eine exzellente Sicht auf das frei liegende Grundstück des Landwirtes.

»Können wir uns unter sechs Augen unterhalten?«, fragte sie.

Zerbe wechselte einen flüchtigen Blick mit seiner Frau, dann nickte er ihr zu und sie verließ das Wohnzimmer mit einem »Selbstverständlich«.

In jeder Lebenssituation fühlten Menschen sich sicherer, wenn vertraute Personen um sie herum waren. Diese Sicherheit wollte Frost durchbrechen, um zu sehen, wie sich der Mensch schlug, wenn er auf sich allein gestellt war. Und falls Zerbe ein guter Anwalt war, würde er die Prüfung meistern. Erst recht, wenn er ehrlich blieb.

Als sich die Glastür hinter seiner Frau schloss, suchte Zerbe nach einer bequemen Haltung in seinem Sessel. Frost zog aus ihrer Jackentasche ein zuvor hineingestecktes Ein-Euro-Stück und ihr Feuerzeug hervor und platzierte beides in der Mitte des Glastisches zwischen den drei Sesseln. Sie legte den Euro flach hin, stellte das Feuerzeug darauf und lehnte sich zurück.

»Was meinten Sie eben damit, als Sie fragten, ob bei der Familie Rodenberg etwas Schlimmes passiert sei?«

»Nur so, weil …« Er stockte und schaute auf das Geldstück und das Feuerzeug, traute sich aber nicht, nach der Bedeutung zu fragen. »Ich meine, Sie kommen doch von der Kripo, nicht wahr? Ich kann mir kaum vorstellen, dass Schafe zu Ihrem Arbeitsgebiet zählen.«

Manchmal verbirgt sich unter einem Schaffell ein Raubtier. Mein Arbeitsgebiet sind Raubtiere, denn ich jage sie.

»Verstehe, und was ist Ihr Betätigungsfeld?«

Unmerklich schüttelte Zerbe den Kopf, als hätte er sich verhört. Nur mit Mühe löste er den Blick vom Gebilde auf dem Glastisch und schaute Frost an. »Wie bitte?«

»Ihre Frau erwähnte, dass Sie Anwalt seien.«

»Ja, meine Fachgebiete sind Insolvenzrecht, Zwangsverwaltungsrecht, Unternehmens- und Wirtschaftsrecht. Allerdings dachte ich, Sie wären hier, weil Sie mir Fragen zu Benno Rodenberg und seinen Schafen stellen wollen.«

»Das tue ich schon, seit mir Ihre Frau die Tür geöffnet hat.«

Zerbe musterte Frost, und sie konnte in seinen Augen lesen, was er dachte.

Ist sie wirklich eine Polizistin? Sollte ich mir ihren Ausweis ansehen?

»Nun, dann frage ich Sie konkret: Was haben Sie letzte Nacht mitbekommen?«

Diesmal sah er Paulsen an, dann wieder das Feuerzeug. Schließlich beugte er sich nach vorn. »Sie meinen bestimmt, ob ich etwas Verdächtiges bemerkt habe.« Er schüttelte den Kopf. »Nein, ich habe mit meiner Frau ein Glas Wein getrunken und wir haben uns eine Folge der Serie *The Walking Dead* auf Blu-Ray angeschaut. Gegen dreiundzwanzig Uhr sind wir zu Bett gegangen. Erst heute Morgen habe ich mich gewundert, weil es bei den Rodenbergs verdächtig still zuging. Sie müssen wissen, gewöhnlich ist mein Nachbar schon auf den Beinen, wenn ich mich noch mal im Bett herumdrehe – und das sage ich als Frühaufsteher. Ich habe seine Schafherde nicht wie sonst weiden gesehen, sondern nur ein paar vereinzelte Tiere. Und als ich dann wenig später das Radio eingeschaltet habe, da habe ich eins und eins zusammengezählt.«

»Und welches Verhältnis haben Sie zu Benno Rodenberg und seinen Schafen?«

Zerbe zuckte mit den Schultern und schmunzelte. »Ein nachbarschaftliches?«

»Also keine Streitigkeiten? Ich denke an bellende Hunde. Traktorenlärm. Gestank von Schafmist. Eben all die Dinge, die Leute stören könnten, die in einem Haus wie diesem leben.«

Zerbe kratzte sich das unrasierte Kinn und schlug die Beine übereinander. »Kann es sein, dass Sie nach einem Motiv suchen, weshalb ich meine Nachbarn hassen sollte?«

»Ich möchte nur erfahren, was die Rodenbergs für Menschen waren.«

»Moment, Sie sagten, waren … Soll das heißen …?«

Genau diese Verwirrung hatte sie provoziert. »Sie werden es ohnehin bald aus den Medien erfahren. Ja, es ist etwas Schlimmes passiert. Etwas sehr Schlimmes. Und ich möchte mehr darüber herausfinden. Also, was über Benno Rodenberg könnte mich interessieren?«

»Ich möchte mich nicht an Gerede beteiligen, das tue ich beruflich ohnehin nie. Falls Sie also an schmutziger Wäsche interessiert sind, fragen Sie die anderen Nachbarn. Wir kennen die Rodenbergs als gottesfürchtige Menschen. Wenn es die Wirtschaft erlaubte, sind sie sonntags in die Kirche gegangen. Ich glaube, in die Simonskirche.«

Sofort wurde Frost hellhörig. Sie kannte den dortigen Pfarrer sehr gut, auch wenn sie selbst nicht an Gott glaubte.

Nicht an diesen Gott.

Pfarrer Thomas Heyn hatte nach dem Tod ihrer Mutter dafür gesorgt, dass Frost in eine Adoptivfamilie kam. Später hatte er sie aufgefangen, als sie als Jugendliche gegen eben diese Adoptiveltern rebelliert hatte.

Alles nur Zufall?

Sie brauchte sich keine große Mühe zu geben, ihre Neugier zu verbergen, denn ihr Gesprächspartner war noch immer abgelenkt von der Münze und dem Feuerzeug. Sie selbst dagegen versuchte zu enträtseln, ob es Zufall war, dass es zwischen Benno Rodenberg und ihr eine Verbindung zur Simonskirche gab.

Während sie nachdachte, entdeckte sie im Bücherregal hinter ihm eine Bibel.

»Leiden Sie an Stygiophobie?«

»Nein, also, ich … Mit diesem Begriff bin ich nicht vertraut.«

»Es bezeichnet die krankhafte Furcht vor der Hölle.«

»So weit würde ich nicht gehen, aber vielleicht sollten wir mal wieder öfters einen Gottesdienst besuchen. Als Kind bin ich mit meinen Eltern regelmäßig in die Kirche gegangen, jetzt zahle ich nur noch Kirchensteuer.« Plötzlich schüttelte er heftig den Kopf. »Was rede ich denn da für einen Schwachsinn? In meiner Nachbarschaft ist ein Verbrechen geschehen und ich stottere hier herum. Entschuldigung, ich kann Ihnen nicht weiterhelfen. Ich würde jetzt gern mit meiner Frau allein sein.«

Frost hatte genug gehört. Sie wies Paulsen an, die Personalien der Hauseigentümer zu notieren, verstaute das Feuerzeug und die Münze und verabschiedete sich vom Rechtsanwalt und seiner Frau.

»Was sollte das bedeuten?«, fragte Paulsen, als sie ins Freie traten und sich vom Haus entfernten. »Ich meine, das mit dem Euro und dem Feuerzeug.«

»Es war absolut bedeutungslos.«

»Wozu dann der Unfug? Hast du gesehen, wie er uns angeschaut hat? Wie zwei arme Irre.«

»Er hat mich genau so angesehen, wie ich es beabsichtigt hatte: verunsichert.«

KAPITEL 12

Knapp acht Stunden Außendienst lagen hinter Frost, als sie in die Räume der Kriminalpolizei zurückkehrte. Überraschenderweise stand die Tür zum Büro der Kommissariatsleiterin offen. Frost hatte nicht damit gerechnet, Lorenz um diese Uhrzeit noch anzutreffen. Beide hatten die reguläre Dienstzeit längst überschritten. Nach stundenlangen Ermittlungen am Tatort, etlichen Befragungen, vier Vernehmungen potenzieller Zeugen, dem Bewerten der Aussagen der Rechtsmedizinerin, der Sichtung erster Spurenergebnisse sowie den ermüdenden Auseinandersetzungen mit einigen Revierkollegen, weil sie Frost in persona ablehnten und sie die Zusammenarbeit mit der Kripo generell als Demütigung empfanden, hatte Frost kein großes Interesse auf einen Rapport bei ihrer Chefin. Aktuell wollte sie sich nur noch an den Computer setzen und ihren Bericht eintippen. Doch dank Lorenz' sechstem Sinn gelang es ihr nicht, sich am Zimmer vorbeizuschleichen.

»Gib dir keine Mühe, Klara, ich habe schon auf dich gewartet.«

Frost boxte in die eigene Hand und trat ein. »Keine Sorge, was die ersten Erkenntnisse zum Mordfall angeht, habe ich ordnungsgemäß Meldung an das Lagezentrum und den Kriminaldauerdienst gemacht. Mehr als dass es sich bei den

Toten mit an Sicherheit grenzender Wahrscheinlichkeit um die Familie Rodenberg handelt, gibt es momentan nicht zu berichten. Ich habe mich um die Pressemeute gekümmert und mich sogar angenehm mit dem Staatsanwalt unterhalten.« Fast musste sie über ihre Lüge schmunzeln, denn der Staatsanwalt hatte mehrfach betont, wie sehr er sich gewünscht habe, ein umgänglicher Beamter des K11 würde ihn über den Fall aufklären. »Zumindest mir hat es Spaß gemacht, ihm die Details zu den Todesumständen zu schildern. Wir haben den Tatort versiegelt, lassen ihn über Nacht von der Wachpolizei bestreifen und machen morgen weiter. Du siehst, ich habe alles unter Kontrolle.«

Wie immer.

»Klar, und ich bin in Wahrheit auf einer Südseeinsel und lasse mir meinen dicken Hintern von der Sonne bräunen und von einem knackigen Zwanzigjährigen Cocktails mit jeder Menge Alkohol bringen. Mach die Tür zu und nimm Platz.«

»Falls du von mir erwartest, ich könnte dir den Namen des Mörders servieren, muss ich dich enttäuschen. Dahingehend weiß ich so viel wie du.«

»Was den Mord an der Familie Rodenberg betrifft, bin ich im Bilde. Der Staatsanwalt und ich, wir waren beide froh, dass wir uns die abgeschnittenen Körperteile nicht live anschauen mussten.«

Statt sich zu setzen, blieb Frost mit einigem Abstand zum Schreibtisch stehen. Bestimmt wollte Lorenz sie tadeln, weil sie den ganzen Tag nicht erreichbar gewesen war, was allerdings nicht ganz den Tatsachen entsprach, denn sie hatte sich zum Telefonieren das Smartphone von Paulsen geliehen. »Fang jetzt bitte kein psychologisches Gespräch mit mir an, weil du befürchtest, ich könnte die schrecklichen Bilder nicht verarbeiten. Ich bin gegen solche Schauplätze immun. Jetzt möchte ich nur noch das Notwendigste zu Papier bringen.«

»Darüber denke ich anders.« So wie Lorenz es aussprach, klang es wie eine Drohung. Beunruhigend war dazu die grüne Mappe, die sie aus einem Fach zog und auf die Tischplatte pfefferte.

Frost war nicht sicher, ob sie den Inhalt erfahren wollte.

Mein Bedarf an Geheimnissen ist für heute eigentlich gedeckt.

»Leistungsprämien und Disziplinarmitteilungen kommen gewöhnlich in blauen Umschlägen.«

Wirkungslos prallte der Witz an Lorenz ab. Ihre kräftige Brust hob sich beim Einatmen, wodurch sie gleichzeitig zu wachsen schien. Unwirsch schlug sie die Mappe auf. Frost brauchte nur eine Millisekunde, um auf den Ganzkörperporträts ihr Gesicht zu erkennen. Drei ausgedruckte Fotos. Auf allen war sie splitternackt zu sehen.

»Hast du darum dein Telefon ausgestellt?«, fragte Lorenz besorgt.

Für den Moment war Frost zu keiner Reaktion fähig. Wie gelähmt starrte sie auf die Fotomontagen. Zweifelsfrei gehörten Kopf, Gesicht und Haare ihr. Auch ging der Kopf nahtlos in einen Hals über, der ihrem glich. Jedoch stammte der auf den Fotos abgebildete Körper von einem unbekannten Tattoo-Model. Von einem mit deutlich weniger Tätowierungen, die sich zudem völlig von denen auf ihrer Haut unterschieden. Es gab keinerlei Übereinstimmungen bei den Motiven mit ihren eigenen. So fehlten unter anderem die Knochenschlange unterhalb Frosts Bauch, die gezeichneten Rippenbögen mit den darunter liegenden Zahnrädern, Pendeln und Ketten, wodurch es optisch so wirkte, als bestünde ihr Inneres aus einer Mechanik, außerdem sämtliche Uhrensymbole auf ihren Armen, das Geflecht aus Ästen, der Stacheldraht, der sich um ihren Oberkörper bis hinauf zum Halsansatz schlängelte, die Schrauben, Nieten, Nägel und Klammern, die signalisieren sollten, dass kalte, rohe Eisenteile ihre Glieder zusammenhielten.

Die Tätowierungen der Person auf den Bildern waren Allerweltsmotive, während die von Frost eine Art Maschinerie aus Metall und organischen Elementen ergaben. Selbst die Wörter auf ihrer Haut, die in einer Fantasiesprache geschrieben waren, fehlten gänzlich.

Bestürzt griff sich Frost an ihre Armbänder, die sie seit ihrer Jugendzeit sammelte und die ihr bei Schwierigkeiten als Kraftquelle dienten, sobald sie sie berührte. Auf ihrem Lieblingsband stand: *Deus ex Machina.*

Jemand hat einen grausamen Gott entfesselt, um mir wehzutun.

Nur zögerlich gelang es ihr, die Finger nach den Aktfotografien auszustrecken. Sie drehte sie so, dass sie sie eingehender betrachten konnte. Für fremde Augen mussten die Montagen derart täuschend echt wirken, dass man die abgebildete Dame niemals als Fake entschlüsseln konnte.

»Woher hast du die?«, fragte Frost.

»Von einer Internetseite«, sprach Lorenz aus, was Frost längst geahnt hatte. »Zusammen mit deiner Handynummer und einer widerwärtigen Annonce. Darin bietest du Sex in allen erdenklichen Praktiken an.«

»Nein, ich meine, wie bist du darauf gestoßen?«

»Unser Dezernatsleiter hat mich darauf aufmerksam gemacht, nachdem er dich nicht erreicht hat.«

Frost wich vom Tisch zurück und ihre Eingeweide verkrampften sich. »Kron kennt die Bilder?«

»Frag mich nicht, woher er davon weiß. Vielleicht hat er einen Tipp bekommen. Ich kann dir leider nicht versprechen, dass nicht noch mehr Kollegen davon Wind bekommen haben. Wie gesagt, Kron hat mich beauftragt, der Sache nachzugehen und – ich zitiere ihn – ›das Problem zu regeln‹.«

Ausgerechnet dieser Lustmolch! Wie er solche Dinge regelt, weiß ich inzwischen.

Er hatte ihr in der Vergangenheit eindeutige Avancen gemacht und sie hatte ihm im Gegenzug zu verstehen gegeben, dass verheiratete Männer im Allgemeinen und er im Besonderen nicht in ihr Beuteschema fielen. Er hatte es genommen wie die meisten gekränkten Männer: Er wollte ihr bei Gelegenheit die Quittung dafür geben.

Nun hat er etwas gegen mich in der Hand. Jede Lüge ist ihm recht, um mich aus der Abteilung zu verdrängen.

»Ist er noch da?«

»Hat sich vor einer halben Stunde verabschiedet.«

Welch ein Glück für ihn.

Frost fragte nicht weiter nach. Am liebsten hätte sie ihn zur Rede gestellt, wie er von den Fotos erfahren hatte. Wütend und mit tausend wirren Gedanken schnappte sie sich die Mappe und wollte gehen.

»Ich habe den IuK-Fachleuten im LKA bereits Druck gemacht, damit die Anzeige aus dem Netz verschwindet.«

Als Frost das hörte, blieb sie an der Tür stehen. »Wozu? Das ist meine Angelegenheit, darum kümmere ich mich selbst.«

Ich finde denjenigen, der mir das angetan hat.

»Eine solche Reaktion deinerseits hatte ich befürchtet«, sagte Lorenz. »Es ist natürlich nur so lange deine Privatangelegenheit, wie es nicht dem Ruf der Polizeidirektion schadet.«

»Ich werde mich darum kümmern und nebenbei einen Mordfall klären«, erwiderte sie trotzig.

»Wo ist eigentlich der Praktikant abgeblieben?«

»Du meinst Oli.P? Der besorgt mir ein Exemplar von *Satyricon*.«

Kapitel 13

Oliver Paulsen wusste, dass Klara Frost ihn an der Bahnhofsbuchhandlung ausgesetzt hatte, um ihre Ruhe vor ihm zu haben. Natürlich hatte sie es so ausgedrückt, als könnte er ihr bei den Ermittlungen helfen. Widerspruchslos war er ausgestiegen und hatte den Daumen gehoben. Er wusste selbst, was er für eine Nervensäge sein konnte. Im Prinzip hatte er sich der Kriminalhauptkommissarin aufgedrängt. Das mochte sie nicht, wie er gemerkt hatte. Niemand mochte das. Vielleicht konnte er bei ihr punkten, wenn er die gewünschten Bücher für sie fand, die sie ihm genannt hatte. Er hatte aufmerksam zugehört, obwohl er sonst lieber redete. Frost trat bestimmend und kühl auf – und sie war spendabel. Einen glatten Hunderter hatte sie ihm in die Hand gedrückt. Für eine Polizeibeamtin war sie echt abgefahren. Sie ließ sich von niemandem in ihre Arbeit hineinreden und pfiff auf Konventionen. Allein wie konzentriert sie den Tatort begutachtet hatte, das hatte ihn beeindruckt. Sie war den gesamten Gutshof abgelaufen, hatte wie in Trance umhergeschaut, und er hatte ihre kryptischen Sätze notiert, sobald sie ihn dazu aufgefordert hatte. Anfangs schien es für ihn, als hätte sie eine Art Röntgenblick und könnte Dinge sehen, die jedem anderen Menschen verborgen blieben. Ohnehin kam es ihm vor, als könnte sie einem mit ihren eisblauen Augen direkt in die

74

Seele schauen. Sein Unbehagen, wenn sie ihn anblickte, hatte er sich nicht anmerken lassen. Ob sie ihn trotzdem durchschaut hatte? Der Gedanke machte Paulsen nervös. Auch er hatte seine Geheimnisse, jeder hatte die.

Hastig verschlang er ein paar Pommes, die er zuvor in den Bahnhofspromenaden gekauft hatte, und schluckte mit ihnen auch sein ungutes Gefühl hinunter. Kein Wunder, dass man sie die Exorzistin nannte. Schon nach dem ersten Tag war er sich sicher, dass er viel von ihr lernen konnte. Exakt aus diesem Grund hatte er seinen Onkel bekniet, seine Praktikumszeit bei ihr verbringen zu dürfen.

Vielleicht fand sie ihn am Ende des Praktikums sogar nett und attraktiv. Er jedenfalls fand sie trotz ihrer kühlen Art megaheiß. Wenn er doch nur etwas älter gewesen wäre …

Er wischte den pubertären Gedanken beiseite, stopfte sich den Rest Pommes in den Mund und betrat den Buchladen. Sobald er hier alles erledigt hatte, würde er mit der Straßenbahn nach Hause fahren. Auf ein eigenes Auto verzichtete er, obgleich er sich über die anständigen Anwärterbezüge nicht beklagen konnte. Im Prinzip brauchte man auch keins in einer Stadt wie Leipzig.

Als er das alte Gemäuer betrat, ließ er die gewölbeartige Atmosphäre einen Moment auf sich wirken. Schon etliche Jahre hatte er seinen Fuß in keine Buchhandlung mehr gesetzt. Frost hatte gemeint, wenn er hier nicht fündig würde, dann nirgendwo. Dahingehend lag sie falsch.

»Mit wenigen Klicks bestelle ich dir alles, was du willst, Klara«, murmelte er vor sich hin und seine Hand glitt wie automatisch an seine Hosentasche, wo er sein Smartphone spürte. »Dank Amazon und Co. hat man das Zeug am nächsten Tag im Briefkasten.«

Niemand wusste das besser als Paulsen, denn er war süchtig nach Online-Shopping. Regelmäßig landeten Spiele, Filme,

Schuhe und Nerdkram wie Skitterbots – elektronische Insekten, die man auf dem Computertisch krabbeln lassen konnte – in seinem virtuellen Warenkorb. Virtuelle Kaufsucht war eins seiner Geheimnisse.

Nachdem er sich einen Überblick über den Aufbau der Buchhandlung verschafft hatte, entfaltete er den Zettel, auf dem er sich die Bücher notiert hatte, für die Frost sich interessierte. Erst beim Durchlesen seiner Notizen fiel Paulsen auf, dass darauf nur ein einziger konkreter Buchtitel stand: *Satyricon* von Petronius. Der Rest waren bloße Schlagworte, nach denen er suchen sollte. Schwerter, religiöse Hinrichtungen, Kardinaltugenden, Biografie über Titus Petronius Arbiter, Rituale der Kreuzritter.

Während er sich mit der Frage auseinandersetzte, was Frost sich bei den einzelnen Begriffen gedacht haben mochte, wurde ihm eine Sache bewusst: Sie hatte ihm verdammt viel Arbeit aufgehalst. Ohne Hilfe würde er es bis zum Ladenschluss kaum schaffen, genügend Bücher zu finden. Und vermutlich würde sie von ihm später verlangen, dass er die gekauften Bücher für sie durchackerte.

»Allein für den Aufwand hätte ich zweihundert Euro verlangen sollen.«

Aber er wollte nicht gleich an seinem ersten Tag resignieren, sondern zeigen, dass Frost sich auf ihn verlassen konnte. Sie hatte ihm eine Aufgabe erteilt, durch deren Erfüllung er seine spätere Praktikumsbeurteilung positiv beeinflussen konnte.

Schnurstracks lief er an den Reihen der nach Genres geordneten Bücher und Zeitschriften vorbei und sprach eine Angestellte an, die historische Romane in ein Regal einsortierte.

»Ich bräuchte ein wenig Unterstützung in einem schwierigen Fall«, sprach er sie an und hielt nervös seinen Dienstausweis hoch, in der Hoffnung, sie würde nicht erkennen, dass er noch in der Ausbildung war. »Wie gut kennen Sie sich hier aus?«

Die Angestellte blickte verwirrt, zeigte danach aber ein Lächeln. »Wie kann ich Ihnen denn konkret helfen?«

Schnell ließ er den Ausweis verschwinden und reichte ihr im Gegenzug den handgeschriebenen Zettel. »Ich hoffe, Sie können meine Schrift lesen.«

»*Satyricon*?« Sie musterte ihn, weil sie wohl annahm, er sei zu grün für eine solche Lektüre. »Ich glaube, Sie sind seit Jahren der Erste, der danach fragt.«

Paulsen hatte Glück. Zwischen etlichen weiteren philosophischen und antiken Titeln zog sie kurz darauf ein dünnes Büchlein hervor.

Satyricon – Ein römischer Schelmenroman von Petronius.

»Mich interessiert brennend, wie Ihnen ein solch dekadentes Werk bei Ihren Ermittlungen helfen kann«, sagte die Buchhändlerin. »Mir ist bewusst, dass Sie nicht über Ihre Arbeit sprechen dürfen, aber können Sie mir wenigstens einen kleinen Tipp geben, worum es geht? Hat es mit dem schrecklichen Mord an dieser Bauernfamilie zu tun, von dem die Radionachrichten ständig berichten?«

»Fragen Sie lieber nicht«, wehrte Paulsen ab und deutete auf den Zettel, den sie in ihrer Hand hielt.

Auch bei den Schlagwörtern half ihm die Angestellte und suchte ihm passende Bücher heraus. Paulsen brauchte knapp vierzig Minuten, dann hatte er neben dem *Satyricon* fünf weitere Titel unter dem Arm.

»Bezüglich der Kardinaltugenden gibt es eine alte, aber aufschlussreiche Lektüre von Hildegard von Bingen. Leider haben wir momentan kein Exemplar vorrätig«, entschuldigte sich die Angestellte. »Aber eventuell kann ich Sie für eine Neuerscheinung im Thrillergenre begeistern.«

»Nein, ich soll …« Paulsen besann sich, weil ihr Blick ihn neugierig machte. »Wie meinen Sie das?«

Daraufhin führte sie ihn zu einem Tisch, auf dem einige Krimi-Neuerscheinungen prominent präsentiert wurden. Von einem Stapel nahm sie einen Thriller von einem Autor namens Dominik Israel.

»Frisch erschienen«, sagte die Angestellte. »Es ist einer von diesen angesagten blutigen Pageturnern. In der Geschichte geht es um einen mordenden Hirten und die Kardinaltugenden.«

Paulsen nahm ihr das Exemplar ab und las still den Titel: *Die 5. Tugend.*

Kapitel 14

»Weißt du, was das Problem mit diesem Tatort ist, Tigerfrau?«, fragte der alte Hauptkommissar vom Kriminaldauerdienst.

Die junge Oberkommissarin, an die er seine Frage gerichtet hatte, hieß zwar Elli Stolz, aber sie hatte sich daran gewöhnt, dass man sie nicht so nannte. Bis auf Gesicht, Hände und Fußsohlen war ihr gesamter Körper mit Tigerstreifen tätowiert. Sie wirkten wie eine Tarnung gegen seelische Anfeindungen, wie man sie ihr als Jugendliche angetan hatte und vor denen ihre Eltern sie nie geschützt hatten.

»Nein«, antwortete sie. »Was ist mit dem Tatort?«

Statt ihr zu antworten, befeuchtete der Kollege seinen dicken Daumen, schlug das oberste Blatt des Tatortprotokolls um und riss den Durchschlag ab. »Er ist ab sofort dein Problem.«

Damit übergab er ihr seine handschriftlichen Aufzeichnungen und machte kehrt. An Ellis Stelle hätten wohl die meisten den Stinkefinger gehoben oder eine Beschimpfung losgelassen, doch sie nahm es wie ein Profi.

Dafür bin ich ja hier, dachte sie sich und warf einen Blick auf die Notizen. Sofort bemerkte sie, dass der Kollege weder die Felder zur Auffindesituation noch den Namen des Opfers ausgefüllt hatte.

»Hey, hier fehlen aber einige Angaben«, rief sie ihm hinterher.

»Auch die sind Teil des Problems«, kam es als Antwort.

Nach allem, was man ihr am Telefon gesagt hatte, schien der Fall kompliziert zu sein und das makabere Rätselraten bereits im vollen Gange. Wenigstens hatten die Kollegen vom Dauerdienst in den Räumen mit farbigen Täfelchen einen Laufweg markiert, damit mögliche Spuren nicht zertrampelt wurden.

Zusätzlich bewachte ein Streifenbeamter den Zugang zur Wohnung.

Aus den bisherigen Einsatzdaten wusste sie, dass die Wohnungsinhaberin den Notruf abgesetzt und ein Gewaltverbrechen an ihrem Ehemann mitgeteilt hatte. Derzeit betreute ein Mitarbeiter der Krisenintervention die Zeugin bei einer Nachbarin psychologisch.

Bevor Elli den Tatort betrat, warf sie einen Blick auf das Klingelschild neben der Haustür. Wenn es stimmte, dann hieß der Mann Franz Wenzel und war Kriminalbeamter im LKA gewesen. Zum zweiten Mal innerhalb einer Woche hatte es einen Polizisten erwischt. Schon beim ersten Mord hatte die Tatortarbeit Elli enorme Überwindung gekostet. Zu grausam war das Bild gewesen, das sich ihr offenbart hatte.

Hier in der Wohnung warteten bereits die Vertragsärztin und ein Kriminaltechniker auf sie. Nach kurzer Schilderung der Ärztin schaute Elli in die Küche, wo man das Opfer getötet hatte. Wobei getötet nicht annähernd das beschrieb, was vorgefallen sein musste. Jemand hatte in dem kleinen Raum ein Blutbad angerichtet. Erneut musste Elli ihren gesamten Mut aufbringen, um nicht auf der Stelle kehrtzumachen und die Ermittlungen abzugeben.

»Wie beim letzten Mal«, sagte die Ärztin, die bereits die Leichenschau am vorherigen Tatort durchgeführt hatte. »Jemand hat ihn unmittelbar im Nackenbereich geköpft. Nach dem, was ich bislang erkennen konnte, brauchte es einen einzigen Hieb. Der Täter muss mit ungeheurer Kraft zugeschlagen haben.«

Damit würde sich unsere Theorie von einem Schwert erhärten, dachte Elli, unterbrach die Ärztin jedoch nicht.

»So wie es aussieht, hat er direkt seitlich hinter ihm gestanden. Wie Sie sehen, Frau Stolz, ist der Mann mit einem Seil um den Körper und an den Handgelenken mit einer Art Schloss gefesselt.«

»Sieht wie eine Spezialanfertigung aus«, ergänzte der Kriminaltechniker. »Eigentlich ist es wohl eher eine massive Eisenfessel mit einem Zahlenschloss. Genaueres wissen wir nach der Untersuchung.«

»Ein Zahlenschloss?«, fragte Elli.

»Und zwar mit acht Ziffern oberhalb des Rahmens. Wir haben alles so gelassen, wie wir es vorgefunden haben. Die Fessel scheint jedoch weiterhin verschlossen. Den Kratzspuren auf der Tischplatte nach zu urteilen, hat der Mann versucht, sich daraus zu befreien. Selbst mit eingeschränkter Fingerfreiheit war es ihm leicht möglich, die einzelnen Rädchen mit den Zahlen selbst zu drehen.«

Vermutlich hat man ihm sogar die Chance dazu gegeben, überlegte Elli. Dabei verglich sie die aktuelle Situation mit dem Mord an dem Polizisten, den man Anfang der Woche enthauptet in seiner Wohnung gefunden hatte und der mit einer Kette und einem handelsüblichen Vorhängeschloss fixiert gewesen war. Der Täter hatte ihm einen Glasbehälter mit Säure hingestellt, an dessen Boden sich der Schlüssel für das Schloss befand. Mit seinem freien Arm hatte der Mann hineingegriffen und sich derart schwere Verätzungen zugezogen, dass er den Schlüssel nicht mehr in den Schließzylinder bekommen hatte.

Ähnlich grauenvoll zugerichtet wie das erste Opfer sah auch der Mann in dieser Küche aus. Obwohl sein Kopf vor Elli auf dem Boden lag, konnte sie das durch zahlreiche Wunden entstellte und über und über von Blut bedeckte Gesicht nicht erkennen. Jetzt verstand Elli auch, weshalb sich der Kollege vom KDD nicht auf die Identität des Opfers festgelegt hatte. Man konnte schlichtweg nur erahnen, dass es sich um Franz Wenzel handelte. Klarheit würde *erst die vollständige Leichenschau und spätestens die Obduktion in der Rechtsmedizin bringen.*

»Wollen wir anfangen?«, fragte prompt die Ärztin.

Elli schüttelte den Kopf und zog ihr Handy hervor. »Ich muss zuvor telefonieren.«

Im Handumdrehen hatte sie die Nummer von Professor Emanuel Zacharias gewählt, einem Experten auf dem Gebiet der Serienmorde. Elli hatte ihn bei einem seiner Fachvorträge über Phänomene der Kriminalität kennengelernt. Damals war er frisch von einem Praktikum beim FBI aus den USA nach Berlin zurückgekehrt. Im Gepäck hatte er einen aktuell aufgeklärten Fall über einen Killer, der als Imperial Avenue Murderer mindestens elf Frauen in seinem Haus umgebracht hatte. Neben dem aufschlussreichen Bericht an jenem Veranstaltungsabend stellte es sich für Elli erneut als ein Segen heraus, dass der Professor ihr damals seine Visitenkarte gegeben hatte.

Das Rufzeichen dauerte an. Irgendwann hob der Hausangestellte des Professors ab. Nach einem kurzen Wortwechsel reichte der Bedienstete den Hörer an Zacharias weiter.

»Sie sagten, ich soll Sie anrufen, wenn wir es mit einem Serienmörder zu tun haben.«

Sie hörte, wie Zacharias schwer Luft holte. »Und jetzt wollen Sie mir bestimmt mitteilen, dass ein zweites Opfer aufgetaucht ist.«

»Wir haben zwei ähnlich gelagerte Mordfälle. Beide Opfer männlich. Tatort die eigene Wohnung. Unwiderlegbare Übereinstimmungen im Modus Operandi. Sobald wir Sicherheit bei der Identität des zweiten Opfers haben, wird sich herausstellen, dass es jemand auf Polizeibeamte abgesehen hat. Reicht Ihnen das?«

Der Professor schwieg lange. »Falls morgen etwas zu Ihrem Fall in den Zeitungen steht, werde ich es mir aufmerksam durchlesen, und falls es mich interessiert, dann rufe ich Sie zurück, einverstanden?«

»Nein, Sie müssen jetzt sofort nach Schmargendorf in die Heiligendammer Straße 155E kommen, sich die Wohnung ansehen und mir Ihre Einschätzung mitteilen. Falls ich heute etwas übersehe, ist es möglicherweise für immer verloren. Herr Professor Zacharias, ich bitte Sie, ich bin mir sicher, dass wir es mit einem richtig üblen Täter zu tun haben. Einem Täter, der noch längst nicht fertig ist.«

»Selbst wenn ich alles stehen und liegen lasse, würde ich den ganzen Tag brauchen, um zu ihnen zu kommen. Sie wissen, dass ich im Rollstuhl sitze. Ich wette, das Haus hat nicht einmal einen Aufzug.«

Elli entfernte sich von der Ärztin und ihrem Kollegen und suchte ein Zimmer auf, in dem sie ungestört reden konnte. »Ich brauche Ihren Rat, Sie sind eine Koryphäe auf dem Gebiet der Serienmorde. Als ich Ihnen damals erzählt habe, dass ich bei der Mordkommission arbeite, boten Sie mir an, dass ich Sie jederzeit anrufen darf, wenn ich eine zweite Meinung benötige.«

»Streng genommen bin ich gar nicht befugt, den Tatort zu betreten. Ich bin kein Polizeibeamter so wie Sie. Warum vergessen Sie das immer? Ich bin ein Krüppel, der Reden vor Leuten hält, die noch älter sind als ich.«

»Sie sollen nicht die Ermittlungen leiten, sondern als Berater fungieren. Keiner in der Abteilung ist der Sache gewachsen, das spüre ich.«

Zacharias murmelte etwas Unverständliches, um dann deutlicher zu reden. »Beschreiben Sie mir, was Sie sehen.«

Erst war Elli sich unsicher, was er meinte, dann lief sie zur Küche, wo die Ärztin sie erwartungsvoll anblickte.

»Ich befinde mich in einer Dreiraumwohnung«, redete Elli ins Telefon. »Die Küche ist circa acht Quadratmeter groß. Die Küchenzeile ist in L-Form eingebaut. An der linken Wandseite befindet sich ein Tisch. So wie er steht, haben drei Leute daran Platz. Das Opfer sitzt mit dem Gesicht zur Wand, wobei das mit dem Gesicht nur im übertragenen Sinn gilt, denn der Kopf liegt an der Türschwelle.«

»Nackt oder bekleidet?«, fragte Zacharias.

»Vollkommen bekleidet. Jogginghose, Socken, T-Shirt. Die Hausschuhe liegen verstreut im Flur.«

Der Professor kommentierte es nicht.

Elli dachte darüber nach, dass wohl kein sexuelles Motiv vorlag und der Täter sein Opfer zuvor im Korridor überwältigt haben musste. Sie erzählte weiter. »Bis auf die Arme ist das Opfer mit einem Seil am Stuhl festgebunden. Synthetisches Material vermute ich.« Um Bestätigung zu finden, drehte sie sich zum Kriminaltechniker um, der sogleich nickte. »Wie gesagt, bei dem Opfer handelt es sich um einen Mann. Der kopflose Leichnam hängt über dem Tisch wie ein Büßer, was an den Armen liegt, die wegen des Metallteils, das seine Hände fesselt, nach vorn gestreckt sind.«

»Beschreiben Sie es mir detailliert.«

Das tat Elli. Sie beschrieb die Farbe des Eisens sowie die Größe und Form der Vorrichtung und sie erzählte von den Zahlenrädchen. Und obwohl er es nicht hören wollte, erwähnte sie auch ihre Theorie, dass der Täter dem Opfer die vermeintliche Chance gelassen hatte, sich zu befreien. Ähnlich der Chance des letzten Opfers, einen Schlüssel aus einem Säurebad zu fischen.

»Niemand kann einen achtstelligen Code innerhalb kürzester Zeit entschlüsseln«, sprach der Professor das Offensichtliche an. »Das sind … einhundertmillionen Kombinationsmöglichkeiten. Entweder kannte das Opfer die Zahlen im Unterbewusstsein oder man hätte sie durch Logik herausbekommen können.«

Elli erwiderte nichts, um den Professor zum Weiterreden zu animieren.

»Heben Sie die Eisenfessel an«, verlangte er nach ein paar Sekunden des Nachdenkens.

»Das geht nicht, der Kriminaltechniker …«

»Wollen Sie meine Hilfe oder nicht?«

Widerwillig betrat Elli die Küche. Mit Einweghandschuhen hob sie die Arme des Geköpften an. Sie hatte Mühe und musste mit beiden Händen zugreifen. Ihr Handy klemmte sie unterdessen zwischen Ohr und Schulter.

»Steht dort etwas?«, fragte der Professor.

»Verdammt, Sie haben recht! Der Täter hat die Zahlen unterhalb der Fessel eingeritzt, sodass das Opfer sie unmöglich sehen konnte, egal wie sehr es seine Glieder oder den Kopf verdreht hätte. Das ergibt doch gar keinen Sinn.«

»Doch mit einem Spiegel wäre es möglich, den Code zu lesen. Gibt es dort irgendwo eine spiegelnde Oberfläche?«

»Nein, hier ist nirgendwo etwas«, sagte sie, hielt aber sogleich inne.

Eventuell hatte es tatsächlich eine spiegelnde Fläche gegeben – nämlich die Waffe des Täters.

KAPITEL 15

Die Fahrstuhltüren zur obersten Etage der Frost AG öffneten sich und Frost lief zielstrebig zum Büro des Geschäftsführers – ihres Stiefbruders Hendrik Frost. Nach dem Tod ihrer Adoptiveltern hatte er die Firma übernommen, während Frost sich ihr Erbe auszahlen ließ. Sie hatte nie Ambitionen gehabt, in das europaweit agierende Unternehmen einzusteigen, das sich mit Datensicherheit und Serverkapazitäten einen führenden Status im Wettbewerb erarbeitet hatte. Obwohl ihr die Wichtigkeit von Computern und Internet bewusst war, konnte sie sich niemals mit dem Gedanken anfreunden, mit digitalen Einsen und Nullen in einem Büro eingeschlossen zu sein. Dagegen hatte Hendrik schon als Teenager erkannt, welchen Stellenwert der Schutz von Daten einmal in der Gesellschaft einnehmen würde.

Da es auf neunzehn Uhr zuging, war die Vorzimmerdame längst zu Hause. Entsprechend klopfte Frost selbst an die Bürotür. Der Mitarbeiter unten am Empfang hatte sie telefonisch angekündigt. Trotzdem dauerte es einen Moment, bis Hendrik sie hineinbat.

Das macht er mit Absicht. Wie jedes Mal. Aber ich habe alle Zeit der Welt, das weiß er. Und es regt ihn maßlos auf, weil er im Gegensatz zu mir immerzu beschäftigt ist.

Sie betrat das Büro, das für einen stinkreichen Geschäftsführer eigentlich viel zu klein und obendrein zu spartanisch eingerichtet war. Nur selten empfing er hier firmenfremde Leute. Bei Geschäftsbesprechungen wechselte er in den Besprechungsraum, den alle nur das Aquarium nannten, weil man sich darin wie ein winziger Fisch hinter riesigen Glasflächen vorkam. Wie Frost war auch Hendrik kein Verschwender. Ihre Eltern hatten ihnen, trotz allen Reichtums, immer einen gewissen Grad an Bescheidenheit vermittelt.

Frost näherte sich seinem Schreibtisch, doch er blickte nicht einmal auf, sondern blätterte irgendwelche Dokumente durch und machte hier und da mit dem Kugelschreiber einen Vermerk.

»Wir waren nicht verabredet, Klara«, fing er im gewohnt belehrenden Ton an. »Ich habe Maria versprochen, dass ich sie heute pünktlich zum Essen ausführe. Der Tisch ist für neunzehn Uhr bestellt. Wie du siehst, werde ich es nicht mehr rechtzeitig schaffen. Also fass dich bitte kurz, denn mit leerem Magen ertrage ich dich noch weniger.«

»Vielleicht solltest du es mal mit der Bandwurmmethode probieren.«

Jetzt hob er doch den Kopf. »Ist das wieder eine deiner skurrilen Weisheiten?«

Sie zuckte mit den Schultern. »Bandwürmer können bei Nahrungsmangel fünfundneunzig Prozent ihres eigenen Körpers verzehren und trotzdem überleben.«

»Das ist ekelig.«

»Nicht so ekelig wie das hier.« Sie legte ihm einen Zettel hin, auf dem die Internetadresse stand, wo ein Unbekannter manipulierte Aktfotos mit ihrem Gesicht veröffentlicht hatte. »Seit heute kann man mich dort finden.«

Wie erwartet, stutzte Hendrik. »Ist das … eine Seite, auf der Escort-Damen ihre Dienste anbieten?«

»Escort ist eine nette Umschreibung dafür.«

Statt mit unbequemen Fragen einzusteigen oder sich sogar abfällig zu äußern, blieb Hendrik schweigend und mit beiden Zeigefingern auf den Lippen sitzen. Sie sah ihn an und wartete darauf, dass er etwas dazu sagte. Nur äußerst ungern bat sie ihren Stiefbruder um einen Gefallen, doch nach dem Auftauchen der Sex-Anzeige kannte sie keinen Besseren, an den sie sich sonst wenden sollte. Nachdem Lorenz ihr von der Annonce erzählt hatte, war sie an ihren Arbeitsplatz gegangen, um den wichtigsten Schreibkram zum Mord an der Familie Rodenberg zu erledigen. Doch anders als sonst musste sie bei ihrem Bericht ständig eine Pause einlegen und den Text andauernd korrigieren. Nach langem Ringen mit sich hatte sie alles stehen und liegen gelassen und war zu Hendriks Firma aufgebrochen.

»Willst du nicht auf der Seite nachsehen?«, fragte sie.

»Um was zu sehen? Nacktbilder von dir?«

»Es sind Fälschungen.«

»Etwas anderes habe ich auch nicht erwartet. Zwar halte ich deinen Lebensstil und deine Weltansichten für bizarr, aber das traue ich selbst dir niemals zu.« Er griff nach dem Telefonhörer vor sich, wählte eine Nummer und redete dabei weiter. »Ich werde sofort meinen besten Mann darauf ansetzen.«

Am anderen Ende wurde abgehoben und Hendrik diktierte seinem Mitarbeiter die Internetadresse. Die weiteren Anweisungen fielen knapp aus.

Sieht so aus, als wüsste der Mann, was zu tun ist.

Frost war bekannt, dass ihr Stiefbruder, genau wie sein Vater Edward Frost zuvor, seinen fähigsten IT-Spezialisten überdurchschnittlich hohe Gehälter bezahlte. Andernfalls hätte immer die Verlockung bestanden, dass Mitarbeiter die Seiten wechselten und für die Konkurrenz oder sogar als kriminelle Hacker ihren Lebensunterhalt bestritten.

Nach weniger als einer Minute legte Hendrik den Telefonhörer auf. »Er sieht es sich unverzüglich an und versucht, die Spur des Urhebers zurückzuverfolgen.«

»Danke«, flüsterte sie.

»Ich mache das nicht für dich, sondern für die Firma.«

Verstehe, keine negative Presse. Wenn sie mich ins Visier nehmen, ist es nur eine Frage der Zeit, bis sie auch auf die Frost AG feuern.

Sie nickte. »Ich glaube nicht, dass es da jemand auf dein Unternehmen abgesehen hat.«

»Nimm es mir nicht übel, wenn ich deinen Optimismus momentan nicht teilen kann. Ich sehe die Schmutzkampagne nämlich bereits vor mir.«

»Schmutziger Schnee schmilzt schneller als sauberer.«

»Hör auf damit, Klara, bitte! Hast du wenigstens einen Verdacht, wer das gewesen sein könnte?«

Nein.

Sein Telefon klingelte. Es war der Empfang im Erdgeschoss.

»Wer?«, fragte Hendrik in den Hörer, um sich sogleich Frost zuzuwenden. »Kennst du einen Oliver Paulsen?«

»Was ist mit ihm?«

»Er steht unten beim Einlass und sucht dich.«

KAPITEL 16

Da Frost sich mit Paulsen keinesfalls vor ihrem Stiefbruder unterhalten wollte, nahm sie den Praktikanten kurzerhand mit in die Pianobar des *Halo*. Dort angekommen staunte Paulsen nicht schlecht, als zwei Hotelangestellte auf Frosts Bitte hin in den voll besetzten Bereich einen zusätzlichen Tisch und zwei Sessel schleppten.

»Wie machst du das nur?«, fragte er.

»In diesem Hotel bin ich so eine Art Königin.«

»Ah, eine Eiskönigin.«

Ein Blick von Frost reichte und er ruderte zurück. Gemeinsam nahmen sie Platz und man reichte ihnen die Getränkekarte. An diesem Abend spielte der Künstler am Flügel offensichtlich Filmmusikstücke. Sie erkannte die Titelmelodie aus *Forrest Gump* und musste unwillkürlich zu ihrem Gast schauen, der sich mit einem Fingerschnippen ein Getränk bestellte, als wäre er in einer Diskothek. Frost fiel auf, dass der gleichnamige Filmheld und Paulsen in mancher Hinsicht Gemeinsamkeiten aufwiesen. Der Praktikant wirkte auch etwas zurückgeblieben, blieb jedoch stets freundlich und geradlinig.

Trotzdem stimmt mit dir irgendetwas nicht. Was verheimlichst du mir?

»Woher wusstest du, wo du mich findest?«, fragte sie, nachdem der Kellner ihre beiden Getränkewünsche aufgenommen hatte.

»Jeder kennt die Frost AG. Das war einfach logisch für mich.«

Das hat definitiv nichts mit Logik zu tun. Davon verstehe ich nämlich etwas.

»Spionierst du mir nach?«

»Am liebsten würde ich es leugnen, aber deine Kollegen behaupten, du könntest mir direkt ins Herz sehen.«

Frost verdrehte die Augen und beschloss, das Thema auszusetzen. Trotz der am Bartresen angebrachten Messingtafel, die auf das Rauchverbot hinwies, zündete sie sich eine Zigarette an.

»Rauchst du ständig, weil dir der Mordfall an die Nieren geht?«, redete er wieder.

»Okay, Oli.P, gib dir keine Mühe, mich durchschauen zu wollen. Es wird dir nicht gelingen. Und nur damit du es weißt: Ich rauche rein zum Genuss.«

»Selbst Lucky Luke hat aufgehört zu rauchen. Schon 1982.«

»Woher willst du das denn wissen, wenn du da noch nicht einmal geboren warst?«

»Ich lese viele Comics.«

Das erklärt, warum du keine Freundin hast.

Während ein Kellner Frost einen Black Russian brachte und für Paulsen irgendeinen blauen Cocktail, der einen Teil Energy-Drink enthielt, bemerkte sie, dass der Hotelmanager auf sie zusteuerte.

Das bedeutet nichts Gutes.

»Guten Abend, Frau Frost«, grüßte Viano Belger zuerst sie per Handschlag und anschließend Paulsen.

»So spät noch im Hotel unterwegs?«, erwiderte sie.

Er schaute auf ihre Zigarette und lächelte gezwungen, was ihr ungutes Gefühl verstärkte.

»Dürfte ich Sie kurz unter vier Augen sprechen?«, fragte er.

Sie nahm einen Schluck vom Getränk, drückte die angefangene Zigarette in einem extra für sie bereitgestellten Aschenbecher aus und folgte ihm, ohne eine Ahnung, was er von ihr wollte. Wegen des Rauchverbots würde er sie garantiert nicht maßregeln wollen.

»Worum geht es?«, fragte sie, als sie sich in eine Ecke zurückgezogen hatten.

»Es ist mir äußerst unangenehm, darüber zu reden, denn wir schätzen Sie als eine unserer bevorzugten Gäste.«

»Reden Sie offen.«

Belger war ein selbstbewusster Mann, dem man seine italienischen Wurzeln anhand seines Kleidungsstils ansah und der sein Hotel im Griff hatte. Heute machte er beim Reden allerdings einen unschlüssigen Eindruck. »Es haben sich mehrere Männer nach Ihnen erkundigt. Laut den Rezeptionisten haben sie seltsam obszöne Andeutungen gemacht, wenn Sie verstehen, was ich meine.«

Leider verstehe ich.

»Mir ist egal, was die Männer wollten, stellen Sie an Ihr Personal durch, dass ich in nächster Zeit an keinem Anruf interessiert bin.«

»Die Männer sind persönlich hier erschienen.«

Diese Information ließ Frost innehalten. Es war erschreckend, weil es sich anfühlte, als wäre man unmittelbar in ihre Privatsphäre eingedrungen. Erst nach einigen Augenblicken fasste sie sich. »Wie dem auch sei, auch an Besuchen habe ich kein Interesse.«

»Einer meiner Mitarbeiter hat mich auf eine Internetseite aufmerksam gemacht. Dort ...«

»Schon gut«, unterbrach sie ihn beherrscht, auch wenn es in ihr vor Wut brodelte. »Ich versichere Ihnen, dass ich nichts damit zu tun habe und ich mich umgehend darum kümmern werde, damit das *Halo* keine Unannehmlichkeiten bekommt.«

Er nickte, sah dabei aber nicht aus, als könnte ihn ihre Beteuerung beruhigen. »Das hoffe ich, wir möchten Sie ungern als Gast verlieren.«

Sie ging zurück zu ihrem Platz und trank ihren Cocktail in einem Zug aus.

»Darf ich erfahren, worum es ging?«, wollte Paulsen wissen.

»Dafür bist du zu jung.« Sie fingerte nach einer neuen Zigarette. »Zeig mir lieber die Bücher.«

Paulsen bückte sich zu seiner Tasche, die neben dem Sessel stand, und holte nacheinander die Bücher heraus, die er in der Buchhandlung gekauft und weswegen er sie bei der Frost AG aufgesucht hatte. »Ein Exemplar des *Satyricon*, eine geschichtliche Abhandlung über Schwerter mit reichlich Bildern, ein Buch über die Kreuzzüge …« Er legte drei weitere Bücher obenauf und tippte auf das letzte. »Das hier ist wirklich interessant, eine Publikation über dunkle Riten in mittelalterlichen Klöstern. So was in der Art hast du doch gesucht, oder?«

Sie warf einen flüchtigen Blick auf den vor ihr liegenden Stapel. »Und hast du auch etwas zum Thema Kardinaltugenden gefunden?«

»Darüber wollte ich mit dir reden. Wie kommst du ausgerechnet darauf?«

Ich bin die Exorzistin, ich erkenne düstere Zusammenhänge.

»Also kein Buch über die Kardinaltugenden«, kürzte sie das Gespräch ab, da sie nicht vorhatte, den ganzen Abend in Gesellschaft von Paulsen zu verbringen.

»Nein, aber ich habe das hier.« Er beugte sich erneut über die Sessellehne und holte einen Roman mit dunklem Einband hervor, auf dem ein blutiges weißes Stück Fell abgebildet war.

Frost las den Titel: *Die 5. Tugend.*

»Wie es der Zufall will, geht es in dem Thriller um die Kardinaltugenden«, redete er weiter. »Das Buch ist erst vor knapp zwei Monaten erschienen. Also woher wusstest du davon?«

Frost überlegte, ob sie es ihm verraten sollte.

Warum nicht? Vielleicht erkennt er dann, warum Lesen nie schadet.

Diesmal beugte sie sich zu ihrer Tasche, um ihrerseits ein Exemplar von *Die 5. Tugend* hervorzuholen.

»Es enthält sogar eine handschriftliche Widmung des Autors.«

»Soll das heißen, du wusstest, dass ich auf den Roman stoßen würde?«, begriff Paulsen.

»Es lag im Rahmen des Möglichen. Falls du mich jedoch wirklich beeindrucken willst, solltest du dir etwas Besseres einfallen lassen.«

KAPITEL 17

Direkt beim Betreten des Hotelzimmers streifte Frost ihre Boots ab und ließ sie achtlos im Eingangsbereich liegen. Auf dem Weg zur Minibar folgten den Schuhen ihre Jeans, das Sweatshirt, BH und Slip. Aus dem Kühlfach nahm sie eine Flasche Wodka und goss sich ein Glas halb voll. Den eiskalten Drink brauchte sie jetzt dringend.

Nachdem sie in ihren Körper hineingehört hatte, musste sie sich eingestehen, dass sie todmüde war. Andererseits blieb da die innere Unruhe. Der Unfall mit dem Schaf, der Mord an einer Familie, die Anrufe, die Sexanzeige, der Drohbrief mit der Visitenkarte …

Denn eine Hure ist eine tiefe Grube.

Während sie über den Satz nachdachte, ging sie ins Badezimmer. Dort schaltete sie das Licht ein und drehte sich vor dem Spiegel, um ihre nackte Haut von oben bis unten zu betrachten. Ihren nackten Körper verglich sie mit den Bildern aus dem Internet, die in ihrem Kopf erschreckend präsent waren. Zum Glück stellte sie nicht die geringste Übereinstimmung bei den Tätowierungen fest.

Das ist ein gutes Ergebnis.

Andernfalls hätte sie darüber nachdenken müssen, welche Bedeutung ein gleiches oder ähnliches Tattoo-Motiv gehabt hätte. Vorerst ging sie davon aus, dass sich jemand an ihr rächen wollte. Ein Straftäter, den sie hinter Gitter gebracht hatte oder ein verstoßener Liebhaber. Dahingehend gab es einige Kandidaten. Sobald nämlich ein Mann auch nur Andeutungen in Richtung einer festen Bindung machte, gab sie ihm den Laufpass. Etwas Festes brachte nur Probleme mit sich. Wenn sie Lust darauf verspürte, verbrachte sie mit Männern ein paar vergnügliche Stunden. Nette Gespräche bei einer Flasche Wein, ein Abendessen in einem guten Restaurant, Besuche in der Oper oder im Kino, Sex. Mehr hielt sie für unnötig.

Sie stellte die Dusche an und trat unter die Regenbrause, aus der es warm rieselte. Minutenlang hatte sie das Gefühl, all den Schmutz und das Böse, das sich im Laufe des Tages an ihr festgesetzt hatte, von ihrem Körper abwaschen zu können. Doch sobald sie aus der Dusche trat und das Handtuch um sich wickelte, war sie zurück in einer Welt, die jeden Tag ein bisschen schlechter zu werden schien und in der sie als Polizistin dagegen ankämpfte.

Um das Gleichgewicht zwischen böse und gut herzustellen, braucht es eine unparteiische Mitspielerin – eine Exorzistin.

Als sich ihre Haut und die Haare trocken genug anfühlten, ließ sie das Handtuch auf die Fliesen hinabgleiten. Sie betrat den Wohnbereich und breitete die gekauften Bücher von Paulsen auf dem Boden aus, damit sie einen einwandfreien Überblick hatte.

Jetzt konnte sie ohnehin noch nicht schlafen, auch wenn sich ihre Gliedmaßen bleischwer anfühlten. Sie schaltete die Musikanlage ein und wählte ein Remix-Album von Carl Cox, einem der besten Techno-DJs weltweit, wie sie fand.

Sofort belebten die elektronischen Klänge von Bass Drums und Hi-Hats ihren Organismus. Zudem stimulierten die Töne ihre Gehirnzellen. Sie brauchte die Disco im Kopf, um die üblichen Denkweisen zu durchbrechen. Niemand von ihren Kollegen konnte das nachvollziehen. Besonnene Leute wie Lorenz staunten manchmal über Frosts außergewöhnliche Einfälle, die meisten stempelten sie jedoch als Irre ab.

Als Exorzistin höre ich so einige Stimmen, aber ich bin garantiert nicht verrückt.

»Benno Rodenberg, warst du ein gläubiger Mensch?«, fragte sie in den Raum hinein, als säße ihr das Opfer leibhaftig gegenüber.

Mit den Stimmen der Opfer fing sie stets an …

Ich und meine Familie haben regelmäßig die Kirche aufgesucht, in meinem Haus befinden sich drei Bibeln, meine Mutter hat eine Kette mit einem Kreuz getragen, meine Tochter und mein Schwiegersohn sangen im Kirchenchor und die Polizei hat auf der Ablage im Wohnzimmer den Stapel an Kirchenzeitungen fotografiert.

»Demzufolge warst du ein gläubiger Mensch, aber warst du auch ehrbar?«

Manche Nachbarn behaupten, mein Reichtum stamme einzig und allein aus kriminellen Geschäften. Sie sagen das, weil sie davon ausgehen, dass niemand durch ehrliche Arbeit reich werden kann.

»Ich verstehe dich, denn ich bin auch reich, mit dem Unterschied, ich lebe und du bist tot. Musstest du also unschuldig sterben? Womöglich als Märtyrer?«

Niemand ist unschuldig, außer vielleicht meine Familie. Er hat sie vor meinen Augen …

»… abgeschlachtet. Denn du solltest es mit ansehen, wie er sie folterte, verstümmelte und tötete. Es war also eine sehr persönliche Angelegenheit. Kanntest du deinen Mörder?« Während Frost sich das fragte, strich sie mit den Fingern über das *Satyricon*, schlug es aber nicht auf, weil sie nicht glaubte, dass sie darin eine Antwort finden würde. »Oder kannte nur der Mörder dich?«

Schweigen und Technoklänge erfüllten den Raum. Ihr Blick huschte zu dem Buch mit dem Titel *Schwerter – Symbol und Macht der Menschheit*. Sie schlug es in der Mitte auf und betrachtete die farbigen Abbildungen, die sehr alte Waffen zeigten, teilweise mit Intarsien verziert.

»Warum hatte er bei der Tat ein Schwert dabei?«

Weil er mich richten wollte.

»Wie ein Schaf, das man zur Schlachtbank führt.«

Qualis rex, talis grex. Wie der König, so die Herde.

»Wie der Hirte, so die Herde«, übersetzte sie es passender. »Du bist ein Schaf der Gemeinde der Simonskirche. Und gleichzeitig bist du selbst der Hirte einer Schafherde.«

Aus der Recherche im polizeilichen System wusste sie, dass es vor einigen Monaten bereits einen Vorfall auf dem Gutshof der Rodenbergs gegeben hatte. Jemand hatte ein trächtiges Schaf missbraucht. Sein Besitzer hatte Anzeige erstattet. Am Tier hatte die Kripo menschliche Spermaspuren sichern können. Allerdings hatte ein Spurenabgleich des gesicherten Materials mit der DNA-Analyse-Datei beim BKA keinen Treffer erbracht. Aufgrund abgeschlossener Ermittlungen war das Verfahren inzwischen von der Staatsanwaltschaft eingestellt worden. Der Täter blieb unbekannt.

Auch wenn bei der Ermordung der Familie bisher kein sexuelles Motiv ausgemacht werden konnte, wollte Frost die Schändung des Tieres keinesfalls gelöst vom aktuellen Verbrechen betrachten. Morgen würde sie sich die Strafanzeige am Computer ansehen – und sie würde möglicherweise auf etwas stoßen. Für heute hatte sie genug anderes Material, mit dem sie arbeiten konnte. Vielleicht brauchte sie dafür die halbe Nacht. Oder länger. Je nachdem, ob sich der Thriller *Die 5. Tugend* als Pageturner herausstellte …

Kapitel 18

Sophie Hanke stellte die Musikanlage ihrer Eltern so laut, dass die Klänge der Lautsprecherboxen sich wie Schockwellen entluden. Zu stampfenden Beats schmetterte Eminem seine Rapzeilen, bevor Ed Sheeran mit seiner weichen Stimme dem Song seine besondere Stärke verlieh. *River.* Extra für diesen Abend hatte sie den Song von iTunes heruntergeladen. Schon den ganzen Tag fühlte sie sich, als würde sie auf einem wilden Fluss treiben.

Während sie das sturmfreie Einfamilienhaus in ihr Reich verwandelte, eine DVD aus der Pornosammlung ihrer Eltern bereitgelegt hatte und mit einer angefangenen Weinflasche durch das Erdgeschoss tanzte, tippte sie auf ihrem Smartphone herum.

Zwei aktive Chats: Lucy und der Junge, dessen Nummer sie unter *Mr Drug-Boy* gespeichert hatte.

[20:21] Lucy: Hast du die Teile an? Schick mal Selfie!

Sie meinte den weinroten Slip und den passenden BH, den sie am Morgen im Einkaufszentrum Höfe am Brühl geklaut und wofür sie extra die Schule geschwänzt hatte. Obwohl Sophie das halb nackte Posieren vor der Kamera peinlich fand, machte sie ein Foto und klickte auf Senden.

[20:22] Lucy: Scheiße, das ist ja voll Anti-Porno! Deine Augenringe sind größer als deine Titten. Wo ist dein Make-up?

[20:23] Sophie: Mach mich nicht panisch! DB hat vor 5M geschrieben, dass er sich verspätet.

Obwohl ihr noch Zeit blieb, hatte Lucy recht. Sophie spurtete ins Obergeschoss und dort direkt ins Badezimmer. Beim Blick in den Spiegel erschrak sie. An ihrem Kinn entdeckte sie einen Pickel.

»Scheiße, wann ist der denn gewuchert?«

Hektisch kramte sie im Spiegelschrank herum, auf der Suche nach dem besten Freund der Frau: einem Concealer. Auf dem Waschbeckenrand vibrierte derweil ihr Handy. Sie erkannte die Nummer sofort.

»Fuck, was will der denn jetzt? Soll das so 'ne Art Babysitting werden?«

Sie ließ es klingeln und reihte Lippenstift, Lidschatten und Wimperntusche vor sich auf. Dunkle Farben. Heute wollte sie ein besonders böses Mädchen sein.

Das Handyklingeln verstummte, dafür schrieb Lucy mehrere Nachrichten. Weil Sophie sich gerade das Gesicht einseifte, konnte sie nicht gleich antworten. Als jedoch eine Nachricht von Mr Drug-Boy eintraf, vergaß sie ihre nassen Hände.

[20:26] Mr Drug-Boy: Und deine Eltern sind heute wirklich die ganze Nacht weg?

[20:27] Sophie: Geschäftsreise in Hamburg. Wir sind ganz allein, Süßer.

Ihr Herz klopfte, als sie ihren Text mit ein paar Herzchen schmückte und auf Senden drückte. Sie hatte Kevin, wie er mit richtigem Namen hieß, kürzlich im Haus Auensee bei einem Bushido-Konzert kennengelernt. Lucy kannte ihn flüchtig und hatte ihn Sophie vorgestellt. Sofort war sie gefangen gewesen von dem großen Mann, der auch noch Kickboxer war. Natürlich hatte er sie beim Alter angelogen, hatte behauptet, er sei einundzwanzig, aber sie schätzte ihn auf mindestens fünfundzwanzig. Das war ihr sogar recht so, denn ältere Männer waren nicht so kindisch und wussten, was sie wollten. Vor einem halben Jahr hatte sie sogar mal was mit einem verheirateten Lehrer angefangen, aber das hatte sich im Sande verlaufen, weil er nicht auf Partys stand.

Zwei Jahre zuvor war Sophie noch das schüchterne Mädchen von nebenan gewesen, hatte fleißig gelernt und ständig graue Pullover getragen. In ihrer Klasse hatte man sie als frigide Kirchenmaus betitelt. Inzwischen trug sie meist schwarze Klamotten, kombinierte diese mit schrillen Accessoires. Als Ausdruck ihrer Rebellion durfte es gern auch mal etwas Antichristliches sein, wie das Satanskreuz, das sie in diesem Moment aus dem Geheimfach ihrer Schmuckschatulle fingerte und sich umhängte.

Beim Konzert hatte Kevin mit seinen Fingern durch Sophies pechschwarze Haare mit den roten Strähnen gestrichen und ihre Totenkopfohrringe gelobt. Nach zwei Drinks, etlichen Komplimenten und der ersten Ecstasy-Tablette hatten sie wild in seinem Wagen geknutscht und seine Finger waren unter ihr T-Shirt gewandert. An dem Abend hatte Kevin sie nur mit der Hand befriedigt, heute würde hoffentlich mehr passieren.

Wieder klingelte ihr Handy. Diesmal war es Lucy.

»Warum antwortest du nicht mehr, Zicke?«, wollte sie sofort wissen, als Sophie abhob.

»Ich befolge nur deinen Rat und tune mein Aussehen.«

»Ich will Bilder, klar?«

Im Hintergrund des Telefonats vernahm sie den Anklopfton. Er rief schon wieder an.

»Und ich will, dass der neue Priester nicht dauernd bei mir anruft.«

»Der Junge, den du mir beschrieben hast? Letztens wolltest du den noch anbaggern. Du wolltest, dass er dir im Beichtstuhl mal so richtig den Teufel austreibt.«

»Quatsch, in der Simonskirche gibt es keinen Beichtstuhl.«

»Nimmt er dich eben auf einem normalen Stuhl und bespritzt dich mit seinem Weihwasser.«

Sie kicherten beide.

»Nee, der wollte angeblich mal mit mir quatschen.«

»Klar, quatschen … Wie alt ist der doch gleich?«

»Glaube, meine Eltern haben den auf mich angesetzt, weil ich gerade keinen Bock auf Kirche und so habe.«

»Vergiss den und mach Mr Drug-Boy klar, okay?«

Sophie seufzte und stellte sich vor, dass er wieder ein eng anliegendes Shirt trug, wodurch seine Brust- und Bauchmuskeln besonders zur Geltung kamen. »Hoffentlich hat er Stoff dabei.«

»Baby, der Typ ist so heiß, da wird es heute nicht beim Kiffen bleiben. Der schießt dich heute in den Himmel.«

Obwohl Sophie bezüglich des bevorstehenden Dates furchtbar aufgeregt war, wollte sie das vor ihrer Freundin nicht zugeben, sondern machte auf cool und antwortete mit einem obszönen Spruch, der das Wort Schwanz enthielt. Plötzlich hörte sie in der ruhigen Anliegerstraße Motorengeräusche. Sie sprang zum Fenster, schaute nach draußen und erkannte Kevins mintgrünen Golf mit den breiten Reifen und dem Heckspoiler.

»Shit, er kommt, ich sehe sein Auto! Steh mir bei, Party-Bitch!«

»Fick ihn für mich, sexy Lolita!«

In Windeseile trug sie Parfüm auf, schlüpfte in ihren Rock und streifte sich ein enges Top über. Kaum, dass sie die Treppe hinabstieg, meldete sich ihr Handy mit einer neuen Nachricht.

[20:35] Mr Drug-Boy: Parke um die Ecke, damit die Nachbarn keinen Verdacht schöpfen. Mach schon mal die Tür auf.

Ein letzter Blick in den Flurspiegel, ein bisschen Wind mit der flachen Hand, tief durchatmen, dann drehte sie den Schlüssel im Schloss herum und öffnete die Haustür einen Spalt. Im selben Moment wurde das Türblatt nach innen gestoßen und die Kante traf sie an der Stirn. Bevor sie sich vollends besonnen hatte, taumelte ihr Kevin entgegen.

Kapitel 19

Sophie stieß einen Schrei aus, als Kevin ihr mit einem Knebel im Mund entgegenfiel. Sie versuchte noch, ihn zu halten, doch er war zu schwer. Er sackte auf die Knie und fiel im Korridor auf den Boden. Bevor Sophie realisierte, was hier passierte, wurde sie von dem Mann gepackt, der hinter Kevin in das Haus stürmte und die Tür hinter sich zuknallte.

»Hallo, Sophie«, sagte der Mann, während er sie an den Haaren festhielt. »Mr Drug-Boy war so freundlich, für mich ein Treffen mit dir zu arrangieren. Du stehst doch auf Spaß, nicht wahr? Also werden wir die ganze Nacht Spaß haben.«

Noch bevor sie um Hilfe schreien konnte, presste der Mann die breite Seite einer Messerklinge auf ihren Mund. Er brauchte nicht einmal das Wort »still« zu sagen, denn der kalte Stahl reichte aus, um ihr die todbringende Situation klarzumachen. Sobald sie schrie, würde er sie abstechen. Besser, sie kooperierte, dann überlebte sie diesen Tag vielleicht.

Er zerrte sie in den Küchenbereich und dort auf einen Stuhl. Unweigerlich kamen die Tränen und der Schmerz, als er ihre Arme mit Handschellen an der Lehne befestigte.

»Was haben Sie mit Kevin gemacht?«, sorgte sie sich selt-samerweise um Mr Drug-Boy, obwohl sie wahnsinnige Angst um ihr eigenes Leben hatte. Wahrscheinlich war das eine Art

Schutzmechanismus, sich nach dem Wohlergehen eines anderen Menschen zu erkundigen, um von sich selbst abzulenken.

»Ich habe ihn mit einem relativ harmlosen Sedativum ruhiggestellt. Weißt du, was ein Sedativum ist?«

»Was?«

Der Mann kam mit seinem Gesicht dicht an ihres, woraufhin sie sich ängstlich abwandte.

»Ein Sedativum«, hauchte er in ihr Ohr. »Kannst du mit dem Begriff etwas anfangen?«

»Ein … ein Beruhigungsmittel?«, stotterte sie.

Er antwortete nicht sofort, sondern schien sich an ihrer Furcht zu ergötzen. Mit aller Macht kniff sie die Augenlider zusammen. Sie konnte seinen Atem spüren, roch seinen Mundgeruch und sein Parfüm, das im Zusammenspiel mit seinem Schweiß eine unausstehliche Note entwickelte. Als sie die Dunkelheit nicht mehr aushielt, blinzelte sie. Er stand unverändert neben ihr und zeigte ein dünnes Lächeln.

»Bravo, ein Beruhigungsmittel«, sagte er und ging zurück in den Flur. »So viel Verstand hätte ich dir gar nicht zugetraut.«

Erst jetzt bemerkte sie auf seinem Rücken den kakifarbenen Rucksack.

»Was machen Sie?«, rief Sophie, weil sie nicht wusste, was er vorhatte, jedoch hörte, wie er die Haustür von innen abschloss. »Lassen Sie mich bitte nicht so sitzen.«

Keine Antwort. Stattdessen schleifte er nach wenigen Sekunden Kevin an seinen langen Haaren über den Fliesenboden. Auch ihn setzte er auf einen Stuhl. Sie bemerkte, dass er ebenfalls mit Handschellen an den Handgelenken gefesselt war.

»Kevin!«, sprach Sophie ihn an, doch er verdrehte nur die Augen. »Kevin hörst du mich?«

Er brabbelte etwas Unverständliches durch den Knebel. Vielleicht tat es ihm leid, dass er den Eindringling mitgebracht hatte.

Der Mann ließ den Rucksack von seinen Schultern zu Boden gleiten. Beim Aufsetzen klimperte es im Inneren wie bei einem Werkzeugbeutel. Er öffnete die Schlaufen, griff hinein und zog ein fingerdickes Seil heraus. Dann fing er an, Kevins Oberkörper und die Beine seelenruhig am Stuhl zu befestigen.

»Ich habe dich schon lange beobachtet«, redete der Mann mit ihr, ohne sie anzublicken. »Du hast dich zum Schlechteren verändert. Du benimmst dich wie eine Hure.«

»Nein, ich bin keine Hure!«, entgegnete Sophie entschieden, weil sie sich nicht wie eine fühlte, auch wenn sie sexuelle Erfahrungen reizten.

»Gott hat deine Handynachrichten und die Fotos gesehen.«

Sicherlich meinte er die gespeicherten Texte auf dem Handy von Kevin, die garantiert nicht Gott, sondern der Mann selbst gelesen hatte. Sofort dachte Sophie an ihr eigenes Smartphone. Es lag oben im Bad. Im Wohnzimmer stand das Festnetztelefon in der Ladestation. Selbst wenn er ihre Hände nicht gebunden hätte, wäre es unerreichbar gewesen, um einen Notruf abzusetzen oder wenigstens ihre Eltern zu verständigen. Auf Kevins Hilfe brauchte sie gleichfalls nicht zu hoffen. Der war völlig fertig. Sophie wusste, dass sie dem Mann somit vollkommen hilflos ausgeliefert war.

»Du kennst doch die Bibel, oder?«, kam es von ihm.

Natürlich kannte sie die Heilige Schrift. Zumindest in Auszügen. Das wusste er längst. Deshalb hielt sie es für überflüssig, ihm zu antworten. Er zog das Seil straff, woraufhin Kevin stöhnte, und verknotete es.

»Weißt du, was in der Bibel über Huren geschrieben steht?«

»Ja«, log sie, denn sie wollte nicht, dass er es aussprach und dadurch ihre Angst noch vergrößerte.

»Denn die Hure ist eine tiefe Grube«, gab er trotzdem die Antwort. »Und ich bin gekommen, um darin nach Klugheit zu suchen.«

106

»Was?«

»Bist du ein kluges Mädchen, Sophie Hanke?«

Er stierte sie bei der Frage so durchdringend an, dass sie zitterte und nur noch schluchzte. Der gesamte Raum schien sich um sie herum zu verdunkeln. Und als er einen Akkuschrauber aus dem Rucksack holte und die Maschine kurzzeitig anstellte, schmerzte das kreischende Drehgeräusch quälend in ihrem Kopf.

»Bitte, bitte, hören Sie auf! Ich bin ab jetzt ein liebes Mädchen.« Beim Sprechen wurde sie immer lauter, bis sie schrie.

Er legte den Schrauber gut sichtbar vor ihr auf die Tischplatte und hielt das Messer an ihr rechtes Ohr. »Möchtest du, dass ich dir beide abschneide, damit du das Geräusch nicht mehr mit anhören musst? Aber dann kannst du meine Frage gar nicht mehr beantworten. Und deshalb bin ich schließlich gekommen. Ich werde dir Fragen stellen und für jede falsche Antwort werde ich Mr Drug-Boy ein Loch in den Schädel bohren.«

»Nein!«, kreischte Sophie und jetzt erkannte sie, dass es sich um eine handliche Bohrmaschine mit entsprechendem Bohrer handelte.

»Du hörst jetzt besser auf mit Jammern und konzentrierst dich auf die Fragen, sonst geht es mit deinem Freund ziemlich schnell zu Ende.«

Nur mit Mühe schaffte Sophie es, nicht zu kollabieren. Sie biss sich so fest auf die Unterlippe, dass sie Blut schmeckte.

Unterdessen zog der Mann ein Handy hervor und begann eine Nachricht darauf vorzulesen. »*Klar stehe ich auf Pornos! Und ich stehe auf harte Schwänze wie deinen!*«

Mit Verzögerung erkannte Sophie, dass sie den Text selbst geschrieben hatte. Für einen Augenblick wusste sie nicht, was schlimmer war: gefesselt vor dem Mann zu sitzen oder ihm zuzuhören, wie er ihre intimsten Wünsche aussprach.

Er legte das Handy neben das Messer und griff nach der Bohrmaschine. »Hast du eine Ahnung, was Sexting ist?«

Sie sah ihn an, wusste im ersten Moment nicht, worauf er hinauswollte. Dabei wäre ihr fast zum wiederholten Mal die Frage »Was?« herausgerutscht. Doch sie besann sich und reimte sich etwas zusammen. »Diese Nachrichten, meinen Sie?«

»War das eine Gegenfrage oder schon die Antwort?«

»Es sind Nachrichten mit sexuellen Inhalten.«

Er nickte zufrieden. Anschließend tippte er mit der freien Hand wieder auf Kevins Smartphone herum. *»Bring bitte das Zeug vom letzten Mal mit! Das lässt mich abheben.«*

Auch wenn die Sätze kryptisch geschrieben waren, wusste der Mann längst, dass es um Drogen ging. Das erschloss sich aus dem Chatverlauf selbst dem dümmsten Menschen.

»Wie lange braucht MDMA, um das Gehirn zu erreichen?«, fragte er unvermittelt.

Zwar glaubte sie, die Abkürzung schon einmal gehört zu haben, jedoch konnte sie im Moment mit dem Begriff nichts anfangen. Deshalb blieb sie stumm.

»Weißt du überhaupt, was MDMA ist?«

Mit gesenktem Blick schüttelte sie den Kopf.

»Methylendioxy-N-methylamphetamin, und es braucht etwa fünfzehn Minuten, ehe es dein Gehirn krankmacht. Das waren zwei falsche Antworten. Das ist bedauerlich.«

Ohne Vorwarnung setzte er die Bohrspitze an Kevins Hinterkopf an und drückte den Startknopf. Mit dem Bohrgeräusch fing Sophie an zu schreien, Kevin reagierte mit Verzögerung, aber irgendwann stieß auch er gedämpfte Laute aus.

»Halt den Mund!«, fuhr der Mann Sophie an, nachdem er die Maschine angehalten hatte. »Was ist ein Speedball?«

Sophie versuchte, sich zu konzentrieren, aber sie kannte die Antwort einfach nicht. »Ich weiß es nicht!«

»Es ist ein Mix aus Kokain und Heroin. Durch die Kombination der beiden Drogen sollen die Nebeneffekte der jeweils anderen aufgehoben werden. Du weißt ziemlich wenig, findest du nicht?«

Abermals stellte er den Bohrer an und bearbeitete damit Kevins Kopf. Während Kevin ächzte und spastisch zappelte, riss ihm der Bohrer die Haare heraus und schraubte sich durch Hautschichten, Knochen, Gehirnwasser und Nervenbahnen.

»Was ist der hauptsächliche psychoaktive Stoff in Marihuana?«, machte der Mann in der Pause, in der das Elektrogerät verstummte, mit seinem abscheulichen Quiz weiter.

Ihr wurde übel, als sie sah, wie Blut über die Lederhandschuhe des Peinigers lief und auf die hellen Fliesen tropfte. Dabei waren die Fliesen gar nicht das Problem, sondern die roten Spritzer an der Tapete. Sophie wurde schwummrig. Verflucht, wie sollte sie all das wieder sauber bekommen? Wie sollte sie dem Notarzt erklären, was mit Kevin passiert war? Sie war komplett durcheinander. Das musste am Schock liegen.

»Bitte, bitte ... Ich werde ab jetzt brav in die Kirche gehen, nur hören Sie auf.«

»Bisher ist der Bohrer nicht sehr tief eingedrungen, aber schon jetzt dürfte Mr Drug-Boys Gehirn irreparable Schäden davongetragen haben. Ich schätze, wenn ich jetzt aufhöre, wird er für immer high sein. Ihn kannst du nicht mehr retten, also hör verdammt noch mal mit dem Gejammer auf und beantworte die Frage.«

»Ich weiß es doch nicht«, heulte Sophie, konnte sich gerade noch zusammenreißen, um ihn nicht zu beschimpfen.

»Tetrahydrocannabinol.«

Wieder verrichtete die Maschine ihr blutiges Werk. Diesmal kam es ihr wie eine Unendlichkeit vor, dass der Bohrer in Kevins Kopf arbeitete. Sie musste würgen, als ein undefinierbares Fleisch- oder Hautstück vor ihren Füßen landete.

Der Mann stellte die Maschine ab, trat auf sie zu und musterte sie von oben. »Drogen sind nicht gerade dein Spezialgebiet. Wie gut kennst du dich in der Bibel aus?«

»Es … es geht so … das meiste habe ich im Kindergottesdienst gelernt.«

»Kindergottesdienst«, wiederholte er leise und strich mit seinem blutigen Handschuh über das Satanskreuz an ihrer Kette. »Ist schon eine Weile her, was? Du willst ja mit allen Mitteln eine Dame sein.«

Sie wehrte sich nicht gegen seine Berührungen, obwohl er sie anekelte. Ihre Lippen zitterten. Im Stillen betete sie, dass er sie nicht auch noch an anderen Stellen anfassen würde …

»Du bist ein dummes, ängstliches Schaf«, sagte er und zeigte auf Kevin. »Und der da ist ein falscher Hirte, und du bist ihm gefolgt. Ich aber bin der wahre Hirte. *Und meine Schafe sind zerstreut, als sie keinen Hirten haben* – so steht es in der Bibel geschrieben –, *und allen wilden Tieren zur Speise geworden und gar zerstreut.* Sophie Hanke, du bist kein kluges Mädchen.«

»Doch, doch! Ich tue, was Sie sagen!«

»Dann kannst du folgende Bibelstelle vervollständigen: *Denn meine Schafe hören meine Stimme …*«

Er sah sie an und wartete darauf, dass sie den Satz beendete. Doch auch das konnte sie nicht.

Er nickte, als hätte er mit ihrem neuerlichen Versagen gerechnet. »*… und ich kenne sie; und sie folgen mir, und ich gebe ihnen das ewige Leben; und sie werden nimmermehr umkommen, und niemand wird sie mir aus meiner Hand reißen.*«

»Ja, Sie haben recht. So steht es da ganz bestimmt. Ich bin Ihr Schaf, bitte lassen Sie mich am Leben.«

»Du hast recht, du bist ein Schaf. Aber kein kluges …«

Damit rammte er ihr den sich drehenden Bohrer in den Oberschenkel.

KAPITEL 20

Dominik Israel. Wie lange Frost den Namen des Autors auf dem Buchcover schon betrachtete, wusste sie selbst nicht. Versunken in ihren Gedanken hatte sie die Zeit vergessen. Das ärgerte sie, denn schon in frühster Kindheit hatte ihr leiblicher Vater sie gelehrt, wie wichtig es war, die Zeit immer im Blick zu haben.

Tick. Tack. Achte auf jede einzelne Sekunde deines Lebens, kleine Klara, sie könnte dir am Ende fehlen.

Schuld an dem Moment der Unaufmerksamkeit waren dieser Dominik Israel und sein dämliches Buch. Glaubte man den Werbebotschaften seines Verlages und dem Echo der Literaturbranche, dann galt der Vierzigjährige bereits als Bestsellerautor. Und das, obwohl er gerade einmal seinen zweiten Roman veröffentlicht hatte. Frosts Adoptivmutter Dorothea Frost war ebenfalls Krimiautorin gewesen. Allerdings hatte sie fünf Veröffentlichungen benötigt, bevor ein Publikumsverlag sie unter Vertrag genommen hatte. Erst danach waren elf Kriminalromane erschienen, die ihr Literaturpreise und Bestsellerstatus eingebracht hatten.

Und es besteht kein Ruhm ewig.

Genau wie bei ihrer Adoptivmutter fielen die Kritiken zu Israels Büchern durchwachsen aus. Während man seinen Debütroman *Der 1. Tod* noch als raffiniertes Pokerspiel für den

Leser beurteilte, fiel der aktuelle Roman bei den Kritikern gnadenlos durch. *Ein brutaler Schundhaufen, der den geneigten Leser zurückwerfen will in die Barbarei*, so hatte es ein renommierter Literaturexperte in einer Fernsehsendung ausgedrückt.

Meine Kritiker irren auch.

Sie schlug das Buch bei der handschriftlichen Widmung auf.

Für die Tochter einer bewundernswerten Schriftstellerin.

Vor längerer Zeit hatte Frost eher zufällig Kontakt zu Israel gehabt. Eines Tages hatte er bei ihr im Kommissariat angerufen, weil er für einen Roman zur Polizeiarbeit recherchieren musste: über das Gefühl, einen Tatort zu betreten, an dem ein Gewaltverbrechen stattgefunden hat, über spezielle Ausrüstung für die Spurensuche, Formulare, über Meldewege der Polizei. Auch erkundigte er sich über einige kriminalistische und kriminologische Begriffe. All solche Sachen, die man als Schriftsteller für einen Krimi brauchte, bei dem ein Polizist die Hauptrolle spielte – oder wahlweise eine Polizistin wie in *Die 5. Tugend*.

Er nennt seine Heldin Tigerfrau. Elli Stolz, eine Kriminalbeamtin.

Am Telefon hatte Israel seine Fragen gestellt und irgendwann waren sie auf Frosts Adoptivmutter zu sprechen gekommen. Er kannte deren Bücher und outete sich als Fan. Später hatte er Frost sein eigenes Buch mit persönlicher Widmung auf die Dienststelle geschickt. Mehr an Kontakt war da nicht gewesen. Im Nachhinein fiel ihr auf, dass er sich weitaus mehr für Dorothea Frost als für die Antworten zu seiner Recherche interessiert hatte.

Damals hatte sie nicht geglaubt, das Buch jemals zu Ende zu lesen. Sie hatte den Anfang schlicht, einfach uninteressant und vor allem uninspirierend gefunden. Und nun blätterte sie abermals durch die ersten Seiten und las das vorangestellte Bibelzitat aus Johannes 10;2:

*Der aber zur Tür hineingeht, der ist ein Hirte
der Schafe.*

Hirten und Schafe. Darum ging es in dem Thriller. Darauf
wies bereits der Klappentext auf der Buchrückseite hin. Bevor
sie sich der eigentlichen Geschichte widmete, zündete sie sich
eine Zigarette an, nahm ihr Tablet zur Hand und startete im
Internetbrowser Google.

»Wollen wir doch mal sehen, was der Gott aus der
Suchmaschine über dich ausspuckt.«

Bisher hatte sie sich nicht für Israels Schreibtätigkeit interessiert, aber nun wollte sie nachsehen, was im Internet über
ihn stand. Neben der Autorenhomepage, einer Verlinkung zu
seinem Verlag, etlichen Rezensionen und Blogartikeln fand sie
einen Wikipedia-Eintrag.

Dominik Israel

*Dominik Israel (eigentlich Dominik Klein;
19. Oktober) ist ein deutscher Schriftsteller.

Leben
*Israel sollte ursprünglich den Beruf eines
Fleischers erlernen und im Schlachtbetrieb der
Eltern mitarbeiten. Stattdessen machte er eine
Ausbildung als Gesundheits- und Krankenpfleger.
Später absolvierte er an der Fachhochschule
der Diakonie in Bielefeld das Studium zur
Fachkraft in der psychiatrischen Pflege. Danach
arbeitete er mehrere Jahre in der Psychiatrie des
Universitätsklinikums Leipzig.*

*Während der Zeit in der Betreuung von
Psychiatriepatienten schrieb er gemeinsam*

mit dem Autor Hugo Dorn den Psychothriller Der kalte Raum. *In dem Buch geht es um einen Psychiatriepatienten, der im Rahmen eines Experiments in die Rolle des Klinikarztes schlüpfen und seine Mitpatienten behandeln darf. Nach Streitigkeiten über die Buchrechte wollte Israel jedoch nicht als Co-Autor aufgeführt werden. Zwei Jahre später erschien sein eigentliches Thrillerdebüt* Der 1. Tod.

Für Aufsehen sorgte Israel in der Talksendung »Das letzte Buch«, als es zu einem Streit mit dem Berliner Krimiautor Werner Hennemann kam. Nachdem Hennemann über Israels Thriller sagte, er könne vor lauter Blut und Gewaltorgien keinerlei literarische Qualität erkennen, gab Israel beleidigt zurück, Hennemanns Krimis enthielten so viel Dramatik wie ein jungfräuliches Notizbuch. Im Laufe der Diskussion verließ Israel das Studio vorzeitig mit den Worten: »Sie werde ich im nächsten Buch grausam sterben lassen.«

Für seinen Debütroman wurde er mit dem Lesemord-Preis ausgezeichnet.

Er lebt als freier Schriftsteller in Leipzig.

Werke
    Der 1. Tod
    Die 5. Tugend

Weblinks
    * Literatur von und über Dominik Israel im Katalog der Deutschen Nationalbibliothek
    * Website von Dominik Israel

Frost wollte das Browserfenster bereits schließen, als ihr Blick auf den letzten Punkt des Wikipedia-Artikels fiel.

Einzelnachweise

1. ↑ Was sind die Kardinaltugenden? ▶ Link: www.dominikisrael.com/D5T_entschluesselt

2. ↑ Dominik Israel: Es geht immer um Verlust ▶ Link: Leipziger Volkszeitung

3. ↑ Erfolgsautor ist süchtig nach Mord ▶ Link: Autorenporträt im Focus

Kurzerhand klickte Frost auf den ersten Link.

KAPITEL 21

Romanauszug *Die 5. Tugend* (Seiten 99 bis 105)

Der Nachthirte kniete vor dem Kreuz, das an der Wand seines Arbeitszimmers hing. Hier unten im Keller war es bitterkalt. Es gab keine Heizung. Die einzigen Wärmequellen waren die vier Kerzen, die ihn als Quadrat angeordnet umgaben und deren Wachs auf den Betonboden tropfte, auf dem er kauerte.

»… und die Schafe hören seine Stimme; und er ruft seine Schafe mit Namen und führt sie hinaus«, *murmelte er den auswendig gelernten Text aus der Bibel.*

Seine Augen waren dabei starr auf die Schriftrolle gerichtet, die vor ihm lag wie ein geweihtes Relikt. Darauf standen keine Worte aus der Heiligen Schrift, sondern ein deutlich jüngerer Text, verfasst in spätlateinischer Sprache.

Er kannte den Inhalt. Es war die Legitimation, die ihn zum Streiter Gottes machte. Denn wer die Originalschriftrolle aus dem 12. Jahrhundert besaß, war zum Hirten berufen.

Nachdem er die Bibel zitiert hatte, beendete er sein Gebet mit den immer gleichen Sätzen. »Ich bin der Hirte, der durch die Nacht streift. Ich bin der Beschützer, der den Weg bereitet. Ich halte das Licht in meinen Händen, das scharf wie Feuer brennt. Ich gehe, um die falschen Schafe auszusortieren. Ich bringe Reinheit.«

Er stand auf. Wie jedes Mal schmerzten seine Gliedmaßen, sobald das Blut in den Adern wieder ungehindert fließen konnte. Vom Haken an der Wand nahm er einen schwarzen Satinmantel und bedeckte damit seinen nackten Körper. Das Gebet half ihm stets, sich auf seine Aufgabe zu konzentrieren. Zwei Sünder hatte er bereits gerichtet, nachdem sie bei den Gottesprüfungen versagt hatten. Sünder, die ihre Tugenden vergessen hatten.

Der Nachthirte trat an seinen Arbeitsplatz, eine beschichtete Holzplatte mit einem dunklen Marmormuster, die mit Stahlträgern im Mauerwerk befestigt war und die der Vorbesitzer des Hauses eingebaut hatte. Wozu auch immer. Dem Nachthirten diente der Tisch als Werkbank für seine selbst hergestellten Gerätschaften, die er für seinen Auftrag benötigte. Gerätschaften wie das geklebte Glasbecken, in das er die Säure hineingekippt und anschließend den Schlüssel hineingeworfen hatte, oder die verschweißte Handgelenkssperre mit dem Zahlenschloss. Bei dem Schloss hatte die Kombination aus acht Ziffern bestanden. Der Polizist hätte die gefesselten Arme nur geringfügig anheben und die auf dem Eisenschloss eingravierten Zahlen von der spiegelnden Schwertklinge ablesen müssen. Nur deswegen hatte der Nachthirte sein Schwert direkt vor ihn auf die Tischplatte gelegt. Statt sich besonnen der Prüfung zu stellen, hatte er vergeblich an den Zahlenrädchen gedreht. Dabei hatte er ununterbrochen lamentiert und um sein Leben gebettelt. Franz Wenzel war kein kluger Mensch gewesen. Klugheit – sie gehörte neben Gerechtigkeit, Mäßigung und Tapferkeit zu den vier Kardinaltugenden.

Tapferkeit war die Prüfung des ersten Polizeibeamten gewesen. Immerhin hatte der sich dazu überwunden, in das Becken mit der unbekannten wässrigen Lösung zu greifen. Mit der Schlüsselspitze hatte er noch das Metall des Vorhängeschlosses berührt, ehe das starke Brennen einsetzte. Da hatte die Flüssigkeit die obersten Hautschichten seiner Hand längst angegriffen, den natürlichen Schutzmantel der Haut zerstört, die Fettschicht verflüssigt und die Proteine aufgelöst. Wie erwartet, war ihm der Schlüssel vor

Schmerzen aus den Fingern geglitten. Er war kein tapferer Mensch gewesen.

Vielleicht würde sich der nächste Kandidat als fähiger erweisen. Der Nachthirte würde diesen auf Gerechtigkeit hin prüfen. Auch dafür brauchte er eine Apparatur: einen Staubsauger.

Voller Vorfreude betrachtete er das Haushaltsgerät, das längst bereitstand und auf dessen Plastikgehäuse sich der Schein der Kerzen spiegelte. Er hatte alles geplant und vorbereitet. An der Wand vor ihm hatte er sämtliche Notizen, Skizzen und Fotos, die er für sein Werk benötigte, gut sichtbar angebracht. Auch die einzelnen Sünden der vier Polizisten waren handschriftlich aufgeführt. Die A4-Blätter hingen neben den Fotos und Zeitungsartikeln der Kriminalbeamtin, auf die der Nachthirte ein besonderes Auge geworfen hatte. Elli Stolz, die Tigerfrau.

Sie hatte er zu seiner Gegenspielerin erwählt. Bisher dachte sie, dass sie einen Serientäter jagte, aber es war genau umgekehrt: Längst hatte er sie im Visier.

KAPITEL 22

Obwohl er sonst ein Langschläfer war, saß Paulsen an diesem Morgen bereits vor sieben Uhr in der Straßenbahn. Mit der Linie 7 fuhr er in den Stadtteil Altlindenau, weil er mit Dominik Israel reden wollte. Für eine Befragung des Buchautors besaß Paulsen weder eine Autorisierung noch hatte er sich vorher angekündigt. Er handelte rein aus persönlichem Engagement, weil er den Drang hatte, etwas zu den Mordermittlungen beizutragen. Er pfiff auf seinen Praktikantenstatus, denn häufig warf man den Anwärtern an der Polizeifachschule vor, sie könnten nicht eigenständig arbeiten. Erst kürzlich hatte die BILD das Thema des Nachwuchsmangels bei der sächsischen Polizei aufgegriffen und getitelt: *Nachwuchssorgen – Dümmer, als die Polizei erlaubt!*

Zu diesen Versagern wollte Paulsen unter keinen Umständen gehören. Zur Vorbereitung auf das Gespräch mit Israel hatte er sich am Vorabend in dessen neusten Thriller eingelesen und zusätzlich seinen Schulhefter zum Thema Vernehmungsmethoden gewälzt.

An der Georg-Schwarz-Straße stieg er aus und ging den Rest der Strecke zu Fuß. Kaum fünf Minuten später hatte er das Wohnhaus in der Diakonissenstraße gefunden, in dem Israel wohnte. In diesem Viertel konnte man sehr ruhig wohnen, fand

Paulsen. Perfekt für ältere Leute, die dem Trubel der Innenstadt entfliehen und trotzdem schnell das Zentrum erreichen wollten. Die meisten Gebäude standen schon etliche Jahrzehnte, was man insbesondere an den kleinen Fenstern und den nachträglich angebrachten Balkonen sehen konnte. Paulsen staunte, wie hübsch die Fassaden und Dächer der Häuser hergerichtet waren. Da sahen etliche Gebäude in der Innenstadt deutlich desolater aus. In dieser Gegend erinnerte ihn alles an eine Kleinstadtidylle. Sogar Hundegebell und am Gartenzaun plaudernde Nachbarn gab es hier. Trotzdem fragte er sich, warum Israel als begehrter Single ausgerechnet in einer derartigen Biedermanngegend wohnte. In Paulsens Vorstellung lebten berühmte Schriftsteller entweder einsam in einem Strandhaus oder in einem Luxusappartement. Frost machte es schließlich vor. Sie lebte in einem Nobelhotel. Und sie war *nur* Polizistin. Zu gern hätte er gewusst, wie viel Geld Israel mit seinen Büchern verdiente. Falls sich die Gelegenheit bot, würde er die Frage unauffällig einstreuen.

Zu seiner Überraschung kam ihm der Autor bereits am Grundstückszaun entgegen. Paulsen kannte das Gesicht, denn er hatte es auf dem Buchumschlag gesehen. Schwarze Haare zu einem strengen Scheitel gekämmt, schmale, dunkle Augen, markantes Kinn und harte Wangen, die kein Lächeln kannten.

Israel verließ das Haus jedoch nicht allein. Er begleitete einen älteren Mann von vielleicht siebzig Jahren, der sich mit dem rechten Arm auf eine Krücke stützte und mit dem freien linken den jüngeren Mann auf Distanz hielt, weil er keine zusätzliche Gehhilfe benötigte. Den beiden folgte eine Frau, deren Alter Paulsen auf sechzig bis fünfundsechzig schätzte, die ihnen eine Art Arzttasche hinterhertrug. Abgesehen davon, dass der Mann mit der Krücke jeden Schritt mit Bedacht anging, sahen er und die Frau noch rüstig aus, sogar regelrecht kräftig für ihr Alter. Gemessen an dem Paar wirkte Israel geradezu mager.

»Herr Israel«, sprach Paulsen den Autor an, als der einen dunkelgrauen Skoda Kombi am Straßenrand entriegelte.

Exakt so, wie er es am Abend zuvor vor dem Spiegel geübt hatte, setzte Paulsen eine ernste Miene auf und streckte ihm seinen vorläufigen Dienstausweis entgegen. Dabei hielt er die Finger so geschickt, dass Israel bei einem flüchtigen Blick höchstens das Lichtbild, das Wappen der sächsischen Polizei und das Wort Dienstausweis erkennen konnte.

»Paulsen mein Name, Kripo Leipzig. Können wir uns kurz unterhalten?«

Der Angesprochene tauschte verwirrte Blicke mit den beiden anderen aus, ehe er antwortete. »Jetzt? Worum geht es denn?«

»Ich möchte mich mit Ihnen über Ihr Buch unterhalten. Unter vier Augen.«

Israel schaute auf seine Armbanduhr. Kein teures Modell, wie es schien. Auch das Auto gehörte nicht der Oberklasse an. »Ich muss meinen Großvater zu einem wichtigen Arzttermin fahren.«

Wenn das der Großvater war, dann musste die Frau sicher die Großmutter sein. Allem Anschein nach wohnten sie ebenfalls in dem Haus. Falls der Autor sich im Alltag um seine Großeltern kümmerte, hatte sich Paulsens Frage erübrigt, warum Israel eigentlich hier draußen wohnte. Gedanklich machte er sich dazu eine Notiz und sagte: »Es dauert nur ein paar Minuten.«

»Und von welcher Abteilung kommen Sie?«, fragte Israel.

»K11. Mordkommission.«

»Ach, herrje!«

Nach dem konsternierten Ausruf der Frau herrschte zwischen allen eine Weile Sprachlosigkeit. Ein Auto mit kaputtem Auspuff fuhr vorbei. Aus einem offen stehenden Fenster ratterte eine Waschmaschine. Der Wind trieb ein Bonbonpapier über den Gehweg. Paulsen fühlte sich fast wie in einem Kriminalfilm, so berauscht war er von der Situation und seinem eigenen Auftreten. Bisher lief es ganz gut.

»Ganz schön jung für jemanden, der bei der Mordkommission arbeitet, finden Sie nicht?«

Der Alte hatte das Wort ergriffen.

»Und Sie sind?«, spielte Paulsen weiter seine Rolle des erfahrenen Beamten.

»Ich bin Alfons Klein«, gab der Gefragte bereitwillig Auskunft und nickte zu Israel und dann zu der Frau. »Er ist mein Enkel und das ist meine Gattin. Brauchen Sie ihren Namen auch?«

Paulsen schüttelte den Kopf und dachte über den Nachnamen nach. Er wusste, dass der Autor ein eingetragenes Pseudonym nutzte, mit bürgerlichem Namen allerdings Dominik Klein hieß.

»Wie gesagt, ich möchte nur kurz mit Ihnen reden«, sprach er Israel wieder an. »Kriminalhauptkommissarin Frost wäre selbst gekommen, aber sie ist heute verhindert, deshalb schickt sie mich als ihre Vertretung.«

»Frau Klara Frost?«, fragte Israel, wobei sich eine Antwort erübrigte, denn Paulsen wusste, dass er ihr ein Exemplar seines Thrillers mit persönlicher Widmung geschickt hatte. »Setzt euch schon mal in den Wagen, ich muss mich kurz mit Herrn …«

»Paulsen«, gab der Alte stellvertretend für Paulsen Auskunft. »Er sagte, er heiße Paulsen, nicht wahr?«

Für einen Moment schluckte Paulsen, weil er das Gefühl bekam, der alte Klein habe ihn durchschaut. Schließlich verwarf er den Gedanken, zuckte mit den Schultern und wurde mutiger. »Wir können das Ganze natürlich auch auf der Dienststelle klären, Herr Israel.«

Der Autor kratzte sich das unrasierte Kinn, machte die Augen schmal und seine Miene, in der bis dahin Verunsicherung gelegen hatte, wechselte zu Skepsis. »Dürfte ich noch mal einen Blick auf Ihren Ausweis werfen?«

»Erst nachdem ich einen Blick in Ihre Wohnung geworfen habe.« Als er den Satz bereits ausgesprochen hatte, wurde Paulsen bewusst, dass er den Faden verlor. Um die Situation zu retten, legte er nach. »Schließlich ermittle ich in einem Mordfall.«

»Das ist albern«, redete wieder der alte Klein dazwischen. »Komm, Dominik, wenn der Herr Kriminalist tatsächlich etwas von dir will, soll er dich schriftlich vorladen.«

»Ja, so sehe ich das auch«, sagte Israel mit hörbar verdrießlicher Klangfarbe. »Ich bin zwar kein Polizeibeamter, aber ich schreibe Krimis. Das, was Sie hier versuchen, funktioniert nicht. Welchen Dienstgrad haben Sie eigentlich?«

»Ich stelle hier die Fragen, verstanden?«

»Wo steht denn Ihr Dienstwagen?«

Obwohl Paulsen wusste, dass seine Maskerade längst aufgeflogen war, hob er den Daumen und deutete nach hinten. »Vier Häuser weiter, habe mich erst in der Hausnummer geirrt. Also was ist nun, Herr Israel, wollen wir Spielchen spielen oder kooperieren Sie?«

»Richten Sie Frau Frost meinen Gruß aus. Sie wird von mir hören.«

KAPITEL 23

Richtig genießen konnte Frost ihr Frühstücksei und den frisch gepressten Orangensaft im Hotelrestaurant nicht. Dabei lag es keineswegs am Ambiente. Die übrigen Gäste verhielten sich rücksichtsvoll und aus den Deckenlautsprechern tönte Feng-Shui-Musik. Gleichwohl genügte ein einziger Blick in die *Leipziger Volkszeitung*, um zu erahnen, wie viele Gerüchte im Zusammenhang mit den Morden auf dem Hof der Rodenbergs schon jetzt kursierten und welche Fragen demzufolge heute noch auf sie zukamen. Bis früh um drei Uhr hatte sie gearbeitet; Überlegungen zum Mordfall angestellt und Israels Thriller gelesen. Bis Seite zweihundertzwei hatte sie durchgehalten, danach war sie vor Erschöpfung eingeschlafen. Da sie ihr Handy ausgeschaltet hatte, war sie wenigstens nicht von weiteren anzüglichen Anrufen fremder Männer geweckt worden.

Inzwischen waren die abstoßenden Bilder mit ihrem Gesicht aus dem Netz gelöscht. Hendrik hatte ihr eine Mail geschrieben. Wer die Sexanzeige eingestellt hatte, blieb weiterhin ein Rätsel. Auch wenn Hendriks Leute in Sachen Computersysteme wirklich gut waren und mit einem einzelnen Rechner und einem Netzwerk ziemlich verrückte Dinge anstellen konnten, hatte Frost nicht mit einem so schnellen Ergebnis gerechnet.

»Darf ich mich zu Ihnen setzen?«, kam es von der Seite.

Sie schaute auf. Neben ihr stand ein unbekannter Hotelgast, der ohne ihre Einwilligung ein Tablett mit Brötchen, Frühstücksspeck und Obst auf ihren Tisch stellte. Auch wenn er versuchte, wie ein Gentleman zu lächeln, machte er insgesamt einen verlebten Eindruck. Darüber konnten auch die maßgeschneiderte Stoffhose, das passende Sakko, das über seinem Arm hing, das faltenfreie Hemd und das Goldkettchen nicht hinwegtäuschen. Blendete man Bekleidung und Schmuck aus, dann sah er sogar verhältnismäßig ungepflegt aus. Desolater Bartwuchs, schuppige Haare, aufdringliches Parfüm. Ein Duft, der nach Ärger roch.

»Der Tisch reicht nur für eine Person«, wehrte sie ab. »Für mich.«

»Ich sehe aber zwei Stühle.«

»Wirklich?« Mit dem Fuß angelte sie sich ein Stuhlbein des freien Sitzplatzes und zog ihn bis an die Tischkante zu sich. »Der ist besetzt von meinem zweiten Ich.«

»Wie schade, dabei hätte ich mich gern mit Ihnen unterhalten, Frau Frost.«

Sie blieb gelassen sitzen, auch wenn es sie in Alarmbereitschaft versetzte, dass er ihren Namen kannte und sie im Gegenzug seinen nicht.

Du bist kein gewöhnlicher Gast. Oder gar kein Gast, sondern nur jemand, der sich am Frühstücksbuffet bedient und Frauen auflauert.

»Haben Sie mich gestern angerufen?«

»Wie kommen Sie darauf?« Er wirkte nicht überrascht, im Gegenteil. Er leckte sich über die Lippen, als würde ihn die Frage betören. »Hätten Sie sich das gewünscht?«

»Oder haben Sie einen Briefumschlag ohne Absender an der Rezeption hinterlassen?« Während sie die zweite Frage nachschob, schaute sie in Richtung des Empfangs. Auch wenn sie mit der Situation umzugehen wusste, war sie froh, dass sie den

Hotelmanager entdeckte. Und wie es der Zufall wollte, nahm Viano Belger exakt in dem Moment Blickkontakt mit ihr auf. Mittels eines unauffälligen Handzeichens wollte sie ihn zu sich winken, doch der Fremde bemerkte die Geste.

»Wozu rufen Sie den Sicherheitsdienst, mache ich Ihnen Angst?«, fragte er sogleich.

»Ich weiß nicht, wer Sie sind oder was Sie von mir wollen, aber ich weiß, dass ich Ihre Anwesenheit als aufdringlich empfinde.«

Hastig fummelte er in einer der Taschen seines Jacketts. Weil sie mit einem Angriff rechnete, umfasste sie blitzschnell ihre Essgabel. Ihr Griff lockerte sich, als er lediglich ein alufarbenes Etui hervorholte. Er klappte es mit einem Schmunzeln auf und zog ein Kärtchen heraus.

»Es ist bloß eine Visitenkarte«, sagte er und legte sie wie eine Karte beim Pokerspiel auf den Tisch.

Eine Visitenkarte wie vorletzte Nacht? Bleib einfach desinteressiert, Klara, dann verliert er vielleicht die Lust an dem Spielchen.

Ihr genügte ein kurzer Blick auf das Kärtchen, um zu erkennen, dass der Mann Konstantin Weiß hieß und als Rechtsanwalt arbeitete.

»Nur für den Fall, dass Sie demnächst rechtlichen Beistand benötigen«, erklärte er. »Oder falls Sie sich einfach mal jemanden anvertrauen wollen …«

»… dann komme ich garantiert nicht zu Ihnen.«

»Wie Sie meinen. Vielleicht begegnen wir uns schneller wieder, als Sie glauben.«

In diesem Augenblick trat Belger zu ihnen. Auch wenn der Hotelmanager Weiß zuvorkommend grüßte, schien er zu verstehen, dass zwischen ihr und dem anderen Gast eine gewisse Antipathie herrschte.

»Ist das Frühstück zu Ihrer vollsten Zufriedenheit, Frau Frost?«

»Bis auf die Gesellschaft, ja.« Sie griff nach der Serviette und tupfte sich die Mundwinkel ab. »Ich glaube, der Herr hat sich im Hotel geirrt.«

Weiß schnaubte, erhielt aber sein Anwaltslächeln aufrecht. Belger wandte sich ihm zu. »Und Sie, Herr …?«

»Weiß.«

»Herr Weiß, hatten Sie eine angenehme Nacht in unserem Hotel?«

Weiß schwieg, denn als Nächstes würde der Hotelmanager sich nach dem Zimmertyp und danach der Zimmernummer erkundigen. Irgendwann würden Weiß die Antworten ausgehen und sich herausstellen, dass er kein Gast des Hotels war.

»Vergessen Sie Ihr Tablett nicht«, verabschiedete Frost ihn.

»Ich habe keinen Hunger mehr.«

Genau wie ich.

Weiß ließ das Frühstück zurück. Als er zum Ausgang eilte, bemerkte Frost, dass Belger sie erwartungsvoll ansah.

»Was gibt es, Herr Belger?«

»Soeben hat jemand für Sie angerufen.«

Mürrisch knüllte sie die Serviette zusammen und warf sie auf ihren Teller. »Ich sagte Ihnen doch, dass ich keine Anrufe wünsche.«

»Es war eine Frau Lorenz und sie sagte wortwörtlich, dass Sie sich umgehend melden sollen, ansonsten würde ihr der Stuhl unter dem Hintern explodieren.«

KAPITEL 24

Aus Furcht vor neuen Anrufen ließ Frost ihr Handy aus und wählte über den Telefonapparat ihres Hotelzimmers den Büroapparat ihrer Chefin an. Im Hintergrund lief leise der Fernseher. Sie hatte es nicht eilig, zur Dienststelle zu fahren – und Lorenz anscheinend auch nicht, mit ihr zu sprechen, denn es dauerte, bis sie das Telefonat annahm.

»Erzähl mir jetzt nicht, dass du noch in deinem ... *Zuhause* bist«, fing sie dann an.

»Ich habe fast die ganze Nacht gearbeitet, deshalb komme ich heute später ins Büro«, berief Frost sich auf die Gleitzeitregelung im Kommissariat.

»Sicher, und unterdessen lässt du Oliver Paulsen deine Arbeit machen.«

»Wie darf ich das verstehen?«

»Dein Praktikant hat in deinem Namen einen Zeugen aufgesucht und ihn zum Rodenberg-Mord befragt.«

Auch wenn es völlig absurd klang, wusste Frost, dass ihre Chefin viel zu humorlos war, um wegen eines Scherzes in der Hotelrezeption anzurufen.

Wenn du mich beeindrucken willst, musst du dir etwas Besseres einfallen lassen.

128

Exakt das hatte sie am Vorabend Paulsen gesagt, nachdem sein Versuch, sie mit dem Thriller zu überraschen, gescheitert war. Sofort wusste sie, wen er aufgesucht hatte: Dominik Israel!

Je nachdem, mit welchen Methoden Paulsen bei seinem Alleingang vorgegangen war, drohte ihm jetzt der Rausschmiss bei der Polizei.

Jede Wette, dass er sich als vollwertiger Kriminalbeamter ausgegeben hat.

»Es stimmt, ich habe meinem Praktikanten den Auftrag gegeben«, log sie, um den Polizeianwärter aus der Schusslinie zu bekommen. »Er sollte allgemeine Erkundigungen einholen. Von einer Konfrontierung mit dem Fall war nie die Rede.«

»Erklär das bitte Herrn Dominik Israel.«

Also tatsächlich der Autor. Sobald sie Paulsen erwischte, würde sie dem Idioten gehörig den Kopf waschen. Mit seinem Alleingang gefährdete er womöglich die gesamten Ermittlungen.

Aus diesem Grund arbeite ich lieber allein.

»Ich sehe keine Notwendigkeit, mit Herrn Israel zu sprechen.«

»Aber du leugnest nicht, dich für ihn zu interessieren«, erwiderte Lorenz scharfsinnig.

»Reines Berufsinteresse. Ansonsten geht mir die Werbekampagne zu seinem Buch mächtig auf die Nerven. Erst gestern habe ich ein Radiointerview mit ihm weggeschaltet.«

»Seine Beschwerde über Paulsen und dich kannst du jedenfalls nicht ignorieren. Die erreichte mich vorhin offiziell über das Direktionsbüro, mit der Bitte um Stellungnahme.«

Auch wenn Frost die Vorhaltung als ungerechtfertigt und völlig überzogen empfand, sagte sie: »Es ist sein gutes Recht, Beschwerde gegen mich einzureichen.«

Lorenz seufzte. »Schwachsinn! Du kommst jetzt auf der Stelle her und dann reden wir darüber, auf welche Weise du dich bei Herrn Israel entschuldigen wirst.«

Dahingehend lehnte Frost jeglichen Gesprächsbedarf ab, doch bevor sie es aussprechen konnte, fing das Fernsehprogramm ihre Aufmerksamkeit ein. Auf dem MDR liefen Nachrichten und der Sprecher spekulierte über ein Gewaltverbrechen, das sich in der letzten Nacht in Leipzig ereignet hatte. Ein Doppelmord in einem Einfamilienhaus in der Straße Zum Wald.

»Hast du mir noch etwas zu sagen?«, stellte Frost sich unwissend, während sie dem Bericht lauschte.

Lorenz schwieg. Vermutlich verfolgte sie die Nachrichten simultan und sah, was Frost auf ihrem Bildschirm sah: flackerndes Blaulicht, Uniformierte, die Absperrband ausrollten, Anwohner, die von Reportern befragt wurden, und Kriminalbeamte in weißen Anzügen, die ihre Ausrüstung in Koffern in ein Einfamilienhaus schleppten. Dem Bericht nach war eine Siebzehnjährige zusammen mit ihrem Freund umgebracht worden. Die Eltern des Mädchens waren über Nacht außer Haus gewesen und hatten die Leichen bei ihrer Rückkehr am Morgen entdeckt.

»Was machen Marc und Sarah im Fernsehen?«, kam Frost auf zwei Kollegen zu sprechen, die von der Filmkamera eingefangen worden waren.

»Ich wollte es dir nicht am Telefon sagen, aber wenn es denn so ist: Es ist nicht mehr dein Fall.«

»Das akzeptiere ich nicht«, erwiderte Frost ungehalten.

»Worüber beschwerst du dich? Du bist ja nicht einmal über dein Handy erreichbar.«

Wie würdest du reagieren, wenn lauter Perverse deine Nummer kennen?

Frustriert darüber, dass man sie so unfair behandelte, würgte sie Lorenz' weitere Ausführungen ab. Gleichzeitig hörte sie zu, was der Reporter verkündete.

> »... nach MDR-Recherchen sind beide Familien kirchlich integriert und besuchen regelmäßig die Gottesdienste der Simonskirche. Ob es bei der Tat einen Zusammenhang mit dem Mord von vorletzter Nacht und damit einen religiösen Hintergrund gibt, müssen die weiteren Ermittlungen zeigen. Dahingehend hält sich die Polizei bisher bedeckt. Wir gehen den Spekulationen nach und informieren unsere Zuschauer zeitnah.«

Als die Berichterstattung endete, schnappte Frost sich ihre Sachen, fuhr mit dem Aufzug in die Tiefgarage und startete den Leihwagen. Statt jedoch zur Dienststelle zu fahren, wie von ihrer Kommissariatsleiterin verlangt, schlug sie die Richtung zum Tatort ein.

KAPITEL 25

Das Haus mit dem schlichten weißen Erscheinungsbild zeigte sich im Stadtvillenstil, wie er sich seit etlichen Jahren in Deutschland wachsender Beliebtheit erfreute. Viele Glasflächen, quadratisch gebaut und mit zwei Vollgeschossen ausgestattet, dafür kaum Abstellfläche auf dem Dachboden. Um die Adresse der Hankes zu finden, hatte Frost vergeblich das Navi bemüht, die Straßen der Neubausiedlung waren für die Satelliten unauffindbar und zudem lag das Grundstück in einer Sackgasse am Rand zum Stadtwald. Letztlich jedoch musste Frost nur dem Lärm der Menschentraube, die den Tatort bevölkerte, folgen.

Sie parkte ihren Wagen in Sichtweite zu einem mintgrünen Golf, den ein Kriminaltechniker und ein Kollege vom Dauerdienst auffällig begutachteten. Im Vorbeigehen prägte sie sich das Kennzeichen des Fahrzeugs ein und bewegte sich auf den abgesperrten Bereich um das Wohnhaus zu. Beim Nähern versuchte sie sich vorzustellen, wie die Gegend ohne die Ansammlung an Schaulustigen, Polizisten und Einsatzfahrzeugen aussah.

Idyllisch. Isoliert. Ideal für einen Mörder.

Ein Notarzt mit einem weinenden Pärchen kreuzte ihren Weg. Vermutlich die Eltern eines der Opfer. Frost sprach sie nicht an, sondern nahm den Kopf runter und steuerte zielstrebig auf den Hauseingang zu.

Es ist nicht mein Fall. Aktuell nicht. Später vielleicht wieder, wenn man meine Hilfe braucht.

Für den Fall, dass einer der Uniformierten an ihrer Tatortberechtigung zweifelte, hielt sie ihren Ausweis bereit. Im Prinzip brauchte sie ihn nirgendwo vorzeigen, denn jeder in der Polizeidirektion kannte die Exorzistin. Wo sie auftauchte, teilten sich gewöhnlich die Reihen der Beamten, als wäre sie der weibliche Moses.

Als sie unter dem Trassierband hinwegtauchen wollte, wurde sie von einem Streifenbeamten abgefangen. Es war Frank Brandner, der neue Kollege aus Sachsen-Anhalt, den sie gestern erst kennengelernt hatte.

»Klara Frost, nicht wahr?«, erinnerte er sich an ihren Namen. »Habe mich schon gewundert, warum du heute nicht die Ermittlungen leitest.«

»Du warst im Haus?«, vermied sie Erklärungen mit einer Gegenfrage.

Er nickte. »War wieder einer der Ersten und habe ein ähnliches Blutbad wie auf dem Bauerngehöft vorgefunden. Wenn du meine Meinung hören willst, dann war es derselbe Täter, aber ich bin nur ein kleiner Streifenbulle, der höchstens gut darin ist, Temposünder zu stoppen. Schon eine Ahnung, wer für die Verbrechen infrage kommt?«

Auch wenn er etwas aufdringlich daherkam und sie Aufdringlichkeit auf den Tod nicht ausstehen konnte, fand sie ihn ein bisschen sympathisch. Darüber war sie selbst erstaunt. Vielleicht lag es daran, dass Brandner mit ihr plauderte, als hätten sie sich schon eine Ewigkeit gekannt. Dazu hatte er diese taffe Ausstrahlung, die ihr imponierte. Rein äußerlich war er nicht perfekt, vor allem fand sie seine schief geschnittene Kurzhaarfrisur unmöglich, aber durch seine Körpergröße, die kräftigen Hände und dank seiner sonoren Stimme strahlte er zweifelsohne Männlichkeit aus. Außerdem schien er im Job engagiert. Und er blieb besonnen, sobald das Grauen um sich griff.

»Über den Täter weiß ich genauso viel wie du«, antwortete sie auf seine zuvor gestellte Frage.

»Das nehme ich dir nicht ab«, sagte er, woraufhin sie zustimmend nickte.

»Gute Einstellung. Sieht so aus, als ob wir uns blendend verstehen werden.«

Mit einem Zwinkern hielt er ihr das Absperrband hoch. Für einen kurzen Moment war sie versucht, einen Knicks anzudeuten, schlussendlich lief sie ohne einen Dank zur Haustür. Statt einzutreten, blieb sie an der Schwelle stehen. Sie mochte es ebenso wenig, wenn Unberechtigte ihren Tatort ungefragt betraten – selbst wenn es sich um Kollegen handelte.

Kollegen sind oftmals die Schlimmsten.

»Ich möchte mit einem der beiden K11-Leute sprechen«, redete sie den erstbesten Kriminalbeamten an, der den Fliesenboden im Korridor mit einer Speziallampe nach Spuren absuchte.

Der Kollege nickte, verschwand in einem der Räume und kehrte mit Marc Kettner im Schlepptau zurück.

»Klara! Du solltest unter keinen Umständen herkommen.«

»Du kennst mich, wenn Alexandra von mir verlangt, etwas zu unterlassen, bin ich geradezu gezwungen …«

Er schüttelte den Kopf. »Die Entscheidung hat Kron getroffen.«

Hätte ich mir eigentlich denken können, dass unserem Dezernatsleiter jeder Grund recht ist, um mir den Fall zu entziehen.

»Du weißt, dass das mein Tatort ist«, beharrte sie.

»Auch wenn ich dich schätze, muss ich dir widersprechen. Momentan wissen wir noch gar nicht, ob beide Taten zusammenhängen.«

Sie legte den Kopf schräg und stierte ihn herausfordernd an.

Du willst doch Fernsehsender und Rundfunk nicht enttäuschen, oder? Ein Serienmörder würde denen nämlich die Schlagzeilen für die kommenden Wochen sichern. Selbst der Streifenbeamte Frank Brandner ist davon überzeugt, dass ein Zusammenhang zwischen beiden Fällen besteht.

»Ich will mich nicht mit dir streiten«, lenkte sie schließlich ein. »Ich möchte wissen, wer die Toten sind.«

»Sobald ich dir die Namen gebe, wirst du mich weiter löchern. Und ohne dass ich es will, werde ich dir weitere Einzelheiten erzählen.«

»Wozu dann warten? Oder soll ich lieber mit Sarah reden?«

Er schaute kurz über seine Schulter, wohl auf der Suche nach Kriminaloberkommissarin Sarah Stahlmann, und gab dann zähneknirschend Auskunft. »Bei den beiden handelte es sich um Sophie Hanke und Kevin Böhmer. Das Mädchen wohnte hier, den Jungen kennen die Eltern nicht, aber wir kennen ihn dafür aus dem Polizeisystem. Zwei Einträge. Ladendiebstahl vor sieben und Drogenbesitz vor drei Jahren. Jugendsünden, könnte man meinen.«

»Wie hat man sie umgebracht?«

»Klara, wir fangen eben erst an, also gib uns Zeit.«

Ihr hattet Zeit.

»Wie sind sie gestorben?«, beharrte sie.

»Beide sind mit Handschellen an Stühle gefesselt, der Junge zusätzlich mit einem Seil. Der Kopf des Jungen weist zahlreiche kleine Löcher auf. Über das Tatwerkzeug können wir bisher nur spekulieren.«

Mir fallen dazu Eispickel oder Bohrer ein. Je nach Größe der Löcher.

»Hat man das Mädchen enthauptet?«

»Ja, verdammt!« Kettner trat auf sie zu, um sie zurückzudrängen. »Zufrieden?«

»Die Rodenbergs waren gläubige Menschen. Stimmt es, dass die Hausbewohner ebenfalls in die Simonskirche gegangen sind?«

Er beugte sich zu ihr und flüsterte beschwörend: »Wenn ich es dir sage, gehst du dann?«

»Wenn mir die Info weiterhilft, denke ich darüber nach.«

Er kniff kurz die Augen zusammen und fluchte, weil er wusste, dass Frost niemals lockerlassen würde. »Ja, das stimmt, sie sind ebenfalls in die Simonskirche gegangen. Das heißt, Sophie Hanke in letzter Zeit eher unregelmäßig, denn seit knapp zwei Jahren entglitt sie ihren Eltern. Aus diesem Grund hatten sie den neuen Priester gebeten, einmal mit ihr zu reden. Er heißt Benjamin Brunner und betreut seit Neuestem die Jugendlichen der Kirche. Wir haben Sophies Handy gefunden. Einer ihrer letzten Anrufer war besagter Priester.«

Was er ihr berichtete, klang in der Tat interessant. Vor einigen Wochen hatte Pfarrer Heyn gegenüber Frost erwähnt, dass die Gemeinde demnächst Unterstützung durch einen Seelsorger bekommen werde. Vielleicht sollte sie bei Gelegenheit zur Simonskirche fahren.

»Gibt es Hinweise, die auf eine Art Prüfung hindeuten?«

»Was?«, reagierte Kettner, vom Themenwechsel überrascht.

»Eine Art Glaubensprüfung.«

»Ich weiß nichts von einer Prüfung, ich weiß nur, dass hier letzte Nacht zwei Menschen sehr langsam und sehr qualvoll gestorben sind.«

Er hat sie beide gefoltert. Und er hat den Tod des Mädchens hinausgezögert und ihr maximale Schmerzen zugefügt, weil er etwas von ihr wollte. Ist es nicht so gewesen?

»Hat der Täter etwas zurückgelassen?«

»Du denkst, wie das Schwert auf dem Gehöft?« Er verschränkte die Arme und machte Anstalten, wieder im Haus zu verschwinden. »Wir haben nichts gefunden.«

»Seid ihr euch sicher?«

»Wir sind momentan dabei, die Wohnung Zentimeter für Zentimeter zu durchsuchen. Das da drin ist eine abscheuliche Leichenhalle, okay? Wir haben es wahrlich mit einer Bestie von Mörder zu tun. Umso weniger bin ich scharf darauf, einer Kollegin den Fall wegzuschnappen, aber hättest du die Freundlichkeit, uns unsere Arbeit machen zu lassen? Es tut mir leid, dass zwischen dir und Kron Spannungen bestehen, aber zieh uns bitte nicht mit hinein.«

Spannungen. Nett ausgedrückt.

Frost sah ein, dass sie momentan aus Kettner keine weiteren Informationen herausbekommen würde, ohne es sich mit ihm zu verscherzen. Er und Stahlmann waren zwei der wenigen Kollegen, denen Frost ein gewisses Vertrauen entgegenbrachte. Sie wollte diese kleine Allianz nicht über die Maßen auf die Probe stellen. Stattdessen gab sie ihm zu verstehen, dass er mit der Arbeit fortfahren konnte.

Als er außer Sichtweite war, drehte Frost sich um und spähte umher. Als sie Brandner bei drei anderen Revierbeamten entdeckte, lief sie los. Bei ihm angekommen, fasste sie ihn am Arm und führte ihn mit einem knappen Kommentar von der Gruppe weg. Prompt pfiff man ihnen hinterher.

»Knapp zwei Monate hier und schon die Exorzistin an der Backe«, hörte sie jemanden sagen, woraufhin Gelächter folgte.

Frost sah darüber hinweg, so wie sie es meistens tat.

»Du sagtest, du hättest das Haus als einer der Ersten betreten.«

Brandner nickte, schien aber nicht zu ahnen, weshalb sie ihn darauf ansprach.

»Ich muss wissen, was du gesehen hast. Erzähl mir jedes Detail.«

»Warum erzählen?« Er zog sein Smartphone aus der Gesäßtasche. »Ich habe Fotos gemacht.«

KAPITEL 26

Es waren acht Fotos, die Frost zu Gesicht bekam. Acht Fotos aus dem Inneren des Hauses hinter ihr, die zwei ermordete Menschen zeigten. Acht eingefrorene Szenen, die die Grausamkeit des Todes in ihrem vollen Ausmaß darstellten.

»Wow«, sagte Brandner kaum hörbar.

»Was wow?«, fragte Frost.

»Dass du dir die Bilder anschauen kannst, ohne auch nur einmal den Blick abwenden zu müssen. Ich meine, das da ist ziemlich heftiges Material.«

»Wenn ich es nicht ertragen könnte, wäre ich wohl nicht bei der Mordkommission.«

»Schon klar, aber irgendwas musst du doch dabei empfinden.«

Keine Gefühle, bloße Routine. Ein Arbeitsschritt nach dem anderen.

Seit er ihr sein Handy überlassen hatte, war sie in ihren ureigenen Analysemodus verfallen. In dem sie wie eine Maschine arbeitete. Als eine solche blendete sie jegliche Empathie für das Leid der Opfer aus und ignorierte die Signale, die von den abscheulichen Verletzungen ausgingen und auf Mitleid und Entsetzen abzielten.

Dekapitation.

Wie erwartet, hatte der Täter Sophie Hanke enthauptet. Während ihr Körper blutig und in sich zusammengesunken auf dem Stuhl hing, lag ihr Kopf dahinter, unmittelbar am Fuße des Kühlschranks. Nur anhand der langen schwarzen Haare konnte man vermuten, dass er zu einem Mädchen gehörte. Das Gesicht sah ähnlich entstellt aus wie das von Benno Rodenberg. Vom Schrecken des Todes war jedwede Mimik erstarrt.

Immer und immer wieder scrollte Frost durch die Fotos. Bei den Aufnahmen hatte Brandner sich Stück für Stück den Leichen genähert, exakt so, wie es jedes Handbuch über kriminalistische Tatortarbeit lehrte. Zuerst Übersichtsaufnahmen, am Ende die Details. Auch wenn Frost sich ständig für Kleinigkeiten interessierte, durfte sie das Gesamtbild niemals aus den Augen verlieren.

Die Leichen sitzen sich gegenüber wie bei einer Unterredung, einer Fragestunde oder einer Beichte. Zwischen ihnen ist genügend Platz, dass eine dritte Person bequem hindurchtreten kann.

Es stimmte, was Kettner gesagt hatte, Kevin Böhmers Verletzungen waren allesamt am Kopf zu finden. Ihn hatte der Täter nicht enthauptet. Vermutlich sollte ihm seine Freundin bis zuletzt ins Antlitz sehen können.

Aber Kettner hatte verschwiegen, dass auch Sophie Hankes gesamter Körper mit blutigen Einstichen übersät war. Frost schätzte sie auf mehr als fünfzig.

Bei einem Foto, das den gefesselten Körper des Mädchens von vorn zeigte, verharrte Frost eine ganze Weile. Irgendetwas an den Verletzungen irritierte sie.

Anscheinend bemerkte Brandner, dass sie das Bild besonders lange betrachtete, was ihn zu einem Kommentar veranlasste. »Der Arzt meinte, der Täter habe penibel darauf geachtet, keine lebenswichtigen Organe zu verletzen. Egal, was für einen Gegenstand er verwendete, er hat ihn offensichtlich immer und immer wieder in ihre Haut gebohrt.«

Gebohrt, nicht gestochen. Mit einer handlichen Bohrmaschine …

»Du warst bei der Leichenschau dabei?«, wunderte Frost sich.

Brandner zuckte mit den Achseln, als wollte er sich entschuldigen. »Wir haben geholfen, bis man uns hinausgeschickt hat.«

»Hat der Arzt sich dahingehend geäußert, ob ihr Kopf mit einem Schwert abgetrennt wurde?«

»Das war definitiv kein Schwert.«

»Wie kommst du darauf?«

»Wenn ich richtig zugehört habe, sprach der Mediziner davon, dass man dem Mädchen den Kopf am Hals abgesägt hat.«

Abgesägt.

Obwohl Frost nun doch gern für einen Moment die Augen geschlossen hätte, suchte sie nach einem Bild, auf dem man den offenen Hals in der Nahperspektive sah. Eine solche Detailaufnahme gab es tatsächlich. Im Wissen um das Tatwerkzeug versagte diesmal Frosts Analysemodus und die Gefühlsregungen kamen mit Brachialgewalt. Während sie mit dem Würgereiz kämpfte, redete Brandner weiter.

»Der Arzt geht von einer Handsäge aus. Vielleicht ein Fuchsschwanz oder ähnliches Gerät. Vom Tatwerkzeug fehlt jede Spur. Früher oder später wäre das Mädchen so oder so verblutet. Als er angefangen hat, ihren Kopf abzutrennen, hat sie noch gelebt, davon ist der Arzt überzeugt.«

Frost war keine Rechtsmedizinerin, aber das konnte sie anhand der verschorften Wundränder selbst erkennen.

Hatte der Täter eine Säge benutzt, weil er kein Schwert mehr hatte? Weil er es die Nacht zuvor vergessen hatte? Hatte er nie vorgehabt, etwas zurückzulassen, außer die Leichen? Hatten Kettner und Stahlmann deshalb keinen Gegenstand oder ein Symbol im Haus gefunden?

Frost kam bei ihren Überlegungen zu keinem Ergebnis.

Was war deine Prüfung, Sophie Hanke?

»Wenn es stimmt, was sich die Nachbarn erzählen«, sagte Brandner, »dann hat die Kleine ihren Eltern ziemliche Probleme bereitet. Hat sich nachts aus dem Zimmer geschlichen, hat die Schule geschwänzt und ist von der Klassenbesten zum Lehrerschreck mutiert. Wenn du mich fragst, Klara, war es von dem Mädchen nicht sehr klug, sich mit diesem Kevin abzugeben.«

Beim letzten Satz musste Frost plötzlich aufschauen, woraufhin Brandner verunsichert von ihrem Blick zuckte.

»Habe ich etwas Falsches gesagt?«, fragte er.

»Ganz im Gegenteil.«

Klug. Es war klug.

Frost blätterte zurück zum Foto mit der Frontalansicht von Hankes Körper. Sie vergrößerte das Bild und kniff gleichzeitig die Augen leicht zusammen. Dann erkannte sie, was sie irritiert hatte. Es war das blutige Muster.

Kapitel 27

Nachdem Frost auf Brandners Smartphone die Fotos der Leichen noch ein weiteres Mal genau angesehen und eine Botschaft auf der Haut der toten Sophie Hanke entdeckt hatte, machte sie sich auf den Weg zur Kriminalpolizeiinspektion. Unterwegs hielt sie an einem Mobilfunkshop, kaufte sich eine neue SIM-Karte und rief während der restlichen Autofahrt im Kommissariat 41 an. Von der Kriminaltechnik erhoffte sie sich Neuigkeiten bezüglich der Spurenauswertung. Nach einigen Sekunden nahm ein Kollege das Gespräch an und erkundigte sich nach ihrem Anliegen.

»Gibt es neue Erkenntnisse zum Schwert, das wir bei der ermordeten Familie Rodenberg gefunden haben?«, fragte Frost.

»Hätte ich mir eigentlich denken können, Klara, dass du hellsehen kannst.«

»Inwiefern?«

»Bin vor einer halben Stunde aus der Rüstkammer zurückgekommen.«

»Aus dem Historischen Museum Dresden?«

»Hatte einen Termin beim dortigen Direktor. Er ist Professor und Experte für altertümliche Waffen und Rüstungen. Er staunte nicht schlecht, als ich ihm das Schwert vorgelegt habe.«

»Also ist es wertvoll.«

»Nicht unbedingt. Es handelt sich um die Nachbildung eines Langschwerts, wie es die Templer im 12. Jahrhundert während der Kreuzzüge getragen haben. Wenn es sich um ein Original handeln würde, wäre es unvorstellbar wertvoll.«

Trotzdem ist die Kopie vermutlich wertvoll genug, um sie nicht leichtfertig zurückzulassen. Hat der Täter das Schwert am Ende tatsächlich vergessen?

»Woher weiß der Professor, dass es sich um eine Waffe des Templerordens handelt?«

»Anhand des Agnus Dei auf der Parierstange.«

»Agnus Dei?«

»Ein Symbol mit dem Lamm Gottes.«

Jetzt erinnerte Frost sich an das eingeprägte Zeichen. Es zeigte ein Schaf mit einer Fahne. Sofort musste sie an die Inschrift auf der Klinge und an den Roman von Dominik Israel denken.

Der Hirte, die Schafe und das Schwert. Fiktion wird zur Realität und ein Schriftsteller zu Gott.

»Was ist bei der Spurensuche an der Waffe herausgekommen?«, wollte sie wissen, kurz bevor sie den Hof der KPI erreichte.

»Wie du dir vorstellen kannst, haben wir DNA-Mischspuren gefunden. Sowohl an der Schneide als auch am Griff. Die Auswertung ist noch nicht fertig, aber wir gehen davon aus, dass ein Teil der DNA-Spuren von den Opfern stammt.«

Das war nicht die Auskunft, die sie sich erhofft hatte, aber eventuell ergab sich später ein Treffer, der zum Täter führte. »Okay, haltet mich auf dem Laufenden und ruft mich umgehend an, sobald sich etwas Neues ergibt.«

»Eventuell haben wir da etwas …«

Frost fuhr an den Straßenrand, stellte den Motor ab und lauschte.

»… eine daktyloskopische Spur«, sagte der Kollege. »Wir haben den Abdruck außen an einer der Fensterscheiben zur Küche entdeckt und sichern können. An drei der fünf Fingerabdrücke sind die Papillarleisten vortrefflich erhalten, der Ringfinger ist unscharf und der kleine Finger überlagert beziehungsweise doppelt. Sieht fast aus wie eine Hand mit sechs Fingern. Der Abgleich mit der AFIS-Datenbank des BKA steht noch aus.«

Falls der Täter die Familie vor Betreten des Hauses durch das Fenster beobachtet hat, stammt die Fingerspur möglicherweise von ihm.

Auch wenn die Information wichtig klang, verfiel Frost niemals zu früh in Euphorie. Vorläufig vertraute sie darauf, dass die Leute beim K41 genau wussten, was sie taten. In der Vergangenheit hatte die Abteilung wertvolle Zuarbeit geleistet und nicht selten konnten Täter anhand des Spurenbeweises überführt werden.

Weil der Kollege sonst keine Ergänzungen machte, beendete sie das Telefonat und lief zu ihrem Büro. Dort angekommen, stellte sie zu ihrer Verwunderung fest, dass die Akte zum Rodenberg-Fall von ihrem Schreibtisch verschwunden war. Frosts Büro war ein Einzelzimmer, das sie stets abschloss, wenn sie es verließ.

Nichts verschwindet einfach so. Es gibt immer eine Erklärung.

Nachdenklich griff sie an ihre Armbänder, darunter das mit der Aufschrift *Deus ex Machina*.

Sie brauchte die Mappe mit den Lichtbildern vom Tatort. Denn sie musste sich dringend die Verletzungen der Opfer noch einmal genauer ansehen, nachdem sie auf der Haut von Sophie Hanke ein lateinisches Wort entdeckt hatte: Prudentia.

Klugheit.

Eine der vier Kardinaltugenden.

Der Mörder hatte die Jugendliche auf ihre Klugheit hin geprüft und ihr das Wort in Latein in den Körper gestochen. Beim Betrachten von Brandners Fotos hatte sie die Buchstaben nicht auf den ersten Blick gesehen, denn ähnlich wie bei einem Malen-nach-Zahlen-Spiel hatte Frost die Einstichstellen erst gedanklich mit Linien verbinden müssen. Mithilfe ihrer Zeigefingerspitze und einer simplen Fotobearbeitungs-App auf Brandners Handy hatte sie zwischen den Wundstellen bunte Linien eingezeichnet. Der Polizeihauptmeister war verblüfft gewesen, als sie ihm das Wort Prudentia gezeigt hatte.

Frost war sich sicher, dass der Täter auch am ersten Tatort einen Hinweis auf eine der vier Kardinaltugenden hinterlassen hatte. Spätestens dadurch würde sich herausstellen, dass die Kripo es mit einem Serienkiller zu tun hatte. Doch mangels Papierakte musste sie vorerst auf den elektronischen Vorgang zurückgreifen.

Kurzerhand startete sie ihren Rechner und das Programm Integrierte Vorgangsbearbeitung. Ihre Vorahnung bestätigte sich, als sie den Rodenberg-Fall nicht mehr fand. Man hatte ihr den Vorgang nicht nur weggenommen, sondern auch die entsprechenden Leserechte in der Auskunft entzogen. Nicht irgendjemand, sondern jemand mit den entsprechenden Verwalterrechten. Jemand, auf dessen Abschussliste sie stand.

»Kron«, zischte sie seinen Namen.

Es reichte ihr endgültig. Gewöhnlich ging sie eine Konfrontation besonnen an, diesmal stürzte sie völlig aufgebracht aus dem Raum und auf die Bürotür des Dezernatsleiters zu. Ohne anzuklopfen, stieß Frost die Tür auf und wollte verbal auf ihren Vorgesetzten losgehen. Doch die Wutrede blieb ihr im Halse stecken, weil er nicht allein in seinem Zimmer war, sondern eine Frau im Arm hielt. Wie ein ertapptes Pärchen beim Liebesspiel an einem öffentlichen Ort wichen die beiden voneinander und schauten Frost erschrocken an.

Auch Frost fühlte sich schlagartig unwohl. Vor allem weil die Frau verweinte Augen und gerötete Wangen hatte.

Es ist seine Frau.

Frost kannte ihr Gesicht von dem angestaubten Porträt, das ihr Mann auf der Schreibtischecke stehen hatte – halb verdeckt vom Monitor.

Sie trug einen Bob, ihr Haar schimmerte rötlich. Die Haut an ihrem Hals wirkte dünn und fast durchsichtig, die schmalen Lippen waren dick mit Lippenstift umrahmt.

Bevor Frost sich entschuldigen oder Kron sie für ihr Hereinplatzen maßregeln konnte, schluchzte die Frau und fragte: »Ist sie das?«

KAPITEL 28

Es kam zu keinem Wortwechsel zwischen Frost und Kron. Während seine Frau sich ein Taschentuch unter die Nase hielt und sich hochnäsig zum Fenster umdrehte, wies der Dezernatsleiter mit hochrotem Kopf und gestrecktem Arm in Frosts Richtung.

»Sie sehen doch, dass ich Besuch habe, also verschwinden Sie gefälligst!«

Heute kein Du?

Statt eines Einwandes biss Frost sich auf die Zunge und machte kehrt. Zwar schaffte sie es noch, als eine Art letzten Protest die Tür hinter sich zuzuschlagen, aber ihren Ärger trug sie trotzdem zurück in ihr Arbeitszimmer. Ihr unangekündigtes Eintreten in Krons Büro hatte eine hochpeinliche Situation für alle Beteiligten erzeugt. Neben der Tatsache, dass Frost sich für ihr übereiltes Handeln schämte, beschäftigte sie der eine Satz, den Krons Frau gesagt hatte.

Ist sie das?

Diese drei Worte ließen Raum für Spekulationen, aber der Blick, den Krons Frau Frost zugeworfen hatte, drückte unverhohlene Antipathie aus.

Oder war das eben Eifersucht gewesen? Das kann unmöglich sein. Völlig absurd.

Sie kannte noch nicht einmal den Namen von Krons Ehefrau und zwischen ihm und Frost lief auch überhaupt nichts. Sicherlich hatte ihr Vorgesetzter ihr gegenüber mehrfach Avancen gemacht, aber Frost hatte ihn jedes Mal eiskalt abblitzen lassen und ihn auf seinen Ehering hingewiesen, sobald er zudringlich wurde. Weder fand sie den Fünfzigjährigen attraktiv noch interessant genug, dass er ihr Leben hätte bereichern können. Kron war ein Heuchler mit ungesunder Hautfarbe, der obendrein selbst für sie zu viel rauchte. Nicht einmal da konnte er einen positiven Gegenpol zu Frost setzen.

Ist sie das?

»Ja, das ist die geistesgestörte Mitarbeiterin hier im Haus!«, redete sie laut mit sich selbst, während sie über den Kommissariatsflur eilte und sich im Gehen eine Zigarette anzündete.

»Wow, das Rauchverbot lässt dich überall kalt.«

Oli.P! Auch der noch.

Als wäre alles in bester Ordnung, lehnte der Praktikant an ihrer Bürotür und wartete auf sie. Ihn konnte sie im Moment höchstens als Blitzableiter gebrauchen.

»Was willst du hier?«, fragte sie.

»Was wohl? Mein Praktikum bei dir machen.«

Entweder stellte er sich dumm oder sein Intelligenzquotient entsprach in etwa dem einer toten Ameise.

»Du bist nicht mehr mein Praktikant«, erwiderte sie barsch, obwohl Lorenz das so noch gar nicht ausgesprochen hatte. »Deinetwegen hat man mir den Fall entzogen und mich gemaßregelt. Wenn ich mich ganz still verhalte, bleibt es nur bei einer mündlichen Rüge.«

»Das tut mir leid, ich wollte dich nicht in Schwierigkeiten bringen.«

Dir tut es leid und ich könnte kotzen, wenn ich daran denke, dass mein Gesicht auf einer Nuttenseite zu sehen war. Als hätte ich nicht schon genug Probleme!

Kurioserweise nahm sie es dem jungen Polizeianwärter sogar ab, dass er es mit der Entschuldigung ehrlich meinte und er sich mit seiner Aktion mit dem Thrillerautor wirklich nichts gedacht hatte.

»Weißt du, Oli.P, meine Vorgesetzten verlangen von mir, dass ich mich für dich bei Dominik Israel entschuldige. Kannst du dir vorstellen, dass ich also keine Lust mehr auf deine Gesellschaft habe?«

»Okay, aber die Sache mit der Entschuldigung kommt nicht von Herrn Kron.«

Frost stutzte. Hatte etwa Lorenz selbst die Entscheidung getroffen?

»Mein Onkel, der Polizeipräsident, hat das entschieden.«

»Das wird ja immer besser.«

»Ich wollte dich eigentlich anrufen, aber …«

»Ich musste meine Handynummer wechseln«, schnitt sie ihn ab, um das Thema zu beenden, weil jeder sie auf ihre mangelnde Erreichbarkeit ansprach. Sie öffnete ihr Büro und wollte nur noch sich ein- und die Welt ausschließen. »Und wenn ich Pech habe, schmeißt man mich aus dem Hotel.«

»Falls du eine Bleibe brauchst, könntest du bei mir pennen. Natürlich nur für eine Nacht.«

Frost lachte auf. Nicht vor Erheiterung, sondern weil sie das Gespräch mit Paulsen äußerst bizarr fand. Sie kämpfte an allen Fronten mit Schwierigkeiten und er versuchte, das Leben mit einer großen Klappe zu meistern. »Klar, das würde dir so passen, damit du vor deinen Freunden angeben kannst, weil du eine heiße Mutti abgeschleppt hast.«

»Entschuldigung, so war das nicht …«

»Ach, stimmt ja, du hast gar keine Freunde.«

»Doch«, protestierte er und sein sonst so frohes Gemüt trübte sich ein.

»Nein, hast du nicht, denn sonst würdest du mir nicht permanent auf den Geist gehen.« Missgestimmt drückte sie die angefangene Zigarette an ihrer Schuhsohle aus. »Verdammt, was rede ich denn da für einen Stuss?«

Sie schüttelte den Kopf und betrat ihr Büro.

»Schon okay«, beschwichtigte Paulsen. »Bekomme ich deine neue Handynummer?«

Frost fuhr herum. Ihr Arm schoss nach oben und ihre Hand packte Paulsen am Hals. Obwohl er größer war als sie, schaffte sie es mit Leichtigkeit, ihn gegen die Wand neben der Tür zu drücken.

»Was stimmt mit dir nicht?«, fauchte sie ihn an. »Ich frage dich, was stimmt mit dir nicht?«

Völlig konsterniert schaute er sie an. Seine Lippen bewegten sich, aber kein Wort verließ seine Kehle. Es war ihr egal, ob sie die Beherrschung verlor. Sie hatte genug von dem Praktikanten und wollte nur noch allein sein.

»Du hast alles versaut, verstehst du das? Dein Besuch bei Dominik Israel hat vermutlich die gesamten Ermittlungen gefährdet. Du hast dich und uns blamiert und du hast nichts erreicht. Hast du das endlich kapiert?«

Er schluckte sichtbar und nickte.

Frost ließ ihn los und verfluchte sich für ihre Entgleisung.

»Es ist nicht ganz richtig, dass ich nichts erreicht habe«, sagte Paulsen leise.

»Was redest du da?«, konnte sie es nicht fassen.

»Nachdem Israel mich verabschiedet und seine Großeltern ins Auto gesetzt hat, lief er mir ein paar Meter hinterher und gab mir einen Rat.«

Frost schloss die Augen, weil sie zu geschafft war, um ihm weiter zuzuhören. Letztlich tat sie es doch. »Und was hat er dir geraten?«

»Er sagte, ich solle vor meiner nächsten Befragung aufpassen, was ich mir für Dinge zusammenreime, denn manche erdachten Geschichten könnten sehr wohl wahr werden.«

KAPITEL 29

Zuerst lauschte Frost an der Wohnungstür, dann klingelte sie.

»Herr Israel ist bestimmt nicht zu Hause«, sagte Paulsen. »Wenn ich mich nicht irre, hat er einen Interviewtermin bei der *Morgenpost*.«

»Glaub bloß nicht, dass du um deine Entschuldigung herumkommst.«

Entgegen ihrem ersten Entschluss hatte Frost Paulsen mitgenommen. Wenn es stimmte, was der Autor ihm gegenüber zuletzt gesagt hatte, sollte der Praktikant ruhig als Zeuge fungieren.

»Hast du wieder vor, den Mann mit einem Geldstück und einem Feuerzeug aus dem Konzept zu bringen?«, fragte Paulsen.

»Hältst du mich für so einfallslos?«, antwortete sie.

Wie jedes Mal vor einer Vernehmung hatte sie sich eine Strategie zurechtgelegt, die von den üblichen Lehrbuchtechniken abwich. Einmal hatte sie eine Zeugin sogar auf eine Ausfahrt in ihrem AMG eingeladen und gemeinsam waren sie mit zweihundert Sachen über die A14 gebrettert. Damals hatte sie zwischen zwei Abfahrten alles erfahren, was sie wissen wollte. Deshalb nannte man sie die Exorzistin, weil ihre Methoden Fremde immer ein wenig an Teufelsaustreibung erinnerten.

Im Wohnungsinneren wurde ein Schlüssel herumgedreht.

»Sieht so aus, als wäre das Interview nur eine Schutzbehauptung gewesen«, flüsterte Frost Paulsen zu, woraufhin der Praktikant von der Treppenkante eine Stufe hinuntertrat, als wollte er sich aus dem Staub machen.

Es öffnete ihnen ein Mann, dessen Äußeres auf den ersten Blick mit den Autorenfotos, die im Internet kursierten, kaum übereinstimmte. Während er auf den Bildern wie ein gestylter und modisch gekleideter Promi posierte, stand er nun in seinem Hausflur wie jemand, der sich ein Stück weit aufgegeben hatte. Zerzaustes Haar, ausgeleiertes T-Shirt, Jogginghose und Kunststoff-Clogs.

So sieht also die Arbeitskleidung eines Schriftstellers aus.

»Frost«, stellte sie sich vor. »Wir kennen uns von einem Telefonat.«

Israel musterte zuerst Frost, dann Paulsen, anschließend wieder Frost. »Das ging ja schnell«, sagte er in leicht überheblichem Tonfall. »Wie kann ich der Leipziger Kriminalpolizei denn diesmal helfen?«

Sie zog Paulsen zu sich. »Er wollte sich entschuldigen.«

»Wofür?«

»Sie haben sich doch in der Direktion über mich und Herrn Paulsen beschwert.«

»Da muss ein Missverständnis vorliegen, ich habe lediglich angerufen und mich erkundigt, bei welcher Abteilung der junge Kollege tatsächlich arbeitet.«

»Und natürlich war Ihnen nicht klar, dass Ihr Anruf für Ärger sorgen könnte, verstehe … Können wir uns drinnen unterhalten?«

»Dürfte ich vorher Ihren Ausweis sehen?« Sein Blick ging Richtung Paulsen. »Einen richtigen Ausweis, meine ich.«

Nettes Spielchen.

»Haben Sie das in einem Krimi gelesen?«, blieb sie gelassen und sah keine Notwendigkeit, nach ihrem Dienstausweis zu greifen.

»Das sollte ein Witz sein.« Er hielt die Tür weit auf und machte eine einladende Geste. »Bitte sehr, mein Wohnzimmer gehört Ihnen.«

Die Wohnung des Autors wirkte geräumig und sagte einiges über den Menschen aus, der hier lebte. Weiße Tapeten, darüber etliche Bilderrahmen mit Kunstdrucken – allesamt schwarz-weiß –, Mobiliar, das man nur in exklusiven Möbelhäusern kaufte. Die Couch, ebenfalls in Schwarz-Weiß, wirkte fast wie ein Raumschiffcockpit. In das Lederpolster war eine LED-Leiste eingebracht, aus der türkises Licht schimmerte. Vor allem die Deckenbeleuchtung im Wohnzimmer war ein Blickfang. Ein Drahtgewirr, dass einen industriellen Touch hatte und bei dem sie sich fragte, wer so etwas sauber hielt.

Frost nahm Platz und stellte ihren Rucksack zwischen sich und Paulsen. Israel bot Getränke an. Da sie ablehnten, setzte er sich ihnen sogleich gegenüber.

»Worüber wollen Sie mit mir sprechen?«

Statt zu antworten, griff Frost in ihren Rucksack, holte ihr mechanisches Metronom hervor, das sie oft bei Befragungen benutzte, und stellte es auf den Glastisch zwischen sich und dem Wohnungsinhaber. Statt das Pendel anzustoßen, lehnte sie sich zurück.

»Wozu das Metronom?«, fragte Israel und auch Paulsen machte große Augen.

»Stört es Sie, dass es vollkommen still ist?«

»Nein, ich wundere mich nur, wofür Sie es brauchen.«

»Es hilft mir bei meiner Arbeit.«

»Ah, ich verstehe. Wären Sie eine Hauptfigur in einem meiner Thriller, wäre das ihr Markenzeichen – oder anders gesagt, der Tick, um Sie als Person interessanter zu machen.

Womöglich hätten Sie es in einer fiktiven Geschichte von Ihrem Vater bekommen, zu dem Sie natürlich später ein gestörtes Verhältnis hätten.«

Für einen Moment musste Frost an ihren leiblichen Vater denken. Tatsächlich hatte sie das Musikgerät von ihm erhalten. Es war zu einem festen Bestandteil ihres Lebens geworden, seit seine Töne sie als Kleinkind jede Nacht in den Schlaf begleitet hatten.

Tick. Tack. Was glaubst du, über mich zu wissen?

»Ich bin nicht halb so interessant, wie Sie glauben.« Für Interesse sollte allein das stumme Metronom sorgen. »Deshalb fange ich mit einer langweiligen Frage an: Wissen Sie, woran der Schriftsteller Tennessee Williams gestorben ist?«

Auf Israels Stirn bildeten sich Falten, weil ihn der Einstieg wie beabsichtigt verwirrte. »Sie meinen den Pulitzerpreisträger? Ähm, nein, über seinen Tod weiß ich nichts.«

»Er erstickte am Deckel der eigenen Augentropfenflasche.«

Sowohl Israel als auch Paulsen lachten auf. Vermutlich glaubten beide an einen Scherz. Da Frost schweigend abwartete, redete der Autor stellvertretend.

»Das ist natürlich tragisch – und äußerst qualvoll, nehme ich an.«

»Mit qualvollen Todesursachen kennen Sie sich ja aus.«

»Haben Sie das Metronom deshalb mitgebracht, um mich zu quälen?«

»Dafür habe ich meinen Praktikanten.«

Für mehrere Sekunden herrschte Stille zwischen allen Anwesenden.

»Ich denke, es ergibt keinen Sinn, ein Metronom aufzustellen, wenn man nicht vorhat, das Pendel in Bewegung zu setzen«, sagte Israel schließlich.

Das ergibt jede Menge Sinn.

Üblicherweise ließ sie die Mechanik arbeiten, doch diesmal rückte sie von der Gewohnheit ab, weil sie wusste, dass ein tonloses Metronom, das man jemandem vor die Nase stellte, weitaus strapaziöser war als ein Metronom, das ununterbrochen tickte.

»Sie wissen, dass wir in einem Mordfall ermitteln.«

»Ja, Ihr Kollege hat mich darüber informiert.« Israel sah ständig zum Metronom, was seinen Redefluss behinderte. »Offenbar geht es um den Mord an der Landwirtfamilie, über den die Nachrichten seit gestern berichten.«

»Beunruhigt es Sie nicht, dass wir zu Ihnen kommen und Fragen stellen?«

»Darüber wundere ich mich in der Tat, aber gleichzeitig bin ich froh darüber.«

Natürlich verstand Frost, was er mit der Aussage bezweckte. Sie fragte nicht nach, sondern ließ ihn aus eigenem Antrieb weitersprechen.

»Wie Sie wissen, bin ich Autor und so komme ich komfortabel in den Genuss einer polizeilichen Befragung. Recherche ist beim Krimi alles. Seit heute weiß ich auch, dass ich bei meinem nächsten Thriller einen Polizeischüler auf eigene Faust ermitteln lasse. Das wird den Lesern gefallen. Bevor sie geklingelt haben, saß ich an meinem Schreibtisch, um dahingehend das Konzept zu erweitern.«

»Schön, dass ich zu Ihrem nächsten Buch beitragen kann«, murmelte Paulsen.

»Man hat am Tatort ein Schwert gefunden«, überging Frost die Bemerkungen der beiden mit einer thematischen Wende.

»Sie meinen, als Tatwaffe wurde ein Schwert verwendet?«

»Verstehen Sie nun, weshalb wir Sie aufsuchen?«

»Sie haben mein Buch gelesen.«

»Ich bin dabei.«

»Und wie finden Sie es bisher?«

»Ich finde die Ermittlerin bemerkenswert. Bedenkt man, dass alle anderen Akteure dünn wie Papierfiguren wirken, gewinnt man den Eindruck, sie hätten sich bei Elli Stolz an einem lebenden Vorbild orientiert.«

»Ja, die Tigerfrau ist mir außergewöhnlich gut gelungen.«

Sie beobachtete ihn und erkannte am Strahlen seiner Augen, wie sehr er es genoss, dass die fiktive Ermittlerin Parallelen zu Frost aufwies. Ein Fakt, der sie beim Lesen äußerst verwundert und nachdenklich gestimmt hatte. »Sie wirkt regelrecht plastisch – die Beschreibung ihrer Ganzkörpertätowierungen, ihre Vergangenheit, der Bruch mit ihrem Vater …«

»Meine Thriller sind handlungsgetrieben, mir geht es weniger um die Personen, sondern vielmehr darum, den Leser durch ständige Wendungen, Cliffhanger und Schockmomente in Atem zu halten.«

»Und Sie lassen Ihren Serienkiller mit einem Schwert umherziehen.«

Er zwinkerte ihr zu. »Geben Sie es zu, die Idee hat Ihnen gefallen, nicht wahr?«

Eine ehrliche Antwort lag Frost auf der Zunge, aber sie wollte den Autor nicht kränken. »Andere Frage: Kannten Sie Benno Rodenberg?«

KAPITEL 30

In aller Regel vermieden Kriminalbeamte es, bei einer Zeugenbefragung die Namen von Opfern zu nennen, aber Frost wollte Israel testen, inwieweit er die Wahrheit sagte. Deshalb hatte sie Rodenberg ins Spiel gebracht.

»Ja, ich kenne ihn und seine Familie«, gab Israel nach kurzem Zögern an. »Demzufolge haben Sie gut über mich recherchiert.«

Das hatte Frost tatsächlich. Spätestens jetzt musste Israel scharf überlegen, was er für Aussagen tätigte, denn er konnte höchstens vermuten, was sie noch alles über ihn wusste.

»Sie sind früher gemeinsam in die Simonskirche gegangen«, sprach sie es stellvertretend für ihn aus.

»Mit meinen Eltern, aber das ist Jahre her.«

»Dann kannten Sie also auch Sophie Hanke!«, fuhr plötzlich Paulsen auf.

Bevor Frost ihn maßregeln konnte, antwortete Israel bereits.

»Sophie Hanke? Ist das die Tochter der Hankes? Ist sie etwa auch …?«

»Sie war siebzehn«, nannte Frost das Alter der Toten. »Kaum vorstellbar, dass Sie sie richtig gekannt haben, denn als Sie aus der Kirche ausgetreten sind, war sie vier Jahre alt.«

Zustimmend nickte Israel. »Meine Eltern und Großeltern besuchen noch regelmäßig die Gottesdienste, ich tue das seit etlichen Jahren nur noch zu besonderen Anlässen oder kirchlichen Feiertagen. Es hat mich viel Ärger und Mühe gekostet, aus der Kirche auszutreten. Während meiner Selbstfindungsphase habe ich einige Jahre in Bielefeld gelebt. Der Ortswechsel war enorm wichtig für mich und mein Selbstvertrauen. Während des dortigen Studiums habe ich Freunde gefunden, die mir zeigten, dass man sehr bequem ohne Gott leben kann.«

»Warum sind Sie dann in Ihre Heimat zurückgekehrt?«

»Am Ende war mir der Familienzusammenhalt wichtiger. Obendrein ist Leipzig meiner Meinung nach die lebenswertere Stadt.«

»Und Ihre christlich geprägten Eltern akzeptieren es, dass Sie Bücher mit gewalttätigen Inhalten schreiben?«

»Was Glauben und Religion angeht, vertrete ich eine eigene Meinung, und die deckt sich nicht unbedingt mit der meines Vaters.«

»Ihr Vater ist ein gutes Stichwort …«

Israel gab einen mürrischen Laut ab, schürzte die Lippen und stierte auf das Metronom. »Jetzt wollen Sie mich sicherlich nach dem Verhältnis zu meinem Vater aushorchen.«

Aushorchen.

Es war seine Interpretation des Wortes *befragen*, und aus seiner Sicht negativ behaftet. Sollte er ruhig so denken. Dahingehend korrigierte Frost ihn nicht. Das stumme Metronom wirkte, denn der Autor empfand das Gespräch mit Frost mehr und mehr als unerträglich, auch wenn er seine gelassene Haltung bisher beibehielt.

»Gibt es da Parallelen zu Ihrer Romanfigur Elli Stolz?«

»Darüber könnte man lange philosophieren, aber zusammengefasst kann man sagen, dass die fiktive Elli als Kleinkind nie die Aufmerksamkeit ihres Vaters hatte, denn er hatte nur seine Finanzgeschäfte im Sinn, und noch dazu war sie kein Junge, wie er ihn sich sehnsüchtig gewünscht hatte. Erst als sie älter und interessanter für ihren Vater wurde und er sie gleichberechtigt in sein Unternehmen einführen wollte, rebellierte sie gegen ihn und wählte den Polizistenberuf.«

Erstaunlich viele Parallelen! Auch ich sollte das Unternehmen meines Adoptivvaters zusammen mit meinem Stiefbruder übernehmen. Auch ich habe abgelehnt und bin stattdessen bei der Polizei gelandet. Der Unterschied zwischen mir und Elli ist, dass ich finanziell ausgesorgt habe und sie verschuldet ist.

»Interessant«, murmelte Frost. »Wenn es stimmt, was im Internet über Sie steht, wollte Ihr Vater, dass Sie in der elterlichen Schlachterei helfen. Sie haben sich dagegen entschieden. Ich wette, das nimmt Ihr Vater Ihnen bis heute übel.«

»Er hat sich damit abgefunden. Schon mein Großvater hat früh erkannt, dass ich für den Betrieb nicht die nötigen Fähigkeiten mitbringe. Natürlich gibt es den einen oder anderen echt netten, sensiblen Metzger, der seine Tiere mit Liebe schlachtet, aber mal ehrlich: Finden Sie solche Menschen nicht genauso suspekt wie ich?« Er schüttelte den Kopf. »Fürs Fleischgeschäft braucht man ein gewisses Maß an Rohheit.«

Fleischgeschäft.

»Sie wollen mir damit sagen, Sie könnten niemals einem Tier etwas zuleide tun?«

Er legte die Hände wie bei einem Gebet zusammen und lächelte überlegen. »Kommt ganz auf das Tier an.«

Danach entstand wieder eine Pause. Neben ihr ließ Paulsen schon seit Minuten das Couchpolster knarzen. Schließlich sprang er auf und gestikulierte wild mit dem Zeigefinger in Israels Richtung. »Das passt doch alles wunderbar zusammen! Das Schwert, Schafe, Religion … Ich finde, in Ihrem Buch sind erschreckend viele Details ähnlich.«

»Ähnlich, Sie sagen es«, erwiderte Israel mit einem müden Augenaufschlag. »Die Handlung spielt zum Beispiel in Berlin.«

»Ja, schön, eine andere Stadt … Dafür haben Sie einen persönlichen Bezug zu den Opfern, also was wissen Sie über die Morde?«

Auch wenn sie Paulsens Vernehmungsmethode amüsant fand und gern beobachtet hätte, wie es ausging, fasste sie ihn an einer Gürtelschlaufe seiner Hose, damit er sich wieder hinsetzte. Als er sich beruhigt hatte, übernahm sie wieder.

»Soweit ich weiß, waren Ihre Verwandten früher in der Schafzucht tätig.«

»Das ist korrekt«, sagte Israel. »Mein Onkel war der letzte Schäfer meiner Familie. Nachdem die Preise für Fleisch und Wolle dramatisch gefallen waren, musste er den Betrieb einstellen.«

»Für Benno Rodenberg hat sich die Schafhaltung bis zu seinem Tod gelohnt.«

»Tja.« Israel zuckte mit den Schultern. »Nur um es noch einmal klarzustellen, ich habe Benno Rodenberg schon seit Jahren nicht mehr gesehen. Und davor kannte ich ihn nur flüchtig aus der Gemeinde. Nur weil man in dieselbe Kirche geht, muss man nicht mit jedem bekannt sein.«

Dahingehend wollte sie ihm nicht vorschnell Glauben schenken, denn den letztmaligen Kontakt zwischen beiden zu überprüfen, war Teil der Ermittlungen.

»Es ist mir zwar peinlich, aber dürfte ich kurz Ihr Bad benutzen?«

Diese Polizistenfrage kennt er bestimmt aus seinen Krimis.

Begleitet von einem Lächeln deutete er Richtung Korridor. »Bitte, aber ich muss Sie warnen …«

Weil er nicht weitersprach, fragte Frost: »Wovor?«

»Das hier ist ein reiner Männerhaushalt, da übersieht man beim Putzen schon den einen oder anderen Schmutz.«

161

»Dabei hätte ich schwören können, dass Sie ein gewissenhafter Mensch sind und beim Schmutzbeseitigen äußerst gründlich arbeiten.«

Ohne seine Reaktion abzuwarten, verließ sie das Zimmer. Ganz wohl fühlte sie sich nicht bei dem Gedanken, Paulsen allein das Feld zu überlassen, aber egal wie sehr er sich blamierte, er beschäftigte dadurch den Wohnungsinhaber, während sie lautlos jeden einzelnen Raum überprüfte. Schon beim Eintreten hatte sie sich gefragt, was sich wohl hinter den geschlossenen Zimmertüren versteckte. Während sie den Stimmen im Wohnzimmer lauschte, schaute sie nacheinander in die Abstellkammer und das Schlafzimmer. Keine Auffälligkeiten, abgesehen davon, dass Israel einen Vorrat an Putzmitteln hortete, um den halben Planeten zu säubern, und Bettwäsche mit Filmmotiv benutzte.

The Fast and the Furious. Aber selbst Skoda fahren.

Blieb neben dem Bad noch eine letzte Tür am Ende des Ganges. Auf Zehenspitzen schlich sie sich an und drückte die Klinke nach unten.

Abgeschlossen.

Entweder sein Arbeitszimmer oder sein Gruselkabinett.

»Finden Sie es?«, hörte sie Israel fragen.

In Windeseile schloss sie sich im Bad ein. Dort zog sie sich einen mitgebrachten Latexhandschuh an, durchstöberte die Badmöbel und sogar die Tonne mit seiner Schmutzwäsche. Sie wollte bereits aufgeben, als sie einen Blick in die Waschmaschine warf. In der Wäschetrommel lag ein einziges Kleidungsstück. Ein graues Shirt mit langen Ärmeln. Als Frost es genau betrachtete, stellte sie daran sonderbare Flecken fest. Als sie erkannte, worum es sich handelte, stieß sie einen leisen Pfiff aus.

Stammt das Blut von dir?

Schnell stopfte sie das Shirt in eine Plastiktüte und in ihre Jackentasche, legte dafür ein farblich ähnliches Kleidungsstück aus der Schmutzwäschetonne in die Waschmaschine, damit die Wegnahme bei einem flüchtigen Blick nicht auffiel, betätigte die Toilettenspülung, drehte für einen Moment den Wasserhahn auf und verließ den Raum. Zu ihrem Erstaunen hörte sie, wie Israel und Paulsen im Wohnzimmer gemeinsam lachten. Den anschließenden Gesprächsfetzen entnahm sie, dass beide die Situation, als der Praktikant sich als gestandener Polizist ausgegeben hatte, mittlerweile ziemlich belustigend fanden und gemeinsam Ideen entwickelten, wie man das in einen Roman einbauen könnte.

»... eigentlich sollte mein nächster Roman in einem Flugzeug spielen«, erzählte Israel Paulsen. »Aber ein berühmter deutscher Thrillerautor hatte den gleichen Einfall.«

Beide bemerkten Frost erst, als sie gegen den Türrahmen klopfte. »Wussten Sie, dass die Black Box in Flugzeugen immer leuchtend orange ist?«

»Nein, das wusste ich nicht, aber wieso ...«

»Und der korrekte Begriff ist übrigens Flugschreiber«, fuhr Frost fort.

»Was wollen Sie mir damit sagen?«

»Es ist so, dass man Dinge nicht mehr hinterfragt, weil es bequem ist, an einer Meinung festzuhalten.«

»Sie meinen, wie zum Beispiel beim Lesen eines guten Krimis? Wenn man glaubt, man kenne den Täter, versteift man sich auf diese Person und muss am Ende feststellen, dass ein ganz anderer die Morde begangen hat?«

So in etwa ...

»Wer ist in Ihrem Buch der Täter?«

»Ach, kommen Sie, Frau Frost! Erwarten Sie ernsthaft, dass ein Autor das Ende seiner Geschichte verrät?«

»Warum nicht? Es ist nur eine Geschichte.«

Jetzt war er gekränkt. Das sah sie ihm an. Doch statt beleidigt zu schweigen, stellte er eine Frage.

»Haben Sie denn wenigstens einen Verdacht, wer die Morde begeht?«

Im Buch oder in der Wirklichkeit?

»Ich wette, es ist der Hausbedienstete des Professors«, log sie.

»Nun ja, wenn Sie mein Buch ausgelesen haben, wird sich zeigen, ob Sie eine brillante Ermittlerin sind.«

Falls ich es weiterlese …

Beim Vorbeitreten am Tisch berührte sie wie zufällig das Pendel des Metronoms und stupste es an. Als wäre er von einer Hypnose aufgewacht, schüttelte Israel sich und folgte mit den Augen den Bewegungen.

Links. Rechts.

Tick. Tack.

Nach wenigen Sekunden stoppte Frost das Instrument und fragte: »Was, glauben Sie, passiert, wenn die Öffentlichkeit erfährt, dass jemand Ihr Buch als Vorlage für seine Morde benutzt?«

»Ich glaube, dann hätte ich finanziell bis an mein Lebensende ausgesorgt.«

Kapitel 31

Romanauszug *Die 5. Tugend* (Seiten 159 bis 164)

*In der Villa von Emanuel Zacharias blieb die Heizung kalt.
Während der Professor wie immer in seinem Rollstuhl saß und eine
Decke über Schoß und Beine gelegt hatte, blieb Elli für ein bisschen
Wärme nur die Möglichkeit, ihren Rücken so weit es ging in das
Polster ihres Sessels zu drücken. Eigentlich brauchte er die Decke gar
nicht, dachte sie und klammerte sich dankbar an die heiße Teetasse,
die der Hausbedienstete ihr reichte. Seit einem Verkehrsunfall in
jungen Jahren war der Professor von der Hüfte abwärts quer-
schnittsgelähmt. Anders als Ellis Knochen fühlten seine Beine die
Kälte im Zimmer nicht mehr.*

*»Ich habe gehört, Ihr Vater ist gesundheitlich stark angeschla-
gen«, sprach der Professor Elli auf eine Sache an, die ihr übel auf-
stieß. »Wie es heißt, geben ihm die Ärzte kein volles Jahr mehr.«*

*Davon hatte Elli auch gehört, obwohl sie den Kontakt zu
ihrem Vater mied. Keinesfalls wünschte sie einem Menschen den
Tod, aber wenn er tatsächlich starb, löste sich das Problem mit
ihren Schulden. Als Alleinerbin stand ihr sein gesamtes Vermögen
zu – zumindest jedoch der gesetzliche Pflichtanteil für den Fall,
dass er sie per Testament enterbt hatte.*

»Mein Vater ist für mich bereits gestorben, das wissen Sie.«

»Das ist bedauerlich.« Zacharias schnaufte bedrückt. »Sie sollten sich unbedingt mit ihm versöhnen.«

Elli presste die Lippen aufeinander, um ihm zu signalisieren, dass für sie das Thema beendet war.

»Haben Sie noch einen Wunsch, Herr Professor?«, unterbrach der Bedienstete, der durch seine riesige Erscheinung im düsteren Licht des Salons beinahe wie Frankensteins Monster wirkte.

Zwar fehlten ihm im Gegensatz zur Romanfigur die genähten Wunden und der unförmige Schädel, wie man es von Bildern oder Verfilmungen kannte, aber der Angestellte litt an Sklerodermie, einer seltenen Hautkrankheit, die bei Betroffenen dazu führt, dass sich das Bindehautgewebe sprichwörtlich verhärtet. Im Zusammenspiel von schlechter Durchblutung und schlechter Beleuchtung sah die Haut des Mannes besonders plastisch aus. Dadurch wirkte er tatsächlich wie ein künstlicher Mensch.

»Danke, Walter«, antwortete Zacharias. »Das wäre dann alles.«

Der Angestellte deutete gegenüber dem Hausherrn eine Verbeugung an und verabschiedete sich von Elli in seiner gewohnt reservierten Weise mit einem strengen »Auf Wiedersehen«.

Erst als sie allein mit dem Professor war, kam sie auf den Grund ihres Besuchs zu sprechen. »Es gibt einen dritten Toten.«

Zacharias nickte allwissend. »Ich habe ihn gesehen – jedenfalls das, was von ihm übrig ist.«

»Sie sind nach Moabit gefahren und haben bei der Obduktion zugeschaut?«

»Der zuständige Rechtsmediziner hat mich angerufen und um eine Einschätzung gebeten.« Der Professor blickte sie über seine Tasse hinweg schief an. »Wenn ich es nicht besser wüsste, könnte ich denken, Sie hätten den Mediziner auf mich angesetzt.«

Elli lächelte. »Mit solchen Tricks würde ich nie arbeiten.«

Beide wurden ernst.

»Zu welchen Ergebnissen sind Sie bisher gekommen, Frau Stolz?«

»Wie vermutet, hat es unser Killer ausschließlich auf Polizeibeamte abgesehen. Schon der dritte Kollege innerhalb von neun Tagen, diesmal einer aus der Abteilung für Wirtschaftskriminalität.«

»Und das sagt Ihnen was?«

»Dass da jemand einen unbändigen Hass auf Polizisten hat.«

Zacharias winkte ab und schlürfte vom Tee. »Wenn das alles ist, werden Sie nicht weit kommen.«

Diese Behauptung fasste Elli nicht als Vorwurf auf, denn sie wusste, dass der Professor sie damit motivieren wollte. Außerdem war sie in den letzten Tagen keineswegs faul gewesen, sondern hatte sich bis zur Erschöpfung in den Fall hineingekniet. Nur machte ihr Gegner bisher keinen Fehler. Weder hinterließ er Spuren noch Forderungen.

»Wir haben sämtliche Tatorte akribisch untersucht. Sie selbst lehren, dass es keinen Täter gibt, der sich wie ein Geist bewegen kann. Je öfter ein Mensch mordet, umso mehr Hinweise auf seine Identität hinterlässt er. Ihre Worte, Herr Professor! Sehr bald wird die Spurenanalyse zu einem Ergebnis kommen, das uns hilft, den Mistkerl zu überführen.«

»Falsch«, widersprach Zacharias und winkte zusätzlich ab. »Völlig falsch. Solange Sie nicht wissen, warum er das tut, werden Sie ihn nie lesen können. Wie oft habe ich Ihnen das gesagt, dass es bei der Fallanalyse darum geht, sämtliche Handlungen des Täters zu deuten? Nichts geschieht ohne Grund. Kennen Sie den Grund, kennen Sie seine Absichten. Dann können Sie sogar in die Zukunft sehen.«

»Das versuche ich die ganze Zeit«, rechtfertigte Elli sich, denn das tat sie nach Kräften.

»Ist Ihnen denn beim letzten Opfer etwas aufgefallen?«, fragte der Professor nach einer Weile der Stille.

167

Während er die Bremsen der Rollstuhlräder löste und durch den Salon fuhr, ging sie gedanklich zurück zum gestrigen Tag. Vor ihrem geistigen Auge erschien all das Blut im Zimmer, der abgetrennte Kopf auf dem Teppich und der ans eigene Bett gefesselte Männerkörper.

»Der Täter hat seinem Opfer Teile der Bauchdecke ante mortem herausgeschnitten und ihm später den Kopf abgetrennt.«

Zacharias schwang belehrend den Zeigefinger. »An dieser Theorie hege ich Zweifel, deshalb war ich in der Rechtsmedizin. Die Linienführung der Wundränder deutet nämlich vielmehr darauf hin, dass sich das Opfer die Hautstücke selber hat herausschneiden müssen.«

»Sie meinen, er hatte die Wahl zwischen Enthaupten und Selbstverstümmelung?«

»Ich rede von einer Prüfung wie bei den ersten beiden Polizeibeamten.«

»Ja, daran habe ich auch schon gedacht.«

»Tapferkeit, Klugheit, Mäßigung – in dieser Reihenfolge. Können Sie mit diesen Begriffen etwas anfangen?«

Elli dachte nach und alsbald bekam sie eine Ahnung, was er damit meinte. Das erste Opfer hatte seine Courage unter Beweis stellen müssen, indem es nach dem erlösenden Schlüssel im Säurebehälter griff. Das zweite Opfer hätte bei mehr Scharfsinnigkeit höchstwahrscheinlich den Code für das Zahlenschloss an der Unterseite der Fessel entdecken können. Und der Dritte musste etwas von sich abgeben, weil er vermutlich zu gierig gewesen war.

»Reden Sie von den Kardinaltugenden?«, fragte sie nach reiflicher Überlegung.

Er antwortete nicht, sondern kramte unterdessen im Schubfach seines Schreibtisches. Mit einer herausgetrennten Zeitschriftenseite auf dem Schoß rollte er auf sie zu. »Das hier ist ein Artikel über einen Brief, den Papst Clemens III. damals einer Gruppe Tempelritter gegeben hat, ehe er sie mit einem Auftrag nach Jerusalem sandte.«

Elli überflog den Zeitschriftentext und betrachtete die dazugehörigen Bilder einer Schriftrolle in lateinischer Sprache. »Und in dem Brief geht es um die vier Kardinaltugenden?«

»Ja, so könnte man es zusammenfassen. Die Ritter sollten nicht gegen die fremdländischen Ungläubigen ziehen, sondern die falschen Schafe – diejenigen, die den Tugenden abgeschworen hatten – in den eigenen Reihen finden und bekehren.«

Elli verstand. Offenbar hielt sich ihr Täter für einen dieser Tempelritter. Womöglich arbeitete er sogar selbst bei der Polizei, denn das wollte der Professor damit wohl sagen.

»Und warum zeigen Sie mir dazu den Artikel?«

»Das abgebildete Papstschreiben gehörte in den Berliner Dom.«

»Gehörte?«

»Der Brief wurde vor acht Jahren gestohlen. Niemand weiß, wo er abgeblieben ist.«

»Aber Sie glauben, der Mörder hat ihn.«

Zacharias zog die Bremsen wieder fest. »Der Diebstahl ist unwichtig für Ihre Ermittlungen. Vielmehr sollten Sie sich Gedanken über die noch fehlende Tugend machen.«

»Gerechtigkeit.«

»So ist es! Strengen Sie sich an, verdammt, oder wollen Sie einen weiteren Kollegen betrauern?«

Elli legte das Blatt beiseite. »Was wissen Sie noch über den Auftrag, den die damaligen Tempelritter erhalten haben?«

»Wenn Sie hinter sich in das Regal schauen, da steht ein Buch über die Kreuzzüge.« Elli stand auf und er erzählte weiter. »In einem Kapitel steht etwas zu dem Brief. Unter anderem wird dort die These vertreten, er sei eine Fälschung.«

Elli trat an den Wandschrank und fand bald das entsprechende Buch.

»Darin finden Sie auch eine Legende über einen Schäfer«, hörte sie Zacharias sagen. »Die sollten Sie unbedingt einmal lesen …«

KAPITEL 32

Nach dem Gespräch mit Dominik Israel stiegen Frost und Paulsen in den Wagen ein. Statt den Motor zu starten, blieb sie sekundenlang schweigend hinter dem Lenkrad sitzen. Einiges von dem, was Israel gesagt hatte, machte sie nachdenklich. Und dann war da noch das Shirt, das sie aus der Wohnung des Autors mitgehen lassen hatte. Auf der äußeren Stoffseite waren Blutspritzer, die wohl kaum von einem Kochunfall mit einem Küchenmesser stammten.

»Woran denkst du?«, fragte Paulsen irgendwann.

Ich überlege, was ich in den Antrag zur kriminaltechnischen Untersuchung schreibe. Irgendjemand wird wissen wollen, woher ich das Kleidungsstück habe.

»Fällt dir etwas an dem Namen unseres Bestsellerautors auf?«, wich sie aus.

»Er benutzt für den Nachnamen ein Pseudonym.«

»Nein, der Vorname ist ein sehr kirchlicher Name. Ursprünglich leitet er sich von Dominikus ab. Dominikus war der Gründer des Dominikanerordens.«

»Wow, du weißt echt viel.«

»Wikipedia.«

Und ein paar hundert Bücher.

»Und das sagt uns was?«, fragte Paulsen.

»Dominikus bedeutet *zum Herrn gehörend* und Israel so viel wie *Gottesstreiter.* Fällt dir dazu etwas ein?«

Paulsen fasste sich ans Kinn und zupfte an seinem Bartflaum. »Nein, nicht wirklich.«

»Qualis rex, talis grex.«

»Wie der Hirte, so die Herde.«

»Das ist alles ziemlich biblisch, findest du nicht?«

»Du meinst, wie in Israels Roman?«

Sie erwiderte nichts darauf, sondern ließ den Wagen an.

»Wie geht es jetzt weiter«, wollte Paulsen wissen.

»Was glaubst du denn, wie es jetzt weitergeht? Wir haben uns entschuldigt, wie Polizeipräsident Ackermann es angewiesen hat, und damit ist der Fall für mich erledigt. Ich bin raus und du bist nicht länger mein Praktikant.«

»Es ist noch nicht einmal Mittag.«

»Dann gebe ich dir für den Rest des Tages frei.«

»Das darfst du gar nicht.«

Und trotzdem mache ich es.

Statt ihm zu erklären, wie wertvoll geschenkte Zeit war, raste sie los und setzte ihn zwanzig Minuten später vor seiner Haustür ab. Während der gesamten Fahrt hatte er sie förmlich angefleht, ihn mitzunehmen, wohin auch immer sie ging. Hoch und heilig hatte er versprochen, dass er von jetzt an keine Dummheiten mehr machen werde. Doch Frost änderte ihre Meinung nicht. Sie stellte den Motor ab und verabschiedete sich. Mit finsterer Miene und feuchten Augenlidern stieg Paulsen aus dem Auto.

»Du kannst dich darauf verlassen, dass ich gleich meinen Onkel anrufe«, schwor er und warf die Tür zu. Hinter der Scheibe wedelte er demonstrativ mit seinem Handy.

Tu das ruhig, das ändert nichts daran, dass sich unsere Wege hier trennen.

Frost dachte nicht daran, ihm hinterherzulaufen, sondern setzte den Blinker, um sich in den Verkehr einzuordnen.

Als sie die Südvorstadt hinter sich ließ und über die Harkortstraße am ehemaligen Reichsgerichtsgebäude vorbeifuhr, rief sie ihren Stiefbruder an, da er ihre neue Nummer noch nicht kannte.

»Na endlich«, begann Hendrik gleich. »Ich habe versucht, dich anzurufen.«

Hoffentlich wegen guter Nachrichten.

»Ich habe schlechte Nachrichten«, kam es von ihm wie ein Schlag in die Magengrube.

»Nichts anderes habe ich von dir erwartet.«

»Am Urheber der gefälschten Internetanzeige sind wir dran, aber vor wenigen Minuten ist ein Artikel online gegangen, in dem du als die schmutzige Schwester des Geschäftsführers der Frost AG betitelt wirst. Die Headline lautet: *Während er Millionen scheffelt, muss sie anschaffen.* Möchte mal wissen, woher die schlechten Fotos von uns stammen. Auf deinem wirkt es, als würdest du tatsächlich als Bordsteinschwalbe nach Kundschaft Ausschau halten. Du siehst echt fertig aus, wenn ich das so sagen darf.«

Jemand hat mich verfolgt und fotografiert.

»Und das soll jemand glauben?«, fragte sie.

»Wenn man nach der Anzahl an Kommentaren unter dem Bericht und Anrufen in der Firma geht, ja.«

Lange brauchte Frost nicht, um zu begreifen, was er ihr damit sagen wollte. »Deine Kunden wollen wissen, ob etwas an der Sache dran ist, habe ich recht?«

»Bisher konnte ich alle Geschäftspartner beruhigen und glaubhaft darstellen, dass da jemand eine Schmutzkampagne gegen uns fährt, aber du weißt ja, wie das ist: Wenn es hart auf hart kommt, steht man ganz allein.«

*Das Gefühl kenne ich nur zu gut. Deshalb habe ich mir die
Zeit zur Freundin gesucht. Die lässt mich nie im Stich.*

»Was soll ich tun?«, fragte sie, weil sie selbst keinen Rat
mehr wusste.

»Was glaubst du denn, was du tun kannst?«, kam es von
Hendrik gereizt zurück.

»Es tut mir leid.« Sie flüsterte es nur, weil es ihr seit jeher
schwerfiel, sich bei jemandem zu entschuldigen. »Ich kann
nichts dafür.«

Er ließ sich Zeit mit einer Erwiderung, sprach dann aber
sanfter als sonst. »Ich weiß.«

KAPITEL 33

Wie so oft war Oliver Paulsens Spruch eine leere Drohung gewesen. Niemals wäre er auf die Idee gekommen, seinen Großonkel anzurufen und sich über Klara Frost zu beschweren. Was hätte er ihm am Telefon auch sagen sollen?

»Ich will, dass du diese dämliche Kriminalhauptkommissarin zur Verkehrspolizei versetzt!«, sprach er in seinen eigenen vier Wänden laut aus, was ihm als Erstes in den Sinn kam. »Die macht nur Ärger und sollte am besten gleich entlassen werden.«

Natürlich war das alles Bullshit. Mit solchen Forderungen hätte er sich komplett lächerlich gemacht. Und das Letzte, was er wollte, war, dass sich noch einmal jemand über ihn lustig machte. Nur deshalb machte er diesen Scheißjob. Seine Eltern, Großeltern, Tanten und Onkels hatten ihn zu dieser Ausbildung überredet. Als Polizist würde er eine Respektsperson darstellen und mit umfangreichen Rechten ausgestattet sein, hatten sie gesagt. Auch das war Bullshit. Die anderen Polizeianwärter redeten hinter seinem Rücken und nannten ihn Psycho-Cop. Er kannte das Spiel, denn es war immer dasselbe. In der Schule hatte es dazu geführt, dass er zwei Klassen wiederholen musste – nicht, weil er den Stoff nicht kapiert, sondern weil er absichtlich schlechte Noten geschrieben hatte –, und später hatte er seine Ausbildung zum Bankkaufmann abgebrochen. Auch da hatte er sich gemobbt gefühlt. Als ob Kaffeekochen und das Leeren der Reißwolfkörbe Aufgaben eines Azubis wären.

»Scheiß auf alles!«, zürnte er und schnappte sich ein Kissen mit Arnold Schwarzenegger als Terminator von der Couch. »Soll doch die blöde Kuh sehen, wie weit sie ohne meine Hilfe kommt.«

Er stellte sich vor, dass der Cyborg mit dem eiskalten Blick Frost wäre, und boxte in das Kissen. Dreimal, viermal hintereinander, bis ihm die Puste ausging. Kraftlos ließ er es zu Boden fallen. Vor Wut und Langeweile schaltete er im Fernseher auf einen von diesen Privatsendern, in deren Programm Laiendarsteller von früh bis spät in sogenannten Scripted-Reality-Sendungen agierten. Desinteressiert sah er zu, wie sich bei *Achtung Kontrolle! – Die Topstories der Ordnungshüter* ein angeblich echter Polizeibeamter von einem asozialen Jugendlichen anpöbeln lassen musste. Zumindest für ein paar Sekunden lief das Rollenspiel so, dann klickten die Handschellen.

Missmutig knallte Paulsen die Fernbedienung auf den Tisch. Selbst das Fernsehprogramm verspottete ihn, denn er besaß noch nicht einmal eigene Handschellen. Sein Leben fühlte sich an wie eine einzige Requisite. Nichts davon war echt. Irgendwo in seiner Wohnung lag eine Ernennungsurkunde zum Polizisten herum, aber in Wahrheit war er nur ein Typ, der seinen Alltag in der virtuellen Welt verbrachte und dabei mächtig aufpassen musste, dass man ihm demnächst nicht die Wohnungseinrichtung samt Computer pfändete. Die Sache mit der Investition in Gold, die er Frost aufgetischt hatte, war nämlich auch eine glatte Lüge gewesen, um bei ihr besser dazustehen.

Er wollte in die Küche laufen, um sich eine Cola zu holen, da stolperte er über das zuvor fallengelassene Kissen. Der Länge nach fiel er zu Boden und stieß sich dabei den Ellenbogen an der Tischkante.

»Scheiße, Scheiße, Scheiße!«

An seiner Stimmung war nur Frost schuld! Warum hatte sie ihn um diese Uhrzeit auch an seiner beschissenen Wohnung abgesetzt?

Er fing an zu weinen, weil er ein Versager war, den selbst ein Kissen zu Fall brachte. Wie sollte er als Polizist zu einer Respektsperson für andere werden, wenn er nicht einmal vor sich selbst Respekt hatte?

Beschämt kam er auf die Beine, dabei fiel sein Blick auf einen Flyer, den er vor drei Tagen im Briefkasten gefunden hatte. Er streckte die Finger danach aus und betrachtete das Bild, das einen Elfenbeinturm zeigte. Laut las er sich den Text vor.

»Einladung zur Weltuntergangsparty.«

Paulsen wusste, wer ihm den Zettel in den Briefkasten gesteckt hatte. Es war Laurence de Aviniak, der eigentlich Christian hieß, woran sich ein bürgerlicher deutscher Nachname anschloss. Laurence war Cyber-Dealer – so nannte Paulsen ihn –, der ihn mit allerlei Eskapismus belieferte. Denn das war es, was Paulsen ständig suchte: Realitätsflucht.

Vergeblich kämpfte er darum, sich vom Einfluss des Typen zu befreien, aber sobald er mit Laurence Umgang pflegte, kam er sich wenigstens nicht wie ein Loser vor. Dieses Gefühl stellte sich immer erst hinterher ein …

»Daran bist nur du schuld, Klara! Ich wollte dein Partner sein, nun wirst du sehen, was du davon hast.«

Er wählte Laurence' Nummer. Wie immer ließ der Angerufene sich Zeit, bevor er abhob.

»Hier ist Oliver«, sagte Paulsen seinen Namen, dann schob er die Geheimparole nach. »Der Elfenbeinturm ist meine Zuflucht.«

»Sieh an, der verlorene Sohn kehrt heim«, säuselte Laurence.

»Hast du noch ein Ticket?«

»Für fünfhundert Euro sitzt du direkt neben mir in der Lounge.«

»So viel Geld habe ich nicht.«

»Deine Entscheidung, der Elfenbeinturm ist und bleibt exklusiv. Jessica wird auch da sein.«

Paulsen verkrampfte. Er wusste, dass Jessica eine von denen war, die mit ihm spielten, aber er konnte sich ihrer Reize nicht erwehren. Er war schwach. Und das wusste auch Laurence, deshalb nannte er ihren Namen.

»Was soll ich anziehen?«

»Nicht zu viel.«

Kapitel 34

Nach dem Mittag hatte Frost kurz in der Kriminalpolizeiinspektion haltgemacht und sich Arbeit mit ins Hotel genommen. Da man ihr die Akte Rodenberg weggenommen hatte und sie keine Auskunft zum Mordfall im Haus der Hankes bekam, musste sie auf anderen Wegen an Informationen kommen. Dafür gab es gewöhnlich zwei Wege: das K41, denn bei der Kriminaltechnik landeten sämtliche Spurenträger und Gegenstände, die im Zusammenhang mit Straftaten in Verbindung standen und kriminaltechnisch analysiert werden sollten, und den Kriminaldauerdienst, da bei den dortigen Kollegen unweigerlich alle Fäden zusammenliefen, weil er das einzige Kommissariat war, das rund um die Uhr besetzt war. Gingen im Führungs- und Lagezentrum zum Beispiel Bürgerfeststellungen oder Zeugenhinweise ein, vermittelte man umgehend an den KDD. Und auch für die Polizeireviere war das K44 erster Ansprechpartner, sobald es sich um komplizierte Straftaten oder sogar Verbrechen handelte.

Genau in diesen beiden Kommissariaten hatte Frost sich umgehört. Zwar waren die erhaltenen Auskünfte spärlich, aber sie reichten aus, um ein klareres Bild vom derzeitigen Ermittlungsstand zu bekommen. Der Dienstgruppenführer vom KDD war erst vor einem halben Jahr vom Dezernatsleiter strafversetzt worden. Entsprechend bereitwillig setzte er sich über Krons Anweisung hinweg, unter keinen Umständen Frost Informationen zu geben. Dadurch wusste sie nun mit Gewissheit, dass das K11 beide Mordfälle inzwischen als Einheit betrachtete und von einem Serientäter ausging.

Bei der Gelegenheit hatte sie das aus der Wohnung von Israel mitgenommene Shirt bei einem vertrauenswürdigen alten Kommissar im K41 abgegeben, der in jungen Jahren mit Frosts einstigem Lehrmeister zusammengearbeitet hatte. Ähnlich wie der Dienstgruppenführer beim KDD war auch er ihr wohlgesonnen. Manchmal glaubte sie selbst nicht daran, aber ein paar Kollegen gab es in der Direktion, die keinerlei Abneigungen gegen sie hegten.

Nun saß sie mit ein paar Computerausdrucken, etlichen Lichtbildern, den eigenen Notizen und einer Zigarette auf ihrer Couch. Um sie herum lagen die Bücher, die der Ex-Praktikant ihr besorgt hatte. Kurzzeitig überlegte sie, wie es Paulsen nach der Abfuhr wohl ging und ob sie ihn wenigstens einmal anrufen sollte, aber dann verwarf sie den Gedanken.

Ich bin nicht der Babysitter.

Sie nahm das Buch über die Kreuzzüge und Israels Roman zur Hand. Beide beinhalteten eine Schäferlegende, in der es um die vier Kardinaltugenden ging. Israel hatte in einer Szene sogar auf das andere Buch verwiesen, indem die Protagonistin Elli Stolz das Buch vom Professor ausgeliehen hatte. Im Roman war die Erzählung leicht abgewandelt. Frost hatte sie gelesen, nun wollte sie sich dem Original zuwenden.

In dem Moment klingelte das Zimmertelefon. Sie schaute auf die Uhr. Nach zweiundzwanzig Uhr. Kaum vorstellbar, dass jetzt noch einer dieser fremden Männer anrief, um sie für eine schnelle Nummer zu buchen.

Ich hatte das Hotelpersonal angewiesen, niemanden durchzustellen.

179

Sie legte die Bücher beiseite, stand auf und lief zum Telefonapparat.

»Hier ist ein Herr Dominik Israel in der Leitung«, sagte die Rezeptionsmitarbeiterin. »Er versicherte glaubhaft, dass Sie ihn kennen würden und er mit Ihnen dieses Telefonat vereinbart hätte. Ist das richtig?«

»Er hat Sie belogen.«

»Gut, dann werde ich ihm sagen, dass Sie nicht erreichbar sind.«

»Tun Sie das.« Damit legte Frost auf.

Gleichzeitig war sie neugierig, was der Autor von ihr wollte. Sie hatte sich in den letzten Stunden eingehend mit ihm befasst. Keine Eintragungen im polizeilichen System, kaum Informationen zu seinem Lebenslauf, wenig Aufschlussreiches zu seiner Person im Internet. Nicht einmal eine Facebook- oder Instagramseite gab es von ihm. Dafür war sie auf einen interessanten Zeitungsartikel im Archiv der *Leipziger Volkszeitung* gestoßen. Demnach war Israels Vater Thomas Klein für seine Schlachterei Hauptabnehmer von Benno Rodenbergs Schafen. Im Artikel betonte Klein, dass er stolz darauf sei, fünfundsiebzig Prozent seines Fleisches aus der Region zu beziehen. Woher die restlichen fünfundzwanzig Prozent stammten, wollte Frost lieber nicht wissen. Letztlich musste jeder Unternehmer heutzutage sehen, dass der Preis konkurrenzfähig zu den Billigimporten aus dem osteuropäischen Raum blieb. Bei den Massen an Fleisch, die Kleins Schlachterei verarbeitete, schaffte man das niemals mit Tieren aus biologischer und artgerechter Haltung. An anderer Stelle im Internet waren Anschuldigungen laut geworden, bei einer Laboruntersuchung seien im Fleisch verbotene Substanzen festgestellt worden, die auf Medikamentenmissbrauch bei den Schafen hindeuteten. Auch der Name Rodenberg fiel in dem Zusammenhang. Die Anschuldigungen konnten durch mehrere Gutachten widerlegt werden.

Frost schaute erneut auf die Uhr. Seit Israels Anruf waren fünf Minuten vergangen. Fünf Minuten, in denen sie sich nicht mehr auf die Bücher konzentrieren konnte.

Sie nahm ihr Smartphone zur Hand und rief ihrerseits den Autor an. Der staunte hörbar, als sie sich meldete.

»Warum wollten Sie mich sprechen?«

»Danke, dass Sie zurückrufen. Ihr Besuch hat mir keine Ruhe gelassen.«

Nicht mein Besuch, sondern dein schlechtes Gewissen.

Sie korrigierte ihn nicht.

»Ich wollte nicht, dass Sie wegen mir Ärger mit Ihren Vorgesetzten bekommen, dafür wollte ich mich entschuldigen.«

»Das haben Sie nun.«

»Bitte legen Sie nicht auf!«

»Wie kommen Sie darauf, dass ich auflege? Vielleicht bin ich ja mittlerweile Ihr Fan?«

Es sollte zwar nicht humorvoll klingen, doch er lachte trotzdem über ihre Worte.

»Lesen Sie gerade meinen Thriller?«

Frost schaute neben sich, wo das Buch lag. »Nein, ich lese gerade Ihre Zukunft mit Knochen und Asche.«

»Oh, mit schwarzer Magie sollten Sie vorsichtig sein. Nach allem, was man über Sie hört, sind sie die Nachfahrin eines berühmten Inquisitors. Schätze, das verträgt sich nicht mit ihrer Familienchronik.«

Sieh an, da spioniert mir wohl doch jemand nach.

»Sitzen Sie im Auto?«, fragte sie.

Er stieß einen erstaunten Pfiff aus. »Sagen wir, ich recherchiere.«

»Recherche ist alles, nicht wahr?«, zitierte sie ihn.

»Darf ich Sie für morgen zum Brunch einladen?«, wechselte er das Thema.

»Es geht Sie zwar nichts an, aber ich muss morgen früh in die Simonskirche.«

Ein überraschter Laut drang aus dem Hörer. »Morgen ist Samstag, die Gottesdienste finden Sonntag statt.«

»Morgen wird eine Trauerrede für die Familie Rodenberg und Sophie Hanke gehalten.«

»Verstehe.« Er machte eine Pause. »Davon haben mir meine Großeltern gar nichts erzählt.«

»Vielleicht weil Sie sich sonst nicht für ihren Glauben interessieren.«

»Sie haben recht.«

Das Gespräch kam ins Stocken. Frost überlegte, ob sie für heute genug gearbeitet hatte und sich stattdessen vergnügen sollte. Streng genommen waren die Mordfälle nicht mehr ihre Aufgabe. Die beste Möglichkeit, um mehr über einen Mann zu erfahren, war, ihm Aufmerksamkeit zu schenken.

»Wenn Sie schon unterwegs sind, warum laden Sie mich nicht jetzt zu einem Drink ein?«

»Sie meinen jetzt sofort?«

Im Kopf überschlug sie, wie lange sie fürs Frischmachen, Anziehen, Schminken und Stylen benötigte. »Ich wäre in exakt fünfzehn Minuten abfahrbereit.«

Statt das Angebot sofort anzunehmen, druckste er herum. Offenbar prallten ihr Charme und ihr Interesse für ihn gnadenlos an ihm ab.

»Das geht nicht.«

»Warum nicht?«, fragte sie.

Ohne Erklärung verabschiedete er sich und beendete damit die Verbindung.

KAPITEL 35

Der Mann im Transporter schaltete die Scheinwerfer aus, rollte die letzten Meter am Straßenrand entlang, stoppte und beobachtete, wie Oliver Paulsen aus der Straßenbahn stieg. Obwohl es nicht regnete, trug der Polizeianwärter eine Regenjacke, deren Kapuze er tief in die Stirn gezogen hatte. Anscheinend sollte niemand mitbekommen, wohin es ihn Freitagnacht zog. Doch dafür war es längst zu spät. Der Mann in dem Transporter folgte ihm schon seit seiner Wohnung. Und er beobachtete ganz genau, wohin Paulsen ging.

Von außen trug der Klub in der Kanalstraße keinen Namen. Keine Leuchtschrift, kein Hinweisschild. Dafür eine Treppe in den Untergrund, gedämpfte Bässe von Technomusik und ein schmächtiger Türsteher in schwarzen Klamotten und Lederschuhen. Schneeweiße Schuhe mit roten Schnürsenkeln. Paulsen trug dieselbe Farbkombination. Die Farbe der Schuhe verriet, wer zum Kreis der Auserwählten gehörte. Im Internet kursierten Gerüchte über den Klub – den Eingang zum Elfenbeinturm. Wer ihn betrat, wollte die Realität hinter sich lassen und in eine Art Fantasiewelt eintauchen. Angeblich ein Mix aus Rollenspiel und dem Film *Matrix*, so erzählte man sich. In Wahrheit fand man hier Alkohol, Drogen, Musik, Tanz und Computer. Und dann gab es da noch Keyboard-Fighting. Wenn es stimmte, was man sich im Internet über den Elfenbeinturm erzählte, schlugen sich dabei zwei Gegner mit handelsüblichen Computertastaturen. Der Mann im Transporter wusste nicht viel über die moderne Art des Kampfes. Er wusste aber genug über Paulsen. Er wusste, dass der junge Mann nicht der Typ für Keyboard-Fighting war. Er wusste auch, dass Paulsen der Praktikant von Klara Frost war. Die Kriminalhauptkommissarin, die anfangs die Ermittlungen zu den Tötungsverbrechen geleitet hatte.

Ursprünglich hatte der Mann im Transporter ihr einen Besuch abstatten wollen, dann hatte er sich anders entschieden. Für Frost blieb später noch genügend Zeit und außerdem machte die andere Sache mindestens genauso viel Spaß. Aus diesem Grund stand er in der Kanalstraße und sah zu, wie Paulsen mit dem Türsteher quatschte und sich von ihm durchsuchen ließ. Eine Vorsichtsmaßnahme. Keine Waffen, keine Handys, keine eigenen Drogen. Die Gesellschaft wollte anonym bleiben und darum jeden Ärger vermeiden.

Paulsen übergab dem Türsteher einen Flyer und erhielt im Gegenzug etwas, das aussah wie eine Eintrittskarte. Mit dieser lief er eiligen Schrittes die Treppe hinab und verschwand im Schlund der ehemaligen U-Bahn-Station.

Der Mann im Transporter überlegte, ob für ihn eine Möglichkeit bestand, in den Klub zu gelangen. Bestimmt gab es eine Hintertür. Solange er nachdachte, blieb er seelenruhig hinter dem Lenkrad sitzen, beobachtete und lauschte. Vor ihm befand sich sein nächstes Opfer. Hinten auf der Ladefläche lag die Überraschung.

Er musste nur warten. Und während er wartete, dachte er an die Legende vom Schäfer.

Kapitel 36

Eine Zigarettenlänge stand Frost nur still vor dem Panoramafenster ihres Zimmers und betrachtete die nächtliche Skyline von Leipzig. Mit einer Abfuhr von Dominik Israel hatte sie wahrlich nicht gerechnet. Sie war es nicht gewohnt, dass ein Mann ablehnte, wenn sie signalisierte, dass er sie auf ein Essen oder einen Drink einladen sollte. Entsprechend fand sie die Reaktion des Autors sonderbar und beachtenswert zugleich.

Er hat sich nicht gegen dich entschieden, Klara, sondern lediglich für eine andere Sache. Eine Sache, die von Interesse sein könnte.

Natürlich war es müßig, sich darüber den Kopf zu zerbrechen, was Israel um diese Uhrzeit zu tun hatte. Möglicherweise hatte er bereits eine Verabredung. Unattraktiv war er nicht, höchstens gewöhnungsbedürftig in seinem Auftreten.

Das sagt man über mich gelegentlich auch.

Sie drückte den Zigarettenstummel im Aschenbecher aus, füllte ihr leeres Glas mit Wodka nach und ließ sich erneut auf der Couch nieder. Neben ihr lagen unverändert die zwei Bücher, die sie aktuell am meisten interessierten. Sie leerte ihr Glas in zwei Schlucken, nahm das Sachbuch über die Kreuzzüge in die Hand und schlug es auf der markierten Seite auf. Anders als in Israels Roman geschrieben, gab es keinen von Clemens III. in lateinischer Sprache verfassten Papstbrief, in dem es um die

Kardinaltugenden ging. Kein Schriftstück an die Kreuzritter im Abendland, um ihre Moral und ihre Rechtschaffenheit zu stärken. Allerdings erwähnte das Sachbuch einen Tempelritter mit Namen Archibald, der nach einer Audienz beim Heiligen Stuhl nach Jerusalem gezogen war und den dortigen Ordensbrüdern von den Kardinaltugenden berichtet hatte. In diesem Zusammenhang sollte die Legende vom Schäfer erstmals erwähnt worden sein.

Israel hatte die historischen Fakten für seinen Thriller in mehrerlei Hinsicht angepasst. Den Papstbrief hatte er erfunden, damit er dem fiktiven Mörder als Grundlage für sein Handeln diente. Im Roman *Die 5. Tugend* ermahnte der Papst die Kreuzfahrer, dass sie sich stets an die Rittertugenden erinnern sollten. Dabei zitierte er aus einem Werk des christlichen Theologen Ambrosius von Mailand und zählte die vier Haupttugenden Gerechtigkeit, Tapferkeit, Mäßigung und Klugheit auf, die von Ambrosius im 4. Jahrhundert erstmals als Kardinaltugenden zusammengefasst worden waren. Die Zeilen beinhalteten keinen Aufruf, Abweichler zu bestrafen oder sogar zu töten.

Da hat Herr Israel ganz tief in die Trickkiste gegriffen.

Wichtiger als die Fantasien des Autors war für Frost die Legende vom Schäfer. Hierbei handelte es sich nachweislich um eine Erzählung, die aus der Zeit der Kreuzzüge stammte.

Zuerst las sie die Überlieferung im Sachbuch nach, anschließend nahm sie Israels Thriller zur Hand, um die beiden Texte zu vergleichen. Sie las an der Stelle, an der Professor Zacharias begann, der Kommissarin Elli Stolz vom Schäfer zu erzählen.

Elli nahm das Buch über die Kreuzzüge aus dem Regal und pustete die Staubschicht fort, bevor sie es aufschlug.

»Es war zur Zeit des zweiten Kreuzzuges«, hörte sie dem Professor zu. »Laut Überlieferung waren drei erkrankte Ritter samt ihren durstigen Pferden hinter einem Heer von Kreuzfahrern zurückgeblieben. Unter den erbarmungslosen Strahlen der Sonne irrten sie umher. Der Wüstenwind traf ihre Gesichter wie Gluthitze und ihre Augäpfel drohten zu vertrocknen. Ihre Lippen waren aufgesprungen. Unter den Fußsohlen hatten sich Blasen groß wie Zwiebeln gebildet. Weil ihre Kehlen brannten, konnten sie kaum noch sprechen. Wenn sie redeten, dann klang es wie Krächzen. Der Weg nach Antiochia war verloren gegangen. Bei all dem Geröll, das sie umgab, kamen sie nur langsam voran. Es war fraglich, ob sie noch genug Kraft hatten, um ein Nachtlager aufzuschlagen. Und falls sie in feindliche Hände gerieten, gab es keine Chance auf Verteidigung.«

Elli überflog den Text in dem Buch und bemerkte, dass Zacharias die Geschichte frei vortrug. »Ich kann nicht sagen, dass ich Bedauern für die Kreuzritter empfinde. Sie waren Fremde in diesem Land und kamen mit bösen Absichten.«

Der Professor nickte zwar, ging jedoch nicht weiter darauf ein, sondern redete weiter. »Als sich bereits die Dunkelheit über die Berge senkte, entdeckten sie am Fuße des Taurusgebirges eine Hütte. Zuerst hielten sie die Behausung für eine Fata Morgana, aber als sie näher kamen und das Gebäude an Ort und Stelle blieb, lobpreisten sie Gott, weil er sie gerettet hatte.

Der Hausherr, ein frommer Mann, der zu einem anderen Gott betete, erkannte die Not der drei Fremden und nahm sie bereitwillig bei sich auf. Er war ein Hirte, der sich um vier Schafe kümmerte und von dem lebte, was der karge Boden hergab. Aus Dankbarkeit für die Gastfreundschaft boten die Ritter dem Mann ein paar Münzen. Dieser wehrte jedoch ab und verlangte nur, dass die Fremden sich gegenüber seiner Familie anständig verhalten und am nächsten Morgen weiterziehen sollten. Das versprachen die Ritter und aßen Dörrfleisch und tranken Wein. Und während der Hausherr die Nachtlager herrichtete, versorgten seine Frau und seine kleine Tochter die Wunden der Ritter. Bald ging es ihnen besser und bei den nicht mehr ganz so erschöpften Rittern stellte sich eine neue Moral ein. Sie machten Witze, sangen unzüchtige Lieder, gaben der Hausfrau einen Schlag auf den Hintern, reckten ihre Schwerter, prahlten mit ihren Heldentaten und ließen sich ihre Krüge befüllen. Irgendwann war es sehr spät und der Hausherr bat, sie sollten austrinken und dann zu Bett gehen, in der Zwischenzeit wolle er noch einmal nach den Schafen sehen. Doch die Ritter dachten nicht daran, den Abend zu beenden, denn der Wein schmeckte köstlich, ihre Kräfte kehrten zurück und sie waren in Feierlaune.«

»Eine ungünstige Situation«, meinte Elli.

»Während der Gastgeber das Haus verließ, fielen die Ritter über seine Frau und seine Tochter her. Sie packten sie an den Haaren, rissen ihnen die Kleider vom Leib, schlugen und vergewaltigten sie. Natürlich eilte der Hausherr seiner Familie zu Hilfe, doch mit seinem eigenen Schwert konnte er gegen die drei kampferprobten Fremden nicht bestehen. Sie hackten ihm die Hände ab, brannten ihm die Augen aus und köpften ihn schließlich vor den Augen seiner schreienden Frau und seiner Tochter. Danach vergingen sie sich stundenlang an ihnen und als sie genug hatten, töteten sie auch die beiden.«

Elli wusste, dass es damals viele grausame Taten gegeben hatte, und sie hoffte, dass es wirklich nur eine Erzählung war, *trotzdem musste sie kurz durchschnaufen.* »Ich hoffe, es gibt in der Geschichte eine Art Gerechtigkeit.«

Der Professor hob die Hände. »Keine Gerechtigkeit, nur Vergeltung. Nach ihrem blutigen Werk schliefen die Ritter ein, denn sie fürchteten keinerlei Gefahr. In derselben Nacht verwandelten sich die vier Schafe in Hunde mit Zähnen und Klauen so scharf wie Dolche. Lautlos schlichen sie ins Haus und betrachteten die Leichen ihrer Besitzer. Danach traten sie dicht an die Fremden heran und alsbald begannen sie, zu knurren. Von den Tierlauten geweckt, erwachten die Ritter. Doch da war es für sie bereits zu spät ...«

KAPITEL 37

Oliver Paulsen tauchte in das Gewölbe ein. Unten am Einlass kontrollierten ihn zwei Wächter erneut und bereits hier nahmen ihn die zuckenden Discolichter, die tunnelartigen Backsteinwände, die tief hängenden Betondecken mit den daran befestigten stillgelegten Heizungsrohren und die ausgelassen feiernden Auserwählten gefangen. Die Luft roch nach Schweiß, Alkohol, Zigarettenqualm und einem Hauch Anis. Es war der unverkennbare Duft des Elfenbeinturms, der Paulsen anlockte wie ein saftiges Stück Fleisch im Inneren eines Fangkäfigs manches Wildtier.

Wie Tiere waren auch viele Gäste gekleidet. Ein blauer Fuchs und ein rotes Hermelin kamen direkt auf ihn zu. Als sie links und rechts an ihm vorbeitraten, spürte er ihre Fellhaare an seinem Handrücken. Cosplayer – Leute, die tiefer in die Fantasiewelt abtauchten als er. Schwer zu erkennen, ob in den Kostümen Frauen oder Männer steckten. Paulsen schaute den beiden kurz nach, dann steuerte er auf das Herzstück des Klubs zu. Zügig lief er dorthin, wo die Musik spielte, sich die Bar befand und wo er den Veranstalter Laurence de Aviniak finden würde.

Im Zentrum angekommen, umbrandeten ihn Hitze und die Schreie der feiernden Meute. Ein DJ im Ninja-Kostüm legte japanische Technomusik auf, deren stampfende Bässe Paulsens Magen zu zerquetschen drohten. Sogleich erfasste ihn eine unglaubliche Euphoriewelle, die sich als elektrisierendes Kribbeln von den Eingeweiden bis ins Gehirn ausbreitete. Beim Anblick der tobenden Massen fühlte Paulsen Glückseligkeit. Hier befand sich die Bühne, auf der auch die Duelle ausgetragen wurden. Paulsen warf einen mitleidigen Blick auf die beiden Kämpfer, die sich mit freiem Oberkörper belauerten und in der nächsten Sekunde mit Computertastaturen aufeinander eindroschen, dass die einzelnen Tasten wie ein Regen zu Boden prasselten. Um sie herum bewegten sich die Zuschauer zur Musik, feuerten ihren Favoriten an und überboten sich mit den Wetteinsätzen. Was es sonst nur in schrägen Filmen gab, fand mitten in Leipzig statt. Hier unten war man eben unter sich. Gleiche unter Gleichen. Niemand begegnete Paulsen in diesem Klub mit Vorurteilen oder Häme. Er war einer von ihnen. Ein Schild über dem Ausgang drückte das Motto der hier stattfindenden Veranstaltungen aus: *Niemand verlässt dieses Reich je wieder ganz.* Es sollte jeden, der den Elfenbeinturm verließ, daran erinnern, dass er Teil einer Gemeinschaft war.

Derselbe Spruch stand auf Paulsens goldenem Ticket, das der Einlassdienst mittig eingerissen hatte und das nun in seiner Regenjacke steckte. Am Anfang hatte er die Worte über dem Eingang für Unfug gehalten, aber schon nach dem ersten Besuch hatte er verstanden, wie viel Wahrheit darin steckte. Vom ersten Augenblick an war er abhängig gewesen von dieser Welt, die mehr als jede andere Wollust und Anerkennung bot.

Er drängte sich zwischen den Tanzenden hindurch und steuerte auf eine Sitzgruppe zu, die jeder nur *Wolkenthron* nannte. Die Polster waren schneeweiß und zu ihnen gelangte man über eine kleine Treppe.

Als er an Aviniaks Tisch trat, stellte der Hausherr seinen Drink ab und löste sich aus der Umarmung eines jungen Mannes.

»Der verlorene Sohn ist heimgekehrt«, begrüßte Aviniak Paulsen und reichte ihm die Hand.

Paulsen erwiderte den Handschlag. »Ich war nie wirklich weg.«

»So wie alle anderen auch.«

Niemand hielt Paulsen zurück, denn auch wenn der Klubbetreiber Sicherheitspersonal beschäftigte, das sich ebenfalls verkleidet unter die Anwesenden gemischt hatte, war es ausgeschlossen, dass irgendjemand den Mann, dem all das hier gehörte, auch nur schief ansah. Innerhalb dieses Tempels der Leidenschaft war Aviniak eine Art Gottheit. Jeder einzelne Gast war handverlesen. Denn es waren allesamt Leute wie Paulsen, die außerhalb dieser Mauern Zynismus und Abneigung erleben mussten. Auch wenn Paulsen wusste, dass Aviniak letztlich nur ein gieriger Geschäftsmann war, der die Einfältigkeit der Menschen ausnutzte, um jeden Tag ein Stück reicher zu werden, und Paulsen sich in der Tiefe seines Herzens wünschte, er würde eines Tages nicht mehr zu diesen dummen Menschen gehören, zog es ihn immer wieder an diesen Ort.

Vielleicht auch deshalb, weil er hier Jessica traf. Das Mädchen, das auf der riesigen Couch saß, ihre schwarzen Haare aufreizend nach hinten strich und mit der roten Haarspange und in ihrem blauen und gelben Kostüm aussah wie Disneys Schneewittchen.

»Was macht der Polizeijob?«, fragte Aviniak.

»Habe Probleme mit meiner *Vorgesetzten*.« Beim letzten Wort legte er so viel Unmut hinein, wie er konnte.

Aviniak trat nach vorn und legte einen Arm um Paulsens Schultern. Dabei drückte er kräftig zu. »Komm, setz dich zu mir und erzähl uns, was dich bedrückt.«

Auch wenn er in Aviniaks Nähe immer eine gewisse Abscheu empfand, nahm Paulsen widerstandslos Platz. Er versuchte zwar, Jessica nicht anzusehen, aber es fühlte sich gut an, als sich ihre Knie berührten. Man reichte ihm ein alkoholisches Getränk. Nicht nur der Klubbesitzer und Jessica hörten ihm zu, sondern vier weitere Günstlinge.

Paulsen blendete die Umstehenden aus. Er erzählte dem Klubbetreiber, wie sein Praktikum bisher lief, und er schimpfte über Klara Frost.

»Zieh es einfach durch, okay?«, sagte Aviniak, als Paulsen geendet hatte. »Ich kann Leute gebrauchen, die bei der Polizei arbeiten. Das verstehst du sicherlich.«

Paulsen war sich nicht sicher, was er damit meinte, und musterte Aviniak, der mit seinen über fünfzig für ihn gut und gern sein Vater hätte sein können, wäre da nicht der seltsame Aufzug gewesen. Neben einem schnittigen silberfunkelnden Anzug trug er stets eine Sonnenbrille und einen filigranen Spazierstock aus Elfenbein. In einer Welt, in der jeder die Rolle eines beliebigen Charakters annehmen konnte, schlüpfte er in die eines Vampirs. Daher die Wahl seines Namens.

»Eigentlich möchte ich nicht mehr über meine Arbeit reden«, sagte Paulsen.

»Was möchtest du dann?«, fragte Aviniak und lachte, weil die Frage eigentlich überflüssig war.

Paulsen wollte sich an einen der freien Rechner setzen und in den digitalen Elfenbeinturm eintauchen – in das Spiel, in dem man als virtueller Avatar tun und lassen konnte, was man wollte. Diebstahl, Sex, Mord. Dort drinnen in der *Maschine*, wie einige das Spiel nannten, konnte selbst ein Verlierer wie Paulsen ein König sein. Alles war möglich, wenn man keine Skrupel kannte. Im Klub gab es vier Bereiche: jeweils einen für die Programmierer, die das Spiel am Laufen hielten und es mit neuen Features ausstatteten, für die Hacker, die dafür sorgen sollten, dass das Spiel blieb, wo es war, für die Freaks, die teilweise echt krasse Inhalte aus den Tiefen des Internets konsumierten, und dann noch denjenigen der Gamer. Das waren die Konsumenten, die um Levelanstiege rangen. Denn mit jedem Levelanstieg kletterte man in der Gunst von Aviniak und im Ansehen der anderen.

»Können wir unter vier Augen reden?«, fragte Paulsen.

Aviniak zögerte. Bestimmt wusste er, dass Paulsen ihn nach Drogen fragen wollte. Schließlich schickte er alle bis auf Jessica weg.

In Paulsens Kopf spukte die Theorie herum, dass man das Spiel nur im Drogenrausch richtig spielen konnte. Die Grafiken waren schlecht und die Spielinhalte streng betrachtet langweilig. Wenn man aber seine Sinne mit illegalen Substanzen erweiterte, dann konnte man in der Welt Dinge sehen, die einem sonst verborgen blieben.

»Ich will von den roten Pillen kosten.«

Aviniak zog die Augenbrauen hoch. »Was für rote Pillen?«

Jessica kicherte. Da wusste Paulsen, dass sie ihn beim letzten Klubbesuch belogen hatte. Es gab keine roten Pillen.

»Das ist echt nicht lustig«, schimpfte er.

»War ein Spaß«, sagte Jessica. »Du hast beim letzten Mal so verzweifelt geklungen, da habe ich dir gesagt, du sollst Laurence danach fragen, weil dich das Zeug abheben lässt.«

»Abheben willst du?«, schaltete Aviniak sich wieder ein. Er zeigte auf eine verkleidete Person am Fuße des Wolkenthrons. »Dann folge dem weißen Schaf.«

Tatsächlich stolzierte am Rand der Tanzfläche ein Schaf vorbei. Es drehte den Kopf kurz zu Paulsen und lief dann weiter.

»Soll das ein Witz sein?«, fragte Paulsen zornig, obwohl er den Grund für den Gefühlsausbruch selbst nicht genau kannte. Vielleicht war er wütend, weil er kürzlich einen blutigen Schafkopf gesehen hatte. Vielleicht weil Jessica ihn ausgetrickst hatte. Vielleicht weil er schon viel zu lange im selben Level festhing.

»Entweder du folgst dem Schaf«, sagte Aviniak geduldig. »Oder du bemitleidest dich weiter selbst. Die Entscheidung nehme ich dir nicht ab.«

»Ich dachte, du wärst mein Freund, aber du verarschst mich wie alle anderen!«

»Hey, Oliver, bleib locker«, sagte Jessica und streichelte sein Kinn. »Wollen wir zusammen den Elfenbeinturm betreten?«

Paulsen wusste, dass sie mit ihm spielte. Gewöhnlich gaben sich die echt heißen Bräute nicht mit Typen wie ihm ab. Aber in seiner Vorstellung glaubte er daran, sie irgendwann in der Realität seine Freundin nennen zu können. Bisher war sie nur ein Abenteuer wie alles innerhalb dieser Wände.

Er bemerkte nicht, wie sie seine Hand ergriff. Erst als sie ihn zur Treppe zog, löste sich seine Anspannung. Gemeinsam liefen sie der als Schaf verkleideten Person hinterher, bis sie einen separaten Raum erreichten, in dem zwei Rechner standen und zwei Pillen in der Farbe Rot lagen.

»Scheiße«, stieß Paulsen aus. »Also gibt es sie doch.«

»Du solltest mir eben mehr vertrauen«, hauchte Jessica in sein Ohr, wobei sie eine der Tabletten zwischen ihre Zähne nahm und ihn herausfordernd anblickte.

Mit einem Kuss nahm er ihr die Droge aus dem Mund, schluckte sie hinunter und startete das Spiel. Binnen weniger Minuten stellte sich die Wirkung des Betäubungsmittels ein. Und zwar mit einer solchen Heftigkeit, dass er glaubte, die Schädeldecke würde ihm abheben. Bald tauchte er in eine unechte Welt ein und erlebte einen Albtraum, wie er ihn niemals zuvor in der Maschine erlebt hatte.

KAPITEL 38

Beim Betreten der Simonskirche bemerkte Frost zuerst die gedrückte Stimmung und dann die frische Temperatur im Gebäude. In ein paar Tagen würden auf dem angrenzenden Friedhof zwei Beerdigungen stattfinden. Heute hielt der Pfarrer einen Trauergottesdienst, um der Verstorbenen zu gedenken und Anteil am Leid der Trauernden zu nehmen. Frost blieb eine Weile am Eingang stehen und ließ die Atmosphäre auf sich wirken. Kurz darauf wurde die Stille im Gotteshaus von klappernden Absätzen und vereinzelten Beileidsbekundungen gestört. Ein Windstoß bewegte die Flammen der brennenden Kerzen hin und her. Sie sog die leicht feuchte Luft des Gemäuers ein. Der Duft von Weihrauch kitzelte in der Nase. Als hinter ihr weitere Leute eintraten, ging sie beiseite und suchte sich einen Platz am Rand einer der hinteren Bänke, in der Hoffnung, niemand werde sich neben sie setzen. Ihre Hoffnung zerbrach, als neben ihr ein Pirat auftauchte. Mit einem Fleischerhaken, den er in der rechten Hand hielt, deutete er auf den Platz, auf dem Frost saß.

»Aye, junge Frau, das ist mein Schiff!«, sagte der grauhaarige Mann mit der Augenklappe. »Da steht es, sehen Sie?«

Verwirrt vom Piratenkostüm des Mannes, betrachtete Frost die Holzbank vor ihr. Auf der Ablage für die Gesangbücher war ein Schiffsname eingeritzt: *Black Perl.*

Jack Sparrow ist also Legastheniker.

Seit ihrer Jugendzeit war Frost oft auf dem Kirchengelände gewesen, aber den Mann hatte sie nie zuvor gesehen. Mit seiner anderen Hand drückte er einen Dreispitzhut gegen seinen blauen Mantel. Am komischsten war allerdings der rosafarbene Plüschpapagei, der auf seiner Schulter befestigt war und ziemliche Schlagseite aufwies.

Sie streckte ihre Finger nach dem Haken aus. »Darf ich, Käpt'n …?«

»Rrrumkugel!«

Frost unterdrückte ein Augenrollen und erwiderte stattdessen: »Aye, Käpt'n Rrrumkugel.«

Zögerlich überließ er ihr den Fleischerhaken. Mit der Spitze berichtigte sie das falsch geschriebene Wort *Perl* in *Pearl.*

»Besser«, sagte sie, gab ihm die provisorische Hand zurück und rutschte ein Stück zur Seite, damit er sich setzen konnte.

»Aye!«, rief er und grinste.

Als er in ein stilles Gebet verfiel, schöpfte Frost neue Hoffnung, dass der sonderbare Kapitän sie für den Rest ihres Aufenthalts in Ruhe lassen werde, doch alsbald erwachte Rumkugel aus seiner Büßerhaltung und sprach sie erneut an.

»Sie fahren nicht oft mit uns, aye?«

Sie schüttelte den Kopf. Es war ihr peinlich, dass der Kapitän so laut redete. Mehrere Besucher des Trauergottesdienstes drehten sich zu ihnen herum.

»Kannten Sie die beiden Seelen?«, fragte der Kapitän.

»Flüchtig«, flüsterte sie.

»Früher oder später geht jeder von uns über die Planke. Ist trotzdem eine ziemlich ärgerliche Sache, finden Sie nicht?«

Sie war nicht hier, um Abschied von mehreren Menschen zu nehmen – oder möglicherweise auch deshalb, sie wusste es nicht –, sie war hier, um die Gemeindemitglieder und Trauernden zu beobachten und zu begreifen, was innerhalb der Gemeinschaft nicht stimmte.

Vielleicht steigt tatsächlich der Heilige Geist vom Himmel herab und redet mit mir.

»Wirklich tragisch«, antwortete sie und schaute sich aufmerksam um.

Bis zum Gottesdienstbeginn blieben weniger als vier Minuten. Auf den ersten beiden Bankreihen hatten die Angehörigen von Sophie Hanke Platz genommen. Am Tag nach dem Mord an der Tochter hatte Frost die Eltern vor dem Haus gesehen. Dahinter saßen offenbar die Verwandten und Freunde der Familie Rodenberg, vermutete sie.

Weitere Kirchengäste betraten den Saal. Darunter erkannte sie auch die Eltern und die Großeltern von Dominik Israel. Frost hatte die Familienfotos in der Wohnung des Autors gesehen und sich die Gesichter eingeprägt. In natura gab Israels Vater mit seinem vollen Bartwuchs, den großen Händen und den dunklen Augen einen deutlich besseren Piratenkapitän ab als Rumkugel, der einen krummen Rücken hatte und beim Atmen Pfeifgeräusche machte, als wäre seine Luftröhre löchrig wie eine Flöte. Bevor sich die Vierergruppe am anderen Ende der Bank von Frost und Rumkugel niederließ, gingen der Vater, seine Frau und die Großmutter nach vorn zu den Hinterbliebenen und schüttelten Hände. Lediglich der Großvater kämpfte sich bereits mit seiner Krücke durch die enge Gasse in der Bankreihe, nahm schließlich Platz, rieb sich das Knie und hob in Frosts Richtung zum Gruß den Arm. Frost schaute sich um, ob Israel ebenfalls auftauchte, obgleich sie davon ausging, dass der Autor nicht erscheinen würde, denn nach eigener Aussage war Gott längst nicht mehr seine Sache.

Meine auch nicht, aber schaden kann es trotzdem nicht, die Kirchenbank zu drücken. Wenigstens hin und wieder.

Als Letzte stolzierte auf hohen Absätzen eine Frau von höchstens sechzig Jahren mit streng zugeknöpfter schwarzer Bluse den Mittelgang entlang. Vor ihren Bauch hielt sie mit beiden Händen eine lackschwarze Handtasche von einem Luxusdesigner, damit jeder sie sah.

»Die sollte der Skorbut holen!«, stieß Kapitän Rumkugel plötzlich aus und zeigte auf die Frau, die ihm ihrerseits einen erbosten Blick zuwarf. »Hat viele Leute übers Ohr gehauen und schon zwei Männer unter die Erde gebracht. Beide ehrbare Piraten!«

Frost war sich nicht sicher, ob sie ihm glauben sollte und ob sie wirklich von jedem im Saal die Lebensgeschichte wissen wollte, aber sie ertappte sich dabei, wie sie der Frau hinterherschaute.

Ihr folgte ein Mann. Vermutlich ihr erwachsener Sohn. Er schaute kurz zu Frost rüber. Als er bemerkte, dass sie ihn ebenfalls ansah, senkte er hastig den Kopf und beschleunigte den Schritt.

»Das ist der Theo«, verriet ihr Rumkugel den Namen des Mannes und schmatzte dabei. »Den kann man höchstens zum Deckschrubben einteilen. Ein richtiger Pirat wird aus dem nie, aye!«

»Warum nicht?«, fragte Frost.

»Weil er ein Muttersöhnchen ist, nicht wahr, Eduard?«

»Aye!«

Rumkugel hatte die Stimme verstellt und stellvertretend für den Stoffpapagei geantwortet.

Das halte ich keine Stunde durch.

Endlich betrat der kleine Pfarrer Heyn den Altarraum. In seiner gewohnt fürsorglichen und angenehmen Redeweise begrüßte er die Trauergäste und die übrigen Anwesenden. Er forderte alle zum gemeinsamen Gebet auf und sprach dann zu Gott. Es wurde gesungen und schließlich begann er mit der Trauerrede. Dieser stellte er einen tröstlichen Spruch aus den Psalmen voran.

Viel interessanter als die Ausführungen von Heyn fand Frost die Tatsache, dass der Pfarrer nach knapp zwanzig Minuten und einem Liedbeitrag von einer Frau und einem Kind den neuen Priester Benjamin Brunner, der neben dem Altar saß, aufforderte, ebenfalls ein paar Worte an die Gemeinde zu richten.

Frost wusste, dass der Priester versucht hatte, Sophie Hanke am Abend ihres Todes auf ihrem Handy anzurufen. Nach dem Trauergottesdienst würde sie ihn darauf ansprechen. Bis es so weit war, hörte sie aufmerksam zu.

»So wie der Hirte in der Bibel dem verlorenen Schaf nachgeht«, begann Brunner und hielt einen Moment inne, da seine Stimme kippte, »so sorgt er sich auch um den Rest seiner Herde. Um uns, liebe Gemeinde! Ich bin genauso erschüttert und fassungslos wie ihr. Aber unser Herr ist heute zu uns gekommen, um unseren Mut zu stärken. Denn es steht geschrieben: *Der aber zur Tür hineingeht, der ist ein Hirte der Schafe.*«

Der zur Tür hineingeht …

Frost musste unweigerlich an Israels Thriller und die darin enthaltene Legende vom Schäfer denken.

Der Nachthirte richtet die falschen Schafe. Auch das steht in ähnlicher Form in der Bibel.

Brunner redete noch eine Weile von Hirten und Schafen und davon, dass der Herr die Seinen behütet und sie auf eine neue Weide führen wird. Bei dieser Aussage gedachte Frost der Toten und schaute hinauf zur Kuppel.

Qualis rex, talis grex. Ob es da oben irgendwo eine himmlische Weide gibt, wo Schafe neben Wölfen grasen?

»Der Milchbart weiß gar nicht, was er da redet«, zischte neben ihr Rumkugel. »Wenn er erst den Schrecken der Meere getrotzt hat und weiß, wie scharf die Windgeister heulen, dann kann er von seiner Herde reden. Vorher folgt ihm keiner aus der Mannschaft.«

»Aye«, murmelte Frost in der Hoffnung, der Kapitän werde sich damit zufriedengeben.

Tat er nicht. Nachdem Brunner in seiner Predigt den Teufel erwähnte, zupfte Rumkugel Frost am Jackenärmel und schaute sie finster an.

»Der muss erst noch beweisen, dass *er* kein Teufel ist, aye.«

KAPITEL 39

Frost war nicht unglücklich darüber, als das letzte Amen verklang und Pfarrer Heyn mit dem Aufruf »Gehet hin in Frieden« den Trauergottesdienst beendete. Weniger begeistert war sie allerdings darüber, dass Kapitän Rumkugel ihr hinterherhinkte, als sie sich von der Bank erhob.

»Sie weinen gar nicht?«, fragte er.

Eigentlich wollte sie mit dem jungen Priester sprechen, aber Rumkugels Frage ließ sie innehalten. Sie blickte ihn an und wartete auf eine Erklärung.

»Na, wegen Benno.«

»Sie meinen Benno Rodenberg?«

»Sie sind doch eine von Bennos Dirnen, aye?«

Warum sagst du nicht gleich Prostituierte oder Nutte?

»Wie kommen Sie darauf?«

»Weil ich es drei Seemeilen gegen den Wind rieche und wir uns nicht vorstellen können, warum Sie sich sonst das Trauerspiel antun sollten.«

Mit »wir« meinte er sich und den Papagei, dem er eine Erdnuss aus seiner Manteltasche reichte, indem er sie ihm an den Schnabel hielt und sich schlussendlich selbst in den Rachen warf. Die Nuss prallte jedoch von seinem Schneidezahn ab und fiel zu Boden.

»Nicht mal essen kannst du, Eduard«, machte Rumkugel das Plüschtier für sein Missgeschick verantwortlich.

Es bringt nichts, mit zwei Verrückten zu diskutieren.

Besser sie beendete das Gespräch an dieser Stelle und behielt die Aussage im Hinterkopf. Frost drehte sich zum Gehen um, doch der Kapitän hielt sie mit dem Fleischerhaken am Handgelenk fest.

»Entschuldigen Sie Eduards Beleidigung, er hat es nicht so gemeint, aber Benno war nun mal ein Fremdficker, das wusste jeder.«

»Jeder?«, fragte Frost, doch sie bekam keine Antwort mehr, denn von der Seite trat die Frau mit der teuren Handtasche heran. Wieder folgte ihr der junge Mann mit der streng zum Seitenscheitel gekämmten Frisur.

»Sie sind also die Polizistin«, sagte die Frau und hielt, im völligen Gegensatz zu ihrem schroffen Ton, vornehm die Hand zur Begrüßung hin. »Ich bin Elvira Spreer. Pfarrer Heyn war so freundlich und hat mir mitgeteilt, dass er Sie schon länger kennt.«

Seit nunmehr siebenundzwanzig Jahren. Ich hoffe, Pfarrer Heyn hat nicht noch mehr Geheimnisse ausgeplaudert.

»Ja, ich bin Polizeibeamtin, aber ich bin nicht im Dienst.«

»Ich wünschte, Sie wären es, denn hier gehen einige erschreckende Dinge vor sich.«

»Erschreckende Dinge. Eine interessante Umschreibung für die Morde.«

Spreer reckte das Kinn und wandte sich Rumkugel zu, der seinen Haken auf einmal in seiner Manteltasche verschwinden ließ. »Belästigt Sönke Sie und verbreitet er wieder Lügen über mich und meinen Sohn?«

Sönke. So heißt er wohl, wenn er nicht den Piraten spielt.

»Alte Schaaachtel«, krächzte Rumkugel in Papageiensprache. »Schaaachtel!«

Spreer winkte ab. »Bestimmt hat er wieder behauptet, ich würde meine Kunden mit minderwertigen Immobilien übers Ohr hauen … Aber all diese Dinge sind erfunden, das kann ich Ihnen versichern.«

All diese Dinge.

Anscheinend war sie Immobilienmaklerin und *Dinge* ihr Lieblingswort. Denn sie hatte es bereits zum zweiten Mal verwendet.

»Der Kapitän hat mir nur Positives erzählt«, sagte Frost, um die Stimmung zwischen den beiden nicht noch mehr anzuheizen.

»Sie sollten in diesem Haus nicht lügen«, warf Spreer ein. »Gott sieht und hört alles. Vor allem die bösen Dinge.«

Auch wenn Frost die Unterhaltung mit der Frau alles andere als erbauend empfand, nutzte sie diese Steilvorlage, um sie zum Weiterreden zu animieren. »Ich bin neugierig, ob Gott auch die bösen Dinge von Sophie Hanke und Benno Rodenberg kannte.«

»Und ob!«, ging Spreer sofort darauf ein. »Für Sophie musste es irgendwann so kommen, wenn Sie mich fragen. Mit fünfzehn war das Mädchen noch ein unauffälliges, liebenswertes Ding, aber seit sie die Finger nicht mehr von den Drogen und älteren Jungs lassen konnte, verkehrte sie mit dem Teufel. Was für furchtbare Kleidung sie getragen hat! Und dann hat sie dem neuen Priester zweideutige Blicke zugeworfen, wenn sie denn mal zum Gottesdienst kam … Das habe ich genau beobachtet, denn ich habe mir Sorgen um das Kind gemacht. Nein, so verhält sich kein anständiges Kind. Am Ende hatten die armen Eltern nur noch Scherereien mit der Tochter.«

»Und Benno Rodenberg?«

Spreer sah zur Seite und grüßte freundlich ein paar Gemeindemitglieder, die vorbeiliefen. »Meine Güte! Benno! Er war nur nach außen hin charmant, im Grunde seines Herzens war er ein profitgieriger Großunternehmer, nicht wahr, Sönke?«

»Für Sie immer noch Käpt'n Ruuumkugel!«, sprach er wieder als Papagei, um sofort auf seine richtige Stimme zu wechseln. »Recht so, Eduard. Bald wird die Alte mit Jack Ketch tanzen.«

Jack Ketch. Frost kannte diesen Ausdruck aus Büchern. Im 17. Jahrhundert gab es tatsächlich einen englischen Scharfrichter mit diesem Namen, berüchtigt für seine barbarischen Hinrichtungen. Deshalb wurde auch sein Name zum Inbegriff für den Tod und den Teufel.

Sie schenkte Rumkugels Äußerung keine weitere Beachtung, stattdessen schaute sie Spreers Sohn in die Augen. In Augen voller Teilnahmslosigkeit.

»Und Sie sind?«, sprach Frost ihn direkt an, obwohl der Kapitän ihr den Namen bereits verraten hatte.

Schon zuvor hatte sie bemerkt, wie er mit seiner Hosennaht spielte und sie von oben bis unten musterte.

»Theo Spreer«, gab er wie mechanisch Auskunft.

»Mein Liebling ist gegenüber Fremden etwas zurückhaltend«, redete seine Mutter für ihn weiter.

Oder grundsätzlich verklemmt gegenüber Frauen.

Jetzt erkannte Frost auch, was ihr an seinem Blick seltsam vorkam: Er blinzelte nicht. Und falls er es doch tat, dann konnte er seine Augen unwahrscheinlich lange offen halten. Jedenfalls wirkte er unheimlich. Mit seinen fast weißblonden Haaren ähnelte er dem älteren Draco Malfoy aus den letzten Harry-Potter-Filmen.

Wenn ich ihn noch länger anstarre, wird er mich vermutlich mit dem Todesfluch Avada Kedavra *niederstrecken.*

Aus dem Augenwinkel bemerkte sie den jungen Priester, der Richtung Kirchenausgang steuerte. Zum Glück wurde er von den Kleins aufgehalten. Israels Großeltern schüttelten seine Hand. Vater und Mutter standen hinter ihnen. Man wechselte ein paar Worte. Vermutlich bedankten sie sich bei dem Geistlichen für die Altarrede. Nach weniger als einer Minute setzte Brunner seinen Weg fort.

Frost musste sich beeilen. Als eine Gruppe älterer Frauen Spreer begrüßte, nutzte sie die Gelegenheit, sich zu entschuldigen. »Ich muss gehen«, sagte sie und drängte sich an den netten Damen vorbei in den Mittelgang.

»Aye, Hals- und Kielbruch!«, riefen Rumkugel und sein Papagei ihr hinterher.

Bevor sie das Kirchenschiff durchquert hatte, war der Priester längst durch den Türbogen verschwunden.

»Herr Brunner«, rief sie draußen seinen Namen, woraufhin er auf dem Pflasterweg stehen blieb und sich umdrehte.

»Frost«, stellte sie sich vor, als sie ihn erreichte. »Kripo Leipzig.«

»Ich weiß, wer Sie sind. Bei der Verabschiedung hat Pfarrer Heyn mir Ihren Namen verraten.«

Vermutlich weil ich nicht unter das Schweigegelübde falle.

»Ich möchte mich mit Ihnen über Sophie Hanke unterhalten.«

Brunner bügelte mit der flachen Hand über seinen Talar und schob die Finger vor dem Bauch ineinander. Er hatte sanftmütige braune Augen und ein gelassenes Auftreten, was ihn wohl für die meisten Menschen sympathisch machte. »Kann ich Sie später anrufen? Momentan bin ich in Eile. Ein Besuch bei einer Glaubensschwester im Krankenhaus wartet auf mich. Ich will mit ihr das Abendmahl feiern und gemeinsam beten.«

Eine der Krähen, die seit Jahren auf dem Gelände der Simonskirche lebten, flatterte vom Dach zu Boden. Es war Arthus, der zutraulichste der Vögel. Vorsichtig zupfte er mit dem Schnabel an Frosts Hosenbein, weil er gestreichelt werden wollte.

Obwohl sie diese Tiere liebte, weil sie Eigenschaften besaßen, für die sie die Krähen bewunderte, schob sie Arthus sanft mit dem Fuß beiseite, damit er begriff, dass sie ihm momentan keine Aufmerksamkeit schenken konnte. »Feiert man das Abendmahl normalerweise nicht sonntags?«

»Normalerweise. Wenn es nicht so dringend wäre.«

»Meine Fragen sind ebenfalls von Dringlichkeit.«

Er lächelte gewinnend. »Es handelt sich um eine Neunzigjährige und ihr Gesundheitszustand ist kritisch. Ich schätze, heute oder morgen werde ich weiteren Angehörigen mein Beileid aussprechen müssen.«

Natürlich hätte Frost auf einer Unterredung beharren können, aber unter diesen Umständen hätte er nur abgeblockt. Deshalb zog sie es vor, ihm eine ihrer Visitenkarten zu reichen. Vorher schrieb sie ihre neue Handynummer mit Kugelschreiber darauf.

Er warf einen Blick auf das Kärtchen und hielt es danach mit zwei Fingern zum Abschiedsgruß in die Luft. »Ich melde mich bei Ihnen, Frau Frost, versprochen.«

KAPITEL 40

Nachdem sich das Kirchengelände geleert hatte, nutzte Frost die Gelegenheit, um sich mit Pfarrer Thomas Heyn unter vier Augen zu unterhalten. Gemeinsam liefen sie durch die Parkanlage mit dem Fischteich – Frosts Lieblingsort. Hierher kam sie gern, wenn es Probleme gab oder sie für ein oder zwei Stunden den Kopf freibekommen wollte.

Heute möchte ich meinen Kopf jedoch mit Informationen füllen.

»Was denken Sie über die beiden Toten?«, fragte sie ihn, während sie nebeneinander spazierten.

»Ach, Klara, ich dachte schon, du wärst hergekommen, um endlich dein Seelenheil bei Gott zu finden.« Er lachte. »Aber ich gebe die Hoffnung nicht auf.«

Frost wusste, dass er das nicht ernst meinte. Dafür kannte er sie zu gut. Er kannte auch ihre Einstellung, was Gott und Glauben betraf.

Deus ex Machina. Es gibt nur den Gott aus der Maschine.

Sie berührte ihre Armbänder, auf deren einem der lateinische Aphorismus stand.

»Sagen Sie mir, was Sie denken«, blieb sie bei ihrer Frage.

»Ich denke, dass der Mörder kein Recht hatte, die beiden umzubringen, egal, was sie Schlechtes im Leben getan haben.«

Sie hatte mit einer solchen Aussage gerechnet. Heyn war ein Mensch, der in jedem nur das Gute sah.

Nein, das stimmt nicht, er sieht nicht nur das Gute, aber er wünscht sich, dass in einem jeden die guten Seiten überwiegen.

»Was kann so schlimm gewesen sein, dass jemand Sophie Hanke und Benno Rodenberg umbringen musste?«

»Du sprichst wieder nur von den beiden und vergisst, dass weitere Menschen gestorben sind.«

Selbstverständlich dachte Frost auch an die. Doch Rodenbergs restliche Familienmitglieder waren für den Mörder nicht wichtig gewesen. Ebenso wenig Sophies Freund Kevin Böhmer. Sie hatten ihm nur dazu gedient, die Qualen der eigentlichen Opfer zu verstärken.

»Konzentrieren Sie sich auf die beiden Genannten«, beharrte sie und gab ihre eigene Schwäche preis: »Ich stecke bei den Ermittlungen fest.«

Heyn blieb stehen und sah Frost mitleidig an. »Ich wünschte, ich könnte dir helfen. Der Gedanke, dass da draußen irgendwo ein Mörder herumläuft, der Mitglieder unserer Gemeinde tötet, erschreckt mich zutiefst.«

»Gab es Probleme innerhalb der Kirchengemeinschaft?«

»Die gibt es ständig. Immerhin leben wir hier nicht im Himmel.«

Dieser Spruch gefiel Frost und sie wollte ihn sich merken. Bestimmt konnte sie diese Weisheit irgendwann einmal gebrauchen.

»Ich meine, speziell mit Hanke und Rodenberg?«

»Sophie hat sich zuletzt mehr und mehr ihren Eltern und uns Glaubensbrüdern verschlossen. Das akzeptiere ich, denn es gehört zum Erwachsenwerden dazu. Erinnere dich, als du in dem Alter warst. Du bist von zu Hause abgehauen.«

Weil ich das Spießbürgerdasein und die Konformität meiner Adoptiveltern nicht länger teilen wollte. Ich wollte meinen eigenen Weg gehen.

»Und Benno Rodenberg?«

»Du bist wirklich hartnäckig, Klara. Das bewundere ich an dir.«

»Und?«

»Man soll nicht schlecht über Tote reden …«

»Aber?«

»Kein aber. Im Veterinäramt sitzt eine gute Freundin von Benno. Vielleicht überprüfst du die ein wenig genauer.«

Frost verstand. Im Gegensatz zu den Toten durfte man über Lebende sagen, was man wollte.

»Und wie heißt diese gute Freundin?«

»Es ist die stellvertretende Leiterin.«

Er nannte ihr den Namen der Frau, danach schwieg er.

»Wie kommt der neue Priester bei den langjährigen Kirchenmitgliedern an?«, wechselte sie daraufhin das Thema.

»Natürlich habe ich gehört, dass Benjamin Brunner Sophie kurz vor ihrem Tod angerufen hat, deshalb fragst du, nicht wahr? Nun, ich hielt es für eine gute Idee, dass er sich um Sophie kümmert, deshalb habe ich ihn beauftragt, das Gespräch mit ihr zu suchen. Wir drängen uns zwar nicht auf, aber wir überlassen die Jugendlichen auch nicht sich selbst.«

Bisher war Frost davon ausgegangen, dass Sophies Eltern Brunner gebeten hatten, dass er Kontakt zu ihrer Tochter hielt, um sie zu bekehren. Dass eigentlich Heyn dahintersteckte, hätte sie sich denken können. »Das beantwortet nicht meine Frage.«

»Benjamin ist ein fleißiger Arbeiter im großen Zahnradgetriebe Gottes, um es mit deinen Worten auszudrücken. Er ist sehr aktiv, was die Betreuung und die Organisation der Gemeinde angeht, interessiert sich für die Sorgen jedes

Einzelnen und hört aufmerksam zu. Wie alles Neue braucht es jedoch Zeit, dass sich die Leute an ihn gewöhnen.«

Zeit ist immer die treibende Kraft.

»Also hat er ein Akzeptanzproblem?«

»So krass würde ich es nicht ausdrücken, aber manch einer begegnet ihm mit Distanz. Was völlig normal ist, wenn ein junger Priester moderner denkt.«

Brunners Predigt hatte Frost eher als altmodisch empfunden. Bevor sie darauf eingehen konnte, klingelte ihr Handy. Sie schaute auf das Display. Ihr Stiefbruder Hendrik. Mit einer knappen Geste verabschiedete sie sich vom Pfarrer, denn Heyn schaute seinerseits auf seine Uhr.

Sie ging ein Stück abseits und nahm das Gespräch an.

»Wir haben den Mistkerl«, triumphierte Hendrik.

»Denjenigen, der die Bilder von mir ins Netz gestellt hat?«

»Und ob! Der Typ ist Rechtsanwalt.«

Ein Mann. Ein Anwalt.

Frost durchforstete ihr Gedächtnis und wie automatisch glitt ihre Hand in ihre Jackentasche. »Sein Name?«

»Konstantin Weiß.«

Blitzschnell zog sie die Visitenkarte hervor, die Weiß ihr vor zwei Tagen zugesteckt hatte. Beim Frühstück im Hotel hatte er sie angesprochen. Nach all dem Ärger, der sie umgab, hatte sie den Mann längst aus ihrem Gedächtnis gestrichen.

»Können wir ihm die Tat nachweisen?«

»Er hat ein schlechtes Anonymisierungsprogramm genutzt, um seine Identität zu verheimlichen. Mein Mitarbeiter konnte recht schnell die IP zu seinem Rechner identifizieren und einen Trojaner einschleusen. Wir haben alle möglichen Beweise gefunden. Er ist es definitiv. Im Hinblick auf seine Mandanten hoffe ich, dass er ein besserer Anwalt ist als ein Computerexperte. Selbst die Fotos waren eher laienhaft mit

Photoshop zusammenmontiert und bearbeitet. Einer oberflächlichen Betrachtung können sie standhalten, mehr auch nicht.«

Das war Frost ebenfalls aufgefallen. »Sie waren immerhin so täuschend echt, dass fremde Männer darauf hereingefallen sind.«

»Jetzt haben wir aber ein anderes Problem.«

»Welches?«, fragte Frost, obwohl sie ahnte, was er gleich sagen würde.

»Wir können ihn offiziell nicht belangen, weil wir uns illegal Zutritt zu seinem Rechner verschafft haben.«

»Das ist nicht mein Problem.«

»Klara, du …«

Den Rest hörte sie nicht mehr, denn sie kappte die Verbindung. Sie hatte einen Namen, mehr brauchte sie nicht. Auch wenn sie es nicht ausgesprochen hatte, war sie Hendrik unendlich dankbar. Vielleicht würde sie es ihm später sagen. Jetzt musste sie schleunigst zu ihrem Wagen.

Doch schon von Weitem fiel ihr an ihrem Auto etwas Sonderbares auf. Sie rannte die letzten Meter und blieb vor der Stoßstange stehen. Jemand hatte Arthus, ihre Lieblingskrähe, getötet. Der Kadaver lag vor der Windschutzscheibe. Am Bauchbereich war das Gefieder aufgeschnitten. Mit dem Blut des Vogels hatte der Unbekannte ein Wort auf die Motorhaube geschrieben: HURE.

Kapitel 41

In seinem Albtraum stierte Oliver Paulsen in die toten Augen eines Schafs. Fürchterliche Kopfschmerzen holten ihn unsanft in die Realität. Seine Glieder waren bleischwer, als hätte er die Nacht durchgetanzt. Ein säuerlicher Duft lag über dem Raum. Unter Mühen wälzte er sich zur Bettkante. Er blinzelte sich die Müdigkeit weg und roch am Bettzeug, um sich davon zu überzeugen, dass er zu Hause war. Zusätzlich rieb er sich die Augen, was das Brennen verschlimmerte. Verschwommen sah er die Zeiger seines *Transformers*-Weckers. War es Nacht oder wirklich schon nach dem Mittag?

Dem Sonnenlicht nach, das sich durch die Ritzen der Jalousie kämpfte, war es bereits Tag. Und er hatte keine Ahnung, was letzte Nacht passiert war. Nur tröpfchenweise sickerten die Erinnerungen durch. Er hatte sein Ticket bekommen, hatte Drogen konsumiert, war in den virtuellen Elfenbeinturm abgetaucht und hatte Jessica geküsst. Das hatte er doch, oder?

Er leckte sich die Lippen und bildete sich ein, ihren Lippenstift noch immer zu schmecken. Vor Stunden war er echt heiß gewesen, jetzt wünschte er sich eine Kotztüte herbei. Vermutlich hatte er sich die Knutscherei mit Jessica eingebildet. Er wusste ja nicht einmal mehr, ob er im Spiel einen Levelaufstieg geschafft hatte. Und wie war er überhaupt nach

Hause gekommen? An seinem Filmriss war bestimmt die scheißrote Pille schuld.

»Verfluchtes Teufelszeug«, lallte er und betrachtete seine Hände. Sogar die waren rot. »Was zur Hölle stinkt denn hier so?«

Hoffentlich hatte er nicht eingenässt. Er hob seine Bettdecke an. Darunter war es ebenfalls rot. Sein T-Shirt, das Bettlaken …

Auf einen Schlag verging der Dämmerzustand. Mit dem Handrücken wischte er sich über den Mund. Was er schmeckte, war kein Lippenstift, sondern Blut. Alles um ihn herum war voller Blut.

Er tastete neben sich, spürte Fell. Starr vor Schreck drehte er den Kopf zur Seite – und blickte in die toten Augen eines Schafs.

Zuerst glaubte er, noch im Albtraum gefangen zu sein, aber dort hätte er niemals so rational denken können wie in diesem Augenblick. Im Traum hätte er auch niemals so intensiv den säuerlichen Duft des Tierkadavers wahrnehmen und dessen Fell spüren können. Er träumte nicht. Er lag wach in seinem Bett und neben ihm ein totes Stück Vieh.

Mehr aus einem Reflex heraus schaffte er es, sich zu bewegen. Allerdings gelang ihm keine koordinierte Bewegung, sondern nur ein hilfloses Wegbeugen. Dabei kippte sein Schwerpunkt über die Bettkante und in derselben Sekunde schlug Paulsen kopfüber auf dem Fußboden auf. Er fühlte keinen Schmerz. Die Angst überlagerte jegliches Empfinden. Er schrie, strampelte mit den Beinen, versuchte, sich das Blut abzuwischen, und robbte weg vom Bett. Er wollte aus diesem Zimmer des Grauens flüchten.

An der Tür kam er zur Besinnung. Von dem toten Schaf ging keine Gefahr mehr aus. Aber was, wenn sich derjenige, der es dorthin gelegt hatte, noch in der Wohnung befand?

Mucksmäuschenstill blieb Paulsen sitzen. Er versuchte, seine Atmung zu beruhigen und klar zu denken. Er musste den Notruf wählen! Aber was sollte er den Kollegen erzählen? Dass er bis zur Besinnungslosigkeit Drogen eingeworfen und nach dem Aufwachen ein totes Schaf in seinem Bett gefunden hatte? Das ganze Lagezentrum würde sich kaputtlachen.

Also lauschte er in den Flur. Auch wenn er von dort keinen Laut vernahm, traute er sich nicht, nachzusehen, ob er allein war.

Er tastete seine Jeans ab, die er immer noch trug. Wo war nur sein blödes Handy? Hektisch sah er sich um und entdeckte ein Smartphone auf der Auslegware neben einem großen Blutfleck. Auf allen vieren kroch er zurück zum Bett. Auch wenn ihn die Nähe zum Kadaver anwiderte, musste er sich vergewissern. Mit zittrigen Fingern griff er nach dem Handy und drehte es.

»Jessi«, stieß er ungläubig aus.

Es war eindeutig ihr Handy. Auf der Gehäuserückseite waren verschiedenfarbige Strasssteine aufgeklebt. In der Mitte glitzerte in rubinroten Buchstaben Jessicas Namenszug.

»Verdammt, was macht ihr Scheißhandy bei mir in der Bude?«, flüsterte er.

Seine Finger berührten das Display. Der Bildschirmschoner verschwand. Keine PIN-Abfrage. Untypischerweise für eine Frau war das Gerät nicht gesperrt.

Statt die 110 zu wählen, öffnete er WhatsApp. Der Messengerdienst zeigte eine Reihe neuer Nachrichten an. Die meisten schienen von Jessicas Freundinnen zu stammen. Deren Inhalte interessierten ihn nicht, sondern die eine Nachricht, die von seinem eigenen Handy gesendet worden war. Eigentlich konnte das nicht sein. Er kannte Jessica zwar aus dem Klub, doch sie hatte ihm nie ihre Nummer gegeben. Er tippte auf das Display, um die Nachricht zu öffnen.

Ich will richten zwischen Schaf und Schaf.

Zu dem Satz gab es ein Video. Paulsen ahnte, dass es vermutlich mit seinem Handy aufgenommen war. Er fürchtete sich davor, was er gleich zu sehen bekommen könnte. Auf dem Boden kauernd ging sein Blick zu dem Schafkadaver, dessen Fell über und über mit Blut besudelt war und dessen Gedärm daneben lag. Schließlich zwang er sich, das Video zu starten.

Eine Sekunde später sah er auf dem Bildschirm seine Wohnung. Er sah sich, wie er durch den Korridor ins Schlafzimmer taumelte. Kein Ton. Derjenige, der die Handykamera führte, stieß ihn vor sich her. Im Video schien Paulsen zu lallen und zu kichern. Weil er die Situation vermutlich komisch fand – da er unter dem Einfluss des Betäubungsmittels glaubte, er sei noch immer in einem Spiel.

Das tote Schaf lag bereits auf dem Bett, als Paulsen sich danebensetzte, sein Fell streichelte und den Kadaver sogar knuddelte. Dann kam ein Küchenmesser mit langer Klinge ins Bild. Der Unbekannte trug Handschuhe und drückte Paulsen das Messer in die Hand. Erheitert leckte Paulsen sogar die Klinge. Irgendwann schnitt Paulsen dem leblosen Tier den Bauch auf. Bis dahin fand Paulsen die Darbietung ekelig und verstörend. Was danach passierte, trieb ihm die Tränen ins Gesicht.

KAPITEL 42

Spätestens nach dem Fund der toten Krähe auf ihrer Motorhaube hatte Frost genug eigene Probleme. Gleichwohl war sie sofort nach Paulsens Anruf zu seiner Wohnung aufgebrochen. Am Telefon hatte der Praktikant völlig hysterisch geklungen. Er hatte zusammenhanglose Sätze gebrabbelt und sich beim Sprechen mehrfach verhaspelt. Von einem Schaf und von einer Jessica und von jeder Menge Blut war die Rede gewesen. Zuerst hatte sie an eine Finte seinerseits geglaubt, um sich wichtig zu machen, doch weil er geweint hatte, ging sie von einem echten Hilferuf aus.

Schon von Weitem sah sie Paulsen. Er lief vor dem Mehrfamilienhaus, wo er wohnte, auf und ab und knabberte unablässig an seinen Fingernägeln. Dazu schien er Selbstgespräche zu führen.

Frost hielt mit dem Wagen direkt neben ihm. Sofort stürzte er zur Beifahrerseite und riss die Tür auf.

»Ich habe sie umgebracht!«, jammerte er. »Ich habe sie umgebracht! Du musst mir helfen, ich …«

»Langsam«, versuchte Frost, ihn zu beruhigen, doch er biss sich in die Hand und die Tränen liefen ihm über die Wangen.

»Ich wandere ins Gefängnis.«

Frost stieg aus und umrundete den Wagen. Eigentlich wollte sie ihn an den Schultern packen und kräftig durchschütteln, damit er zu Besinnung kam und der Reihe nach erzählte, doch er schlang sofort seine Arme um sie und drückte sie wie ein Ertrinkender. Obwohl ihr die Nähe unangenehm war, da sie grundsätzlich Distanz zu Menschen hielt, kam sie nicht umhin, ihn ebenfalls zu drücken und ihm den Hinterkopf zu tätscheln.

»Still«, hauchte sie. »Ich bin jetzt da.«

»Sie ist tot«, schluchzte er.

Meint er diese Jessica, von der er am Telefon gesprochen hat?

Frost sah sich um, ob Anwohner sie beobachteten. Prompt steckten bereits die ersten Nachbarn ihre Köpfe aus den Fenstern. Daher beschloss sie, Paulsen ins Haus und in seine Wohnung zu drängen.

»Ich werde meine Bude nicht mehr betreten«, protestierte er und trat einen Schritt zurück. »Jessica ist tot.«

»Hier draußen kann ich dir nicht helfen. Du musst sie mir zeigen.«

»Ich habe es auf ihrem Handy gesehen. Sie ist tot!«

»Ich glaube dir, aber komm wenigstens mit in den Hausflur.«

Es dauerte eine Weile, ehe er sich dazu überwand. Als sie das Haus betraten, musterte Frost Paulsen aufmerksam. Sie griff nach dem Reißverschluss seiner Jacke und zog ihn langsam nach unten. Darunter kam ein blutiges Shirt zum Vorschein. Statt geschockt zu reagieren, blieb sie gefasst vor ihm stehen.

»Ich stecke tief in der Scheiße«, sagte er.

Nicht nur du.

Abgesehen davon, dass ihm der Schweiß in Perlen auf der Stirn stand und er am ganzen Körper zitterte, störte sie etwas an seinen Augen. Sie waren völlig unempfindlich gegenüber dem Wechsel der Lichtverhältnisse.

Drogen. Das ist also dein Problem. Darüber sollten wir reden.

Es bestand somit die Möglichkeit, dass er phantasierte. Vorerst nahm sie seine Angst ernst.

Sie hob den Zeigefinger, damit er seinen Blick darauf fixierte und sich ablenkte. »Kennst du den größten Irrtum über Ameisen?«

Er sah auf ihren Finger und schüttelte sichtlich verwirrt den Kopf.

»Sie sind gar nicht so fleißig, wie man sagt, denn sie arbeiten nur ein Viertel ihrer Zeit.« Augenblicklich beruhigte er sich, was sie sofort ausnutzte. »Wo ist das Handy, von dem du gesprochen hast?«

»Im Schlafzimmer.«

»Dorthin werden wir jetzt gehen.«

»Nein, ich kann nicht«, wurde er wieder lauter.

»Doch du kannst oder du musst ohne mich klarkommen.«

»Die schmeißen mich aus dem Polizeidienst.«

»Das weißt du nicht.«

Sie griff nach seinem Arm und führte ihn zur Treppe, damit er ihr seine Wohnung zeigte. Wenig später betrat sie seinen Korridor. Er hatte nicht gelogen. Auf der Auslegware sah sie etliche Blutspritzer, deren Spur von einem der vorderen Zimmer in das hinterste führte. Sie lief dicht gedrängt an der Wand entlang. Auch ohne Paulsens Fingerzeig fand sie das Schlafzimmer. Anders als bei seinem blutigen Shirt war sie diesmal geschockt vom Anblick, der sich ihr bot. Auf einer Hälfte des Bettes lag ein fettes totes Schaf auf dem Rücken, die Beine abgeknickt nach oben und mit einer großen blutigen Wunde auf dem Bauch. Den Spuren nach hatte das Schlachtfest genau hier stattgefunden. Sofort erkannte Frost, dass der Bauch zugenäht war. Vermutlich mit einem dicken Kunststofffaden.

Statt das Zimmer vollends zu betreten, schaute Frost sich zunächst um. Auf dem Nachtschränkchen lag ein Handy.

»Gehört das Jessica?«, fragte sie Paulsen, der wie gelähmt an der Wohnungstür stand und sich nicht näher herantraute.

»Meins ist verschwunden.«

Das bedeutet wohl: ja.

»Du sagtest, du hast auf ihrem Handy gesehen, dass sie tot ist.«

»In einem Video. Jessica saß gefesselt auf einem Stuhl. Und dann ging ich mit dem Messer auf sie los. Oh Gott, ich bin ein Mörder!«

Auch ein Messer lag im Schlafzimmer. Halb verdeckt von der Decke unter dem Bettgestell. Frost sah die Klinge, an der getrocknetes Blut klebte.

Plötzlich fühlte sie sich unwohl, weil sie selbst keine Waffe bei sich trug. Schnell beruhigte sie sich wieder.

Von dieser Wohnung geht keine Gefahr aus. Nicht mehr.

Schließlich zog sie sich Latexhandschuhe an, betrat das Zimmer und nahm das Smartphone auf. Auch wenn es ihr widerstrebte, musste sie sich das Video ansehen, um zu begreifen, was letzte Nacht hier geschehen war. Während sie auf das Display tippte, redete sie weiter mit Paulsen.

»Ist Jessica deine Freundin?«, fragte sie, obwohl die Nachrichten bei WhatsApp eine andere Sprache sprachen.

»Wir kennen uns flüchtig.«

»An was kannst du dich erinnern?«

»Ich war in einem Klub feiern und habe Jessica getroffen.«

Frost fand besagte Nachricht und startete das Video. Darin erkannte sie Paulsen, der durch die Wohnung torkelte.

»Und dann?«, animierte sie Paulsen zum Weitersprechen.

»Wir haben am Computer gespielt und uns amüsiert. Verflucht, mehr weiß ich nicht …«

Computer gespielt … und mehr weißt du nicht. Auch nicht, dass du ein Schaf aufschneidest, mit den Händen in den Bauch greifst und die Organe herausholst.

220

Exakt das musste Frost auf dem Smartphone ansehen. Sie sah auch, dass zeitweise eine fremde Hand die von Paulsen führte und so das Messer beim Schneiden dirigierte. Man konnte eindeutig erkennen, dass der Polizeianwärter während der Tat nicht annähernd Herr seiner Sinne gewesen war.

»Und was hast du konsumiert?«

»Bitte, frag mich das nicht. Ich weiß es nicht.« Wieder begann Paulsen zu schluchzen. »Und überhaupt, wenn mein Onkel davon erfährt, macht mir meine Familie die Hölle heiß. Das hier war meine letzte Chance.«

Er wird davon erfahren.

Das Kamerabild schwenkte im Schlafzimmer umher. Derjenige, der die Aufnahme gemacht hatte, lenkte Paulsen aus dem Schlafzimmer durch den Korridor in die Küche. Dort saß ein Mädchen auf einem Stuhl. Sie war gefesselt und in ihrem Mund steckte ein Knebel. Trotz der verlaufenen Schminke, der strähnigen Haare und den von zu vielen Tränen geröteten Augen konnte Frost erkennen, dass die junge Frau sehr hübsch war.

Hallo, Jessica.

In den folgenden Szenen agierte Paulsen weniger überdreht als bei dem Schaf. Irgendwie schien er zu begreifen, dass es nicht richtig war, was da vor sich ging. Aber das Rauschmittel hinderte ihn daran, entschiedenen Widerstand zu leisten. Mehrfach stieß der Kameramann ihn an. Schließlich nahm der Unbekannte Paulsen das Messer aus der Hand und reichte ihm eine Säge. Es war ein Fuchsschwanz.

»Fuck!«, stieß Frost aus.

Mit aufeinandergebissenen Zähnen schaute sie das Video weiter an. Darin betrachtete Paulsen ungläubig das Sägewerkzeug. Irgendwann ließ er es einfach fallen. Der Unbekannte hob die Säge wieder auf und das Video war zu Ende.

Sofort darauf stürmte Frost aus dem Zimmer und warf einen flüchtigen Blick in die Küche. Traurig schüttelte sie den Kopf. Was sie sah, erinnerte sie an die Mordopfer der letzten Tage. Doch letztlich war es nur eine Hälfte des Grauens. Ein Teil von Jessica ...

»Wo finde ich eine Schere?«

»Was?«, fragte Paulsen.

»Los, gib mir eine Schere!«

Paulsen kratzte sich am Kopf, dann holte er aus dem Bad eine Nagelschere.

Frost riss sie ihm aus der Hand und ging zurück ins Schlafzimmer. Dort schnitt sie die Naht am Bauch des Schafs auf und legte den Inhalt frei.

Kapitel 43

Für fünf Personen war Paulsens Wohnung entschieden zu klein. In Anbetracht des Gewaltverbrechens in seinem Schlafzimmer war Frost jedoch nichts anderes übrig geblieben, als Verstärkung anzufordern. Weil der Mord Paulsen auch so schon entsetzlich mitnahm und sie ihm eine kleine Schonfrist einräumen wollte, bevor die gesamte Direktion seinen Namen erfuhr, hatte sie nicht das Führungs- und Lagezentrum verständigt, wie es Vorschrift war, sondern ersatzweise ihre Kommissariatsleiterin. Sollte sie die undankbare Aufgabe übernehmen und Meldung machen. Vor einer Minute war Lorenz zusammen mit den Kollegen Stahlmann und Kettner am Tatort eingetroffen. Genau wie Frost waren sie über das Video, das Schaf und den abgesägten Frauenkopf im Bauch des Tiers entsetzt.

Nachdem Frost die Naht gelöst hatte und die Bauchhälften auseinandergeklafft waren, hatte sie Jessica kennengelernt. Aus toten Augen, umgeben von Rippenbögen und die Haut von Blut besudelt hatte das Mädchen Frost angeblickt. Der Rest von ihr hing noch immer gefesselt auf dem Stuhl in der Küche.

Das Video zeigte nicht, wer ihr den Kopf abgesägt hatte. Jedoch glaubte Frost nicht, dass Paulsen es fertiggebracht hätte. Im Video war er sichtbar high gewesen, trotzdem hatte er gezögert, als er die Säge in seinen Händen gehalten hatte. Ein innerer Mechanismus hatte ihn blockiert, das Werkzeug am Hals seiner Bekanntschaft anzusetzen. Selbst unter dem Einfluss von Drogen hielt Frost eine solche Enthauptung für äußerst schwierig, wenn nicht sogar unmöglich. Auch wenn unzählige Junkies im Drogenrausch ziemlich üble Dinge taten, bedurfte es in diesem Fall einer gewissen Koordination und Motivation. Zwei Dinge, die sie bei Paulsen im Video nicht entdeckt hatte.

Da der Polizeianwärter mit der Situation vollkommen überfordert war und vor Verzweiflung am liebsten davongerannt wäre, wich sie ihm nicht mehr von der Seite. Gemeinsam hörten sie zu, wie Lorenz mit dem Lagezentrum telefonierte.

Nachdem die K11-Leiterin den Vorfall gemeldet hatte, steckte sie ihr Handy weg und schnaubte.

»Ich habe Revierunterstützung angefordert. Es klingt absurd, aber wichtig ist in erster Linie, dass wir herausfinden, wem ein Schaf fehlt. Außerdem lasse ich aktuell das Handy unseres Praktikanten orten. Mit etwas Glück sendet es ein Signal. In spätestens einer Stunde wird es hier von Presseleuten wimmeln. Bis dahin möchte ich wissen, was du diesmal angestellt hast, Klara.«

»Sie kann wirklich nichts dafür«, verteidigte Paulsen sie.

»Halt die Klappe«, befahl Frost ihm und zündete sich eine Zigarette an. »Im Gegensatz zu dir kann ich meine Angelegenheiten allein regeln.«

»Fatale Fehleinschätzung«, widersprach Lorenz. Sie riss ihr die Zigarette aus dem Mund und reichte sie Kettner, damit er sie entsorgte.

Auch wenn die Situation alles andere als lustig war, unterdrückte Stahlmann ein Schmunzeln.

»Das ist das Werk unseres Serienmörders«, sagte Frost.

»Auch wenn ich für diese Einschätzung gern erst alle Fakten hätte«, entgegnete Lorenz, »höre ich mir deine Theorie aufmerksam an.«

»Dieser Mord fällt zwar aus dem Muster, aber es war derselbe Täter.«

»Wie kommst du darauf?«

»Wegen der Botschaften. Die Nachricht zum Video lautete: *Ich will richten zwischen Schaf und Schaf.* Der Spruch stammt aus der Bibel.«

Und in Israels Roman benutzt ihn der Täter ebenfalls.

Dieses Wissen behielt Frost vorerst für sich. »Außerdem habe ich das hier.« Sie hielt eine Plastiktüte hoch, in der sich ein Zettel mit einem weiteren religiösen Zitat befand. »Der steckte in einem Plastikröhrchen im Mund der Toten.«

Ihre Kollegen traten näher und Lorenz las laut vor: »*Der aber zur Tür hineingeht, der ist ein Hirte der Schafe.*«

Den Satz hatte Frost an diesem Tag bereits in der Simonskirche gehört. Während Benjamin Brunners Predigt. Er hatte exakt den gleichen Wortlaut benutzt. Auch das verschwieg sie. »Unser Täter hält sich für einen Hirten Gottes. Er richtet seine Opfer nach den Kardinaltugenden.«

Lorenz, Kettner und Stahlmann sahen sich erstaunt an. Keiner schien zu wissen, von was sie redete. Deshalb hielt Frost vier Finger in die Luft.

»Gerechtigkeit, Tapferkeit, Klugheit und Mäßigung. Wegen zwei dieser Tugenden sind bereits Menschen umgebracht worden.«

»Moment, zwei?«, fragte Lorenz. »Rodenberg und Hanke? Hat er die junge Frau, diese Jessica, etwa nicht gemäß dieser … Tugenden getötet?«

»Das hier war eher spontan geplant. Das Schaf wurde benutzt, um uns zu zeigen, dass wir es mit demselben Täter zu tun haben. Aber anders als sonst gibt es keinerlei Symbolik, die auf eine der Kardinaltugenden hinweist. Jessicas Tod sollte uns als Warnung dienen.«

Lorenz sah Paulsen an, dann wieder Frost. »Du meinst, er wollte dich warnen.«

»Um das zu beurteilen, fehlen mir ein paar Fakten«, konterte Frost mit ähnlichen Worten wie Lorenz zuvor.

»Und das mit den Kardinaltugenden hast du so nebenbei herausgefunden und hast es nicht für nötig gehalten, es uns mitzuteilen.«

»Man hat mich vom Fall abgezogen, vergessen?« Wieder zündete Frost sich eine Zigarette an, wieder schnappte Lorenz sie ihr weg.

»Und hat unser Praktikant vielleicht auch noch irgendwelche Informationen, von denen wir wissen sollten?«

»Er kann sich an die Ereignisse von letzter Nacht nicht erinnern«, antwortete Frost stellvertretend für Paulsen.

»Wer kann es dann?«

Ein Mann namens Laurence de Aviniak.

Während der Wartezeit auf ihre Kollegen hatte Frost den Polizeianwärter ausgehorcht und so den Namen erfahren. Auch von dessen Klub wusste sie inzwischen.

Weil daraufhin niemand etwas sagte, redete Lorenz weiter. »Also schön, Sarah und Marc, ihr kümmert euch um diesen Schlamassel.« Sie deutete mit dem Daumen zum Schlafzimmer. »Und du, Klara, du …«

»… kümmerst dich um deinen Praktikanten«, nahm Frost es vorweg.

»Nein, das wollte ich …« Lorenz stoppte mitten im Satz und musterte Paulsen. »Okay, bis mir etwas Besseres einfällt, bleibt er bei dir. Unterdessen informiere ich Polizeipräsident Ackermann.«

»Nein!«, fuhr Paulsen auf. »Nur das nicht!«

Weil es so aussah, als wollte er die Kommissariatsleiterin anspringen, schob Frost sich zwischen ihn und Lorenz. »Hör auf.«

»Aber sie darf nicht …!«

»Was hast du denn geglaubt, wie das hier endet?«, hielt Frost ihm vor. »Das hier ist scheiße, um es mal mit deinen Worten zu sagen. Wir sind hier, um dir zu helfen.«

Paulsen presste die Lippen aufeinander und schüttelte den Kopf. Schließlich ließ er sich von ihr aus der Wohnung führen.

Im Treppenhaus begegneten ihnen die ersten Streifenbeamten. Überrascht und gleichzeitig ein wenig erfreut erkannte Frost Frank Brandner.

»Immer im Dienst, was?«

Der Polizeihauptmeister zuckte unschuldig mit den Achseln. »Was soll ich sagen? Schichtarbeit ist gnadenloser als jede Ex.«

»Bist du deshalb nach Leipzig gezogen?«

Er lächelte, und sie ertappte sich, wie sie seine gepflegte Zahnreihe betrachtete. »Vielleicht erzähle ich dir irgendwann einmal davon.«

»Ein Gefallen wäre mir lieber.«

Erst nach ein paar Sekunden des stummen Abwartens reagierte er. »Jetzt sofort?«

»Jetzt sofort.«

»Gern.«

»Fahr mit ihm ins Krankenhaus und lass bei ihm eine Blutentnahme durchführen.«

»Was soll der Scheiß?«, protestierte Paulsen und ging in Abwehrstellung. »Wozu brauchst du mein Blut?«

Weil ich wissen muss, was du genommen hast und ob dir jemand zusätzlich etwas verabreicht hat.

»Und danach bringst du ihn ins *Halo*«, redete sie weiter mit Brandner. »Sie sollen ihm ein Zimmer auf meinen Namen geben.«

»Nein, da mache ich nicht mit«, schrie Paulsen durch das gesamte Treppenhaus.

Bevor Frost ihn maßregeln konnte, packte bereits Brandner zu. Nicht wie ein Grobian, sondern eher wie ein Vater, der seinen Sohn vor Schaden bewahren wollte. »Hey, Kumpel, wir haben uns doch schon mal blendend unterhalten. Die Sache mit dem Schwert, weißt du noch? Wie wäre es zur Abwechslung, wenn du mir heute was erzählst, einverstanden?«

Frost war erstaunt, von Paulsens plötzlichem Sinneswandel, denn er willigte widerspruchslos ein.

»Und was machst du in der Zwischenzeit?«, fragte er Frost.

Ich gehe auf Vampirjagd.

Kapitel 44

Der Mann hinter dem Schreibtisch nahm von Frost erst Notiz, als sie seine Bürotür zuwarf.

Wie ertappt klappte Christian Städter alias Laurence de Aviniak seinen Laptop zu. »Wie sind Sie hier reingekommen?«

»Ihr Reinigungspersonal hat vergessen, die Hintertür zu schließen.«

Es war keine Lüge. Bei ihrer Ankunft hatte sie im letzten Moment gesehen, dass eine Putzhilfe von einem Angestellten in das Gebäude gelassen wurde. Rechtzeitig bevor die Tür ins Schloss gefallen war, hatte Frost ihren Fuß dazwischen bekommen. Unbemerkt hatte sie sich anschließend durch die Klubräume bewegt und schließlich Städter gefunden. Jetzt nahm sie wahr, dass seine rechte Hand wie beiläufig unter die Tischplatte wanderte. Vermutlich befand sich dort ein Alarmknopf.

»Bemühen Sie sich nicht«, sagte Frost und hielt ihre Kripomarke hoch. »Oder haben Sie Angst vor einer Frau?«

Offenbar fühlte er sich durch ihre Frage herausgefordert, denn seine verblüffte Mimik wechselte zu der eines Geschäftsmannes, den nichts aus der Ruhe brachte. Behäbig stand er von seinem Bürostuhl auf, rückte sich das Jackett seines silberfarbenen Anzugs über den Schultern zurecht und trat ihr entgegen. Als er vor ihr stand und ihr die Hand zur Begrüßung entgegenstreckte, konnte sie seine Größe besser als zuvor abschätzen. Er war gut eins neunzig groß. Schlohweiße Haut, darüber ein wenig Schminke. Während er sie musterte, zuckte ununterbrochen sein rechtes Auge. Entweder war es ein Anzeichen von Nervosität, weil ihn ihr Auftauchen verunsicherte, oder ihm fehlte schlichtweg der Schlaf. Laut Paulsen feierte man im Elfenbeinturm schon mal bis weit in die Morgenstunden.

»Nehmen Sie es mir nicht übel«, sagte er. »Aber ich dachte im ersten Moment, Sie wären ein Gast, der den Ausgang nicht gefunden hat.«

Verstehe, wegen meiner Lederklamotten und den Tätowierungen hältst du mich für einen Freak.

Sie erwiderte den Handschlag und sah sich im Raum um. Besonders die vielen brennenden Kerzen und die alten Bildnisse mit religiösen und kriegerischen Szenen überraschten sie. Anders als der Rest des Klubs, der trotz der Umbauten der ehemaligen U-Bahn-Station mit seinen kahlen Backsteinwänden und den freiliegenden Rohren und Elektrokabeln einen düsteren städtischen Eindruck vermittelte, wirkte es hier eher herrschaftlich und veraltet. Wären da nicht der Computer, die modernen Regale und ein Laufband gewesen, hätte Frost geglaubt, in einem uralten Herrenhaus zu stehen.

»Das ist wirklich eine imposante Malerei«, bekundete Frost und zeigte auf ein übergroßes Bildnis, das unverkennbar Städter in barockem Gewand darstellte. Unter seiner Person stand in altertümlichen Buchstaben: Lord Laurence de Aviniak. Das allein war jedoch nicht das Spektakuläre, sondern die Vampirzähne, die zwischen seinen Lippen hervorschauten.

»Beachten Sie es nicht weiter«, wiegelte er ab. »Gewöhnlich zeige ich es niemandem, denn sonst betritt kein Fremder dieses Zimmer.«

»Weil niemand mitbekommen soll, dass Sie ein Blutsauger sind?«

Sofort verschränkte er die Arme und zog beleidigt die Augenbrauen zusammen. »Für ein solches Gespräch bin ich zu müde. Ich möchte nur noch die Buchführung beenden und mich danach schlafen legen.«

»In Ihren Sarg?«

»Was wollen Sie?«

Frost drängte sich an ihm vorbei und stieß ihn dabei an, damit er nicht vergaß, dass das kein Freundschaftsbesuch ihrerseits war. Mangels eines zweiten Stuhls setzte sie sich auf die Schreibtischkante, legte ihr Handy neben sich und zog unter ihrer Jacke eine rote Akte hervor.

»Die hier habe ich mir vom Kommissariat 22 geborgt.«

»Und das heißt?«

»Die beschäftigen sich mit Drogendealern. Also Leuten wie Ihnen.« Sie drehte die Akte so, dass er den Aufkleber mit seinem Namen lesen konnte. »Ups!«

Er schien zu überlegen, ob sie bluffte, und wedelte dann mit dem Zeigefinger, als hätte er sie durchschaut. »Jetzt verstehe ich! Oliver hat Sie geschickt, nicht wahr? Er kommt mit seinem Leben nicht klar, hat sich irgendein gepanschtes Zeug eingepfiffen und Ihnen dann im Rausch Lügengeschichten aufgetischt.«

Keine Lügengeschichten, sondern blanker Horror.

Sie ließ ihn ausreden.

»Aber wissen Sie was?« Er beugte sich mit einem breiten Grinsen über sie. »Seit den Siebzigern habe ich nichts mehr mit Drogen am Hut.«

»Dafür ist die Mappe aber ziemlich aktuell und ziemlich schwer.« Symbolisch ließ sie die Akte so fallen, dass sie auf den Tisch knallte.

»Fragen Sie bei Gelegenheit meine Gäste. Jeder einzelne wird Ihnen bestätigen, dass ich keine Drogen, dafür ein großes Herz habe.«

»Kraken haben sogar drei große Herzen. Trotzdem möchte ich keinem dieser Tiere zu nahe kommen.«

Dieser Einwurf erheiterte ihn. »Sie sind echt abgezockt.«

»Was ich von Ihnen nicht behaupten kann. Für mich sind Sie bloß ein Krimineller. Im Übrigen schickt mich nicht Oliver, sondern Jessica.«

Seine Heiterkeit verschwand so schnell, wie sie gekommen war. »Jessica? Jessica würde nie etwas Schlechtes über mich erzählen.«

»Weshalb nicht?«

»Weil ich sie als kleines Mädchen aus ihrem beschissenen Elternhaus gerettet habe.«

Frost nickte und tippte auf die Akte. »Auch dazu steht ein Vermerk hier drin. Sie haben damals dem Vater ihrer Nichte die Schneidezähne ausgeschlagen, ihm sieben Finger gebrochen und ihm mit einem Taschenmesser die Buchstaben KF für Kinderficker auf die Stirn geritzt.«

»Mein Bruder war ein verdammter Pädophiler.«

»Meine Anerkennung haben Sie, aber der Staatsanwalt interessiert sich für Ihren Bruder kein bisschen, sondern nur für Sie. Für den Staatsanwalt sind Sie ein gewaltbereiter Mensch und ein Dealer.«

»Schieben Sie sich Ihre Akte in Ihren hübschen Hintern und verlassen Sie auf der Stelle meinen Klub.«

Ihre Finte mit der fingierten Akte – die sie hin und wieder für solche Befragungen benutzte und deren Namensaufkleber sie nach Belieben wechseln konnte – verpuffte wirkungslos. Einer ihrer anderen Tricks würde garantiert Wirkung erzielen.

Hoffentlich muss ich ihn nicht anwenden.

»Ich gehe, aber vorher möchte ich wissen, ob Ihnen etwas Verdächtiges aufgefallen ist, als Jessica zusammen mit Oliver den Klub verlassen hat.«

Zwar konnte Paulsen sich nicht mehr daran erinnern, ob er gemeinsam mit Jessica nach Hause gegangen war, aber da ihr Wagen vor seinem Haus stand, hielt Frost dieses Szenario für das einzig stimmige. Sie war bombenfest davon überzeugt, dass Jessica ihn mitgenommen hatte und der Täter den beiden gefolgt war.

»Tut mir leid, da kann ich Ihnen nicht weiterhelfen.«

»Sind Sie sich absolut sicher?«

»Wenn Jessica etwas ausgefressen hat, wird sie es mir selbst sagen müssen.«

»Das denke ich nicht.«

»Und warum nicht?«

»Weil Jessica tot ist.«

Zuerst stand Städter nur regungslos da, dann rieb er sich übers Gesicht und lachte zuletzt. Es war ein verzagtes, unsicheres Lachen. »Sie sind ja völlig durchgeknallt. Hauen Sie ab!«

Mit einer Handbewegung aktivierte sie an ihrem Smartphone den Bildschirm und ein Foto erschien.

Das ist ein Trick, den die Exorzistin anwendet, wenn nichts mehr hilft.

»Durchgeknallt ist der Mensch, der Ihrer Nichte *das* hier angetan hat.«

Zögerlich und mit bebenden Lippen betrachtete Städter das Foto, das Jessicas verstümmelten Körper zeigte. Stumm hob er das Handy an. Seine Tränen ließen keinen Zweifel daran aufkommen, dass er sie auch ohne Kopf erkannt hatte.

»Meine Jessica …«, wisperte er, um dann wütend zu sagen: »Das war dieser Psycho Oliver, nicht wahr?«

»Er war es nicht.«

»Von wegen! Warum schützen Sie den kleinen Pisser? Hat er Ihnen erzählt, warum er so geworden ist, wie er ist? Er hat schon einmal gemordet.«

Davon hätte Frost ganz sicher gewusst. Zweifellos hätte man einen verurteilten Mörder niemals in den Polizeidienst aufgenommen. Trotz dieser Tatsache konnte sie in Städters Gesicht lesen, dass er es absolut ernst meinte. Nun ärgerte sie sich über sich selbst, weil sie auf diese Behauptung nicht angemessen reagieren konnte.

»Oliver hat gar kein Motiv. Jessicas Unglück war, dass der Täter sie zusammen mit ihm gesehen hat.«

»Wer sollte ihr denn sonst so etwas antun?«

»Wir können es herausfinden, wenn Sie uns helfen.« Sie ließ ihm einige Sekunden Bedenkzeit, damit er sich überlegen konnte, ob er mit der Polizei kooperierte. »Haben Sie etwas bemerkt?«

Er ließ das Handy auf die Tischplatte poltern und ging zurück zu seinem Stuhl. Dort beugte er sich über den Papierkorb und fischte einen zusammengeknüllten Zettel heraus. »Nein, aber einem meiner Leute ist ein grauer Lieferwagen aufgefallen, der vor dem Klub geparkt hat.« Er reichte ihr den Zettel, auf dem windschief ein Autokennzeichen stand. Er ließ ihn nicht sofort los, als sie danach griff. »Richten Sie Oliver aus, er soll mir nie wieder unter die Augen treten.«

KAPITEL 45

An der Hotelrezeption erkundigte Frost sich, in welchem Zimmer sie Paulsen finden würde. Zu ihrem Erstaunen teilte ihr die Angestellte mit, dass er sich momentan im Büro des Hotelmanagers aufhielt.

»Wir haben ihm ein Zimmer gegeben, wie Sie es verlangt haben, Frau Frost«, erklärte die Angestellte und schob ihr einen Zettel mit der Zimmernummer zu. »Doch er wollte partout nicht allein gelassen werden. Er sagte, er hätte furchtbare Angst, solange Sie nicht hier sind.« Den letzten Satz flüsterte sie nur, weil sie die Angelegenheit angesichts der Hellhörigkeit in der Empfangshalle diskret behandeln wollte. »Wir haben bis zuletzt versucht, Sie telefonisch zu erreichen, aber Ihr Handy ist ausgeschaltet.«

Weil ich eine neue Nummer habe.

»War denn kein Kollege bei ihm?«, wollte Frost wissen. »Ein uniformierter Beamter sollte Herrn Paulsen begleiten.«

Die Angestellte schüttelte den Kopf. »Herr Paulsen kam allein und völlig aufgelöst im Hotel an. Bei seiner Ankunft erzählte er eine ziemlich merkwürdige Story. Angeblich würde man ihn verfolgen ...«

Und dann dachtet ihr, Klara Frost ist selbst eine Verrückte, da könnte der Typ praktisch ihr Zwillingsbruder sein.

235

Leicht verärgert überlegte Frost, Brandner anzurufen und ihn zur Rede zu stellen. Sie hatte ihm einen konkreten Auftrag gegeben. Schließlich lenkte sie sich mit dem Gedanken ab, ihre Puste für die nächste Zigarette aufzusparen. »Damit ich das richtig verstehe«, sagte sie daraufhin, »ein Fremder kommt ins Hotel und bekommt ein Zimmer auf meinen Namen?«

Konfrontiert mit dieser Tatsache kratzte die Angestellte verunsichert mit den Fingernägeln auf der Tresenplatte hin und her. »Wie gesagt, wir haben versucht, Sie zu erreichen. Danach haben wir den Hotelmanager informiert. Zum Glück kannte Herr Belger den jungen Mann. Er konnte sich an den Abend erinnern, als Sie beide an der Pianobar gesessen haben. Da Sie eine unserer bevorzugten Gäste sind, versuchen wir, Ihnen gern jeden Wunsch zu erfüllen – selbst manchen unausgesprochenen. Von daher sind wir davon ausgegangen, dass alles seine Richtigkeit hat. Falls es sich um einen Irrtum handelt, werden wir die Zimmerbelegung sofort stornieren. Selbstverständlich auf unsere Kosten.«

»Das wird nicht nötig sein, in diesem Fall haben Sie korrekt gehandelt. Jetzt möchte ich zu Herrn Paulsen.«

Prompt nahm die Angestellte den Telefonhörer zur Hand. Nachdem Sie sich das Okay ihres Vorgesetzten eingeholt hatte, beauftragte sie den Concierge, Frost in das Büro des Managers zu führen. Dort angekommen fiel ihr Paulsen förmlich um den Hals. Eigentlich hatte sie sich nach dem Besuch in Städters Klub und dem Gespräch am Empfang ein paar Fragen für den Praktikanten zurechtgelegt. Überrumpelt von seiner kindischen, aber gleichzeitig herzerweichenden Umarmung fehlten ihr plötzlich die Worte.

»Verdammt, Klara, warum hat das so lange gedauert? Was soll denn jetzt aus mir werden?«

Das frage ich mich schon seit unserer ersten Begegnung.

»Als Erstes hörst du auf, deinen Nasenschleim an meiner Jacke abzuwischen«, sagte sie, doch das hielt ihn nicht davon ab, sich umso fester an sie zu klammern.

»Scheiße, ich lande auf der Straße – oder im Knast.«

Wenn das dein Leben verbessert, warum nicht?

Aus dem Augenwinkel sah Frost, wie Hotelmanager Belger rücksichtsvoll beiseiteging. Mit der Hand auf der Türklinke räusperte er sich. »Ich lasse Sie beide für fünf Minuten allein.«

Es widerstrebte Frost, mit Paulsen allein in dem fremden Büro zu bleiben. Trotzdem nickte sie Belger zu. Als die Tür zufiel, schaffte sie es endlich, Paulsen von sich wegzuschieben.

»Hör auf zu heulen und setz dich hin.«

»Aber Jessica …!«, stammelte er, während er rückwärtsging und in einen der luxuriösen Ledersessel plumpste.

»Ja, aber Jessica«, wiederholte Frost.

In Belgers Büro schwebte ein dezenter Geruch nach Rauch. Anscheinend genehmigte sich der Manager hin und wieder eine Zigarre. Den Raumduft deutete Frost so, dass es auch für sie kein Rauchverbot gab. Kurzerhand zückte sie Feuerzeug und Zigarettenschachtel.

»Was hat mein Onkel gesagt?«, fragte Paulsen.

Sie setzte sich ebenfalls und zuckte mit den Schultern, weil sie keine Ahnung hatte, was Lorenz mit dem Polizeipräsidenten beredet hatte. »Was glaubst du denn, was er gesagt hat?«

»Dass er mir den Kopf abreißen wird.«

Oh nein, er überlässt die Sache einer Exorzistin, die dich von deinen Dämonen befreit.

»Wieso behauptet Christian Städter, du hättest jemanden ermordet?«

»Scheiße!«, reagierte Paulsen und klatschte beide Handflächen auf seine Knie. »Ich wusste, dass der Blödmann irgendwelche Lügen über mich erzählt, wenn du ihn auf Jessica ansprichst.«

»Ich hatte ganz und gar nicht den Eindruck, mich mit einem Blödmann zu unterhalten«, hielt Frost dagegen und beugte sich angriffslustig nach vorn. »Also lüg mich besser nicht an, sonst lasse ich dich vor die Hoteltür setzen.«

»Fein«, sagte er und verschränkte die Arme. »Mach doch, dann bist du mich los.«

Ausgelaugt von den zermürbenden Diskussionen mit diesem Kindskopf sank Frost zurück ins Polster. Was sollte sie mit diesem störrischen Jungen jetzt anfangen? Wiederholt fragte sie sich, ob er sein Leben jemals in den Griff bekommen würde.

Sie nahm einen Zug von der Zigarette und erhob sich. »Okay, steh auf.«

Er sah erstaunt zu ihr auf. »Und dann?«

»Dann verschwindest du von hier. Wir beide sind fertig. Ich kann dir nicht mehr helfen.«

Ein heiterer Zug huschte um seine Mundwinkel, bis er merkte, dass sie es ernst meinte. Wieder stand er kurz vor einem Gefühlsausbruch. Wie benommen schüttelte er den Kopf und japste, als stockte ihm der Atem. »Es war meine ältere Schwester«, kam es leise und zögerlich. »Ich war fünf Jahre und Marie sieben. Bei einem Familienfest auf dem Land entfernten wir uns von den Erwachsenen und fanden einen Teich, umringt von lauter Bäumen und Sträuchern. Eigentlich war es nur ein Tümpel, kaum tiefer als eine Armlänge.« Zur besseren Darstellung strich er sich über den Arm und Frost lief dabei ein Schauer über die Haut. »Wir wollten Schilfrohr am Ufer pflücken. Ich sollte Marie festhalten, während sie sich über den Wasserrand beugte, aber obwohl ich schwerer war als sie – zu der Zeit war ich ein Moppelchen und sie dünn wie eine Ballerina – und ich sie mit beiden Händen packte, fehlte mir die Kraft. Ich konnte sie einfach nicht festhalten. Ihr Fuß rutschte am feuchten Gras ab, ihre Finger entglitten mir, sie schrie und plötzlich trieb sie mit weit aufgerissenen Augen unter der glänzenden Wasseroberfläche. Ich sehe jetzt noch ihre Bewegungen wie in Zeitlupe vor mir. Auch ihr Mund war weit aufgerissen. Ich stand am Teichrand und pinkelte mir in die Hose. Irgendwann hatte der Teich sie verschluckt und ich stand reglos und mit nassen Hosenbeinen dabei. Ich habe nichts getan, außer dagestanden. Durch meine Tatenlosigkeit habe ich sie umgebracht.« Er lächelte bitter und Frost berichtigte ihn nicht in seiner Meinung, obwohl sie wusste, dass einen Fünfjährigen keine Schuld traf. Sie verschob es auf später, mit ihm über seine Schuldgefühle zu sprechen. »Meine Eltern waren immer so stolz auf Marie gewesen. Weil sie schon im Kindergarten rechnen und schreiben konnte. Und pausenlos hatte sie Fragen gestellt: Warum schwebt die Erde wie ein Ball in der Luft? Warum lässt Gott Menschen sterben, wenn er sie liebt? Sie kannte sogar die Zahl Pi. Für eine Siebenjährige wusste sie echt verdammt viel. Das hat meine Mutter immer gesagt, wenn sie mich ins Bett gebracht hat. Statt mir aus Büchern vorzulesen, hat sie von Marie erzählt. Mann, an ihrem Todestag war sie gerade einmal sieben Jahre alt, aber meine Mutter hat aus ihrem Leben erzählt, als wäre sie über hundert geworden. Noch heute habe ich den Eindruck, meine Schwester konnte alles. Nur schwimmen konnte sie eben nicht. Irgendwie war ich für meine Eltern nie wichtig gewesen. Wusstest du, dass ich mir mit zwölf einen eigenen Begriff für mich ausgedacht habe?« Obwohl er Frost die Frage stellte, sah er sie dabei nicht an. »Nein, woher solltest du das wissen. Ich nannte mich selbst: der Junge aus Luft. Ziemlich bescheuert, aber das hat mich irgendwie gerettet, sonst hätten meine Eltern vermutlich ein Mädchen aus mir gemacht. In den Sommerferien wollte meine Mutter mich zum Reiten schicken. Zum Glück hatte ich mir beim Klettern den Fuß umgeknickt. Ich war kein Ersatz für Marie, das haben sie mich spüren lassen, auch wenn sie es nicht absichtlich taten. Seit jenem Tag am Teich habe ich mich in meiner Familie wie ein Abfallprodukt gefühlt. Kein Wunder, dass ich so von Selbstzweifeln zerfressen bin und nichts auf die Reihe bekomme. Mann, ich baue eine Katastrophe nach der anderen, ist doch so, oder?«

Er hatte geendet und die Frage schwebte unbeantwortet im Raum. Frost beobachtete ihn noch eine Weile, ehe sie nach seiner Hand griff und sie drückte.

»Na schön, Oli.P, du bist jedenfalls kein Mörder oder Psychopath, höchstens auf der Suche nach dir selbst. Aber das war ich damals auch.«

Und bin ich noch heute.

Er schnaubte. »Ja, mach dich nur lustig.«

»Dafür bin ich viel zu humorlos. Du hast zwar ein Hotelzimmer zum Schlafen, aber keine Klamotten zum Anziehen. Deshalb mache ich dir ein Angebot: Die Geschäfte haben offen und du darfst auf meine Kreditkarte shoppen gehen.«

Er wehrte ab. »Das kann ich nicht annehmen.«

»Kannst du wohl.« Auf der Suche nach einem Aschenbecher schaute Frost sich um. Sie fand lediglich eine Zimmerpflanze, in deren Blumenerde sie ihre Kippe ausdrückte. »Vorher möchte ich wissen, wo Frank Brandner abgeblieben ist.«

»Das habe ich den Leuten an der Rezeption doch erzählt ...«

»Was erzählt?«

»Er hat einen mir fremden Mann verfolgt, der mich am Hoteleingang angesprochen und sich nach dir erkundigt hat.«

»Hat sich der Mann vorgestellt?«

»Nein. Oder vielleicht doch, ich war völlig durch den Wind. Aber er kannte mich und dich. Er meinte, du seist eine hinterhältige Person und würdest Menschen ins Unglück stürzen. Darüber wollte er sich mit mir unter vier Augen unterhalten. Frank hat ihn aufgefordert, zu verschwinden. Dann gab es ein Gerangel und dann ist der Fremde abgehauen. Und Frank ist ihm hinterher, weil er seine Personalien feststellen wollte.«

»Wie sah der Mann aus?«

Nach kurzem Schweigen gab Paulsen eine Personenbeschreibung ab. Dunkle Haare, groß, sportlich, leicht schiefe Nase. Und er trug eine kakifarbene Feldjacke. Diese wenigen Merkmale reichten Frost aus, um einen Verdacht zu schöpfen.

Als im selben Augenblick Belger in sein Büro zurückkehrte und sich taktvoll, aber deutlich beschwerte, weil er Frosts Zigarettenqualm roch, kam ihr eine Idee.

»In der Lobby gibt es Videokameras«, sprach sie Belger an. »Ich wette, man sieht einen Teil des Gehwegs vor dem Eingang. Deshalb möchte ich mir die heutigen Aufnahmen ansehen.«

»Werte Frau Frost, Sie strapazieren meine Gutmütigkeit in letzter Zeit in erheblichem Maße. Sehen Sie es mir nach, wenn ich diese Forderung ablehnen muss.«

»Und ich muss das Parkplatzproblem vor dem *Halo* lösen, indem ich beim Amtsleiter des Ordnungsamts ein gutes Wort für Sie und Ihr Hotel einlege …«

Minuten später saßen sie zu viert in einem Kontrollraum, der sonst nur vom Sicherheitspersonal und dem Manager betreten werden durfte. Unter den fachkundigen Handgriffen eines Angestellten des Hausordnungsdienstes beobachtete Frost, was das Überwachungsvideo hergab. Ihre Vermutung bestätigte sich. An der entsprechenden Stelle der Aufzeichnung konnte man durch die Glastüren am Eingang Paulsen, Brandner und eine dritte Person sehen.

Es war Konstantin Weiß. Der Anwalt, der Frost bereits aufgelauert und der die gefälschte Prostituierten-Annonce ins Internet gestellt hatte.

»Ich kenne diesen Mann«, sagte Belger.

»Ja«, antwortete Frost. »Sie haben ihn kürzlich beim Frühstück des Hotels verwiesen.«

»Nein, ich meine den anderen. Den in der Uniform.«

Frost schwang herum und schaute den Manager erstaunt an. »Sie kennen Polizeihauptmeister Frank Brandner?«

»Nicht namentlich, aber ich bin mir hundertprozentig sicher, dass ich ihn schon einmal im *Halo* gesehen habe.«

»Wann war das?«

»An dem Tag, an dem sich an der Rezeption etliche Männer nach Ihnen erkundigt haben.«

Kapitel 46

Am Sonntagmorgen fuhr Frost zur Kriminalpolizeiinspektion, um ein paar Informationen zu überprüfen. An ihrem Arbeitsplatz stellte sie schnell fest, dass sie nach wie vor keinen Zugriff auf die aktuellen Vorgänge hatte. Und das, obwohl sie gestern ihr Wissen mit ihrer Kommissariatsleiterin, Stahlmann und Kettner geteilt hatte. Dabei hatte sie den Kollegen sogar das Autokennzeichen, das sie von dem Klubbetreiber erhalten hatte, zur Überprüfung genannt. Das dazugehörige Fahrzeug war auf eine Baufirma namens Pohl-Bau GmbH zugelassen. Ein Leipziger Unternehmen mit elf Mitarbeitern.

Stahlmann wollte sich beim Geschäftsinhaber erkundigen und herausfinden, wer den Transporter vorletzte Nacht benutzt hatte. Vermutlich gab es dahingehend längst ein Ergebnis, nur hielt man es vor Frost unter Verschluss.

Kurz entschlossen klemmte sie sich an den Telefonhörer ihres Büroapparats und wählte die Nummer des Kriminaldauerdienstes.

Die Dienstgruppenführerin meldete sich. Eine Kollegin, mit der Frost eher weniger gut zurechtkam.

»Sarah Stahlmann wollte ein Kennzeichen zu einem Kleintransporter überprüfen, der möglicherweise im Zusammenhang mit dem gestrigen Mord in Verbindung steht«, kam sie auf den Grund ihres Anrufs zu sprechen. »Ich muss wissen, was bei der Überprüfung herausgekommen ist.«

»Der Fall liegt doch in eurer eigenen Abteilung«, kam es höflich, aber bestimmt zurück. »Also, warum schaust du nicht einfach im System nach, ob es einen entsprechenden Aktenvermerk gibt?«

Kurz überlegte Frost, ob sie zu einer Notlüge greifen sollte. Schlussendlich beließ sie es bei der Wahrheit. »Ich habe keinen Zugriff auf die Daten.«

»Eigentlich wundert mich das kein bisschen. Sogar der Großneffe vom Alten hängt mit in der Sache drin. Inzwischen zieht das Elend Kreise bis hinauf ins Staatsministerium. Was glaubst du, was für ein Berg an Schriftverkehr derzeit vor mir liegt, weil ständig neue Anfragen von ganz oben kommen. Am meisten tut mir aber der junge Polizeianwärter leid. In seiner Haut möchte ich jetzt echt nicht stecken.«

»Deshalb möchte ich Oliver Paulsen aus der Schusslinie nehmen.«

»Nimm es mir nicht übel, Klara, aber das kaufe ich dir nicht ab. Seit wann kümmerst du dich um andere? Und selbst wenn es stimmt, wie sollte dir dabei die Auskunft zum Kennzeichen helfen?«

»Gib sie mir einfach.«

»Versprichst du mir, dass du mich dann nicht weiter störst?«

»Das entscheide ich, nachdem ich die Auskunft erhalten habe.«

Die Kollegin seufzte. Im Hintergrund vernahm Frost Tastaturgeklapper. Offenbar holte sie sich die benötigten Informationen auf den Bildschirm.

»Es stimmt, Sarah hat mit dem Firmenchef Herrn Pohl gesprochen. Laut dessen Aussage stand der Transporter seit Freitagnachmittag auf dem Firmengelände. Sicherheitshalber hat er seine Leute zu Hause angerufen. Von denen, die er erreicht hat, will keiner den Wagen benutzt haben. Den Rest der Belegschaft will er am Montag befragen. Aber er war extra noch mal im Betrieb, um zu überprüfen, dass der Fahrzeugschlüssel an der Stelle ist, wo er immer hängt.«

»Und es handelt sich definitiv um den grauen Lieferwagen, den Städters Mitarbeiter vor dem Klub gesehen hat?«

»Der Wagen ist weiß.«

»Weiß?«, staunte Frost.

»Und ziemlich dreckig. Gut vorstellbar, dass der Wachmann ihn als grau erkannt hat. Immerhin stand er gut dreißig Meter entfernt, als er sich das Kennzeichen notiert hat.«

Oder er hat es fehlerhaft notiert. 1997 hätte die amerikanische Polizei den Serienmörder Robert Lee Yates Monate früher schnappen können, wenn bei einer Verkehrskontrolle der Officer Yates Corvette nicht fälschlicherweise als Camaro erkannt hätte.

Stahlmann würde es herausfinden, wenn der Zeuge sich beim Ablesen des Kennzeichens geirrt hatte, davon ging Frost aus. Oder sie fand es selbst heraus …

»Wurde der Wagen wenigstens sichergestellt und kriminaltechnisch untersucht?«

Die Dienstgruppenführerin gab einen gelangweilten Laut von sich. »Das ist einer der Gründe, warum ich aktuell so viel Papier beackern muss. Die Rufbereitschaft vom K41 ist schon das ganze Wochenende im Einsatz und kontrolliert jeden Millimeter des Fahrzeugs. Die haben die Nasen gestrichen voll.«

Auch wenn Frost in der Sache mit dem Autokennzeichen keinen Schritt weitergekommen war, stellte sich das Telefonat als Glücksfall heraus. Noch während sie den letzten Sätzen der Kollegin lauschte, rief sie auf ihrem Rechner den Bereitschaftsplan der Kriminaltechniker auf. Wie erhofft, befand sich unter den Kollegen, die ihr Wochenende wegen des sichergestellten Transporters opfern mussten, derjenige im Dienst, dem sie Israels Shirt zur Analyse der Blutflecken gegeben hatte. Sie beendete das Gespräch mit dem Kriminaldauerdienst und wählte die Bereitschaftsnummer der Kriminaltechnik.

Der erwartete Kollege nahm das Telefonat an.

»Ich rufe wegen meines Shirts an, dass ich bei Ihnen in die Reinigung gegeben habe.«

»Klara, bist du das?«, kam es erstaunt und wenig erfreut über den Witz zurück.

»Ich weiß, ihr habt jede Menge zu tun, trotzdem wollte ich nachfragen, ob mein Kleidungsstück bereits fertig ist. Ich habe nämlich nichts mehr zum Anziehen.«

»Sehr witzig«, sagte der Kollege und klapperte mit irgendwelchen metallischen Geräten. Vermutlich kroch er gerade auf allen vieren auf der Ladefläche des Transporters herum, während seine Handflächen nach Öl und Diesel stanken und seine Knie wehtaten. »Über das Shirt wollte ich gleich am Montag mit dir ein ernstes Wörtchen reden. Der 1. April ist längst vorbei und ich mag es nicht, wenn man meine Gutmütigkeit ausnutzt.«

»Von was redest du.«

»Von Tierblut.«

»Tierblut?«, echote sie.

»Jawohl, der Stoff war getränkt mit Tierblut.«

Frost stierte aus ihrem Bürofenster und die Welt da draußen schien zu verschwimmen. Sie brauchte einen Moment, um zu begreifen, dass er, anders als sie zuvor, keinen Scherz machte. Angesichts der Peinlichkeit, einem erfahrenen Kriminaltechniker ein mit Tierblut benetztes Kleidungsstück zwecks Spurenanalyse gegeben zu haben, ersparte sie es sich, nachzufragen, ob auch wirklich kein Irrtum vorlag. Zudem wusste sie, dass es schwierig war, anhand des Blutes die genaue Tierart zu bestimmen. Am ehesten gelang dies noch bei Haustieren. Aber allein aus Kostengründen hatte ihr Kollege eine solche Untersuchung nicht durchführen lassen. Unzufrieden bedankte sie sich für die

Information und legte auf. Israel schien sie an der Nase herumgeführt zu haben.

»Tierblut«, tönte es hinter Frost.

Sie schwang herum und Lorenz stand in ihrem Zimmer. Vermutlich schon während der gesamten Dauer des Telefonats. Weil es Sonntag war, hatte Frost damit gerechnet, dass niemand außer ihr im Kommissariat arbeitete.

»Wir müssen uns unterhalten«, sagte Lorenz und blickte ernst drein. »Über Konstantin Weiß.«

KAPITEL 47

»Wieso hast du im polizeilichen System nach Konstantin Weiß recherchiert?«

Lorenz' Frage fühlte sich für Frost wie ein Vorwurf an. Vermutlich sollte es sogar ein Vorwurf sein, nur verstand Frost nicht, weshalb ihre Chefin sich auf einmal für den Rechtsanwalt interessierte.

Frost überlegte, was sie antworten sollte. Unterdessen schwang Lorenz in ihrem Drehstuhl hin und her. Gleichzeitig griff sie in eine Tupperdose auf ihrem Schreibtisch, in der sich mundgerecht geschnittene Gemüsesticks aus Paprika und Möhren befanden. Sie hatte darauf bestanden, die Unterhaltung in ihrem Büro zu führen. Wann immer es ging, wollte sie Mitarbeiterkämpfe auf ihrem eigenen Territorium ausfechten. Wobei Fechten so gar nicht zu Lorenz' Statur passte, weil sie mit ihren kräftigen Armen und ihrem kaum sichtbaren Hals eher an einen Ringer erinnerte.

Oder an einen weiblichen Al Capone in ihrem teuren Sessel.

Während Lorenz Frost musterte und geduldig auf eine ehrliche Antwort wartete, hantierte sie mit einer Möhre herum, als wäre sie eine Zigarre.

Fehlen nur noch links und rechts die Leute, die für sie den Dreck beseitigen.

248

»Eine Routineüberprüfung«, log Frost. »Du und Kron, ihr habt mich doch mit Altfällen bis zu meiner Pensionierung eingedeckt.«

»In keinem mir bekannten Fall ist die Person Weiß Gegenstand der Ermittlungen«, hielt Lorenz dagegen. »Und das weiß ich so genau, weil er der Schwager unseres Dezernatsleiters ist.«

Bisher hatte Frost sich nur unwohl in dem Zimmer gefühlt, weil es mit den vielen Zimmerpflanzen und den unzähligen Wandbildern von Lorenz' beiden wolfsgrauen Eurasiern so gar nicht ihrem eigenen Geschmack entsprach, doch bei dieser Neuigkeit zog es ihr beinahe die Beine weg. Sonst immer die Standhafte, fragte Frost ausnahmsweise, ob sie sich setzen dürfe. Lorenz bejahte und reichte ihr gleichzeitig ihre Wasserflasche über den Tisch.

»Trink schon, ich habe keine ansteckenden Krankheiten«, befahl sie, weil Frost den Flaschenhals ungläubig betrachtete. »Ich hatte vorhin auch einen kräftigen Schluck nötig, obwohl mir etwas Hochprozentiges um einiges lieber gewesen wäre, als ich vom LKA erfahren habe, dass du den Namen von Krons Schwager durch das Auskunftssystem gejagt hast.«

Frost war zu keiner Antwort fähig. Sie hatte alle möglichen Szenarien in ihrem Kopf durchgespielt, was Weiß für ein Mensch war und weshalb er es auf sie abgesehen hatte. Aber dass er zur Verwandtschaft ihres Vorgesetzten gehörte, damit hätte sie niemals im Leben gerechnet. Früher oder später wäre sie darauf gestoßen, dass es sich bei Konstantin Weiß um den Bruder von Krons Frau handelte, da diese jedoch bei der Heirat ihren Mädchennamen abgelegt hatte, war ihr das Verwandtschaftsverhältnis bisher nicht aufgefallen.

»Woher kennst du ihn?«, wollte Frost wissen.

»Woher ich Konstantin Weiß kenne?« Lorenz winkte ab. »Wenn man beruflich eng mit Rainer Kron zusammenarbeiten

249

muss, dann erfährt man zwangsläufig sehr viel Privates. Manchmal wünsche ich mir, er würde mir weniger über seine Frau und seine Angehörigen erzählen. Zuletzt hat er mich sogar um Rat gefragt, was er gegen die Alkoholsucht seiner Frau tun könnte. Täglich gebe es Streit und manchmal bleibe sie über Nacht weg, ohne ihm zu sagen, wo sie steckt. Eher beiläufig habe ich ihm zu einem Klinikaufenthalt seiner Frau geraten. Einen Tag später bedankte er sich bei mir, er habe mit seiner Frau gesprochen und sie habe sich freiwillig in die Psychiatrie einweisen lassen. Ich meine, ich fühle mich ja geehrt, wenn meinem Vorgesetzten meine Meinung wichtig ist, aber mir verschwimmen da irgendwie die Grenzen. Jedenfalls haben wir nie über seine Frau gesprochen, klar, Klara?«

Frost nickte und hörte weiter zu.

»Und mit seinem Schwager scheint auch einiges nicht zu stimmen. Zumindest ist er nicht gerade ein Musterknabe. Weder in der Familie noch als Anwalt. Er genießt den Ruf, schon mal einen Fall mittels unlauterer Methoden zu gewinnen. Er droht Gegnern und deren Zeugen. Wegen des Verdachts der Bestechung hätte man ihm fast die Zulassung entzogen.«

Davon wusste Frost bereits durch ihre Recherchen. Jetzt ergab sich ein völlig neues Bild. Öffentlich würde sie das zwar niemals unterstellen, aber vielleicht hatte Kron seinen Schwager damals gedeckt, indem er die Ermittlungen beeinflusst hatte. Immerhin kannte Kron innerhalb der sächsischen Polizei genügend Leute in höheren Positionen. Wenn es stimmte, was er selbst behauptete, dann saßen sogar ein paar Gönner von ihm im Staatsministerium. Bei diesem Gedanken fiel Frost ein, dass in seinem Büro ein Foto hing, auf dem er Seite an Seite mit einem ehemaligen Innenminister um die Wette lächelte. Viel nahe liegender als die Vermutung, dass er rechtswidrigen Einfluss auf Ermittlungsverfahren genommen hatte, war jedoch eine andere Sache …

Rainer Kron hat Weiß auf mich angesetzt, um mir das Leben zur Hölle zu machen.

»Also«, begann Lorenz wieder. »Da du dir sicher bessere Anwälte leisten kannst, möchte ich endlich wissen, was da zwischen dir und Weiß läuft.«

»Ich kann es dir nicht sagen.«

Lorenz nickte, als verstünde sie, und dabei blickte sie Frost dermaßen durchdringend an, dass Frost sich fragte, wer von ihnen beiden die Exorzistin war. »Wenn ich es nicht besser wüsste, Klara, dann könnte ich auf den Gedanken kommen, dass deine Nachforschungen mit der Internetanzeige zu tun haben.« Sie ließ eine Pause, in der sie die Augen leicht zusammenkniff. Dann schob sie leise nach: »Es ist nur eine Vermutung …«

Längst hatte ihre Chefin Frost durchschaut. Dennoch widerstrebte es Frost, einzulenken, denn es wäre ihr wie ein Hilfeschrei vorgekommen. Und Frost hatte gelernt, ihre Angelegenheiten selbst zu regeln. »Sobald ich mehr über Konstantin Weiß herausgefunden habe, werde ich dir alles erzählen.«

Frost machte keine falschen Versprechungen – das wusste auch Lorenz.

»Blödes Grünzeug«, schimpfte Lorenz nach einer Weile des stummen Kauens und spuckte einen angebissenen Paprikastreifen in den Mülleimer. »Ausgerechnet, wenn der Abteilung das Wasser bis zum Hals steht, fange ich eine Diät an.« Der Rest des Gemüses flog hinterher. »Und was erwartest du, dass ich jetzt tue, nachdem du aus privaten Gründen die Polizeidatenbanken bemüht hast?«

»Nichts«, antwortet Frost kühl und stand wieder auf. »Du tust einfach nichts.«

KAPITEL 48

Zufrieden legte Elvira Spreer ihren goldenen Füllfederhalter beiseite und pustete über die frische Tinte auf dem Papier. Anschließend saß sie noch bis kurz vor Mitternacht in ihrem Arbeitszimmer und machte die Unterlagen für einen Notartermin fertig. Morgen würde endlich die sanierungsbedürftige Villa in Leipzig-Paunsdorf verkauft. Wegen seines romantischen Kanalsystems wird der Stadtteil gern als Klein-Venedig bezeichnet. Im Fall der Villa befand sich das Wasser bereits im Mauerwerk. Allein dafür war der Kaufpreis unverschämt hoch. Bei knapp achthunderttausend Euro fiel für Spreer als Maklerin ein netter Betrag ab. Laut einem Gutachten, das Spreer den zukünftigen Besitzern vorenthalten hatte, war das Gebäude samt Grundstück nicht einmal die Hälfte der Summe wert. Ihre Skrupel hatte sie schon während der Studienzeit über Bord geworfen, als ihr klar geworden war, dass man bei den Dozenten besonders gut mit Schauspieltalent in Sachen Charme und Hilfsbedürftigkeit und vor allem mit Betrug weiterkam. Später hatte sie festgestellt, dass die ehrlichsten Studenten meist die schlechtesten Karrieren hinlegen. Das hatte Spreer in ihrer rigorosen Einstellung umso mehr bestärkt. Heute beruhigte sie ihr Gewissen damit, dass die Preise für Grundstücke und Häuser im Raum Leipzig schon seit etlichen Jahren in utopische

Höhen stiegen. Wer hier leben wollte, musste eben auch das entsprechende Kleingeld mitbringen. Und mit dem bisschen Schimmel im Gemäuer würden die zukünftigen Besitzer schon zurechtkommen.

Auf das bevorstehende Geschäft genehmigte Spreer sich eine edle Flasche Wein. Der feine Tropfen hinterließ zwar einen leicht herb-bitteren Geschmack am Gaumen, beim Abgang breitete sich dafür ein angenehm betörendes Gefühl aus.

»Den hast du dir verdient, Elvira«, führte sie ein Selbstgespräch.

Sie war es gewohnt, allein zu trinken, nur hin und wieder besuchten sie ein paar Freundinnen. Ihre beiden Ehemänner waren frühzeitig gestorben. Schon beim Kennenlernen hatte sie darauf geachtet, dass sie zwei Dinge erfüllten: Sie mussten reich und krank sein.

Der eine hatte ein Herzleiden gehabt und der andere Krebs. Jeden von ihnen hatte sie bis zum Tod gepflegt. Die gesamte Kirchgemeinde und auch ihr Freundeskreis hatten ihr bestätigt, wie rührend sie sich kümmerte. Bis auf diesen dämlichen Sönke, der sich für einen Piraten hielt und keine Gelegenheit ausließ, zu behaupten, sie habe beim Sterben nachgeholfen.

»Ach, Sönke, wenn du wüsstest, wie recht du hast.«

Sie kicherte und verließ ihr Arbeitszimmer. Wie jeden Tag achtete sie darauf, dass sie die Tür verschloss. Zwar liebte sie ihren Sohn, der mit im Haushalt lebte, und sie sorgte sich um ihn wie bei einem Kleinkind, aber deshalb musste sie ihm noch lange nicht trauen. Nicht selten versteckte sich der Teufel hinter den schönsten Masken.

»All die kleinen bösen Dinge, die wir tun«, flüsterte sie.

Bevor sie ins Bad ging, um sich zu entkleiden, abzuschminken und zu waschen, prüfte sie, ob die Haustür abgeschlossen war, und stieg die Treppe hinauf zum Zimmer ihres Sohnes. Nach dem gemeinsamen Abendbrot und dem Aufwasch war

Theo dorthin verschwunden. Er wollte weiter fernsehen, so wie er es immer tat, sobald er von der Arbeit nach Hause kam. Da sie stets wissen wollte, welche Sendungen er sich anschaute, hatte sie ihn auch heute danach gefragt. *Stranger Things,* hatte er genuschelt und sich noch mehr Kartoffelsalat in den Mund geschoben. Das war wohl so eine Serie, die er sich aus dem Internet streamen konnte. Eigentlich lehnte sie gewaltvolle oder übernatürliche Filme ab, aber sie musste als Mutter immer das richtige Maß zwischen Verbot und Konsens finden. Wäre er nicht so ein lieber Junge gewesen, hätte sie ihm die Serie strikt untersagt.

Früher hatte sie einfach sein Zimmer betreten, doch vor ein paar Jahren hatte sie gelernt, zuvor anzuklopfen, nachdem sie ihn dabei erwischt hatte, wie er splitternackt an sich herumgespielt hatte. Besser so, als dass er irgendein dahergelaufenes Flittchen kennenlernte. Das hätte ihn nur auf dumme Gedanken gebracht und am Ende hätte er sich von seiner Mutter abgewendet. Aber Elvira Spreer hatte ja nur ihr Geld und ihren Sohn. Keins von beiden wollte sie hergeben.

Da Theo sie nicht hineinbat, drückte sie ihr Ohr an das Türblatt. Der Fernseher lief, das konnte sie hören. Vielleicht war er davor eingeschlafen. Sie klopfte lauter, aber als er auch darauf nicht reagierte, drückte sie die Türklinke. So wie sie es von ihm verlangte, hatte er nicht abgeschlossen. Eine Sicherheitsvorkehrung, hatte sie ihm erklärt, für den Fall, dass ihm etwas in seinem Zimmer passierte.

Sie trat ein und musste feststellen, dass Theo verschwunden war. Sein Bett war unordentlich, das Fenster stand sperrangelweit offen und auf dem Boden waren lauter Plastiktüten verteilt.

Sofort eilte sie zum Fenster, beugte sich hinaus und rief seinen Namen in die Nacht. Keine Antwort, nur das Bellen eines Hundes in der Nachbarschaft. Offenbar war Theo auch heute über das Garagendach nach draußen geklettert, wie er es in letzter Zeit öfter getan hatte. Statt ihn direkt darauf anzusprechen, wohin er nachts schlich, hatte sie ihm lediglich unterschwellig gedroht, was mit ungehorsamen Jungen passiert. Sie hatte gehofft, er werde dadurch zur Einsicht kommen. Dem war aber nicht so, musste sie sich jetzt eingestehen. Daher war es nach einer gefühlten Ewigkeit an der Zeit, ihn bei seiner Rückkehr wieder einmal in den Keller zu bringen.

Wütend schloss sie das Fenster, zog das Netzkabel vom Fernseher ab und wickelte es um ihre Hand. Sollte er sehen, wie er wieder in sein Zimmer kam und wie er ohne Strom seine Serie anschaute.

Nur geringfügig zufrieden mit ihren Maßnahmen betrachtete sie den unordentlichen Haufen aus Plastiktüten. Es waren solche, die man vor der Einführung der Plastiktütengebühr bei jedem Einkauf bekam. Theo sammelte die werbeträchtigen Beutel und archivierte sie wie andere Briefmarken. Circa zehntausend Exemplare befanden sich bereits in seinem Besitz. Die genaue Anzahl kannte nur er. Angeblich lagerten in seinem Schrank einige wertvolle Stücke. Von Walmart aus den USA und Marubeni aus Japan. Er hütete sie wie einen Schatz. Seine Mutter hatte nie in sein Hobby eingegriffen.

Vermutlich lagen die Tüten auf dem Boden herum, weil er kaum noch Stauraum dafür fand. Einer der Plastikbeutel war zerknittert. Das kam ihr seltsam vor, denn gewöhnlich störte ihn jeder Knick. Neugierig hob sie die Tüte auf und öffnete sie. Im ersten Moment fand sie nichts Besonderes daran, doch dann bemerkte sie ein ausgedrucktes Bildchen. Sie griff hinein und spürte sofort etwas Feuchtes auf ihrer Haut. Sie zog ihren Arm samt dem Bild heraus und stellte fest, dass an ihren Fingern Sperma klebte.

»Du alte Sau!«, stieß Spreer aus, ließ den Beutel fallen und reinigte ihren Arm an seinem Bettlaken.

Theo hatte in die Tüte masturbiert. Und nicht einfach nur in die Tüte, sondern auf das Porträt einer Frau. Das Bild war ein Foto und es zeigte die Kriminalbeamtin, mit der Spreer gestern in der Simonskirche gesprochen hatte.

»Kriminalhauptkommissarin Klara Frost«, sagte Spreer halblaut ihren Namen samt Dienstgrad. Gleichzeitig fragte sie sich, woher Theo das Bild hatte.

Wahrscheinlich stammte es aus dem Internet.

Während sie überlegte, was sie zur Strafe mit ihrem Sohn anstellen sollte, klingelte es an der Haustür.

Anscheinend hatte Theo bereits das verschlossene Zimmerfenster bemerkt und obendrein seinen Schlüssel vergessen. Gleich würde er wie ein Schuljunge vor ihr stehen, der seinen Eltern mit gesenktem Kopf mitteilen musste, dass er in der Klassenarbeit eine schlechte Note geschrieben hatte.

Vor Genugtuung musste Spreer schmunzeln. Ohne Eile ging sie zurück ins Erdgeschoss und öffnete Theo die Tür.

»Du kleiner …«, wollte sie ihn rügen.

Im selben Moment traf sie ein Faustschlag. Spreer taumelte nach hinten. Der Angreifer warf die Tür zu und trat auf sie zu.

»Warum tust du das?«, fragte Spreer, wobei sie Blut schmeckte.

»Aus einem einfachen Grund: Gerechtigkeit.«

»Gerechtigkeit?«, echote sie, während sie sich im Flur umsah, ob sie etwas fand, womit sie sich verteidigen konnte.

»Auge um Auge«, konkretisierte er und dann hob er eine Handsäge. »Kopf um Kopf.«

»*Du* hast die Morde begangen!«, kreischte sie, stolperte und schlug hart mit den Ellenbogen auf dem Boden auf. »Aber ich habe doch nie etwas Schlechtes getan.«

»Oh doch, das hast du. Erinnere dich an deine Ehemänner.«

Das tat Spreer. Sie dachte zurück an ihre zwei Hochzeiten und an die Jahre danach. Über lange Zeiträume hatte sie winzigste Mengen vom Zerberusbaum ins Essen ihrer Ehemänner gemischt. Beide hatten ihre Kochkünste gelobt. Sie war eine verdammt gute Köchin gewesen. Eine Giftköchin.

»Bitte«, wimmerte sie, als er sich direkt über sie beugte und ihre Handgelenke mit Handschellen fesselte. »Bitte, tu mir das nicht an!«

»Dann würde ich sagen, du fängst langsam an, zu beichten. Ich wette, du hast sehr viel zu beichten, nicht wahr?«

Sie presste die Lippen aufeinander, weil es ihr widerstrebte, ihre Sünden auszusprechen.

»Soll ich dir auf die Sprünge helfen?«, fragte er. »Vielleicht fängst du damit an und gestehst vor Gott, dass du mit keinem deiner Ehemänner ein Kind gezeugt hast …«

Kapitel 49

Kurz nach ein Uhr in der Früh hatte Lorenz angerufen. Kaum vierzig Minuten später stand Frost im Haus eines weiteren Mordopfers. Elvira Spreer, die Immobilienmaklerin, die sie am Samstag in der Kirche kennengelernt hatte.

»Damit wir uns richtig verstehen«, begann Lorenz. »Offiziell arbeitest du nicht mehr an diesem Fall.«

»Warum hast du mich dann dazugeholt?«, fragte Frost, obwohl sie die Antwort kannte.

Mit einem Arm vollführte Lorenz einen Halbkreis, wobei sie auf Frost und Kettner deutete, die Einzigen, die bei ihr standen. »Der Personalmangel zwingt mich dazu. Du siehst ja, wie wenig Leute ich um diese Zeit erreicht habe.«

»Und weil ihr jemanden braucht, der euch den Tatort richtig deutet«, ergänzte Frost.

»Überschätz dich bloß nicht«, hielt Kettner mit einem Lächeln dagegen. Der Kriminalhauptkommissar hatte Rufbereitschaft und war deshalb als Erster vom Kriminaldauerdienst zur Villa von Spreer gerufen worden. »Wenn du keine Lust hast, bitte, ich schaffe das auch ohne deine Hilfe.«

Mit Lust hat das hier wenig zu tun. Es muss getan werden.

»Viel Spaß«, sagte Frost und machte auf dem Absatz kehrt.

Wie vermutet, pfiff Lorenz sie zurück. »Okay, jetzt beruhigen wir uns alle und machen unsere Arbeit, klar?«

Frost und Kettner nickten sich zu, denn zwischen ihnen gab es keine wirklichen Differenzen. Während sie auf die Leute von der Kriminaltechnik warteten und Kollegen vom Kriminaldauerdienst die Nachbarschaft aus den Betten klingelten, betrachteten sie das abscheuliche neue Werk des Serienmörders.

Wie schon bei Rodenberg und Hanke war auch der Körper von Elvira Spreer an einen Stuhl gefesselt und man hatte ihr den Hals durchtrennt. Bei ihr befand sich der Kopf jedoch nicht irgendwo anders im Raum. Der Täter hatte ihn mithilfe einer Eisenstange mittig auf dem Rumpf fixiert, wodurch es wirkte, als würde Spreers Haupt ein paar Zentimeter über ihren Schultern schweben. Eine weitere Besonderheit waren die beiden Münzen, die der Täter auf die Augen geklebt hatte.

»Uns ist etwas aufgefallen«, sagte Lorenz, während Frost die Todesszene aufmerksam studierte. »Gestern sagtest du, der Mörder würde seine Taten mit den Kardinaltugenden rechtfertigen und er will seine eigentlichen Opfer dabei zusehen lassen, wie er Angehörige oder Freunde foltert und bestialisch tötet.«

Davon bin ich nach wie vor überzeugt.

Frost erwiderte nichts darauf, sondern dachte nach.

Ihr Schweigen nutzte Kettner, um konkreter zu werden. »Wir haben im Haus keine zweite Leiche gefunden. Wir haben nur die ermordete Spreer. Glaubst du also immer noch, dass Jessica ein Zufallsopfer war?«

Kein Zufallsopfer, ein Spontanopfer. Aber das ist Wortklauberei. Hier stimmt jedenfalls etwas nicht. Es hätte eine zweite Leiche geben müssen.

Sie schaute Lorenz fest an. »Am Telefon sagtest du, jemand habe den Mord über Notruf mitgeteilt.«

Lorenz nickte und gab Kettner ein Handzeichen, der stellvertretend für sie redete.

»Der Notruf kam vom Festnetz der Villa. Theo Spreer, der Sohn der Hauseigentümerin, hat ihn abgesetzt.«

»Und wo ist er jetzt?«

Kettner zuckte mit den Schultern. »Jedenfalls nicht hier. Wir haben die Fahndung nach ihm eingeleitet. Bei Eintreffen der ersten Streifenkollegen war Theo Spreer nicht mehr vor Ort.«

»Wie hat er am Notruf geklungen?«

»Laut Aussage vom Lagezentrum wirkte er aufgebracht, trotzdem redete er geordnet. Er nannte seinen Namen und die Anschrift und dann sagte er: *Sie ist tot.*«

»Mehr nicht?«

»Danach legte er auf. Wie gesagt, es war niemand hier, deshalb mussten wir den Schlüsseldienst holen.«

Daraufhin schwieg Frost. Sie musste nachdenken, was das alles zu bedeuten hatte. Besonders die beiden Münzen auf dem Gesicht der Toten waren von Wichtigkeit.

Es soll eine Symbolik sein. Zwei Tugenden sind noch übrig: Gerechtigkeit und Mäßigung.

Obwohl in der Küche das Licht brannte, leuchtete Frost mit der Taschenlampe in Spreers Gesicht. Sie betrachtete die Münzen genauer.

»Es sind Münzenreplikate aus dem Mittelalter«, sagte Lorenz.

»Woher wissen wir das so genau?«

»Durch mich«, meldete sich ein Beamter vom Kriminaldauerdienst, der aus dem Hintergrund nähertrat. »Ich bin leidenschaftlicher Münzsammler und ich habe ein Auge für Fälschungen und Nachbildungen.«

»Welch ein Glück«, murmelte Frost und wandte sich wieder der Leiche zu.

»Leider hat bis jetzt niemand eine Ahnung, was die Münzen bedeuten«, ergänzte Lorenz und schaute die Umstehenden an.

Mit gummierten Händen griff Frost der Toten an den Kaumuskel. Während die Totenstarre an Armen und Händen gerade erst einsetzte, war sie beim Kopf bereits voll ausgebildet. Schätzungsweise war Spreer vor drei bis vier Stunden gestorben. Frost schaffte es, die Lippen ein wenig zu öffnen, um in den Mund zu leuchten. Nur zwei Sekunden später schwang sie herum und sprach den Kollegen vom KDD an.

»Ich brauche einen Holzmundspatel und einen von unseren Plastikbechern.«

Der Angesprochene eilte aus dem Zimmer und kehrte mit den geforderten Sachen zurück. Frost fummelte die sterilen Hilfsmittel aus den Verpackungen und stocherte mit dem Spatel zwischen den Zähnen der Toten herum.

»Was machst du denn da, Klara?«, fragte Kettner besorgt. »Wir sollten auf das K41 warten.«

Noch während er redete, hatte Frost den Mund einen Spalt geöffnet. Sie verkeilte den Spatel zwischen den Zähnen, hielt den Becher unter das Kinn der Leiche und kippte deren Kopf vorsichtig nach vorn. Wie bei einem Glücksspielautomaten nach einem Gewinn fielen silberfarbene Geldstücke aus der Mundhöhle in das Gefäß.

»Gott, was ist das nur für eine Perversität?«, schimpfte der KDD-Beamte.

»Wie viele sind das?«, fragte Lorenz.

Frost genügte ein Blick in das Behältnis, dann reichte sie es Kettner, damit er nachzählte. »Ich wette, mit den beiden Geldstücken auf den Augen sind es genau dreißig.«

»Dreißig?«, wiederholte Kettner. »Wie kommst du darauf?«

»Judas Iskariot«, nannte Frost den Namen von einem der Apostel aus der Bibel. »Judas hat seinen Herrn Jesus für dreißig Silberlinge verraten. Seit jeher gilt er als Inbegriff eines Verräters.«

»Soll das heißen, Elvira Spreer musste sterben, weil sie eine Verräterin war?«

Frost dachte kurz über eine plausible Erklärung nach. »Im übertragenen Sinne könnte man es so auslegen. Irgendwas oder irgendjemanden hat sie verraten. Womöglich geht es einfach um die kirchlichen Werte. Was den Bibeltext angeht, glauben viele Religionsforscher, dass Judas Iskariot nicht aus Böswilligkeit gehandelt hat, sondern weil er den Glauben an seinen Meister und dessen Absichten verloren hatte. Er hat sich in der Gemeinschaft nicht mehr wohlgefühlt, so könnte man es nennen. Jedenfalls warf er später die dreißig Silberlinge in den Tempel und erhängte sich.« Frost deutete auf den Spalt zwischen Kopf und Hals der Toten. »Man könnte den hier auch als Strick deuten.«

»Das klingt mir nach Kaffeesatzleserei«, sagte Lorenz.

»Das denke ich nicht«, entgegnete Frost. »Ich denke, ich habe absolut recht und Elvira Spreer wurde im Sinne der Tugend der Gerechtigkeit hingerichtet, genau wie Judas für seinen Verrat den Tod fand.«

Es folgte Schweigen, doch sie sah in den Gesichtern ihrer Kollegen jede Menge Zweifel. Vermutlich verwirrte sie der religiöse Bezug.

»Wir werden …«, fing ihre Chefin an, doch ein weiterer Kollege tauchte auf und unterbrach sie.

Er schüttelte ungläubig den Kopf und redete dann hektisch. »Ich habe da im Keller einen sonderbaren Raum gefunden, den solltet ihr euch unbedingt mal ansehen.«

KAPITEL 50

Drei Minuten später wusste Frost, dass der Kollege untertrieben hatte, als er sagte, er habe einen sonderbaren Raum entdeckt. Das Zimmer, in das sie gemeinsam mit ihren Kollegen blickte, war nicht sonderbar, sondern verstörend. Es war wie ein Klassenzimmer eingerichtet, mit einer Tafel samt Kreide und Schwamm und einem Lehrertisch. Allerdings befand sich in der Mitte bloß eine einzige Schulbank. An der hinteren Betonwand standen die zehn Gebote, links daneben Ausgehzeiten und rechts ein paar zusätzliche Verhaltensregeln. Ein Kind schien die Wörter und Zahlen geschrieben zu haben.

Oder ein Erwachsener, der sein Leben lang wie ein Kind behandelt wurde.

Zeile für Zeile las sie die Regeln durch.

… Du sollst kein Geld verschwenden. Du sollst nicht mit Mädchen sprechen. Du sollst nicht nach Vater fragen …

Bei dieser Regel hielt Frost einen Augenblick inne und glich sie mit den daneben stehenden Geboten ab. Im vierten war das Wort Vater durchgestrichen. Ein Fakt, den Frost äußerst beachtenswert fand.

»Du sollst des Herrn Diener sein«, las Kettner eine weitere Regel von der Wand laut vor. Danach zeigte er auf einen länglichen Gegenstand im Regal neben dem Lehrertisch. »Und wer das nicht kapiert, bekommt die Gottespeitsche zu spüren.«

Tatsächlich lag dort eine Haselrute. Früher war sie als verbreitetes Züchtigungsinstrument bekannt, bevor sie vom Rohrstock verdrängt wurde. Auch ein Exemplar eines Rohrstocks hielt das Regal bereit. Daneben befanden sich Daumenschrauben, eine mittelalterliche Mund- oder Spreizbirne, eine Zange, eine handliche Walze mit Dornen – auch Gespickter Hase genannt – und ein Kreuz mit Nägeln. Letzteres konnte man einem Folteropfer direkt ins Fleisch drücken. Je länger es an einem Menschen haftete, umso reiner wurde seine Seele.

Da schlägt jedes Exorzistenherz höher.

Allein aus familiärem Interesse wusste Frost etliches über die Foltermethoden der Inquisition und das Leid, das sie mit sich brachten.

»Hier unten wurde jemand gezüchtigt«, sprach Frost aus, was alle dachten. Sie ging zum Lehrertisch, strich an einer Stelle die Staubschicht weg und schlug das darauf liegende Klassenbuch auf. In der Spalte für die Schülernamen stand nur ein einziger: Theo.

»Gebote. Regelkunde. Wahrheit. Finanzen. Mutterliebe«, las Frost ein paar Fächer vor.

Die Noten waren durchwachsen, aber im Durchschnitt überwiegend gut. Sie blätterte um und fand Fotos, die mit Büroklammern an den Seiten befestigt waren. Einige zeigten Theo. Manche im Erwachsenenalter, manche in jungen Jahren. Auf einigen war er bekleidet, auf anderen nackt. Auf keinem sah er glücklich aus. Frost blätterte weiter. Ein Bild zeigte nur einen Körperausschnitt. Es war eine Schulter. Auf der Haut konnte man deutlich die Striemen einer Peitsche sehen.

»Das darf doch alles nicht wahr sein«, sagte Lorenz und schüttelte den Kopf. »Wer denkt sich so einen Unterricht aus?«

»Ursprünglich gehörte das Haus Spreers erstem Ehemann«, sagte Kettner. »Da er schwer krank war, glaube ich kaum, dass er diesen Raum in seinen letzten Jahren betreten, geschweige denn auf diese Weise eingerichtet hat. Er selbst hatte keine Kinder und Spreers Sohn Theo stammt von ihrem zweiten Mann.«

»Oder auch nicht«, brachte Frost eine andere Möglichkeit ins Spiel und warf einen Blick an die hinterste Wand.

Du sollst nicht nach Vater fragen.

Lorenz schien kurz über diese Theorie nachzudenken. »Wie dem auch sei, wir werden das komplette Haus auf den Kopf stellen. Ich will, dass jeder Winkel untersucht wird. Mit dieser Familie stimmt etwas ganz und gar nicht.«

Gerade als die Leiterin sich umdrehte, um das Zimmer zu verlassen, fing ein Foto im Klassenbuch Frosts Aufmerksamkeit ein. Es war halb verdeckt unter einem der traurigen Porträts von Theo Spreer. Sie zupfte es hervor. Es zeigte eine Hand, an der eine Daumenschraube angezogen war.

»Und ich weiß auch, was hier nicht stimmt«, sagte sie, woraufhin ihre Chefin stehen blieb.

»Was meinst du?«, fragte Lorenz.

Statt sofort das Foto zu zeigen, holte sie aus. »Unsere Kriminaltechniker haben außen am Küchenfenster von Rodenbergs Haus einen auswertbaren Handflächenabdruck sichern können. Eine Kleinigkeit haben die Fachleute jedoch falsch gedeutet …«

Lorenz legte den Kopf schief und sah dann Kettner an, der zustimmend nickte.

»Laut dem K41 waren zwar die Papillarleisten von Ring- und Zeigefinger verwischt, der Rest des Abdrucks war dafür nahezu perfekt«, erklärte er, da er inzwischen die Ermittlungen leitete und entsprechend über die bisherigen Spuren bestens informiert war. »Allerdings gab es neben dem kleinen Finger noch eine undeutliche Wischspur, wodurch der gesamte

Abdruck wirkte, als wäre es eine Hand mit sechs Fingern. Aber unsere Leute gehen davon aus, dass der kleine Finger bewegt wurde und so eine optische Täuschung entstanden ist.«

Frost schüttelte den Kopf. »Polydaktylie.« Nun hielt sie das Foto sichtbar für alle hoch. »Diese Hand hat sechs Finger. Und sie gehört Theo Spreer.«

Kapitel 51

Romanauszug *Die 5. Tugend* (Seiten 331 bis 336)

Es gab unzählige Ecken in Berlin, die selbst Google-Maps nicht fand, wenn man die Adresse eingab. Eine dieser Ecken befand sich in Berlin-Tempelhof. Erst durch beharrliches Befragen der Nachbarschaft hatten Elli Stolz und ihr Kollege Kriminaloberkommissar Timo Werner die Hinterhofwohnung, die sie überprüfen wollten, in der Kaiserin-Augusta-Straße gefunden. Elli Stolz öffnete das Gartentor. Die rostigen Scharniere quietschten. Begleitet von den Blicken einer türkischstämmigen Großfamilie im angrenzenden Grundstück liefen sie über Gehwegplatten, von denen die Hälfte wackelte und klapperte. Hinter dem Zaun sprang ein Rottweiler hoch. Während Werner erschrocken zusammenzuckte, lief Stolz einfach vorbei. Sie liebte Hunde.

»Angst?«, fragte sie.

Werner winkte ab. »Warum sind wir eigentlich hier?«

»Ich bin wegen einer Routinebefragung hier. Und du bist hier, damit du mir Rückendeckung gibst.«

»Aha, und was hat dieser Jan Böhm verbrochen?«

»Im besten Fall nichts, aber zu einem hohen Prozentsatz passt er in das Profil, das Professor Emanuel Zacharias vom Killer erstellt hat.«

Werner blieb stehen, wodurch Elli gezwungen war, sich zu ihm umzudrehen. »Ich mag Professor Zacharias nicht, er ist keiner von uns. Mehrfach hat er sich negativ über die kriminalistische Arbeitsweise der modernen Polizei geäußert.«

»Er ist ein einsamer Mann, der manchmal von Medienvertretern und Interessensvereinen gezwungen wird, ein Statement abzugeben. Sieh das hier einfach als eine reine Routineüberprüfung. Böhms Eltern sind vor einigen Jahren unter mysteriösen Umständen verschwunden, und seitdem sucht er nach einer Sekte, die sich Die Siebenzahl nennt. Er glaubt, die hätte seine Mutter und seinen Vater umgebracht. Allerdings haben die damaligen Ermittlungen keine Hinweise auf einen Mord ergeben. Für die Existenz einer Sekte mit dem Namen Die Siebenzahl gibt es keinerlei Beweise. Dahingehend scheint Böhm sich an eine Illusion zu klammern, weil er den frühen Tod seiner Eltern nie verkraftet hat. Den IT-Leuten im LKA ist er aufgefallen, weil er ungewöhnlich hohe Aktivitäten im Internet zeigt, die sich mit religiösen Verbrechen und Verschwörungstheorien beschäftigen. Er ruft sogar öffentlich zur Suche nach den Mördern seiner Eltern auf. In einem Forum, in dem es um Freimaurer, Templer, Illuminaten und dergleichen geht, äußerte er sich über die Kardinaltugenden. Ergänzt man nun diese vier Tugenden, nach denen unser Killer Polizisten tötet, um die christlichen Tugenden Glaube, Hoffnung, Liebe, spricht man auch von der Siebenzahl. Für mich ergibt sich da schon ein Zusammenhang, vor allem weil Böhm vom Typus her etliche Eigenschaften eines Serienmörders erfüllt. Das alles kann natürlich purer Zufall sein.«

»Du sagst es«, hakte Werner ein. »Es kann Zufall sein.«

»Kein Zufall ist allerdings, dass er Kontakt zum letzten Opfer des Nachthirten hatte.«

Ihr Kollege zog die Augenbrauen hoch. »Du meinst Kriminalhauptmeister Hans-Peter Dobritz vom K43, der sich um die Vermisstenfälle kümmert?«

Elli nickte. »Vier Wochen bevor man ihm die Augen entfernt und ihn ermordet hat, erhielt Dobritz eine seitenlange E-Mail, in der Böhm wilde Theorien äußert, die angeblich hilfreich für die Suche nach den Leichen seiner Eltern wären. In Bezug auf den Verbleib seiner Eltern scheint Böhm zwar geistig verwirrt, aber trotzdem macht er einen hochintelligenten Eindruck. Die Mail war fehlerfrei geschrieben und zeugt von einem überdurchschnittlich gehobenen Wortschatz. Laut meinen Recherchen absolvierte er die Uni mit Auszeichnung. Wir sollten auf jeden Fall vorsichtig sein.«

»Wenn er gefährlich ist, warum holen wir nicht das SEK?«

»Ich sagte nicht, dass er gefährlich ist. Aktuell haben wir nichts gegen den Mann in der Hand. Er lebt bei seiner Großmutter, der die Wohnung gehört.«

»Hat der Typ keine Freundin und kann sich keine eigene Bude leisten?«

»Der Kerl hat noch nicht mal Arbeit.«

»Von was lebt er dann?«

Das hatte Elli sich auch schon gefragt. »Laut Rentenstelle bekommt seine Großmutter eine üppige monatliche Zahlung. Und die Eigentumswohnung ist wohl abbezahlt.«

Sie gingen um das Mehrfamilienhaus herum und fanden schließlich auf der Rückseite, umgeben von einer alten Garage und wild wachsenden Büschen, das separate Wohngebäude. Während Elli die heruntergelassenen Rollos hinter den Fensterscheiben auffielen, interessierte sich Werner für die unzähligen Risse im Putz der Fassade und die halb abgebrochene Dachrinne.

»Das ist eine Schrottimmobilie.«

»In Berlin gibt es keine Schrottimmobilien, höchstens überteuerten Wohnraum.«

Auch nach mehrmaligem Klingeln und Klopfen öffnete niemand.

»Vielleicht macht der Enkel mit seiner Großmutter einen Spaziergang«, meinte Werner. »Du hättest uns ankündigen sollen.«

»Das habe ich versucht, aber der letzte bekannte Telefonanschluss ist abgemeldet.«

Ein paar Sekunden blieben sie noch vor der Eingangstür stehen, dann gab Elli das Zeichen zum Gehen. In dem Moment klapperte etwas im Haus. Wiederholt drückte sie den Klingelknopf.

»Hallo!«, rief sie zusätzlich, doch plötzlich war es im Inneren wieder mucksmäuschenstill. »Hallo, hier ist die Polizei, machen Sie uns bitte auf!«

»War bestimmt eine Katze.«

Elli wollte das nicht glauben. Als noch immer niemand reagierte, entfernte sie sich ein Stück von der Haustür und sah sich suchend um. Bald fand sie ein angekipptes Kellerfenster. Dieses war von innen mit schwarzer Farbe bestrichen. Kurzerhand kniete sie sich hin und tastete mit den Händen am Holzrahmen entlang, um zu sehen, ob es eine Möglichkeit gab, das Fenster zu öffnen. Dabei drückte sie kräftig.

»Was machst du da?«, fragte Werner.

»Wonach sieht es aus?«

»Nach Einbruch.«

In dem Moment knackten die Scharniere und das komplette Fenster fiel lautstark nach innen. Während Werner fluchte, schob sich Elli bereits mit den Füßen voran in die Öffnung. Sofort stieg ihr der Geruch nach Reinigungsstoffen, Farben und Lösungsmitteln in die Nase. Dank des einfallenden Lichts konnte sie sich bis zum Lichtschalter durch die herumstehenden Regale bewegen und die Beleuchtung anschalten. Anders als das morsche Fenster waren die Kellerwände renoviert. Vor nicht allzu langer Zeit hatte jemand frischen Putz aufgetragen und sie weiß gestrichen. Neben einer Kühltruhe, etlichen Pappkartons und Säcken lagerten hier unten Werkzeuge und Maschinen. Hauptsächlich für die Gartenarbeit.

Sogar ein neuwertiger Rasenmäher stand da, obwohl der Rasen alles andere als einen gepflegten Eindruck gemacht hatte.

»Man wird uns ein Disziplinarverfahren an den Hals tackern«, fluchte Werner, der nun ebenfalls ins Haus geklettert war.

»Oder auch nicht«, sagte Elli, die den Deckel der Kühltruhe angehoben hatte und in das Gesicht einer alten Frau blickte. Ihr Kopf lag in einem durchsichtigen Plastikbeutel zwischen eingefrorenen, ebenfalls in Plastik verpackten Fleischstücken.

KAPITEL 52

Nach dem Mord an Elvira Spreer und der damit verbundenen Tatortuntersuchung hatte Frost lediglich knapp zwei Stunden geschlafen. Und das auch nur vor totaler Erschöpfung. Kurz nach sechs Uhr hatte ihr Wecker sie aus einem fürchterlichen Traum gerissen. In diesem Albtraum hatte sie Schafe gesehen, die statt Fell ein Krähengefieder hatten und aus der Kehle bluteten. Aus der pechschwarzen Herde war ein weißer Schafbock getreten. Dieser trug Hörner so scharf und krumm wie Dolche und dazwischen eine Krone. Und das Tier hatte zu ihr gesagt: *Qualis rex, talis grex.*

Gerade als sich der Bock in einen Inquisitor mit Richtschwert in den Händen verwandelt hatte, war Frost aufgewacht. Mit verspanntem Nacken hatte sie sich aus dem Bett gequält, nach einer Zigarette gegriffen und sich für die Arbeit angezogen. Sie wollte verschwunden sein, bevor Paulsen aufwachte und an ihre Zimmertür klopfte. Kost und Logis gingen auf ihre Rechnung. Vorerst war der Polizeianwärter damit bestens versorgt, sogar der Polizeipräsident sah das so und hatte zugestimmt, dass er im *Halo* bleiben sollte. Zumindest hatte Lorenz es so übermittelt.

Ohne Frühstück, dafür mit einer zweiten Zigarette nahm sie den Aufzug in die Tiefgarage. Heute gab es auf der Arbeit viel zu tun.

Enorm viel zu tun. Und ausgerechnet jetzt fehlt mir die Zeit, wenn man bedenkt, dass der Täter, den wir jagen, immer schneller mordet und die letzte Tugend erfüllen will.

Seit ihrer Kindheit, genauer: seit *Momo* zu ihrem Lieblingsbuch geworden war, versuchte Frost, das Geheimnis der Zeit zu verstehen. Sie hatte gelernt, die Sekunden haargenau mitzuzählen. Das konnte sie minutenlang. Vielleicht sogar über Stunden. Nur aktuell schien es, als würde ihr die Zeit durch die Finger rinnen wie die Körner bei einer Sanduhr.

Während die Polizei mit Hochdruck nach Theo Spreer suchte und Kettner sich darum kümmerte, dass man die in der Villa gefundenen Fingerabdrücke und Spermaspuren auswertete und mit den Spuren vorheriger Tatorte verglich, ging Frost gedanklich ihre eigene To-do-Liste durch. Sie musste herausfinden, ob das Tierblut an Israels Shirt von einem Schaf stammte, und sie musste herausfinden, ob Benno Rodenberg tatsächlich so ein Saubermann war, wie man behauptete. Pfarrer Heyn hatte Andeutungen bezüglich der stellvertretenden Veterinäramtsleiterin gemacht. So bald wie möglich wollte sie zum Amt in der Theodor-Neuss-Straße fahren und mit ihren Nachforschungen beginnen. Vielleicht konnte das aber auch Sarah Stahlmann für sie übernehmen, denn Frost wusste, dass eine Freundin von ihr beim Veterinäramt arbeitete. Eine Unterhaltung mit Priester Brunner stand ebenfalls auf ihrer Liste. Und dann gab es noch den persönlichen Angriff durch Konstantin Weiß, um den sie sich kümmern musste.

Bevor ich bei seiner Anwaltskanzlei vorbeischaue, werde ich Rainer Kron zur Rede stellen.

Mit der Rückendeckung vom Polizeipräsidenten fühlte sie sich ihrem Dezernatsleiter gewachsen. Immerhin hatte Kron es trotz mehrfacher Bemühungen nicht geschafft, sie aus dem K11 zu drängen. Vielleicht stellte es sich als verspäteter Glücksfall heraus, dass Paulsen ausgerechnet bei ihr gelandet war und sie ihm ein wenig Trost und eine Bleibe verschafft hatte.

Der Aufzugsgong ertönte. Erstes Untergeschoss. Die Türen öffneten sich und Frost betrat die menschenleere Tiefgarage. Sie blickte direkt in die Kamera an der Decke, deren Auge erfasste, wer über diesen Zugang das Hotel betrat oder es verließ. Zielstrebig lief sie zu ihrem Leihwagen, dessen pink-farbene Motorhaube ein großer Werbeaufkleber des Hotels zierte. Diesen hatte sie über die zerkratzte Stelle geklebt. Als Provisorium war er allemal besser als öffentlich mit der Aufschrift HURE herumzufahren.

Schon allein die Wagenfarbe ist ein Albtraum.

Doch als Frost sich ihrer Parkfläche näherte, musste sie feststellen, dass der Albtraum nichts im Vergleich war zu dem schaurigen Bild, das sich ihr jetzt bot. Diesmal klemmte eine tote Krähe unter dem rechten Scheibenwischer. Zudem war die komplette Frontscheibe mit Blut verschmiert und Federn lagen herum. Es roch nach Tod und Gefahr.

Das Blut ist noch relativ frisch.

Sofort ging Frost in Habachtstellung. Auf der Suche nach einem Gegner schaute sie sich um. Bis auf die Betonpfeiler der Tiefgarage, die parkenden Fahrzeuge und deren starre Schatten konnte sie nichts erkennen. Sie lauschte, blendete dabei die Geräusche der Lüftung und das Summen irgendeines Aggregats aus. Nichts deutete darauf hin, dass sich eine andere Person hier unten aufhielt.

Krähen haben nichts mit den Kardinaltugenden zu tun.

Jetzt erst bemerkte sie, dass im Schnabel des toten Vogels ein Zettel steckte. Langsam, immer bedacht darauf, dass sie auf sich allein gestellt war und nicht wusste, mit was für einer teuf-lischen List sie es zu tun hatte, streckte sie ihren Arm nach dem Papier aus. Es ließ sich ohne Widerstand aus dem Schnabel neh-men. Sie faltete den Zettel auseinander und las die Nachricht.

274

Du hättest mir lieber zuhören sollen, Hure.

Sie knitterte das Papier in ihrer Faust zusammen und zog mit der anderen Hand ihr Handy aus der Jackentasche. Doch dann hielt sie inne, weil sie nicht wusste, wen sie verständigen sollte. Statt zu wählen, schaute sie zurück zum Aufzug, wo die Kamera hing. Vielleicht hatte derjenige, der ihr die abartige Botschaft hinterlassen hatte, einen Fehler gemacht und war ins Bild getreten. Sie würde es überprüfen. Kurz entschlossen steckte sie das Smartphone weg, warf einen letzten mitleidigen Blick auf den Rabenvogel und lief zurück zum Aufzug.

Plötzlich hörte sie Schritte. Sie näherten sich schnell aus unbekannter Richtung. Sie schwang herum. Zu spät erkannte sie den Mann.

»Klara!«, hörte sie noch ihren Namen, dann traf sie etwas Hartes an der Schläfe.

KAPITEL 53

Blinzelnd erwachte Frost. Während der Dämmerzustand verging, nahm sie drei Dinge wahr: Sie lag auf dem kühlen Betonboden der Tiefgarage, sie spürte einen heftigen Schmerz am Kopf und Dezernatsleiter Kron beugte sich über sie und tastete nach ihrem Hals. Aus einem reinen Schutzinstinkt heraus schoss ihre rechte Hand nach oben. Ihre ausgestreckten Finger stießen mitten in sein linkes Auge. Er schrie, riss die Hände zum Gesicht und wälzte sich zur Seite. Zeitgleich robbte Frost von ihm weg, um so viel Abstand wie möglich zu gewinnen. Noch immer war sie benommen von dem Schlag, der sie zu Boden geschickt hatte. Zum Glück puschte sie das Adrenalin auf. Sie biss die Zähne zusammen und bereitete sich auf einen neuen Angriff von Kron vor. Exakt wie sie es im Einsatztraining gelernt hatte, hob sie beide Arme zur Deckung.

Doch statt die Fäuste zu recken, blieb Kron ebenfalls auf dem Boden sitzen und drückte eine Hand auf sein getroffenes Auge. Seine andere Hand hielt er schützend vor sich, als wäre er das Opfer.

»Verflucht, Klara«, jammerte er. »Musste das sein?«

»Sie haben mich angegriffen«, schrie sie ihn wütend an.

»Ich wollte dich warnen.«

»Schwachsinn! Wovor wollten Sie mich denn warnen?«

»Vor meinem Schwager Konstantin, er war das.«

Als sie den Vornamen von Weiß hörte, hielt sie inne. Alarmiert schaute sie sich um.

Was ist, wenn sie zu zweit sind?

Doch so still, wie es um sie herum zuging, schien keine dritte Person anwesend zu sein. Trotzdem blieb die Situation für sie unverändert riskant, denn Krons Äußerung klang zu absurd. Sie griff sich an die Schläfe, wo der Schmerz saß. Als sie die Hand zurückzog, klebte an den Fingerkuppen Blut. Dort hatte Kron sie getroffen.

Oder doch eher Weiß?

Frost wusste es nicht. Der Angriff war aus dem Hinterhalt gekommen und der Treffer hatte ihr die Besinnung geraubt.

»*Sie* waren das«, hielt Frost ihrem Dezernatsleiter vor und griff gleichzeitig nach ihrem Handy, um Lorenz darüber zu informieren. »Sie sind ja völlig wahnsinnig.«

»Warum sollte ich das denn tun?«, rechtfertigte Kron sich. »Überleg doch mal genau, Klara.«

Das tue ich. Nur bin ich derzeit etwas unzurechnungsfähig, weil mir der Schädel brummt.

Sie suchte den Boden nach dem Gegenstand ab, mit dem Kron sie angegriffen hatte. Eine Eisenstange oder ein Stein. Nichts. Augenscheinlich war er unbewaffnet, aber das musste nichts bedeuten. Wer weiß, wie lange sie bewusstlos dagelegen hatte. Prüfend tastete sie ihren Hals ab.

Er wollte mich erwürgen.

Sie wählte Lorenz' Handynummer. Es meldete sich nur die Mailbox.

»Bitte, Klara, ich wollte dir nur helfen. Mein Schwager hat dir aufgelauert und wollte dir wehtun. Da dein Handy ausgeschaltet ist, konnte ich dich nicht warnen. Deshalb bin ich hergekommen, um ihn aufzuhalten.«

Das ist dir ja prächtig gelungen.

Niemals zuvor hatte Frost ihren Vorgesetzten im Jogginganzug gesehen. Sie wusste, dass er sich mit Jogging und Walken fit hielt, aber auf Arbeit trug er stets Anzüge, in denen er wie ein Bestatter aussah. Selbst auf Ausflügen oder Feierlichkeiten im Kommissariat hatte er wenigstens ein Sakko an. Im schummrigen Licht der Tiefgarage sah er wie ein Einbrecher aus.

Und auf seiner Oberbekleidung befand sich Blut von ihrer Wunde.

»Ich habe Mist gebaut«, gab Kron zu, was sonst überhaupt nicht seine Art war.

»Unübersehbar, und dafür werde ich Sie zur Rechenschaft ziehen.«

»Was hätte ich denn für einen Grund, eine Kollegin fertigzumachen?«

»Oh, da fällt mir bestimmt etwas ein.«

Zum Beispiel sexuelle Belästigung, Mobbing, Verleumdung und der Versuch, mich aus dem K11 zu versetzen.

Gerade als sie aufstehen und gehen wollte, hielt Kron sie auf.

»Bitte, hör mir zwei Minuten zu. Nur zwei Minuten, okay?«

Eigentlich hätte sie ihm den Mittelfinger zeigen sollen, aber irgendetwas in seiner Stimme ließ sie innehalten. Statt ihn einfach sitzen zu lassen, klopfte sie ihre Jacke nach der Zigarettenschachtel ab. »Und welche Lügen wollen Sie mir auftischen?«

»Ja, ich bin dir gegenüber in der Vergangenheit zudringlich geworden, dafür schäme ich mich im Nachhinein.«

»Nein«, fauchte sie ihn an und entflammte ihr Feuerzeug. »Sie schämen sich kein bisschen. Sie wollten mich ins Bett kriegen. Sie besitzen sogar die Frechheit, mich mit ›du‹ anzureden, obwohl ich Ihnen das nie gestattet habe.«

»Ich weiß, ich weiß … Das alles tut mir mittlerweile furchtbar leid. Ich …« Er fasste sich an die Lippen. Erst jetzt sah sie, dass er aus dem Mund blutete. Vielleicht hatte sie sich geirrt und er hatte tatsächlich seinen Schwager vertrieben und dabei selbst einen Schlag abbekommen. Auch wenn sie sich daran nicht erinnern konnte, nahm sie es mit Genugtuung hin. Sie wusste nur noch, dass ein Mann sie angegriffen hatte.

»Reden Sie weiter«, forderte sie ihn auf und zündete sich eine Zigarette an.

»Könnte … könnte ich auch eine haben?« Er rückte näher.

»Was denn? Erst baggern Sie mich an und dann schnorren Sie auch noch von mir?« Wütend warf sie die Schachtel nach ihm. »Ich hoffe für Sie, dass Sie selbst Feuer haben.«

Er spuckte Blut, bedankte sich und zückte seinerseits ein Feuerzeug. »Als Konstantin dich vorhin mit einem Schlagring niedergestreckt hat, habe ich mich auf ihn gestürzt. Wir haben uns angeschrien und gerauft. Dann hat er mich am Kinn getroffen und ist abgehauen.«

»Das soll ich Ihnen glauben?«

»Konstantin ist der Bruder meiner Frau. Sie hat ihn auf dich … Entschuldigung … auf Sie, Frau Frost, angesetzt, nachdem sie mir ein Verhältnis mit Ihnen unterstellt hat.«

Frost konnte nicht glauben, was sie da hörte, aber für einen Scherz klang er viel zu ernst und geknickt. »Wie sollte sie darauf kommen?«

»Erinnern Sie sich an den Tag der Gemeinschaft in Ihrer Abteilung. Bei der letzten Ausfahrt des K11 in die Sächsische Schweiz gab ich einem Kollegen mein Handy, damit er ein Foto von uns beiden macht.«

Ach ja, du meinst die Aufnahme, bei der du den Arm um mich gelegt hast. Es hätte besser noch einen Schnappschuss gleich danach geben sollen, als ich mich an einen anderen Tisch gesetzt habe.

279

»Und das ist für Ihre Frau Anlass genug, um an eine Affäre zu glauben?«

»Meine Frau ist sehr eifersüchtig und psychisch labil. Ich hatte tatsächlich Affären. Als Tamara mich kürzlich mit fremdem Lippenstift an meinem Hemdkragen konfrontierte, nannte ich ihr leichtfertig Ihren Namen. Ich hatte gesagt, ich müsste länger arbeiten. Da schien mir eine Kollegin, die es auf ihren Chef abgesehen hat, plausibler. Ich schwor gegenüber meiner Frau, es sei nur bei einer flüchtigen Umarmung geblieben. Natürlich hat sie mir nicht geglaubt.«

Sofort musste Frost an die peinliche Situation vor ein paar Tagen in seinem Büro denken und an das, was seine Frau gesagt hatte: *Ist sie das?*

Frost schüttelte den Kopf, weil sie es nicht wahrhaben wollte. »Sie sind echt ein Feigling.«

Er nickte betrübt. »Ja, da ist was dran. Jedenfalls erzählte sie es haarklein Konstantin. Er liebt seine Schwester bedingungslos und würde alles für sie tun. Meine Notlüge hat ihn gewissermaßen auf Sie angesetzt.«

»Also wussten Sie, dass er Bilder von mir ins Internet gestellt hat.«

Halbherzig schüttelte er den Kopf. »Als ich es erfahren habe, forderte ich ihn auf, die Anzeige zu löschen. Am nächsten Tag waren die Bilder verschwunden, deshalb bin ich davon ausgegangen, die Sache hätte sich erledigt. Ich hatte mich getäuscht. Er muss Sie in Ihrem Hotel aufgesucht haben und Sie haben ihn in Ihrer charmanten Art abblitzen lassen. Gleichzeitig ging es meiner Frau gesundheitlich schlechter. Daraufhin nahm Konstantin sich vor, es Ihnen heimzuzahlen. Ich wollte eine Eskalation vermeiden, deshalb bin ich ihm gefolgt. Jetzt können Sie mir das glauben oder auch nicht, aber ich habe das alles nicht gewollt.« Seine Zigarette war abgebrannt, ohne dass er einen weiteren Zug gemacht hatte. »Ich werde dafür sorgen, dass mein Schwager für den Angriff auf Sie zur Rechenschaft gezogen wird. Das ist das Mindeste, was ich tun kann.«

Auch an Frosts Zigarette stieß die Glut an den Filter. Sie drückte den Stummel am Boden aus und schnippte ihn weg. Eine Weile wusste sie nicht, was sie Kron entgegnen sollte. »Ich werde jetzt ins Büro fahren und unterwegs den Rechtsanwalt Konstantin Weiß anzeigen.«

»Sie sollten heute freinehmen und zum Arzt gehen. Die Verletzung an Ihrem Kopf sieht echt übel aus.«

Sie stand auf, machte mit ihrer Handykamera Beweisfotos von der toten Krähe und sagte: »Und wenn ich mich nachher an meinen Rechner setze, möchte ich wieder uneingeschränkten Zugriff auf alle Mordfälle haben.«

Stöhnend erhob sich Kron und zog etwas aus seiner Trainingsjacke. »Nehmen Sie das.« Er reichte ihr einen USB-Stick. »Und hören Sie sich die darauf befindliche Aufnahme an. Ich möchte gern wissen, was Sie davon halten. Wir fanden die Datei auf Sophie Hankes Handy.«

Zögerlich nahm sie ihm den Stick ab und versenkte ihn in ihrer Hosentasche. »Meinetwegen können Sie mich weiter Klara nennen. Mehr läuft da nicht.«

KAPITEL 54

Romanauszug *Die 5. Tugend* (Seiten 366 bis 374)

Müde und wütend parkte Elli ihren Wagen in einer Nebenstraße. Morgen hatte sie Geburtstag, aber nach feiern war ihr nach den kräftezehrenden letzten Tagen nicht zumute. Von der Parklücke bis nach Hause waren es noch etliche Meter, die sie zu Fuß gehen musste. Falls sich irgendwann ihre finanzielle Situation besserte, würde sie in eine Mietwohnung ziehen, zu der ein Stellplatz direkt am Haus gehörte. Jetzt wollte sie nur noch in ihr Bett und die Welt vergessen.

Jan Böhm war tot. Seit mehr als zwei Monaten bereits. Sie selbst hatte ihn mit ihrer Dienstwaffe erschossen. Nachdem sie und Timo Werner ihn im Haus seiner Großmutter überrascht hatten, war er mit einer Axt auf Werner losgegangen und hatte ihn schwer an der Schulter verletzt. Zwar hatte Elli reflexartig nach ihrer Pistole gegriffen, aber in dem engen Keller hatte sie den Angreifer verfehlt, wodurch Böhm flüchten konnte. Bei den anschließenden Ermittlungen hatte sich herausgestellt, dass seine Großmutter schon seit Jahren tot war. Er hatte ihre Leiche in handliche Portionen zersägt und die Teile in Plastikbeuteln in der Kühltruhe im Keller aufbewahrt. Niemand hatte vom Verschwinden der alten Hauseigentümerin etwas mitbekommen. Nicht einmal die

Rentenstelle oder andere Behörden. Jahrelang hatte Böhm für seine Großmutter die Leistungen kassiert. Allein durch Ellis Bauchgefühl war der Betrug aufgeflogen und die Großmutter nun ein Fall für die Rechtsmedizin und das Amtsgericht.

Nach zwei Tagen der Fahndung hatte Elli Böhm gefunden. Nein, eigentlich war es anders herum gewesen: Böhm hatte Elli aufgelauert. Genau hier, wo sie jetzt stand, an der Briefkastenanlage vor dem Haus, wo sie wohnte, hatte er sie überrascht. Er hatte sie beim Aufschließen der Haustür von hinten an den Haaren gepackt, sie in den Flur gestoßen, sie beschuldigt, sein Leben zerstört zu haben, und dann war er mit einem Messer auf sie losgegangen.

Seitdem kämpfte sie mit den Erinnerungen und der Furcht, jederzeit wieder hinterrücks überfallen zu werden. Jedes Mal, wenn sie den Schlüssel in das Schloss der Haustür steckte, überkamen sie schockartige Wellen. Damals hatte sie aus einer Eingebung heraus die Dienstwaffe mit nach Hause genommen. Böhm hatte offenbar nicht damit gerechnet gehabt. Heute führte sie keine Waffe bei sich. Es war vorbei, bis auf die Disziplinarverfahren, die man gegen sie eingeleitet hatte. Aber die Kardinaltugendmorde hatten nach Böhms Tod aufgehört. Kein weiterer Polizist war seither umgebracht worden.

Trotzdem fühlte sich alles schrecklich falsch an. Ohne die Aussage Böhms würden sich die Ermittlungen noch lange hinziehen und schon jetzt hatte die Mordkommission Mühe, ein Motiv zu finden, das die brutalen Morde erklärte.

Elli öffnete das Briefkastenfach und fand darin drei Briefe. Einer vom Finanzamt, der andere von ihrem Vermieter und der dritte …

Jan Böhm *stand da als Absender und auf der anderen Umschlagseite:* Für Elli Stolz.

Elli erschrak so sehr, dass sie alle Briefe fallen ließ. Sie wirbelte herum, doch da war kein Angreifer, sondern nur zwei Männer, die aus der Straßenbahn gestiegen waren. Schnell sammelte sie sich und die Briefe ein. Dann sperrte sie die Haustür auf und rannte die Treppe hinauf in ihre Wohnung, wo sie sich einschloss. Sie schaltete das Korridorlicht ein, legte die beiden unwichtigen Briefe beiseite und betrachtete die Postsendung von Böhm. Sie war sogar mit Briefmarke und Stempel versehen. Möglicherweise hatte er sie als Terminsendung aufgegeben, um ihr mit dem Briefinhalt ein besonders abartiges Geburtstagsgeschenk zu schicken. Denn längst hatte sie den länglichen Gegenstand darin erfühlt. Sie riss den Umschlag auf und betrachtete den Inhalt. Ein USB-Stick. Kein Brief, keine Nachricht, nur der Datenträger.

Im ersten Moment befürchtete sie einen Virus, der sich beim Einstöpseln auf ihrem Computersystem installierte, aber dann siegte die Neugier und sie warf sämtliche Sabotagebedenken über Bord. Sie wollte wissen, was der Mörder Jan Böhm ihr als Vermächtnis hinterlassen hatte.

Sie startete ihren Rechner und steckte den USB-Stick in den entsprechenden Slot. Auf dem Laufwerk befanden sich vier Ordner. Jeder trug einen ihr bekannten Namen – die Namen der vier getöteten Polizisten. Sie öffnete den Ordner mit dem Namen Armin Rothe. Er war das dritte Opfer gewesen. Bevor der übergewichtige Rothe verstorben war, hatte er beim K32 Betrugsdelikte bearbeitet. Ihn hatte der Nachthirte gezwungen, sich streifenweise Hautstücke vom Bauch zu schneiden. Mäßigung, so lautete die Tugend, nach der man ihn hingerichtet hatte.

Elli versuchte zu verstehen, was sie auf dem Bildschirm sah. Der Ordner enthielt mehrere Textdateien, Screenshots, Fotos, Videos. Wahllos klickte sie ein paar Bilder an. Auf allen war Rothe mit unbekannten Männern zu sehen. Erst auf den zweiten Blick stellte Elli fest, dass alle Dateien chronologisch geordnet waren. Also fing sie neu an und startete die oberste Textdatei. Was sie dann las, ließ sie anfangs an eines von Böhms Hirngespinsten glauben – ähnlich wie seine Theorie über den Tod seiner Eltern –, dann kamen ihr Zweifel, später Entsetzen und zuletzt Erkenntnis.

Das, was sich in dem Ordner befand, waren keine Fantasien oder Konspirationstheorien, sondern die reine Wahrheit. Armin Rothe war ein korrupter Polizeibeamter gewesen. Für erhebliche Summen hatte er sich kaufen lassen. Und die Männer auf den Bildern waren die Leute, mit denen er illegale Geschäfte gemacht und die er als Ermittler gedeckt hatte. Für diese Taten hatte der Nachthirte ihn bestraft. Rothe hatte etwas zurückgeben müssen, von seinem Bauchspeck. Und am Ende war er an seiner Gier gestorben.

Nach knapp dreißig Minuten hatte sie sich einen Überblick über den Fall Rothe verschafft. Nacheinander arbeitete sie auch die restlichen Ordner durch. Schnell wurde ihr klar, dass auch die anderen drei Kollegen miese Schweine gewesen waren. Der Erste hatte regelmäßig seine Ehefrau verprügelt und der Nachthirte hatte ihm aufgezeigt, wie tapfer er wirklich war. Der Zweite war ein Pädophiler gewesen, der geglaubt hatte, niemand könnte ihm auf die Schliche kommen, denn bis zu seinem Tod arbeitete er in der IuK-Abteilung beim LKA. Ihm hatte sein Mörder gezeigt, wie klug er wirklich war. Und der Letzte, in dessen leblosen Fingern die Ermittler eine Halskette mit einem symbolischen Anhänger in Form des Buchstaben Omega gefunden hatte, hatte Vermisstenfälle bearbeitet, es jedoch ignoriert, wenn jugendliche Ausreißer ihn anflehten, nicht zurück in ihr Elternhaus zu müssen, weil Mutter und Vater sie misshandelten. Er hatte geschwiegen und weggesehen und deshalb hatte er seine Augen eingebüßt. In der Welt des Nachthirten sah so die Gerechtigkeit aus.

Nun wusste Elli alles. Und jetzt fühlte es sich noch viel falscher an, dass sie Jan Böhm erschossen hatte.

KAPITEL 55

Nach der unheimlichen Begegnung mit Kron lenkte Frost ihren Wagen aus der Tiefgarage des *Halo*. Während sie auf den Tröndlinring einbog und Richtung Dienststelle fuhr, drehte sie den silberfarbenen USB-Stick in ihren Fingern. Ursprünglich hatte sie sich die Aufnahme an ihrem Bürorechner anhören wollen, dann fiel ihr der USB-Anschluss im Fahrzeug ein. Kurzerhand stöpselte sie den Stick an. Auf dem Multifunktionsdisplay erschien ein sich drehender Kometenschweif samt dem Hinweis: *Datenträger wird geladen.*

Nach drei Sekunden verschwand die Animation und eine Listenansicht erschien. Darauf befand sich eine einzige MP3-Datei, deren Name aus Zahlen und Buchstaben bestand. Wie häufig bei automatisch gespeicherten Dateinamen enthielt auch dieser ein Datum. Den Todestag von Sophie Hanke.

Ist das dein Vermächtnis an mich, Sophie?

Ohne zu zögern, tippte sie auf dem Display MP3 an und der Ton startete. Zuerst hörte man ein Rauschen, dann ein Schluchzen. Die folgenden Worte kamen stockend.

»*Mein Name ist Sophie Hanke und diese Botschaft ist für die Polizei. Ich habe gegen Gott gesündigt und er hat einen Seelenhirten geschickt, der mich dafür straft. Hesekiel 34;*

Vers 22: Und ich will meiner Herde helfen, dass sie nicht mehr sollen zum Raub werden, und will richten zwischen Schaf und Schaf. Oh, Gott, nein …« Hanke weinte bitterlich, wodurch zwischen den einzelnen Sätzen immer wieder Pausen entstanden. Es war unverkennbar, dass sie den Text ablas. Inmitten ihres Heulkrampfs schrie sie plötzlich auf, dann sprach sie weiter. *»Alles, was hier geschieht, dient zu meiner inneren Reinigung. Niemand kann etwas dagegen tun. Sobald die schwachen Schafe aus der Herde vertrieben sind, wird es aufhören.«* Wieder eine Pause. *»Ich weiß, dass Kriminalhauptkommissarin Klara Frost die Ermittlungen leitet …«*

Als Frost ihren Namen hörte, schoss ihr Finger zum Display. Sie spulte zurück und hörte sich den Satz erneut an. Dann drückte sie die Pausentaste und dachte darüber nach, was das zu bedeuten hatte. Dabei erfasste sie ein eisiger Schauer, denn auf einmal fühlte es sich an, als hätte eine Tote direkt zu ihr gesprochen. Durch die persönliche Anrede bekam die Botschaft einen völlig neuen Stellenwert. Frost war ins Visier des »Seelenhirten« geraten, wie Hanke ihn eben bezeichnet hatte. Zum Zeitpunkt der Aufnahme hatte Frost ebenfalls noch geglaubt, dass sie die Ermittlungen leitete. Mittlerweile hatte sich das geändert. Ihre Kollegen hatten es längst gewusst und sie hatten es ihr nicht gesagt. Auf einmal ergab es einen Sinn, dass man sie vom Fall abgezogen hatte. Das machte Frost wütend, auch wenn sie verstand, warum sie es getan hatten.

Sie ließ die Sprachaufzeichnung weiterlaufen.

»… und ich habe viel über sie gelesen«, redete Hanke weiter über Frost. *»Ich kenne die Berichte aus den Zeitungen und dem Internet. Ich weiß, wie gut Klara Frost ist. Aber sie soll bitte aufhören, nach einem Mörder zu suchen – den gibt es*

in dieser Geschichte nicht. Es gibt nur eine höhere Macht und einen höheren Willen. Stellen Sie die Ermittlungen ein und lassen Sie geschehen, was Gott vorherbestimmt hat. Es wird enden, sobald das letzte falsche Schaf gefunden ist. Ich mahne euch eindringlich, hört auf, mir zu folgen, andernfalls werde ich zu euch kommen.«

Die Aufnahme endete mit den Schluchzern von Hanke. Frost hatte auf sämtliche Nebengeräusche geachtet, doch ihr waren keinerlei verräterische Hinweise auf den Täter aufgefallen. Dass der Täter während der Aufnahme anwesend war, daran hegte sie keinen Zweifel. Während des Lesens hatte er Hanke den Text und ihr eigenes Smartphone hingehalten. Dann hatte er es so platziert, dass die Polizei es finden musste. Vielleicht hatte Polizeihauptmeister Brandner es sogar zufällig fotografiert. Frost würde seine Aufnahmen später durchsehen. Momentan beschäftigte sie die Frage, ob der Täter es auf sie abgesehen hatte, weil sie tatsächlich am Anfang die Ermittlungen übernommen hatte, oder ob es eine persönliche Komponente zwischen ihr und dem Täter gab. Zumindest bestätigte sich jetzt ihr Verdacht, warum der Killer Paulsen aufgesucht hatte.

Er hat es getan, um mich zu warnen.

Noch während sie Überlegungen anstellte, wie sie weitermachen wollte, erreichte sie die Einfahrt zur Kriminalpolizei. Kaum fünf Minuten später hatte sie ihren Wagen abgestellt und war mit dem Aufzug ins Kommissariat gefahren. Dort platzte sie in eine Besprechung zwischen Lorenz, Kettner und Stahlmann. Der Kriminalhauptkommissar tippte nicht länger auf seinem Laptop herum, und die beiden Frauen sahen von den Unterlagen auf, die vor ihnen auf dem Tisch lagen.

»Ihr wusstet es«, warf Frost allen drei Kollegen vor.

»Was wussten wir, Klara?«, übernahm Lorenz die Gesprächsführung.

Frost hielt den USB-Stick hoch. »Sophie Hankes letzte Worte.«

»Du meinst die Aufnahme auf ihrem Handy?«, vergewisserte Lorenz sich, doch sie war nicht halb so erstaunt, wie Frost erwartet hatte. »Um ehrlich zu sein, hatte ich gedacht, du würdest eher an die Datei kommen.«

»Wir wollten dich nicht beunruhigen«, stimmte Stahlmann ein. »Marc hat uns sofort informiert, als er die Aufnahme gefunden hat, und gefragt, was er tun soll.«

Lorenz nickte. »Ich hatte mich mit Rainer Kron und Polizeipräsident Ackermann abgestimmt, und gemeinsam haben wir entschieden, dass wir dir nichts davon erzählen. Wir alle wissen, wir sehr du dich in einen Fall verbeißt, sobald du ihn persönlich nimmst.«

Damit habt ihr verdammt noch mal recht.

»Und was wollt ihr nun tun, jetzt wo ich den Inhalt der Botschaft kenne?«

»Nichts«, sagte Lorenz. »Weil ich weiß, dass du vernünftig sein wirst und wir alle weiteren Schritte in diesem Kreis absprechen.«

Was denn? Das ist alles? So einfach wollt ihr es der Exorzistin machen?

»Und was heißt das jetzt genau?«

Stahlmann und Kettner schauten Lorenz fragend an, die nach einer Weile nickte.

»Sagt es ihr.«

»Wir haben Oliver Paulsens Smartphone gefunden«, begann Stahlmann. »Es befand sich in der Villa von Elvira Spreer. Genauer gesagt, fanden wir es im Zimmer ihres Sohnes. Wir haben es bei der Durchsuchung seines Kleiderschranks zwischen seiner Unterwäsche entdeckt.«

»Befand sich das Tötungsvideo von Jessica auf dem Handy?«

»Nicht nur das«, antwortete Stahlmann und gab ihrem Kollegen ein Handzeichen.

»Hier«, sagte Kettner und startete einen Medienplayer auf dem Laptop. »Du kannst gern hineinhören, was wir noch darauf gefunden haben.«

> »... dieser kleinen Schlampe sollte mal jemand Zucht beibringen. Ihre Eltern sind völlig überfordert mit ihr. Schwachsinnige Idioten, die nur ihre Versicherungsgeschäfte im Sinn haben. Entschuldige meine Wortwahl. Ich weiß, man sollte in der Nähe des Altars nichts Schlechtes reden, aber das Mädchen ist erst siebzehn und denkt, sie wüsste schon alles. Bei mir hätte die nichts zu lachen ...«

Frost erkannte eindeutig die Stimme von Elvira Spreer. Und sie wusste auch, dass sie über Sophie Hanke redete. Kaum vorstellbar, dass Spreer freiwillig auf ein Diktiergerät gesprochen hatte. Demzufolge musste jemand ihre Schimpftirade heimlich aufgenommen haben.

Kettner stoppte die Wiedergabe Sekunden später. »Das ist alles ziemlich merkwürdig, findest du nicht, Klara?«

»Diese Unterhaltung könnte aus der Simonskirche stammen«, vermutete Frost, denn Spreer hatte einen Altar erwähnt und außerdem hallte der Ton, was auf einen Raum mit hohen Decken schließen ließ. »Am ehesten kommt dafür ihr eigener Sohn infrage, denn bei meinem Kirchenbesuch ist er ihr nicht von der Seite gewichen. Haben wir Datum und Uhrzeit der Aufnahme?«

»Ja und nein. Das Datum wurde nachträglich verfälscht.«

Mehrere Minuten debattierten sie, welche Maßnahmen jeder von ihnen als Nächstes durchführen sollte. Dabei bat Frost

Stahlmann, sich beim Veterinäramt nach der stellvertretenden Leiterin zu erkundigen und sich bezüglich Benno Rodenberg umzuhören.

»Bevor ich es vergesse«, sagte Lorenz und schob Frost einen handgeschriebenen Zettel mit einer Telefonnummer zu. »Ein ehemaliger Dozent von dir hat angerufen. Vielleicht meldest du dich mal bei ihm. Er meinte, es sei wichtig.«

KAPITEL 56

Unschlüssig drehte Frost den Zettel mit der Telefonnummer in ihren Fingern. Noch lange nach der Beratung mit ihren Kollegen wunderte sie sich über den Anruf ihres ehemaligen Dozenten. Professor Heino Lenk unterrichtete an der Fachhochschule der Polizei in Rothenburg in den Fächern Kriminologie und Soziologie. Auch wenn Rothenburg an der Neiße der gottverlassenste Ort in Sachsen ist, so hatte er immerhin an der Hochschule alle Zeit der Welt, sich mit seinen wissenschaftlichen Arbeiten über sein Spezialgebiet Verbrechensvorhersage zu beschäftigen. Der Fachbegriff für diese Art von Prognosen ist Predictive-Policing – vorhersagende Polizeiarbeit. Weitläufig halten die Menschen Verbrechensvorhersage für bloße Erfindung aus Filmen wie im Science-Fiction-Thriller *Minority Report* mit Tom Cruise. Aber das Thema rückte mehr und mehr in den Fokus der Öffentlichkeit, nicht zuletzt, weil Datenschützer die Verletzung von Persönlichkeitsrechten befürchteten.

Während des Studiums hatte Frost die Schilderungen des Professors zuerst aufmerksam verfolgt, bis sie irgendwann das Interesse an der trockenen Materie verloren hatte. Schließlich war es so weit gekommen, dass sie in einer Klausur ziemlich mies abgeschnitten und dem Professor daraufhin direkt auf den Kopf zu mitgeteilt hatte, dass sie seine Theorien für Schwachsinn hielt. Damals hatte sie gelogen und er hatte ihr die Lüge bis zum Studienende übel genommen.

Heutzutage las sie gelegentlich die Artikel des Professors in den Polizeizeitschriften. Vor über zwanzig Jahren hatte er einen Aufsatz über Verbrechensvorhersage verfasst, der ihm international einen bescheidenen Ruhm eingebracht hatte, weil er darin eigene Hypothesen anstellte. Diese versuchte er, durch wissenschaftliche Untersuchungen zu untermauern, wobei es zeitweise zu einer Zusammenarbeit mit dem Florida Institute of Technology in Melbourne, USA kam. Mittlerweile galt Professor Lenk deutschlandweit als Koryphäe auf dem Gebiet, denn die meisten Sicherheitsbehörden interessierten sich für Predictive-Policing. In einigen Landeskriminalämtern nutzte man bereits Software, die durch entsprechende Technik Vorhersagen traf, wo zum Beispiel zukünftig Einbrüche stattfänden. Menschen überließen somit Maschinen die Kontrolle, Programmiercodes und Algorithmen. Das wiederum war ein Punkt, der Frost in erheblichem Maße interessierte – und erschreckte.

Deus ex Machina. Wir lassen sprichwörtlich den Gott aus der Maschine.

Inzwischen musste der Professor fast sechzig sein und bald in Pension gehen. Doch so wie Frost das Universalgenie kannte, würde er vermutlich freiwillig mindestens ein bis zwei Jahre dranhängen.

Versuchen Sie immer noch, hübsche unerfahrene Studentinnen mit ihrem Wissen zu beeindrucken?

Diese Frage fiel ihr als erste ein, als sie seine Nummer wählte. Am anderen Ende wurde abgehoben, als hätte der Professor nur auf ihren Rückruf gewartet.

»Klara Frost«, begann er, noch bevor sie sich meldete. »Lange nichts mehr von Ihnen gehört.«

»Sie haben von mir gelesen, sonst hätten Sie sich nicht nach mir erkundigt.«

»Immer noch sauer, weil ich Ihnen den Notendurchschnitt versaut habe?«

Milch kann sauer werden. Ich könnte vergeben.

»Warum wollten Sie mich sprechen?«, blendete sie die Vergangenheit aus.

»Es geht mir um die Kardinaltugendmorde.«

Frost versuchte, normal weiterzuatmen und zu reden, obwohl es sie beunruhigte, dass ein Hochschuldozent am Arsch der Welt Details zu den Mordfällen zu wissen glaubte. »Die Ermittlungen sind streng geheim.«

»Ach, kommen Sie, Frau Frost! Selbst die Presse hat davon bereits Wind bekommen. Einige Journalisten haben eben manchmal ein besseres detektivisches Gespür als die Polizei. Das wissen Sie besser als ich.«

»Wenn Sie das so sehen …«

»Kennen Sie den Roman *Die 5. Tugend* von Dominik Israel?«

»Nein.«

Er lachte. »Ich glaube Ihnen nicht, dafür kenne ich Sie zu gut. Sie gehörten zu meinen besten Studenten im Fach Kriminologie.«

»Meine Noten sprechen eine andere Sprache.«

»Pfeifen Sie auf Zensuren und Punkte! Anscheinend haben Sie es auch ohne Auszeichnung in Ihrem Beruf zu Ruhm gebracht. Mit äußerstem Interesse habe ich die Berichte zu Ihrem letzten großen Fall, dem *Todesschöpfer,* gelesen. Ich muss sagen, ich bin ein klein wenig stolz, Ihr Professor gewesen zu sein.«

Und Ihre Selbstbeweihräucherung ist nach wie vor unnachahmlich.

»Kommen Sie zum Punkt.«

»Wenn Sie es nicht bereits getan haben – und ich gehe davon aus, dass Sie es getan haben –, dann sollten Sie Israels Thriller unbedingt lesen.«

»Ich habe momentan keine Zeit für Romane, denn ich jage einen Serienmörder.«

»Deshalb wollte ich mit Ihnen reden. Sagt Ihnen der Ritualmord von Bielefeld etwas?«

»Mir sagt noch nicht einmal Bielefeld etwas.«

»Hey, Sie können ja sogar richtig witzig sein, wenn Sie sich anstrengen.«

»Ich höre Sie nicht lachen«, konterte Frost. Sie kannte das aufsehenerregende Verbrechen von Bielefeld in Ausschnitten. Es lag gut und gern fünfzehn Jahre zurück, dass jemand einen Metallarbeiter enthauptet und seltsame Symbole in seine Haut geritzt hatte. »Was ist an diesem sogenannten Ritualmord besonders?«

»Nachdem ich von der aktuellen Mordserie in Leipzig erfahren habe, erinnerte ich mich an den Bielefeld-Fall und meine, gewisse Parallelen zu den aktuellen Geschehnissen entdeckt zu haben.«

»Inwieweit?«

»Das Opfer war zum Beispiel früher streng gläubig und wandelte sich später zum Religionsgegner, der sich in einem Aussteigerforum im Internet sehr aktiv zeigte.«

Über diese Information staunte Frost, ließ es sich aber nicht anmerken. Erst als sie merkte, dass der Professor nicht weitersprach, weil er wohl eine Reaktion von ihr erwartete, ergriff sie das Wort. »Und das ist alles?«

»Vielleicht wissen Sie, dass der Täter eine Art Zahlenrätsel auf der Haut des Opfers hinterlassen hat. Der Code wurde geknackt und heraus kamen die Worte: *Keine Gerechtigkeit.*«

Gerechtigkeit. Eine der vier Kardinaltugenden.

»Und die Ermittler konnten mit der Aussage nichts anfangen«, sprach Frost aus, was Lenk damit sagen wollte.

Gleichzeitig ärgerte Frost sich darüber, dass ihr eine Verbindung zu dem Mord in Bielefeld nicht aufgefallen war und sie demzufolge keine Anfrage bei der dortigen Kriminalpolizei gestellt hatte. Wenn sie sich richtig erinnerte, war in der Sache nie ein Täter ermittelt worden.

»Ich hätte Sie wahrscheinlich gar nicht angerufen, wenn es nur diesen einen Fall in der Vergangenheit gegeben hätte«, redete der Professor weiter. »Aber bei meinen Recherchen bin ich auf zwei weitere Fälle von Enthauptungen gestoßen, die noch weitere Jahre zurückliegen. Einer aus dem Jahr 1918 und der andere 1969.«

Das ist eine sehr lange Zeitspanne.

»Ich werde mich damit beschäftigen«, sagte Frost schließlich.

»Ich schicke Ihnen meine Unterlagen, die ich zusammengestellt habe, per Mail«, bot er an, ohne dass sie darum gebeten hatte. »Im Gegenzug erwarte ich keinen Dank, schnappen Sie einfach den Kerl und erwähnen Sie später meinen Namen gegenüber der Presse, einverstanden?«

Frost schwieg.

»Übrigens gab es im Bielefeld-Mord sogar einen Verdächtigen«, ergänzte der Professor. »Aber letztlich lagen nur Indizien gegen ihn vor, die niemals für eine Anklage reichten. Und mittlerweile ist der Mann lange unter der Erde.«

»Und hatte der Mann auch einen Namen?«

»Er heißt *Google*.«

KAPITEL 57

Natürlich hatte Frost den *Google*-Witz des Professors verstanden. Amüsant fand sie seine Geheimniskrämerei allerdings nicht. Er solle an die Mail denken, hatte sie geantwortet und danach das Telefonat beendet. Anschließend hatte sie ihre Chefin und die beiden Kommissariatskollegen über den Inhalt des Telefonats informiert, so wie Lorenz es zuvor verlangt hatte. Erst am Nachmittag hatte Professor Lenk das versprochene Material geschickt. Seitdem saß sie in ihrem Büro und studierte die Unterlagen. Gleichzeitig befragte sie die Internetsuchmaschine nach dem Bielefeld-Mord. Heraus kamen einige interessante Details zum Tathergang und ein Name: Hektor Richter.

Der Mann, ein ehemaliger Priester und begeisterter Hobbypilot, war vor zehn Jahren an Organversagen aufgrund übermäßigen Alkoholkonsums gestorben. Zeitweilig hatte die Bielefelder Polizei ihn für den Täter gehalten, weil Richter das Opfer, einen homosexuellen Arbeiter, gekannt hatte und eine Zeugin die beiden angeblich am Abend des Mordes zusammen gesehen haben wollte.

Vieles von dem, was Frost im Internet fand, gehörte in den Bereich der Spekulationen. Wohl oder übel würde sie ein Ersuchen um Akteneinsicht an die Staatsanwaltschaft Bielefeld schicken müssen. Vorher musste sie einen Termin mit Dominik

Israel ausmachen. Nachdem der Autor beim letzten Mal nicht auf die Aussicht eines Dates angesprungen war, wollte sie es diesmal wie einen offiziellen Vernehmungstermin aussehen lassen. Es gab zu viele offene Fragen, die Israel möglicherweise beantworten konnte. Vor allem aber machte eine Sache sie stutzig: Laut dem Wikipedia-Eintrag über Israel hatte der Autor vor etlichen Jahren in Bielefeld studiert. Ein Fakt, der nach dem Gespräch mit ihrem ehemaligen Hochschuldozenten eine enorme Bedeutung bekam.

Natürlich blieb die Möglichkeit, dass Israel von dem realen Tötungsverbrechen an einem Homosexuellen für seinen Thriller inspiriert worden war. Gut möglich, dass er den Fall zur damaligen Zeit aufmerksam in den Nachrichten verfolgt und kürzlich darauf zurückgegriffen hatte.

Alles purer Zufall – oder holt dich die Zeit ein? Die Zeit kann man nämlich nicht überlisten.

Sie wollte Israel unverfänglich fragen, ob er ihr Kopien des Recherchematerials zu seinem letzten Thriller kurzfristig überließ. Sie war neugierig, welche Quellen er für seine Schäferlegende und die Handlung im Allgemeinen herangezogen hatte.

Besonders gespannt bin ich, warum es zwischen der Hauptfigur und mir einige Parallelen zu viel gibt.

Dass Israel umfangreiches Recherchematerial besaß, wusste sie schon seit ihrem allerersten Telefonat, als sie noch geglaubt hatte, es mit einem stinknormalen Autor, der akribische Nachforschungen für seine Romane betrieb, zu tun zu haben und nicht mit jemandem, dessen Geschichte später blutige Realität werden würde.

Sie sammelte sich einige Sekunden, dann rief sie Israel von ihrem Dienstapparat an. Das Rufzeichen ertönte eine ganze Weile, bis sich schließlich die Mailbox seiner Handynummer meldete.

Keine Angst vor Maschinen.

Widerstrebend hinterließ sie eine Sprachnachricht, in der sie um Rückruf bat. Sie legte den Hörer auf und schaute zur Uhr. Bald musste Sarah Stahlmann von ihrem Abstecher zum Veterinäramt zurückkehren und Marc Kettner wollte sich in der Zwischenzeit um die Ergebnisse der Spurenauswertung aus Spreers Villa kümmern. Zweifellos würde das heute erneut ein langer Arbeitstag werden.

Während sie nachdachte, fiel ihr auf, dass sie Rainer Kron heute den ganzen Tag nicht im Kommissariat gesehen hatte. Das wiederum erinnerte sie daran, dass sie noch eine Rechnung mit dessen Schwager Konstantin Weiß offen hatte.

Wie stelle ich es an?

Das Telefonklingeln riss sie aus ihren Gedanken. Sie schaute auf das Display und erkannte den Anrufer augenblicklich.

Er ruft tatsächlich zurück.

»Herr Israel?«, vergewisserte sie sich.

»Sie haben mich angerufen.«

Kurz überlegte sie, ob sie sich für seinen Rückruf bedanken sollte, unterließ die Floskel jedoch. »Ich möchte mich mit Ihnen treffen. Dienstlich, versteht sich. Es geht noch einmal um Ihr Buch.«

»Mein Buch.« Er klang gereizt. »Wissen Sie, wie viele Anrufe ich aktuell stündlich bekomme? Die Presse glaubt, mein Buch diene als Vorlage für die Taten eines Serienkillers. Deshalb gehe ich schon nicht mehr ran, wenn mein Handy klingelt. Können Sie sich vorstellen, was das gesteigerte Interesse der Journalisten für mich derzeit bedeutet?«

Du hast es selbst gesagt: Besseres Marketing gibt es nicht. Es ist kostenlos und verdammt effizient.

»Können wir uns treffen und in Ruhe unterhalten?«

Er zögerte. »Vielleicht morgen oder übermorgen. Ich schaue in meinen Kalender und melde mich bei Ihnen.«

Während des Gesprächs fing ihr Handy an zu klingeln. Sie tippte es kurz an, um die Nummer auf dem Display zu erkennen. Es war ein ihr unbekannter Anrufer.

»Es muss heute sein«, redete sie mit Israel weiter.

»Das ist unmöglich.«

»Warum?«

»Weil ich beschäftigt bin.«

»Das sagten Sie beim letzten Mal auch. Komisch, ich dachte immer, Autoren könnten sich ihre Zeit frei einteilen.«

»Die erfolglosen, ja.«

»Ich …«

»Nein!«, schrie er durchs Telefon. »Sie hören mir jetzt zu, okay? Ich melde mich bei Ihnen, wenn es mir passt. Haben Sie das verstanden.«

Kurz überlegte Frost, ob sie ihn mit dem blutigen T-Shirt konfrontieren oder auf den Bielefeld-Mord ansprechen sollte, aber da ihr Handy nach kurzer Stille erneut anfing zu klingeln, verschob sie die Fragestunde auf eine passendere Gelegenheit.

»Lassen Sie sich nicht zu viel Zeit.«

Sie beendete das Gespräch und drückte gleichzeitig das grüne Feld auf ihrem Smartphone. Zu ihrem Erstaunen war es der Priester Benjamin Brunner, der schwer in den Hörer atmete und überstürzt redete.

»Frau Frost, Sie gaben mir kürzlich Ihre Visitenkarte. Die mit der handgeschriebenen Handynummer.«

»Ich weiß, was ich Ihnen gegeben habe. Und ich weiß auch, dass ich mich mit Ihnen unterhalten wollte, Sie jedoch keine Zeit für mich hatten. Rufen Sie an, weil Ihnen Ihr Gewissen keine Ruhe lässt?«

»Theo hat sich bei mir gemeldet.«

»Theo Spreer?«, vergewisserte Frost sich, obwohl er diesen zweifelsfrei meinte.

»Er ist völlig aufgelöst, weil die Polizei ihn sucht.«

»Seine Mutter wurde umgebracht.«

»Das erzählte er mir am Telefon. Und angeblich weiß er, wer der Mörder ist.«

»Wer?«

»Das hat er mir nicht gesagt.«

»Laut unseren Informationen besitzt Theo Spreer nur ein Handy und das fanden wir in seinem Zimmer.«

Neben dem von Oliver Paulsen …

»Er rief mich von einem Münzfernsprecher im Hauptbahnhof an. Ich riet ihm, dass er sich umgehend mit mir treffen soll.«

Kapitel 58

Gleichzeitig mit einem Kollegen aus dem K11 und zwei Kollegen vom Kriminaldauerdienst traf Frost am Hauptbahnhof ein. Sie stellten ihre Fahrzeuge auf der Sachsenseite ab und liefen zügig, jedoch nicht überstürzt zum Bahnhofsvorplatz. Dort warteten sie am vereinbarten Treffpunkt unter der Reklametafel des Elektronikfachmarkts Saturn.

Unmittelbar nach dem Telefonat mit Priester Brunner hatte Frost ihre Kommissariatsleiterin vom Gesprächsinhalt unterrichtet und von der Chance, Theo Spreer schnappen zu können. Da Stahlmann und Kettner außer Haus waren, hatte Lorenz sich um Unterstützung für Frost gekümmert. Einvernehmlich hatten sie sich dagegen entschieden, die Revierkollegen direkt um den Bahnhof zu positionieren, weil diese mit ihren Uniformen und der blau-silberfarbenen Lackierung der Fahrzeuge sofort aufgefallen wären. Stattdessen warteten vier Funkstreifenbesatzungen in strategisch günstigen Nebenstraßen. Für den Fall, dass Frost und ihre Kripoleute Theo Spreer im Promenadenbereich des Bahnhofs entdeckten und er flüchten wollte, konnte man die Streifenbeamten umgehend hinzuholen.

Während Frost sich eine Zigarette anzündete, spähte sie umher und scannte mit ihrem Blick jeden Passanten, der in ihrem Sichtfeld auftauchte.

»Erscheint der Priester eigentlich im Talar?«, spöttelte einer der beiden KDD-Kollegen, weil von Benjamin Brunner weit und breit nichts zu sehen war.

Statt auf den Kommentar zu antworten, schaute sie auf ihre Armbanduhr.

Jedenfalls erscheint er nicht pünktlich.

Gedanklich überschlug sie die Fahrzeit, die Brunner unter normalen Verkehrsbedingungen von seiner Wohnung bis hierher brauchte. Er wohnte im Stadtteil Lindenau. Selbst wenn er an jeder Ampel halten musste, hätte er die Strecke innerhalb einer halben Stunde schaffen müssen.

»Vielleicht findet er keinen Parkplatz«, meinte ein weiterer Kollege.

Daran wollte Frost nicht glauben. Gleichzeitig wusste sie, dass ein Mensch, der auf der Flucht war, sich nicht ewig an ein und demselben öffentlichen Platz aufhalten würde. Falls Spreer das Warten auf den Priester zu lange dauerte, würde er vermutlich in noch größere Panik verfallen und den vereinbarten Treffpunkt verlassen.

»Ihr geht rein, ich warte hier«, entschied Frost. Notwendigerweise musste sie hier warten, denn Brunner kannte ihr Gesicht. »Spreer wollte sich mit dem Priester in der Bahnhofshalle gegenüber der Buchhandlung treffen. Ihr wisst, wie die Zielperson aussieht?«

Ihre Kollegen nickten.

»Keine Funkgeräte, die fallen auf«, führte sie weiter aus. »Wir kommunizieren ausschließlich über Handys. Bei Sichtkontakt erfolgt Meldung an mich. Zugriff nur bei günstiger Gelegenheit. Aktuell gilt Spreer als extrem gefährlich. Vielleicht ist er sogar bewaffnet. Wir wissen nicht, wie er reagiert, wenn er sich in die Enge getrieben fühlt.«

Die Umstehenden bestätigten, dass sie verstanden hatten, und kontrollierten ihre Handys. Eine Minute später waren sie im Gebäude verschwunden. Auch wenn Frost die Warterei nervte, blieb sie am vereinbarten Treffpunkt stehen. Brunners Erscheinen hätte die Sache wesentlich vereinfacht, denn warum sonst hatte Spreer ihn angerufen, wenn er ihm nicht vertraute?

»Klara«, wurde sie von der Seite angesprochen.

Es war Kettner. Bestimmt hatte Lorenz den Kollegen unterwegs telefonisch erreicht und ihn zu Frost geschickt. Auf ihre Nachfrage bestätigte er ihre Vermutung.

»Ich bin so schnell es ging hergefahren. Wo sind Brunner und Spreer?«

»Nicht hier«, gab sie Auskunft und deutete hinter sich zum Bahnhofsgebäude. »Drei Kollegen suchen nach unserem Flüchtigen.«

»Du hattest recht, es sind tatsächlich sechs Finger gewesen. Der Handabdruck am Küchenfenster von Rodenbergs Haus stammt von Theo Spreer. Vorhin hat mich das K41 über die Übereinstimmung mit den Vergleichsabdrücken aus der Villa informiert. Jetzt warten wir noch auf das Ergebnis der DNA-Analyse.«

Frost nahm es zur Kenntnis und bewertete das Gesagte still für sich. Auch wenn sie längst damit gerechnet hatte und Spreer bereits als Tatverdächtiger galt, wollte sie keine voreiligen Schlüsse ziehen. Sobald sie den Sohn des letzten Mordopfers hatten, würde man ihm das Recht auf eine Aussage zugestehen.

Falls wir ihn endlich haben.

Sie nahm einen Zug von ihrer Zigarette und schaute sich erneut um. Von Brunner war noch immer nichts zu sehen. Und dass sich ihre Kollegen in der Bahnhofshalle noch nicht gemeldet hatten, machte sie ebenfalls nervös. Gegenüber Kettner ließ sie sich das nicht anmerken.

»Wie schätzt du Theo Spreer ein?«, wollte sie von Kettner wissen.

Der erfahrene Kriminalist wackelte unschlüssig mit dem Kopf. »Ich habe mich über ihn kundig gemacht. Auch wenn er gegenüber anderen Menschen sehr verschlossen ist, lobt sein Arbeitgeber seine Auffassungsgabe und seinen Fleiß. Laut den Nachbarn geht er jeden Tag um 17.30 Uhr joggen. Und hinter seinem Bücherregal fanden wir Werke von Nietzsche und Freud.« Er ließ eine Pause, weil er für eine Einschätzung Bedenkzeit benötigte. »Ich glaube, er ist intelligent, pünktlich und vielseitig interessiert. Er geht in die Kirche, hinterfragt jedoch seine Religion. Er sammelt Plastiktüten, was auf Fremde im ersten Moment verstörend wirkt. Es zeigt jedoch deutlich, wie viel Geduld er hat. Und das Wichtigste ist, er lässt seine Umgebung glauben, er sei zurückgeblieben.«

Es hätte mich gewundert, wenn du zu einer anderen Einschätzung gekommen wärst.

»Deshalb halte ich ihn für hochgradig gefährlich«, sagte sie. Er nickte bloß.

Seine Einschätzung zwang sie zum Handeln. Sie warf die Zigarette weg, hob ihr Handy zum Ohr und wählte einen der Kollegen im Bahnhof an. Wie befürchtet, hatten die Kollegen Spreer im Bereich der Buchhandlung nicht entdecken können. Auch die weitere Suche an den Bahnsteigen und den Promenaden verlief negativ, führte der Kollege weiter aus.

Er ist nie hier gewesen.

Sofort trennte sie die Verbindung und nahm ihr Funkgerät zur Hand. Per Durchsage beorderte sie die bereitstehenden Funkstreifenwagen zu einer anderen Adresse.

»Fahrt mit Sondersignal an«, befahl sie. »Und wenn an der Wohnung niemand öffnet, brecht die Tür auf …«

KAPITEL 59

Seit über zwei Stunden lag Klaas Franke auf dem Küchenboden. Er war nackt und sein Körper an mehreren Stellen mit Klebeband gefesselt. Selbst sein Mund war mit einem Streifen überklebt. Am Anfang hatte er versucht, sich zu befreien. Bald hatte er aufgegeben. Für eine eigenständige Rettung war das Band viel zu robust. Zusätzlich befand sich zwischen seinem Rücken und der Fessel ein Holzbrett. Durch dieses war es ihm fast unmöglich, sich zu bewegen. Es gelang ihm gerade einmal, sich auf dem Boden zu wälzen.

Niemals hätte er geglaubt, dass ihn jede Bewegung unendlich viel Energie kostete und dabei jede Menge Schmerzen verursachte. Letztlich hatte er mit den Füßen gegen die Küchenmöbel getreten, um durch das Klopfen auf sich aufmerksam zu machen. Leider verhinderte das Brett im Zusammenspiel mit dem Klebeband, dass er seine Knie einknicken konnte. Dadurch brachte er nur bedingt Kraft auf die Fußsohlen, wodurch er wiederum kaum Lärm verursachte.

Niemand hatte ihn bisher gehört. Er hatte erkennen müssen, dass in diesem Haus lauter Ignoranten wohnten. Erst recht ihm gegenüber ...

Vom plötzlichen Geräusch des Türschlosses zuckte er zusammen. Jemand betrat seine Wohnung. Vermutlich kehrte der Mann zurück, der sich als Paketzusteller ausgegeben, ihn mit einem Messer bedroht und ihn noch im Flur überwältigt hatte. Aus einem Reflex heraus hatte Franke sich gewehrt, hatte versucht, dem Eindringling den erstbesten Bilderrahmen, den er zu greifen bekam, ins Gesicht zu schlagen. Doch der Mann war, anders als sein Eindruck vermittelt hatte, extrem gewandt gewesen. Blitzschnell hatte er die Klinge so tief in Frankes Oberarm gerammt, dass die Spitze auf der anderen Seite wieder ausgetreten war. Natürlich hatte Franke vor Schmerz geschrien, doch der Mann hatte ihm seine Hand auf Mund und Nase gepresst. Und zwar so fest, dass Franke geglaubt hatte, er müsse ersticken. Dann war alles ganz schnell gegangen. Der Fremde hatte ihm die Kleidung aufgeschnitten, ihn gefesselt und die Wunde am Arm notdürftig mit Klebeband versorgt, um die Blutung zu stoppen.

Inzwischen war das Blut unter dem Band ausgetreten, aber das war im Augenblick nebensächlich. Wichtig waren die Stimmen, die sich näherten. Es waren zwei Männer. In Todesangst und der Hoffnung, die beiden würden ihn in Ruhe lassen, wenn er sich mucksmäuschenstill verhielt, presste Klaas die Augenlider zusammen und unterdrückte jegliche Träne.

»Klaas!«

Als Franke die Stimme erkannte, musste er blinzeln. Der Schock traf ihn augenblicklich.

Johnny!

Johnny war hier.

»Klaas, was hat er mit dir gemacht?« Johnny wollte sich zu Franke beugen, aber sein Begleiter riss ihn an den Haaren zurück.

Der falsche Paketzusteller mit dem Messer hatte auch Johnny überwältigt und gegen seinen Willen hergebracht.

»Ausziehen!«, befahl der Fremde.

Johnny schüttelte den Kopf. »Das werde ich nicht tun.«

307

»Wir haben doch eben im Auto darüber gesprochen, oder nicht?«

»Lass Klaas gehen, dann mache ich alles, was du sagst.«

Mit brachialer Gewalt schlug der Mann Johnny ins Gesicht, wodurch er zu Boden ging.

»Mäßigung ist deine Schwäche«, sagte er. »Dir fehlt Beherrschung. Die Eigenschaft, die deinen Drang nach gottesfremdem Vergnügen zügelt. Ich bin der Gesandte des Herrn und ich bin dein Seelenhirte.«

Franke verstand nichts. *Warum,* wollte er fragen, aber da sein Mund überklebt war, brachte er nur gedämpfte Laute hervor. Seine Furcht wich Wut, als er zusehen musste, wie der Fremde Johnny behandelte. Bald wurde Franke dermaßen wütend, dass sein Gesicht feuerrot anlief.

Doch sein Aufbegehren wurde jäh mit einem Tritt in seine Genitalien beendet. Nun krächzte Franke vor Qualen so sehr, dass es ihm den Rotz breiig aus den Nasenlöchern presste.

Die kalten Augen des Unbekannten blickten auf ihn nieder. Manchmal sprach Johnny vom Teufel, aber weil Franke nicht in die Kirche ging, hielt er den Teufel für eine Märchengestalt. Seit dem heutigen Abend wusste er allerdings, dass es den Teufel leibhaftig gab. Und dann sprach der Leibhaftige zu Franke: »Wenn er nicht tut, was ich ihm sage, wird das eine sehr schmerzhafte Nacht für dich. So schmerzhaft, dass du glaubst, jemand hätte dich in die Hölle gebracht.«

»Nein!«, protestierte Johnny.

»Ausziehen!«, wiederholte der Mann. »Sofort!«

Ganz langsam fing Johnny an, sein Hemd aufzuknöpfen.

»Glaub bloß nicht, dass mich das anmacht«, bekundete der Mann. »Ich tue das nur, weil Gott es von mir verlangt.«

»Du bist kein Hirte Gottes«, entgegnete Johnny. »An dir ist überhaupt nichts Göttliches.«

»Komisch, warum habe ich dann Macht über euch? Warum könnte ich ein Stück Fleisch aus ihm herausschneiden, wenn es mir beliebt?«

Johnny sagte nichts darauf, wohl um ihn nicht zusätzlich zu reizen. Als seine Kleidung vollständig zu seinen Füßen lag, befahl der Fremde, dass er sich auf den bereitgestellten Küchenstuhl setzen sollte. Dann begann der Unbekannte ihn ebenfalls mit Klebeband zu fesseln. Anders als bei Franke ließ er Johnnys rechten Arm frei.

»Weißt du, wie du Gott beweisen kannst, dass du dich sehr wohl zu mäßigen weißt?«

Johnny blieb reglos sitzen. Der Fremde legte sein Messer direkt neben ihn auf den Tisch, sodass Johnny jederzeit danach greifen konnte, und wandte sich seinem Rucksack zu. Aus diesem holte er eine Säge, Folie und einen Einweg-Anzug. Dann zeigte er auf die Klinge, die sich Johnny trotz der Möglichkeit dazu nicht anzufassen traute.

»Du kannst es beweisen, indem du ein bisschen von dir abgibst.«

Zuerst schien Johnny sprachlos vor Schreck, dann redete er mit fester Stimme. »Wozu? Du wirst mich ja doch nicht am Leben lassen, denn ich weiß, wer du bist.«

»So, du denkst also nur an dich selbst.« Jetzt schaute der Fremde mit seinen Teufelsaugen wieder Franke an und ein hässliches Grinsen breitete sich auf seinen Lippen aus. »Du kannst ihm die Qualen ersparen. Und glaub mir, andernfalls werde ich mir sehr viel Zeit für ihn lassen …«

»Halt dich von Klaas fern, du Schwein!«, stieß Johnny mit einem Schimpfwort aus, das Franke nie zuvor aus seinem Mund gehört hatte. »Also, was soll ich tun?«

Zufrieden gab der Fremde Anweisung. Irgendwann packte Johnny den Messergriff und führte die Klinge zum Schambereich.

KAPITEL 60

Sofort nachdem der Mitarbeiter des Schlüsseldiensts das Türschloss aufgesperrt hatte, betrat Frost die Wohnung. Bereits im Flur klebte Blut auf der Auslegware. Dem kaputten Bilderrahmen und den heruntergerissenen Jacken vom Kleiderhaken nach zu urteilen, hatte ein Kampf stattgefunden. Nachbarn hatten Geräusche gehört, ähnlich einem Schrei, sich jedoch nichts dabei gedacht. Herr Franke sei schon immer sonderbar gewesen, hatte eine Bewohnerin auf Befragung hin angegeben.

Sonderbar war die Situation für Frost längst nicht mehr, denn inzwischen kannte sie die Handschrift des Mörders. Entsprechend hatte sie eine Vorstellung, was sie in der Küche erwarten würde.

Sie nickte Kettner zu, der hinter ihr im Korridor wartete. Sie waren die Ersten und Einzigen, die den Tatort betraten.

»Du hattest wieder einmal den richtigen Riecher«, sagte Kettner, nachdem er zuerst die Unordnung im Eingangsbereich und anschließend mit ihr gemeinsam die gefesselten und furchtbar entstellten Leichen vorgefunden hatte.

Riecher hin oder her. Die Zeit hat gegen uns gespielt und sie hat gewonnen.

Ein Notarzt war hier so überflüssig wie die Erkenntnis, dass sie zu spät kamen. Seitdem Frost den Hauptbahnhof verlassen hatte, waren über zwei Stunden vergangen. Zwei Stunden, in denen die Polizei zu zwei Adressen gefahren war. Zuerst hatten sie Benjamin Brunners Tür aufgebrochen, weil Frost geglaubt hatte, dass er sich in Lebensgefahr befand. Jedoch hatten sie nur eine leere Wohnung vorgefunden. Waren ihr zu der Zeit noch Zweifel gekommen, wusste sie jetzt mit Bestimmtheit, dass ihr Gespür sie nicht getäuscht hatte. Vor ihr auf dem Fußboden lag Brunners abgetrennter Kopf. Daneben auf einem Stuhl sein Rumpf. Allerdings befand der Priester sich nicht in seiner Wohnung, sondern in der seines Geliebten: Klaas Franke.

Eine alte Glückwunschkarte hatte Frost und ihre Kollegen an diesen Ort geführt. Sie hatte die Karte bei der Durchsuchung von Brunners Wohnung gefunden. Inzwischen lag sie als Beweismittel in einer Spurensicherungstüte im Kofferraum ihres Wagens. Für sie stand fest, dass der Täter die Karte absichtlich auf dem Wohnzimmertisch platziert hatte, damit die Polizei sie fand. Nach gedanklicher Rekonstruktion des Geschehens musste der Mörder den Priester kurz nach dem Telefonat mit Frost in seine Gewalt gebracht haben.

Oder der Mörder hat ihn gezwungen, beim Telefonat mit mir falsche Angaben zu machen.

Beim Betrachten des toten Pärchens rief sie sich den Inhalt der Glückwunschkarte in Erinnerung: *Für Johnny, alles Liebe zum Geburtstag! Gott hat sein eigenes Land für uns. Dein Klaas.*

Es hatte eine Weile gedauert, bis Frost die enthaltene Anspielung auf den Film *God's Own Country* verstanden hatte. In dem Drama hieß der junge Schafzüchter Johnny Saxby. Demzufolge benutzte Klaas Franke den Vornamen des Hauptdarstellers ersatzweise für Benjamin Brunner.

Gottes eigenes Land ist nicht in dieser Stadt. Das hier ist höchstens ein gottverfluchter Ort.

Mäßigung. Wie in Israels Roman war das die vierte Kardinaltugend, nach der ein Wahnsinniger gemordet hatte. Auch hier war eines der Opfer verblutet, nachdem der Täter es brutal verstümmelt hatte.

»Er hat Klaas Franke die Genitalien abgeschnitten«, sprach Kettner aus, was auch Frost sah.

Auch wenn beide dem Mann nie zuvor begegnet waren, wussten sie, dass es sich um den Wohnungsinhaber handelte. Neben der Glückwunschkarte hatte die Polizei ein Foto von Franke in Brunners Schrankwand gefunden. Obwohl sie ihn eindeutig erkannte, staunte Frost trotz ihrer langjährigen Erfahrung wieder einmal, wie verändert Verstorbene selbst kurz nach ihrem Tod aussahen. Franke war nur das Druckmittel gewesen, das eigentliche Ziel des Täters hieß Benjamin Brunner. Deshalb hatte er ihn auch enthauptet, so wie die drei anderen Hauptopfer zuvor.

»Sieht so aus, als hätte unser Mann etwas gegen Schwule«, mutmaßte Kettner, womit er bei der Motivsuche mit Frost übereinstimmte. »Kann mir kaum vorstellen, dass unser Geistlicher sonst irgendwelche Geheimnisse hatte.«

»Er hat Brunner vor die Wahl gestellt: Entweder er schneidet sich das Geschlechtsteil ab oder er muss zusehen, wie der Täter es bei seinem Geliebten tut.«

»Wie kommst du darauf?«, fragte Kettner.

Weil es in der Natur des Mörders liegt, seine Opfer mit absoluter Hilflosigkeit zu strafen. Rodenberg und Hanke mussten ebenfalls zusehen, wie geliebte Menschen starben, ohne dass sie etwas dagegen unternehmen konnten. Und bei Elvira Spreer war vielleicht niemand greifbar.

»Wegen seines freien rechten Arms«, antwortete Frost und deutete auf den entkleideten und kopflosen Brunner, der an einen Stuhl gefesselt dasaß. »Damit kann er sich auf die Schnelle unmöglich das Klebeband vom Körper reißen, aber mit einem scharfen Messer hätte er sich sehr wohl den eigenen Penis abschneiden können.«

»Falls er den Mut aufgebracht hätte«, ergänzte er.

Frost bewertete den Tatort still für sich. Diesmal hatte der Killer sich weniger Zeit bei den Folterungen gelassen als bei den Taten zuvor. Natürlich hatte er gewusst, dass die Polizei bald hier eintreffen würde. Ohne den Hinweis durch die Karte hätten Frost und ihre Kollegen unweigerlich länger gebraucht. Damit er nicht überrascht wurde, hatte der Mörder vorgesorgt. Er hatte Franke den Penis samt Hoden abgeschnitten und ihn verbluten lassen. Anschließend hatte er keine Zeit verloren und Brunner den Kopf abgetrennt. Vermutlich mit einer Handsäge.

Auch wenn es pervers klang, aber dieser Schauplatz war im Hinblick auf das Wesen des Täters unspektakulärer als alle bisherigen. Vielleicht hatte er mittlerweile die Lust am Morden verloren und wollte es nur noch möglichst schnell beenden. Für Frost las sich der Tatort jedenfalls so.

»Glaubst du, das ist die Handschrift von Theo Spreer?«, fragte Kettner.

»Solange wir ihn nicht festgenommen haben, sollten wir uns auf Dominik Israel konzentrieren.«

»Weil er ein Buch geschrieben hat?« Kettner lachte bitter auf. »Dafür fehlt uns jegliche Grundlage.«

Frosts Blick fiel auf die geschlossene rechte Hand von Brunner. Es war keine Einbildung, was sie sah. Zwischen den Fingern schimmerte ein Schmuckgegenstand. Sie trat zur Leiche, spreizte deren Finger und klaubte die Halskette auf.

»Was hast du gefunden?«, wollte Kettner wissen.

Sie betrachtete den an der Kette befindlichen Anhänger und hielt ihn hoch. »Ein Omega.«

Kettner zog die Augenbrauen hoch. »Das darf nicht wahr sein! Exakt so einer wird in Israels Thriller von der Polizei beim letzten Opfer gefunden.«

»Du hast den Thriller gelesen?«

»Alle in der Abteilung haben ihn gelesen. Sarah fand ihn sogar spannend, ich dagegen werde nie verstehen, wie jemand einen solchen Schund schreiben kann.«

Weil es immer jemanden gibt, der solchen Schund lesen will.

»Das Omega ist der letzte Buchstabe im griechischen Alphabet und steht im biblischen Sinn für das Ende. Genau wie im Buch, wo der Anhänger das letzte Opfer markiert.«

»Okay, ich rede unverzüglich mit dem Staatsanwalt. Aber für den unwahrscheinlichen Fall, dass Israel in den Knast wandert, machen wir ihn dadurch zum Starautor.«

Ein König im Knast ist dennoch ein Gefangener.

»Dann hat er jede Menge Zeit für neue Bücher.«

»Eine Sache wäre da noch …«, fing Kettner an.

»Welche?«, fragte Frost, obwohl sie ahnte, was er meinte.

»In Israels Buch gibt es eine fünfte Grundtugend und einen fünften Mord.«

Ja, das ist mir bekannt.

KAPITEL 61

»Können Sie das für mich überprüfen, ja oder nein?«, fragte Frost die Mitarbeiterin des Standesamtes Bielefeld am Telefon.

»Warum probieren Sie es nicht beim Einwohnermeldeamt?«

»Das habe ich. Die konnten mir nicht weiterhelfen.«

Ein Seufzen drang aus dem Hörer. Die Dame am anderen Ende der Leitung war genervt. Ähnlich ging es Frost, weil die Zeiger der Bürouhr unaufhaltsam auf neun Uhr vorrückten und sie bei ihren Ermittlungen keine Fortschritte machte.

»Name?«, blaffte die Frau.

Frost blätterte in den Unterlagen, die ihr die Kripo Bielefeld kurzfristig übermittelt hatte. Es war einer dieser ungeklärten Mordfälle, die an der Ehre jedes tüchtigen Ermittlers kratzten. »Es geht um einen Herrn Hektor Richter. Laut Einwohnermeldeamt war er bis zu seinem Tod in Bielefeld gemeldet.« Zusätzlich nannte Frost das Geburtsdatum und die letzte bekannte Wohnadresse von Richter.

Es dauerte einen Moment, ehe die Standesbeamtin antwortete. »Es gibt tatsächlich eine Akte zu dem Mann. Der letzte Eintrag ist eine Sterbeurkunde.«

Diese Information half Frost nicht weiter, denn sie hatte bereits damit gerechnet. »An wen wurde die Urkunde ausgehändigt? Können Sie mir etwas zu einer Ehefrau, Kindern, Eltern, Verwandten sagen?«

»Sie sind vielleicht gut, Frau ... Frost!«

Wenigstens hat sie sich meinen Namen gemerkt. Das ist zumindest eine Basis.

Am liebsten hätte Frost das unkooperative Verhalten der Gesprächspartnerin offen angesprochen, aber sie hatte schon am scharfen Begrüßungston gemerkt, dass sie an die falsche Sachbearbeiterin vermittelt worden war, um Grundsatzdiskussionen anzufangen. Diese Behördentante war eine von den ganz harten Brocken. Eine, die genau wusste, dass die Leute nur deshalb anriefen, weil man etwas von *ihr* wollte. Entsprechend blieb Frost besonnen. »Ich weiß Ihre Mühe wirklich zu schätzen«, log sie. »Da ich selbst in einer Behörde arbeite, weiß ich, was für einen Berg Arbeit Sie vor sich liegen haben.«

»Das können Sie laut sagen.«

»Und wenn dann jemand wie ich in einer dringenden Angelegenheit anruft, bedeutet das für Sie, dass Mehrarbeit auf Sie zukommt, gleichzeitig kommen Sie mit Ihren aktuellen Fällen nicht weiter. Das ist manchmal zermürbend, weil im selben Moment der Vorgesetzte um die Ecke kommt und einen neuen Stapel Arbeit hinknallt, weil er meint, man hätte nichts zu tun. Kurzum, ich verstehe Ihre Reaktion. Ich möchte Ihnen keinesfalls in Ihre Tätigkeit hineinreden, aber Sie könnten mir wirklich sehr weiterhelfen.«

Stille, gefolgt von: »Schicken Sie mir ein schriftliches Ersuchen, dann werde ich sehen, was ich für Sie tun kann. Aber glauben Sie bloß nicht, dass ich das heute noch schaffe.«

Das wäre aber dringend notwendig.

»Sie haben wirklich viel zu tun«, bekräftigte Frost.

»Was ich aber jetzt schon sehe, Richter hatte weder Frau noch Kinder.«

Für weitere Nachfragen Frosts brachte die Standesbeamtin keine Geduld auf. Somit endete das Gespräch, ohne dass Frost wirklich etwas Hilfreiches erfahren hatte. In ihr wuchs das Gefühl, in diesem Fall auf der Stelle zu treten. Verdrossen griff sie nach ihrer Zigarettenschachtel. Dabei schaute sie auf ihr Handy. Bisher kein Anruf von Israel. Dafür hatte Brandner vor zwei Stunden angerufen. Auf dem Display erschien immer noch die Anruferinnerung. Eigentlich hatte sie sich vorgenommen, ihn zur Rede zu stellen, nachdem sie vom Hotelmanager erfahren hatte, dass der Hauptmeister sich vor Tagen im *Halo* nach ihr erkundigt hatte. Doch inzwischen hielt sie es für klüger, einfach auf Distanz zu gehen. Entsprechend ersparte sie sich einen Rückruf.

Gerade als sie sich eine Zigarette zwischen die Lippen geklemmt hatte, klopfte es. Lorenz und Stahlmann betraten ihr Büro.

»Gratuliere, Klara, du hast es geschafft«, sagte Lorenz, aber es klang nicht nach einer echten Beglückwünschung. »Rainer Kron bist du vorerst los.«

»Wovon redest du?«, fragte Frost, denn sie hatte keine Ahnung, was die Andeutung sollte.

Lorenz schnaubte. »Ich rede von seinem Schwager, diesem Winkeladvokaten. Konstantin Weiß. Na, klingelt es?«

Sie wissen von dem Überfall in der Tiefgarage.

Frosts Blick glitt von ihrer Chefin zu Stahlmann. Wenn Lorenz die Kriminaloberkommissarin mitbrachte, wussten es garantiert noch mehr Leute im Dezernat.

Sie wissen es. Alle.

»Könnte mich endlich jemand aufklären?«, fragte Frost.

»Seine Frau hat sich von ihm getrennt«, antwortete Lorenz und ein Hauch Mitleid schwang in ihren Worten mit.

Irgendwie hatte Frost das geahnt, aber dass es so plötzlich geschehen würde, damit hatte sie nicht gerechnet. »Weil er seinen Schwager zur Rede gestellt hat?«

»Zur Rede gestellt?« Lorenz lachte. »Er hat ihn persönlich angezeigt wegen Bedrohung, gefährlicher Körperverletzung, Nachstellen und sexueller Belästigung. Im Gegenzug kostet das Kron höchstwahrscheinlich seine Ehe. Er hat sich krankschreiben lassen und ist vorübergehend zu Hause ausgezogen.«

Das muss ein ganz mieser Traum sein. So etwas passiert in dieser Abteilung niemals. Nicht bei einem Vorgesetzten wie Kron.

Eine solche Konsequenz hatte Frost ihrem Dezernatsleiter nicht zugetraut. Er hatte Wort gehalten – und sich damit gegen seine Verwandtschaft gestellt.

»Seid ihr etwa hier, weil ihr mich zu der Sache aushorchen wollt?«

Lorenz stemmte beide Fäuste in die Hüften. »Denk bloß nicht, ich wäre hier, um dir zu danken, weil ich jetzt vorübergehend Krons Job machen muss. Auf den Dezernatsleiterposten verspüre ich in etwa so viel Lust wie auf Brustkrebs, Frau Exorzistin. Wir sind wegen einer anderen Sache hier.«

»Welcher?«

»Sarah«, sagte Lorenz und die Kollegin übernahm.

»Wir wissen, woher das Schaf stammt, das in Paulsens Schlafzimmer lag. Und du wirst es nicht glauben.«

Kapitel 62

Vor lauter Neugier vergaß Frost, sich ihre Zigarette anzuzünden. »Warum werde ich es nicht glauben?«

»Weil das Schaf aus der Schlachterei von Thomas Klein stammt«, gab Stahlmann Auskunft.

»Dominik Israels Vater«, murmelte Frost vor sich hin, denn sie konnte nicht fassen, was sie da hörte. »Wie haben wir das herausgefunden?«

»Das Tier war registriert.«

Vor Frosts geistigem Auge erschien die grässliche Situation in Paulsens Bett, als das Schaf mit aufgeschnittenem Bauch und dem darin enthaltenen Menschenkopf dalag. Sie erinnerte sich an jedes kleinste Detail. »Ich habe an dem Kadaver weder eine Ohrmarke noch sonst eine Kennzeichnung gesehen.«

»Kleins Firma lässt von jedem Tier das Blut vor der Schlachtung überprüfen, damit die Qualität des Fleisches stimmt, bevor es die Endverbraucher erreicht«, erklärte Stahlmann. Gleichzeitig legte sie eine Kopie eines Protokolls vor. »Reine Vorsichtsmaßnahme, nachdem das Unternehmen vor ein paar Jahren wegen eines Fleischskandals fast in Konkurs gegangen wäre.«

»So eine Kontrolle ist doch aufwendig und teuer.«

»Nicht so teuer wie ein mieser Ruf«, hakte Lorenz ein. »Frag mal meinen letzten Ehemann. Der hat für seine Seitensprünge kräftig zahlen müssen.«

Stahlmanns Augenbraue hüpfte, denn sie war ja wieder Single, nachdem ihre Affäre mit Marc Kettner kaum einen Monat gehalten hatte. »Für die Blutuntersuchungen der Tiere konnte Thomas Klein ein ansässiges Labor gewinnen, das preiswert und zügig arbeitet. Ungeachtet dessen konnte sich der Produktionsverantwortliche der Schlachterei daran erinnern, dass es bei den Warenlisten kürzlich eine Differenz bei der Anzahl der Tiere gab.«

»Ihnen fehlte ein Schaf«, fasste Frost zusammen.

Stahlmann nickte. »Dank der archivierten Blutprobe konnten wir einen Vergleich mit dem toten Tier machen.«

»Und kann sich der Mitarbeiter erklären, wie jemand das Schaf stehlen konnte?«

Diesmal zuckte Stahlmann mit den Achseln. »Im Schlachtbetrieb sind knapp zwanzig Leute tätig, zuzüglich der Anzahl an Zulieferern von Fremdfirmen. Es gab zwar keinen nächtlichen Einbruch, dafür herrscht tagsüber reger Betrieb auf dem Gelände. Ein verschwundenes Schaf falle da nicht gleich auf, meinte der Mann.«

»Wir sollten uns die Produktionsabläufe trotzdem genauer ansehen«, bestimmte Lorenz – eine Maßnahme, die sicher sinnvoll, wenngleich zeitaufwendig war.

Zeit. Tick. Tack. Es ist immer das Gleiche, am Anfang meint man, genug davon zu haben, bis die Zeiger einen überrollen.

»Was hast du über Rodenberg beim Veterinäramt herausgefunden?«, wollte Frost wissen.

»Das ist der wichtigste Punkt«, sagte Stahlmann und hob den Zeigefinger. »Achtung! Ich erwähnte doch vorhin, dass Kleins Firma in einen Fleischskandal verwickelt war.«

Gleich erzählst du mir, dass …

»Rodenberg hat damals Kleins Schlachterei mit Schafen beliefert. Darunter befanden sich teilweise kranke Tiere, weil Rodenberg billige Nahrungsergänzungsmittel aus Osteuropa verwendet hat, damit die Tiere schneller und mehr Fleisch ansetzten.«

»Hat nicht funktioniert«, sagte Lorenz und streichelte sich über ihren Bauch. »Ich hasse es, wenn jemand gemästet wird.«

Frost sagte nichts dazu. Sie hatte kürzlich einen alten Artikel im Internet gelesen, der die damalige Unternehmensbeziehung zwischen Klein und Rodenberg am Rande streifte. Weil der Bericht eine vage Verbindung zwischen Kleins Sohn und Benno Rodenberg herstellte, hatte sie ihn im Hinterkopf behalten.

»Niemand wird heutzutage mehr mit einer Schafzucht reich«, redete Stahlmann weiter. »Es sei denn, er hat einen Wettbewerbsvorteil in Form von Vitamin B. Meine Recherchen beim Veterinäramt waren erfolgreicher als gedacht, denn es hat sich herausgestellt, dass im Laufe der Jahre mehrere Anzeigen gegen Benno Rodenberg wegen Verstößen gegen das Tierschutzgesetz vorlagen. Ihr wisst ja, wie speziell dieses Gesetz ist, deshalb verließ man sich seitens der Polizei bei den Ermittlungen größtenteils auf die Einschätzung des Veterinäramts. Was niemand gemerkt hat, war allerdings, dass sämtliche Fälle von der stellvertretenden Amtsleiterin bearbeitet wurden.«

»Wohl eher vertuscht«, berichtigte Frost, denn nur so konnte Rodenberg sein Saubermann-Image aufrechterhalten, weil es nie zu offiziellen Sanktionen gegen ihn kam.

»Bestimmt hatten die beiden ein Verhältnis«, sagte Lorenz und wackelte mit dem Kopf. »Das hätte ich auch gern. Ab und zu … Von mir aus kann derjenige gern Schafzüchter sein.«

»Bitte keine Schafwitze«, sagte Frost. »Und weiter, Sarah?«

»Wie bereits angedeutet, hat Rodenberg seine Herde mit den verschiedensten Präparaten vollgestopft. Der Typ war ein skrupelloser Geschäftsmann.«

»Und unserem Täter war das bekannt«, fasste Frost es zusammen und sie wusste nun, was den vier Hauptopfern jeweils zum Verhängnis geworden war. »Benno Rodenberg war kein Saubermann und dazu hat er vermutlich seine Frau betrogen. Sophie Hanke hat Drogen konsumiert und ist dem Gottesdienst ferngeblieben. Elvira Spreer hat aller Wahrscheinlichkeit nach bei ihren Immobiliengeschäften den einen oder anderen unsauberen Verkaufstrick angewandt und außerdem hat sie hinter dem Rücken der Leute schlecht über sie geredet, wie wir von der Tonbandaufnahme wissen. Nur deshalb hat uns der Täter die Aufnahme zukommen lassen. Und Priester Benjamin Brunner hat versucht, seine homosexuelle Beziehung geheim zu halten. All das gefiel dem Mörder nicht.«

»Gottesfremdes Handeln gefällt ihm nicht«, ergänzte Lorenz.

»Fehlende Tugenden«, konkretisierte Stahlmann.

Als sie einträchtig schwiegen, klopfte es. Kurz darauf trat Kettner ein. Freudestrahlend wedelte er mit einem Dokument in der Luft.

»Das hier ist ein Durchsuchungsbefehl.«

»Quatsch«, sagte Stahlmann und riss ihm das Papier aus den Fingern. »Für wen?«

»Einmal darfst du raten.«

Ungläubig stierte sie auf den Namen und reichte den Beschluss wortlos weiter.

»Wie hast du das gemacht?«, fragte Frost ihn.

»Nicht ich war das, sondern Rainer Kron.«

KAPITEL 63

Da eine zivile Besatzung der Operativen Fahndungsgruppe Israels Adresse zuvor observiert hatte, wusste Frost, dass der Autor zu Hause war. Gemeinsam mit Kettner und Stahlmann betrat sie das Mehrfamilienhaus. Trotz, oder gerade wegen des derzeitigen Medienrummels um Israels Person hatten sie sich in Abstimmung mit der Kommissariatsleiterin gegen ein Großaufgebot an Polizisten entschieden. Falls Unterstützung notwendig wurde, standen zwei Streifenwagen abrufbereit.

Genau wie ihre Kollegen trug Frost ihre Dienstwaffe griffbereit unter der Lederjacke. Jedoch ging sie nicht davon aus, dass Israel Probleme bereiten würde. Auch wenn er etwas mit den Morden zu tun haben sollte, glaubte Frost nicht daran, dass er heute die Nerven verlieren und Amok laufen würde. Der Täter, dessen Psychogramm sie sich gedanklich zurechtgelegt hatte, ging selbst in brisanten Situationen überlegt und diszipliniert vor.

Ein letzter Blickkontakt mit ihren Kollegen, dann klingelte Frost an Israels Wohnung. Sichtlich erstaunt öffnete er. Er trug eine Jeans, die ihm eine Nummer zu groß war, und ein bequemes T-Shirt, stand barfuß da und sah übernächtigt aus. Sofort, als er nach dem Grund ihres Besuchs fragte, drückte sie ihm eine Kopie des Durchsuchungsbeschlusses in die Hand.

»Lesen Sie sich den aufmerksam durch. Ganz unten finden Sie auch einen offiziellen Stempel vom Amtsgericht. Für zukünftige Bücher wissen sie dann schon mal, wie so einer aussieht.«

»Sie sind mit einem Durchsuchungsbefehl hier?«

Darüber war ich genauso erstaunt wie du. Anscheinend hatte der Staatsanwalt gute Laune – oder schlechte. Je nachdem, von welcher Seite der Tür man die Sache betrachtet.

»Es heißt Durchsuchungsbeschluss«, verbesserte sie. »Da Sie nicht zu uns kommen, kommen wir zu Ihnen. Und ich kann Ihnen versichern, wir drei haben alle Ihr Buch gelesen.«

»Das spricht für mein Buch«, sagte Israel.

Hinter ihnen ging die Tür der Nachbarwohnung auf.

»Was ist hier los?«, tönte der alte Mann, der in den Hausflur trat.

»Ganz ruhig«, bremste Kettner ihn und die Frau dahinter. »Wir sind die Guten.«

Im Gegensatz zu Frost kannte ihr Kollege Israels Großeltern noch nicht. Für einen Moment sah es aus, als wollte der alte Mann den Kriminalhauptkommissar mit der Krücke bedrohen.

»Alfons, du musst dich nicht ständig in Dominiks Angelegenheiten einmischen«, belehrte ihn seine Ehefrau. »Der Junge ist alt genug.« Vergeblich versuchte sie, ihren Gatten am Pulloverzipfel zurück in die Wohnung zu zerren.

»Ist schon gut, Opa«, beschwichtigte Israel ihn. »Die Beamten tun nur ihre Pflicht.«

Für einen Bestsellerautor hat er ein reichlich abgegriffenes Repertoire an Sprüchen.

»Zu Ihnen kommen wir später«, sprach Frost den Großvater an.

»Später bin ich vielleicht tot«, knurrte er und humpelte zurück in seine Wohnung. »Statt meinen Enkel erneut zu belästigen, sollten Sie lieber diesen Geistesgestörten jagen, der da draußen Menschen umbringt.«

Sie glauben gar nicht, wie nah wir dran sind.

Während sich auf der anderen Seite die Tür schloss, ließ Israel die Kriminalisten hinein.

»Und was werden Sie jetzt tun?«, wollte er wissen. »Ich meine, kommt nach Ihnen so eine Art Räumkommando, das alle meine persönlichen Sachen beschlagnahmt und in Kisten fortschleppt?«

»Wir beschlagnahmen nur dann Gegenstände«, antwortete diesmal Stahlmann, »wenn wir den begründeten Verdacht haben, dass es sich um Beweismittel handelt und Sie die Gegenstände nicht freiwillig herausgeben wollen.«

»Also habe ich keine Wahl, oder?«

»Die hat man immer«, erwiderte Frost. »Zum Guten oder zum Schlechten.«

Israel lehnte die Wohnungstür an. »Sie wissen hoffentlich, dass Sie mir meine Lebensgrundlage nehmen, sobald sie meinen Laptop, meine Datenträger und mein Recherchematerial einkassieren. Darauf läuft es schließlich hinaus, die Klatschpresse hat schon spekuliert, wann Sie mich wegen meines Thrillers verhaften.«

»Einen Thriller zu schreiben, ist nicht verboten«, entgegnete Kettner. »Danach zu morden dagegen schon. Aufgrund der bisherigen Ermittlungen hält der leitende Staatsanwalt Sie für tatverdächtig.«

»Wow«, sagte Israel diesmal mit einem verkrampften Lächeln. Dabei schaute er Frost an, als wäre sie an allem schuld. »Offenbar hat der Staatsanwalt noch mehr Fantasie als ich. Falls ich nicht zu Unrecht im Knast lande, wird mein nächstes Buch nur so vor Authentizität strotzen.«

»Wenn Sie unschuldig sind, haben Sie sicher ein Alibi für letzte Nacht«, nutzte Stahlmann die Steilvorlage.

»Zählt es, wenn ich Ihnen versichere, dass ich mir eine Quizsendung auf irgendeinem Privatsender angeschaut habe und dabei auf der Couch eingeschlafen bin?«

»Wie hieß die Quizsendung?«, hakte Stahlmann nach und hielt einen Stift bereit.

»Wie gesagt, ich bin eingeschlafen.«

»Warum geben Sie nicht einfach an, Sie hätten bis in die Morgenstunden an einem neuen Buch gearbeitet?«, fragte Frost.

»Weil Ihre IT-Spezis vermutlich anhand von Systemprotokollen mit Leichtigkeit nachvollziehen können, dass ich meinen Rechner gestern Abend nicht mal angeschaltet habe. Es heißt übrigens Manuskript«, verbesserte er seinerseits. »Ein Autor arbeitet nie an einem Buch, sondern immer nur an einem Manuskript. Erst der Verlag macht ein Buch daraus.«

Diesen Kommentar nahm Frost zum Anlass, um den Druck zu erhöhen. Sie lief schnurstracks durch den Korridor bis zum Ende und betätigte die Klinke der Tür, die bei ihrem letzten Besuch verschlossen gewesen war – genau wie heute.

»Mich interessiert dieses abgeschlossene Zimmer.«

Unmerklich schüttelte Israel den Kopf. »Glauben Sie mir, mein Arbeitszimmer wollen Sie nicht sehen.«

»Nicht?«

»Nein, weil Sie dann womöglich ein falsches Bild von mir bekommen.«

»Ich denke, meine Neugier ist geweckt.«

Kettner legte eine Hand auf Israels Rücken und sagte: »Schließen Sie bitte auf.«

Im selben Augenblick veränderte sich die Situation. Frost musste erkennen, dass sie mit ihrer Einschätzung, was Israels Reaktion betraf, danebengelegen hatte. Er verlor die Nerven. Stahlmann reagierte rechtzeitig, als Israel Kettner wegstieß und zur Wohnungstür hastete. Noch bevor er sie gänzlich aufziehen und flüchten konnte, hatte sie ihn am T-Shirt gepackt. Trotz ihrer schmächtigen Figur sprang sie ihm dermaßen kräftig in den Rücken, dass sie ihn zum Straucheln brachte. Im Hausflur fielen sie der Länge nach hin. Bevor Israel zu einem erneuten Fluchtversuch ansetzen konnte, legte Kettner ihm bereits Handschellen an und verständigte die Revierkollegen, damit sie ihn abführten.

Minuten danach fanden sie den Schlüssel für die verschlossene Tür. Dahinter lag eine Welt, die man mit Vernunft schwerlich erfassen konnte. Ein 3D-Stillleben aus Verderbnis und Niedertracht. Beim Anblick dessen verspürte selbst die Exorzistin Furcht.

Hier lebt kein Künstler, kein Wortzauberer, sondern schlicht und einfach ein kranker, boshafter Mensch.

Beim Betrachten der Einrichtung erwischte Frost ein Déjà-vu. Wie eine Kopie glich das Zimmer dem Gebetsraum des Nachthirten aus *Die 5. Tugend*. Während es im Roman kein Fenster gab, waren hier die Fensterscheiben mit schwarzer Folie zugeklebt worden, um bei ausgeschaltetem Licht vollkommene Dunkelheit zu schaffen. Auf dem Boden erkannte sie in vier Schälchen die Wachsreste heruntergebrannter Kerzen. Statt eines zusammengerollten Papyrus', wie im Roman beschrieben, lag in der Zimmermitte allerdings ein Büchlein mit einem abgegriffenen Ledereinband.

So sieht also die Legende vom Schäfer aus.

Anders als Kettner und Stahlmann gelang es Frost nicht, einen weiteren Schritt in den Raum zu setzen. Dabei lähmten nicht die Skizzen von den Todesmaschinerien und Gewaltszenen ihre Beine; auch die aus dem Internet ausgedruckten Bilder von Toten und Verletzten schockten sie nicht, es war etwas anderes, das sie daran hinderte, näherzutreten.

Aus irgendeinem Grund redete Frost sich ein, Israel habe die Ausstattung anhand der Geschichte nachempfunden, aber das ergab keinen Sinn, im Gegenteil. Sämtliche Beschreibungen im Buch entsprangen der Realität. Selbst die Hauptperson Elli Stolz, die Tigerfrau mit den Ganzkörpertätowierungen, basierte auf einer realen Vorlage: auf Klara Frost.

Stahlmann trat zu der anthrazitfarbenen Arbeitsplatte, die mit ihren weißen Adern sogar das gleiche Muster wie im Buch aufwies. Sie betrachtete den darauf stehenden Laptop und die dahinter hängende Pinnwand.

»Du solltest jetzt besser rausgehen, Klara.«

Zu spät. Frost hatte längst die unzähligen Zeitungsartikel mit ihrem Namen und die Bilder mit ihrem Gesicht entdeckt. Israel hatte alles über sie als Polizistin an einer Wand gesammelt. Auch die gefälschten Porträts von der Prostituierten-Seite …

Kapitel 64

Durch einen venezianischen Spiegel musste Frost tatenlos zusehen, wie Kettner und Stahlmann den Autor im Nebenraum über seine Rechte belehrten.

»Ich sollte diese Vernehmung führen«, sagte sie und lauschte der Tonübertragung aus den Lautsprechern, um keine noch so winzige Bemerkung von Dominik Israel zu verpassen.

»Du bist befangen«, entgegnete Lorenz, die mit verschränkten Armen neben ihr ausharrte und in dieselbe Richtung wie Frost blickte. »Der Mann hat es auf dich abgesehen.«

»Noch wissen wir das nicht.« Sie wollte sich eine Zigarette anzünden, aber Lorenz zupfte ihr die komplette Schachtel aus den Fingern.

»Ach nein? Ich glaube, ich hätte ihn sofort erschossen, wenn ich in seiner Wohnung ein Zimmer betreten hätte, in dem er lauter Bilder und Zeitungsausschnitte von mir archiviert.«

»Hast du mir nicht mal erzählt, dass dein erster Mann ständig Fotos von deinen Füßen gemacht und damit heimlich ein ganzes Album angelegt hat?«

»Damals waren meine Füße ja auch noch vorzeigbar.«

»Den hast du jedenfalls nicht erschossen, als du ihn dabei erwischt hast.«

»Aber nur, weil ich damals keine Pistole griffbereit hatte.«

Du hättest ihn mit deinen Zehen ersticken können. Wobei ihm das vermutlich sogar gefallen hätte.

Frost verlor das Interesse an dem Thema. Lieber konzentrierte sie sich auf das, was sich im Vernehmungsraum tat.

»Erkennen Sie das?«, fragte Kettner und hielt Israel sein eigenes T-Shirt voller Blutspritzer hin.

»Scheiße, ja, das ist meins. Ich weiß, was Sie jetzt denken ...«

Kettner unterbrach ihn nicht.

»... aber das ist kein Menschenblut«, führte Israel aus.

»Das wissen wir bereits. Es stammt von einem Schaf. Möchten Sie uns das erklären?«

»Ich nehme an, Frau Frost hat es ... mitgehen lassen.« Er schaute an Kettner vorbei zur Glasscheibe hinter der er Frost vermutete, sie jedoch nicht sehen konnte. Trotzdem kam es ihr vor, als würde er ihr direkt in die Augen sehen. »Daher frage ich pro forma, ob Sie das überhaupt gegen mich verwenden dürfen?«

»Warum sollten wir es gegen Sie verwenden?«, fragte Stahlmann. »Wo es sich doch lediglich um Tierblut handelt?«

Israel zuckte mit den Schultern. »Ich frage ja nur.«

»Wir wollen lediglich verstehen, was es in Ihrer Waschmaschine zu suchen hatte.«

Diesmal nickte er. »Sie haben ja mein Arbeitszimmer gesehen ...«

»Arbeitszimmer«, wiederholte Frost. »Eine nette Umschreibung für ein Gruselkabinett.«

»Wenn ich an einem Manuskript arbeite, dann tauche ich vollständig in die Geschichte ein.« Israel hielt seine Hände über dem Tisch und seine Finger verkrampften, als wollte er aus Luft ein Gebilde formen. »Ich schlüpfe quasi in die Haut meiner Figuren ...«

Einer Figur wie Elli Stolz.

Bei der Vorstellung musste Frost kurzzeitig würgen, weil es sich auf einmal anfühlte, als wäre er in ihr drin. Anscheinend bemerkte Lorenz, wie sehr ihr die Worte zusetzten, deshalb legte sie Frost beruhigend die Hand auf den Arm.

»Verstehen Sie?«, fragte Israel die beiden Beamten im Raum. »Die Handlungen und Morde in meinem Thriller sollen möglichst authentisch sein. Für eine Szene habe ich mir ein wenig Schafblut aus der Schlachterei meines Vaters besorgt und damit ein paar Versuche auf verschiedenen Materialien unternommen. Unter anderem wollte ich wissen, was passiert, wenn man versucht, getrocknetes Blut in der Waschmaschine zu beseitigen.«

»Alle Achtung«, bekundete Kettner. »Ich wette, die wenigsten Autoren geben sich so viel Mühe wie Sie. Ich bin echt beeindruckt.«

»Wie fanden Sie mein Buch?«, stellte Israel eine überraschende Zwischenfrage.

Jedoch war Kettner zu erfahren, um die Rolle des Vernehmers abzugeben. Statt zu antworten, zeigte er auf das T-Shirt. »Weiß Ihr Vater von der Sache mit dem Blut?«

Israel schüttelte den Kopf. »Sicher haben Sie längst herausgefunden, dass ich auf Wunsch meines Vaters mit in der Schlachterei arbeiten sollte. Ich dagegen gäbe alles dafür, er würde akzeptieren, dass ich nicht bin wie er.«

»Das beantwortet die Frage nicht«, sagte Frost, doch ihre Kollegen konnten ihren Einwand nicht hören.

Kettner kam allerdings von selbst zu dem gleichen Urteil. »Sie weichen aus.«

»Herrgott, nein, mein Vater wusste nichts davon, denn offiziell weigere ich mich, einen Fuß in die Schlachterei zu setzen. Reicht das?«

»Verstehe ich das richtig«, schaltete sich Stahlmann ein. »Es zieht Sie trotzdem an diesen Ort, wo Tiere geschlachtet und ausgeweidet werden?«

»Nein, das verstehen Sie falsch. Auch wenn in meinen Büchern schlimmere Szenen vorkommen, so widert es mich in der Realität an.«

»Interessant«, sagte Sarah und griff nach einer Plastiktüte, in der sich ein altes Tagebuch befand. »Dann erklären Sie uns das hier.«

Israels Miene nach zu urteilen, erkannte er das Buch mit dem abgenutzten Ledereinband, das bei der Durchsuchung in der Mitte seines Arbeitszimmers gelegen hatte, sofort.

»Das gehört zu meinen Recherchen.«

»*Vom Schlachten der Schafe*«, nannte sie den Titel. »Es besteht aus abscheulichen Texten und Bildern. Jede einzelne Seite ist ein Unikat, weil jede einzelne mit Tinte von Hand geschrieben und gezeichnet wurde. Und auf diesen wird detailliert geschildert, wie man Schafe und Menschen schlachtet. Wir glauben kaum, dass man ein solches Exemplar in einer normalen Bücherei bekommen kann. Können Sie uns erklären, woher Sie es haben?«

Israel fixierte das Buch, überlegte lange und sprach dann ruhig. »Wenn ich Ihnen erzähle, dass ich es an meinem dreizehnten Geburtstag gefunden habe, dass eine Schatzkarte mich zu dem Buch geführt hat und dass es ein Geschenk von einem Unbekannten war, würden Sie mir das glauben?«

Die beiden Beamten schauten sich fragend an. Auch Frost hinter der Scheibe fehlte für den Moment eine Antwort.

»Um auf Ihr Arbeitszimmer zurückzukommen«, fuhr Kettner fort. »Ich möchte offen mit Ihnen sprechen, Herr Israel, die meisten Menschen würden die Einrichtung als Perversität empfinden, als die groteske Welt eines Psychopathen. Vielleicht kennen Sie Filme, in denen die Polizei irgendwann im Laufe der Handlung einen Raum mit diffusem Licht betritt, in dem die Wände von oben bis unten mit Zeitungsartikeln, Zeichnungen oder Symbolen tapeziert sind. Dann weiß der Zuschauer sofort, wie krank der Killer im Kopf wirklich ist …«

»Lassen Sie mich das erklären«, redete Israel dazwischen und hob wie in der Schule den Arm. »Das alles gehört zu meiner Arbeit. Ich meine, Sie laufen in Ihrer Freizeit ja auch nicht mit einer Waffe herum, oder?«

»Vielleicht lassen Sie mich erst ausreden«, erwiderte Kettner mit einem Zwinkern. »Wir sind hier nicht in einem Film, wollte ich sagen, wo solche Szenen zur Atmosphäre dazugehören. Wir möchten wissen, warum jemand nach Ihrem Buch tötet.«

»Außerdem wollen wir wissen, warum Sie von einer Kollegin Nacktbilder sammeln«, ergänzte Stahlmann und legte die retuschierten Fotos von Frost aus dem Internet neben das T-Shirt. »Wollen Sie uns ernsthaft erzählen, die bräuchten Sie für einen Ihrer Thriller?«

»Gott, das ist jetzt absolut peinlich.« Israel raufte sich die Haare. »Es hat mit Elli Stolz zu tun.«

»Sie meinen die Hauptfigur aus Ihrem Roman?«

»Nach dem Erfolg meines Thrillers *Die 5. Tugend* wollte der Verlag unbedingt eine Serie mit der Kommissarin. Weder mein Agent noch meine Lektorin wissen, dass ich Elli einer realen Polizeibeamtin nachempfunden habe. Damals hielt ich es für eine gute Idee, weil Frau Frost in ihrer Karriere einfach Unglaubliches geleistet hat, worüber sogar Zeitungen und Nachrichten berichteten. Auch wenn ich während des Schreibprozesses dagegen angekämpft habe, irgendwann sind sich Elli Stolz und Klara Frost immer ähnlicher geworden. Im Nachhinein bereue ich es sehr. Es war ein Fehler und tut mir leid. Und jetzt, wo ich für den Verlag einen Nachfolgeband schreiben soll, musste ich mir etwas einfallen lassen, wie es mit der Protagonistin weitergeht. Zufällig bin ich auf die Sexanzeige von Frau Klara Frost gestoßen. Die Geschichte war einfach zu verrückt, um ihr keine Beachtung zu schenken. Ich habe mir die Bilder für meine Arbeit ausgedruckt, nicht weil ich Interesse an Ihrer Kollegin habe. Das alles klingt absurd, ich weiß ...«

In der Tat. Wie stolpert man zufällig über eine solche Anzeige? Frost wäre am liebsten in das Nachbarzimmer gestürmt und hätte diesem Widerling eine Ohrfeige verpasst. Unweigerlich kamen ihr hässliche Gedanken, was er in seinem dunklen Raum beim Betrachten ihrer Bilder mit sich angestellt hatte.

»Um ehrlich zu sein«, redete Israel mit gesenktem Kopf weiter, »nach derzeitigem Stand sieht der Plot für meinen neuen Thriller keine intimen Bilder von Elli Stolz vor.«

»Ich gehe davon aus, dass Sie ehrlich sind«, sagte Kettner und legte neben das T-Shirt und die Nacktfotos noch die Kette mit dem Omega-Symbol. »Wie sieht es damit aus? Haben Sie das schon einmal gesehen?«

»Nein.«

»Aber exakt einen solchen Anhänger beschreiben Sie in *Die 5. Tugend.*«

Israel betrachtete ihn eingehender und nahm ihn sogar in die Hand. »Ich sehe keinen Feingehaltsstempel. Aus welchem Material besteht der hier? Messing? Oder sogar Aluminium? In meinem Buch ist das Omega aus 925er Silber.«

»Wenigstens geben Sie zu, dass es in Ihrer Geschichte einen Anhänger mit einem solchen Buchstaben gibt.« Kettner lief einmal um den Autor herum und stützte sich dann mit beiden Händen auf den Tisch. »Verstehen Sie, weshalb wir Sie befragen? Es tauchen einfach zu viele Details in Ihrem Buch auf, die mit der aktuellen Mordserie zu tun haben. Vielleicht sollten Sie doch noch einmal überlegen, ob Sie nicht lieber einen Anwalt hinzuziehen wollen. Das steht Ihnen jederzeit frei. Wir werden diese Vernehmung jedenfalls erst beenden, wenn wir wissen, ob Sie ein Mörder sind oder tatsächlich nur ein Romanautor.«

Israel reagierte nicht empört. Er rieb sich das Kinn, atmete einmal schwer und schüttelte dann erneut den Kopf.

»Meinetwegen behalten Sie mich hier, so lange Sie können. Alles, was mir hier widerfährt, werde ich früher oder später in einem Buch veröffentlichen.«

»Das führt zu nichts«, murmelte Frost im Nebenraum, um danach lauter zu sprechen. »Er weiß, dass wir ihm nichts nachweisen können. Mit dem Thema Vernehmung und polizeilichem Vorgehen hat er sich allein aus beruflichem Interesse beschäftigt. Er hat mich am Telefon sogar danach gefragt, wollte viele Einzelheiten wissen.«

»Dann hatte er eine gute Lehrmeisterin«, antwortete Lorenz. »Ich finde, Marc und Sarah machen das ausgezeichnet. Er wäre nicht der Erste, der früher oder später auf diesem Stuhl einknickt.«

»Alles, was wir ihm vorlegen, sind Indizien. Uns fehlt der eine entscheidende Beweis. Er wird sich bei seiner Aussage nicht verraten. Ich habe sein Buch gelesen. Wie er die dortigen Vernehmungen beschreibt, könnten die glatt hier im Kommissariat stattgefunden haben.«

»Dann ist er eben ein talentierter Schriftsteller.«

Als Lorenz dieses Plädoyer sprach, klopfte es an der Tür. Ein Kollege trat ein.

»Unten am Empfang wartet Israels Vater. Er will mit seinem Sohn sprechen.«

Lorenz schaute Frost an. »Hat er ihn angerufen?«

Frost verneinte. »Israels Großvater wird ihn benachrichtigt haben, als wir Israels Wohnung durchsucht und ihn abgeführt haben.« Sie schaute ins Vernehmungszimmer, wo Kettner dem Autor eine Reihe von Lichtbildern zeigte. Israels Gesichtsausdruck nach zu urteilen, schien ihm nicht zu gefallen, was er da sah. Frost gab dem Kollegen ein Zeichen. »Ich kümmere mich um seinen Vater.«

Kaum drei Minuten später stand sie Thomas Klein im Vorraum der Kriminalpolizeiinspektion gegenüber.

»Ich will auf der Stelle wissen, was Sie meinem Sohn vorwerfen«, forderte Klein ohne eine Begrüßung.

Frosts Blick ging in den leeren Wartebereich, dann zum Einlassdienst, schließlich zurück zu ihrem Gegenüber. »Er wird gerade zu den Morden an zehn Menschen befragt.«

»Mein Sohn ist kein Mörder.«

»Das habe ich nicht behauptet.«

Klein nahm Haltung an und hob das Kinn. »Dann lassen Sie ihn gehen.«

»Sobald wir wissen, ob Ihr Sohn eine Kuriosität oder ein Irrtum ist.«

»Was meinen Sie damit?«

»Ein Irrtum ist das *Camel*-Kamel.«

Er schob die Augenbrauen zusammen. »Was?«

»Die Zigarettenmarke *Camel* zeigt auf ihrem Logo ein Dromedar«, erklärte sie. »Da Sie Fleischermeister sind – und damit im weitesten Sinne mit Tieren zu tun haben –, kennen Sie sich vielleicht mit Kamelen und dem Unterschied zwischen einem und zwei Höckern aus. Im Falle Ihres Sohnes bestünde der Irrtum darin, dass er kein Mörder ist wie derzeit angenommen.«

Er blinzelte mehrfach hintereinander, wohl weil er ihr nicht folgen konnte. »Sie sagten eben, dass er kein Mörder ist.«

»Ich sagte weder das eine noch das andere. Ich sagte lediglich, dass ein Irrtum vorliegen könnte – oder eine Kuriosität.« Sie ließ eine Pause. »Eine Kuriosität ist die Telefonvorwahl von Russland. Diese lautet 007. Verstehen Sie? Ihr Sohn wäre eine Kuriosität, wenn er seine Taten zuvor in einem Buch für alle Welt öffentlich lesbar niedergeschrieben hätte.«

»Er ist Autor! Ja, er hat ein Buch geschrieben, na und? Irgendein verrückter Fan scheint da die Sache zu wörtlich zu nehmen. Vielleicht denken Sie darüber einmal gut nach. Durfte mein Sohn wenigstens einen Anwalt kontaktieren?«

»Er hat auf einen Anwalt verzichtet.«

»Bestimmt, weil Sie ihn eingeschüchtert haben.« Er schaute an ihr vorbei zur verschlossenen Tür, die zu den Kommissariaten führte. »Ich möchte mit ihm reden.«

»Sie haben da eben einen interessanten Punkt angesprochen«, überging Frost die Forderung. »Die Sache mit dem Fan, meine ich. Dafür, dass Sie und Ihr Sohn sich nicht besonders gut verstehen, finde ich es beachtlich, dass Sie hier sind, um ihm beizustehen. Er wird es Ihnen sicherlich danken.«

»Wir reden hier immerhin über meinen Sohn.« Klein wurde ungehalten und wollte sich an ihr vorbeidrängen. »Übrigens kenne ich mich tatsächlich ein wenig mit Tieren aus: Meines Wissens gehört ein Dromedar sehr wohl zur Familie der Kamele.«

Frosts Mundwinkel gingen nach oben. »Sehen Sie, genau das meinte ich mit Irrtum.«

Kapitel 65

Als Frost aus dem Fahrstuhl trat, kam Lorenz ihr bereits auf dem Kommissariatsflur entgegen.

»Na endlich, warum hat das mit Herrn Klein so lange gedauert?«, wollte sie wissen, wartete jedoch keine Antwort ab. »Wir haben hier nämlich ein kleines Luxusproblem.«

Frost schaute an ihr vorbei, denn im Hintergrund liefen einige Kollegen aufgescheucht hin und her. Sogar einen Uniformierten bemerkte sie.

»Liegt die Betonung auf Luxus oder auf Problem?«, fragte sie.

»Das kannst du selbst beurteilen. Wir haben jetzt plötzlich zwei Tatverdächtige auf dem Stuhl.«

»Redest du von Theo Spreer?«

Lorenz zog Frost vom Gang in ihr Büro. »Eine Streife hat ihn eben über den Hofeingang zu uns gebracht. Geschnappt hat ihn allerdings die Bundespolizei, nachdem einer Zeugin ein verwahrloster Mann im Citytunnel verdächtig vorgekommen ist. Offenbar hat Spreer eine trockene Bleibe gesucht. Unter seiner Jacke hat der Kerl ein blutiges Hemd getragen. Momentan wird er im Zuge der Beweismittelsicherung vollständig entkleidet und durchsucht.«

»Wissen Marc und Sarah schon Bescheid?«

Lorenz schüttelte den Kopf und umrundete ihren Schreibtisch. »Ich will sie nicht aus dem Konzept bringen. Die sollen mit der Vernehmung von Israel weitermachen.«

»Also lässt du mir bei Spreer freie Hand?«

»Wir werden nicht schlau aus ihm. Zeitweise ist er völlig normal und versteht, was mit ihm hier passiert. Im nächsten Moment benimmt er sich wie ein Kind und will ständig wissen, wo seine Mutter ist. Ich schätze, eine gespaltene Persönlichkeit ist genau der richtige Fall für dich.«

Innerlich atmete Frost auf. »In zehn Minuten will ich ihn vor mir sitzen haben. Erkundige dich beim Staatsanwalt, wie weit ich gehen darf.«

»Da ist noch etwas.« Lorenz nahm eine Mappe vom Tisch und reichte sie Frost. »Die wirst du brauchen.«

Frost fragte nicht nach dem Inhalt, sondern warf direkt einen Blick hinein. Im Inneren befand sich ein Untersuchungsprotokoll, dessen Ergebnis sie überraschte.

»Er war das mit dem Schaf«, sagte sie ungläubig.

Lorenz nickte bloß.

Mit der Mappe unter dem Arm ging Frost in ihr Zimmer, holte einige Unterlagen zu den Morden, das Ergebnis der daktyloskopischen Untersuchung von Spreers Fingerabdrücken, ihr Metronom und ein Exemplar von Israels Thriller. Danach rauchte sie am Fenster ihres Büros in Ruhe eine Zigarette und ging gedanklich die Vorgehensweise durch. Nachdem sie zu Ende geraucht hatte, trat sie nach draußen und sprach mit ihren Kollegen den Ablauf der weiteren Maßnahmen ab. Zu ihrem Erstaunen entdeckte sie auf dem Kommissariatsflur Frank Brandner. Er und ein Kollege hatten Spreer zur Kriminalpolizeiinspektion gebracht.

Kurz bevor sie den Vernehmungsraum erreichte, sprach er sie mit einem Lächeln an. »Können wir kurz reden, Klara?«

Das sollten wir dringend, mir brennt da nämlich eine Frage auf der Zunge.

»Ich denke nicht, dass wir das können«, log sie.

Hörbar erstaunt blies Brandner die Luft aus. Vermutlich hatte er nicht mit solch einer Ablehnung gerechnet. »Habe ich irgendwas falsch gemacht?«

Noch wusste er nicht, dass sie längst erfahren hatte, dass er ohne ihr Wissen ihr Hotel aufgesucht hatte. Sie hielt es für entbehrlich, ihn dahingehend aufzuklären.

»Danke, dass du mir Theo Spreer gebracht hast«, sagte sie und drängte sich an ihm vorbei. Bevor sie die Tür zum Vernehmungsraum öffnete, schob er sich zwischen sie und die Tür.

Sie schaute ihn fest an. »Das wäre dann alles.«

Wortlos nickte er und trat zurück. Sie betrat den Vernehmungsraum.

Zum Teufel, Klara, reagierst du da nicht etwas kindisch?

Abgelenkt von Brandners plötzlichem Auftauchen dauerte es einen Augenblick, bis es ihr gelang, sich auf den Tatverdächtigen zu konzentrieren. Spreer sah furchtbar aus. Verschmutzte Wangen, fettige Haare und hochrote Augen.

Auf der Flucht schläft es sich schlecht, nicht wahr?

Leihweise hatten ihm ihre Kollegen ein paar Kleidungsstücke gegeben, die man für solche Fälle bereithielt. Nichts Schickes, aber etwas, das selbst einem vermeintlichen Mörder ein wenig Würde verlieh. Und sein Atem stank entsetzlich, stellte sie fest, als sie sich ihm gegenübersetzte.

»Hören Sie?«, fragte er.

Beim Betreten des Zimmers ihrerseits hatte er wohl eine Frage gestellt. Weil sie in Gedanken gewesen war, hatte sie es überhört. So etwas passierte ihr gewöhnlich nie. Auch dafür verfluchte sie Brandner.

Schlechte Voraussetzungen für eine Vernehmung, bei der es um die Zukunft eines Menschen geht.

»Wissen Sie, warum Sie hier sind?«, fragte sie ihn und stellte das Metronom auf die Tischmitte.

Wie hypnotisiert von dem Musikgerät schüttelte er den Kopf. »Was ist mit meiner Mutter?«

Lorenz hatte Frost bezüglich Spreers widersprüchlichem Verhalten vorgewarnt. Jetzt, wo er vor ihr saß und sie ihn betrachtete, kamen ihr Zweifel, ob er tatsächlich dazu fähig war, kaltblütig einen Menschen umzubringen.

»Erinnern Sie sich, dass Sie den Notruf gewählt haben?«, stellte Frost eine Gegenfrage.

Es dauerte, ehe er antwortete. »Mama war verletzt. Sie hat geblutet. Dann habe ich die 110 gewählt. Ja, daran erinnere ich mich.«

»Wieso sagen Sie, Ihre Mutter war verletzt?«

»Weil meine Mutter nicht einfach sterben würde, ohne es mir vorher zu sagen.«

Frost drehte den Kopf und schaute zur Tür. Dabei überlegte sie, ob sie die Vernehmung sofort abbrechen und Spreer einem Arzt vorstellen sollte, der sich mit psychischen Störungen besser auskannte.

»Ihre Mutter ist tot«, sagte sie stattdessen. »Das wissen Sie.«

»Nein!« Er sprang von seinem Stuhl auf.

Frost blieb schweigend sitzen.

»Nein! Sie lügen!«

»Soll ich Ihnen die Fotos Ihrer toten Mutter zeigen? Möchten Sie sich die Situation im Haus anhand von Bildern in Erinnerung rufen?«

Langsam sank Spreer zurück auf seinen Stuhl. »Deshalb das mit ihrem Kopf, oder?«

Er meinte die Enthauptung. Frost nickte und brachte das Metronom zum Laufen, um die Eintönigkeit im Raum zu durchbrechen und Spreers Unterbewusstsein zu stimulieren.

»Das ist ein mechanisches Metronom«, sagte er. »Das ist lustig, dass Sie es mitgebracht haben.«

»Was finden Sie daran lustig?«

»Na, weil Sie bestimmt keine Musikerin sind, oder?«

»Es gab eine Zeit, da habe ich mir gewünscht, einmal eine zu werden.«

Ich habe angefangen, Violine zu spielen. Wie mein Vater.

Das verheimlichte sie vor Spreer.

»Ich wollte Erfinder werden«, sagte er.

»Und haben Sie etwas erfunden?«

Unschlüssig wackelte er mit dem Kopf. »Ja, ich denke schon.«

»Möchten Sie mir davon erzählen?«

Er schüttelte den Kopf. »Warum bin ich hier?«

Danach hatte sie ihn schon zu Beginn der Vernehmung gefragt, aber er hatte nicht geantwortet. Nun lag es an Frost, ob sie den Return annahm oder ihn zurückspielte.

»Zeigen Sie mir Ihre linke Hand«, forderte sie.

KAPITEL 66

Zögerlich lockerte sich seine Faust und Frost betrachtete Spreers Hand mit den sechs Fingern.

Polydaktylie.

»Ich bin kein Behinderter«, bekräftigte er.

»Nein, das sind Sie nicht«, bestätigte sie. »Aber wir haben Ihre Fingerabdrücke bei der Tatortarbeit in Benno Rodenbergs Haus an einem Fenster gefunden.«

»Nein.«

»Sie kannten Benno Rodenberg und seine Familie aus der Kirche.«

»Ja, Herr Rodenberg war ein feiner Mann. Er hat mir zur Konfirmation sehr viel Geld geschenkt.«

»Wie kommt Ihr Handabdruck an seine Fensterscheibe?«, ließ sich Frost von der Aussage nicht ablenken.

»Nein.«

Das sagtest du bereits.

Frost ließ eine längere Pause, in der sich das Geräusch des Pendels mehr und mehr in Spreers Kopf bohren sollte.

Tick. Tack.

»Waren Sie schon mal nachts heimlich auf dem Hof der Rodenbergs?«

»Nein.«

»Theo Spreer«, sagte Frost mahnend und hob die Mappe mit dem DNA-Untersuchungsergebnis ein Stück an, um sie sogleich auf die Tischplatte klatschen zu lassen. »Wir haben Spermaspuren von Ihnen gefunden.«

Sein Blick ging zu einer Ecke an der Decke, weil er angestrengt nachdachte. »In meinem Zimmer, das kann sein.«

»Und an einem Schaf.«

»Nein!«

»Sie haben vor drei Monaten eines von Rodenbergs Schafen missbraucht.«

»Nein!«

»Sie können Ihre abartige Tat weiterhin leugnen, doch uns liegt ein DNA-Vergleich vor, der nicht lügt. Sie haben sich nachts in den Schafstall geschlichen und sich an einem schwangeren Schaf vergangen.«

Diesmal brauste er nicht auf, sondern setzte sich aufrecht hin und sagte im besonnenen Ton: »Über Tiere steht nichts in den Geboten.«

Von dieser Rechtfertigung war Frost in gleichem Maße überrascht und angewidert. Sie ließ es sich nicht anmerken. »Deshalb halten Sie es nicht für falsch, ein Schaf zu quälen?«

»Mutter hat es mir nicht verboten.«

»Was ist mit töten? Darüber steht etwas in den Geboten.«

»Ich bin kein Mörder.«

Bist du kein Mörder oder hältst du dich nicht für einen, weil du nur Gottes Willen ausführst?

»In der Nacht, in der Rodenbergs Familie ermordet wurde, waren Sie dort.«

»Aber ich bin nicht der Mörder. Ich habe ihn nämlich von draußen durchs Fenster gesehen. Ich habe sein Schwert gesehen.«

Während der Takt am Metronom gleich blieb, beschleunigte sich Frosts Herzschlag. Die Sache mit dem Schwert war nie in der Presse aufgetaucht. Manche Einzelheit zu den Morden war an die Öffentlichkeit gelangt, aber nicht diese. Spreer besaß eindeutig Täterwissen. »Wiederholen Sie das.«

»Ich habe sein Schwert gesehen.«

»Warum waren Sie dort?«

»Das habe ich öfters gemacht. Nachts schleiche ich mich manchmal aus meinem Zimmer. Hin und wieder war ich bei den Rodenbergs. Es waren gute Menschen und mir gefiel Herrn Rodenbergs Tochter. Aber meine Mutter möchte nicht, dass ich mich mit Frauen abgebe. Deshalb habe ich sie mir heimlich angeschaut.«

Schlagartig musste Frost an die Plastiktüte in Spreers Zimmer denken, in die er masturbiert und in der ein Foto von Frost gelegen hatte.

»Sind Sie deshalb zu dem Schaf gegangen, weil Sie sich vorgestellt haben, es wäre Rodenbergs Tochter?«

Mit gesenktem Kopf und zusammengepressten Lippen nickte er. Dann sprach er weiter. »Es hat draußen ein Geräusch gegeben, als ich heimlich in die Küche von Herrn Rodenberg geschaut habe. Ich habe den Mörder flüchtig gesehen und er mich vielleicht auch. Er hat in meine Richtung geblickt, da bin ich abgehauen. Ich konnte den Kirchenleuten nicht helfen, ich bin einfach weggerannt. Bestimmt hat er mich gesehen, deshalb ist er zu mir nach Hause gekommen, nicht wahr? Meiner Mutter … Sie war nicht verletzt, oder? Ich hatte Angst und bin einfach weggerannt.«

Wie das Pendel am Metronom tickte es in Frosts Gehirn. *Tick. Tack.* In ihrem Kopf arbeitete die Mechanik, die Kausalitäten zu den Verbrechen wie Garn zu einem kunstvollen Wandteppich zusammenfügte, schlagartig auf Hochtouren. Spreer hatte sich mehrfach aus der Villa seiner Mutter geschlichen. In der Nacht, als Rodenbergs Familie ermordet wurde, hatte er den Täter gesehen und diesen womöglich aufgeschreckt.

Der Mörder war hinaus in die Nacht getreten, um nachzusehen. Anschließend hatte er sein Schwert vergessen. Ihre Theorie, dass er einen Fehler gemacht hatte, bestätigte sich somit. Und eine andere Sache ergab plötzlich Sinn: Bei Elvira Spreer hatte der Täter vermutlich ursprünglich geplant, ihren Sohn vor ihren Augen zu foltern, aber er war nicht da gewesen, weil er zuvor aus seinem Zimmer geklettert war. Demzufolge hatte der Killer bei ihr improvisieren müssen.

Kurzerhand griff sie nach Israels Roman. »Sie sagten, Sie haben den Mörder gesehen …« Sie schob das Buch über den Tisch und schlug die letzte Seite auf, wo ein Bild des Autors zu sehen war. »Kennen Sie diesen Mann?«

Spreer beugte sich nach vorn und betrachtete das Porträt. »Weiß nicht.«

Um deutlicher zu werden, tippte Frost mehrmals mit dem Zeigefinger auf Israels Gesicht. »Ist das der Mörder?«

»Schwierig zu beantworten.«

Erstaunt lehnte Frost sich zurück. »Was soll das heißen?«

Spreer klappte das Buch zu, drehte es in seinen Händen und strich über den Einband. »Er ist ein Erfinder.«

Frost erinnerte sich an Spreers vorherige Worte und an den Wunsch, einmal Erfinder zu werden. Durch einen strengen Blick forderte sie ihn zum Weiterreden auf. Was er dann auch tat.

»Er ist ein Erfinder, nicht wahr? Er erfindet Geschichten – genau wie ich.«

»Ach.«

Sein Gesichtsausdruck veränderte sich, wodurch er plötzlich nicht mehr wie ein eingeschüchterter Junge aussah. Er lächelte überlegen und glücklich. »Wissen Sie eigentlich, wer der größte Geschichtenerzähler aller Zeiten ist?«

KAPITEL 67

Nach zweieinhalb Stunden und drei Pausen stoppte Frost das Metronom endgültig und beendete die Vernehmung. Wortlos stand sie auf, schnappte ihre Unterlagen und verließ den Raum. Spreers Frage, was nun aus ihm werde, beantwortete sie nicht, weil sie die Antwort darauf selbst noch nicht kannte. Gerade als sie auf den Kommissariatsflur trat und an eine Zigarette dachte, fing Lorenz sie ab.

»Das hat ja prächtig geklappt«, kommentierte sie Frosts Unterhaltung, die sie über die Lautsprecher im Nebenraum verfolgt hatte.

»Gib es wenigstens zu, dass ich mich im Vergleich zu Marc und Sarah besser geschlagen habe«, verteidigte Frost sich.

»Ich denke eher, zwischen euch steht es unentschieden.«

Mit leichten Vorteilen für mich, nehme ich an.

»Dann gehe ich davon aus, dass Dominik Israel kein Geständnis abgelegt hat.«

»Schlimmer«, knurrte Lorenz. »Der Staatsanwalt hat den Tatverdacht gegen ihn fallen gelassen. Unser Star ist soeben wie der auferstandene Elvis aus dem Gebäude spaziert.«

Auch wenn Frost einen solchen Verlauf vorhergesehen hatte, ärgerte sie sich über die Entscheidung der Staatsanwaltschaft. Sie schaute auf ihre Uhr und summierte, wie viel wertvolle Zeit ihre beiden Kollegen mit dem Autor vertan hatten. »Lass mich raten: Wegen der Verhaftung des Bestsellerautors gab es mittlerweile etliche Presseanfragen, auf die der Staatsanwalt keine zufriedenstellenden Antworten hatte, woraufhin ihm die Sache zu heiß geworden ist.«

Lorenz nickte. »Dafür bleibt uns Theo Spreer erhalten. Bei ihm besteht Fluchtgefahr als hinreichender Haftgrund. Und nach dem, was er da drin von sich gegeben hat, möchte ich ihn am liebsten für immer wegsperren. Besonders tiefgründig fand ich seine Frage nach dem größten Geschichtenerfinder ...«

Derjenige, der Gott erfunden hat.

Exakt das hatte er gesagt, nachdem Frost neugierig auf die Antwort gewartet hatte. Und er hatte zugegeben, gern dieser Geschichtenerfinder sein zu wollen.

»Behalten wir ihn einfach in der Zelle, bis wir wissen, was wir mit ihm machen sollen«, sagte Frost und steuerte auf ihr Büro zu.

»Hey«, rief Lorenz ihr hinterher. »Ich hatte gehofft, du wärst in Spreers Seele eingetaucht und könntest mir etwas über seine Psyche verraten. Ich würde gern wissen, ob ich die Überstunden für einen total durchgeknallten Typen mache oder für ein Genie, das uns hinters Licht führt. Hörst du, Klara? Ist er ein Genie?«

Ich würde sagen, die Exorzistin ist bei ihm an ihre Grenzen gestoßen.

»Du hast ihn ja gehört, er glaubt an Gott«, antwortete sie und drehte sich dabei nicht noch einmal um.

Als sie ihr Zimmer erreichte, bemerkte sie einen zusammengefalteten Notizzettel im Türspalt. Sie schaute sich um und zupfte ihn heraus. Es war eine handschriftliche Nachricht von Frank Brandner.

Ich habe keine Ahnung, was vorgefallen ist, aber vielleicht rufst du mich einfach bei Gelegenheit an. Meine Nummer hast du ja.

Darunter stand sein Vorname: *Frank.*

Das reimte sich auf das Wort »krank«. Und mit einem kranken Killer hatten sie es hier zu tun. Frost brauchte nicht noch einen Mann, der sein Leben selbst nicht auf die Reihe bekam. Immerhin war Brandner frisch getrennt, hatte eine neue Umgebung, eine neue Wohnung und neue Kollegen. Für manche Männer stürzte da ziemlich viel auf einmal auf sie ein. Wobei es ihr sogar ein bisschen schmeichelte, dass er sich für sie interessierte.

Nein, tut es nicht.

Genervt stieß sie die Tür auf und ließ sich erschöpft auf ihren Stuhl fallen. Dankbar für die Einsamkeit fingerte sie nach der Zigarettenschachtel neben der Computermaus. Gerade als sie den Filter im Mund spürte und der Tabakduft in ihre Nase stieg, klingelte ihr Handy. Zuerst wollte sie den Klingelton bis zum Abbruch spielen lassen, doch dann fand sie den Lärm unerträglich. Überrascht stellte sie fest, dass der frisch aus der Dienststelle entlassene Dominik Israel anrief.

»Haben Sie etwas vergessen?«, fragte sie ihn.

»Bitte unterlassen Sie die Scherze und hören Sie mir zu«, sagte er hörbar angespannt. »Ich muss mich bei Ihnen entschuldigen. Für alles, was Sie in meiner Wohnung gesehen haben. Das bin nicht ich, das ist der Autor in mir. Ich bin kein schlechter Kerl.«

»Und wenn schon. Es interessiert mich nicht, was Sie in Ihrem stillen Kämmerchen treiben.«

»Oh, Gott, Sie finden mich widerwärtig!« Er schnaufte. »Sie haben wirklich keine Ahnung, was hier läuft. Glauben Sie, ich rufe Sie zum Spaß an?«

Frost warf ihre Zigarette unwirsch auf den Tisch, weil sie verärgert war, dass Israel so einfach davongekommen war. »Ich weiß nicht, warum Sie anrufen.«

»Kennen Sie das alte Stadtbad?«

349

»Wollen Sie mich zum Schwimmen einladen? Da muss ich Sie enttäuschen, mein Bikini wurde mir letztens in der Umkleidekabine gestohlen.«

»Dort gibt es ein Motel, in dem ich vorläufig unterkomme, bis der Medienrummel um meine Person abflaut. Bitte, kommen Sie dorthin, denn es gibt da etwas, das Sie wissen sollten.«

»Wenn es so wichtig ist, warum treffen wir uns nicht in einem Café?«

»An einem öffentlichen Platz kann ich mich momentan nicht blicken lassen.«

Frost überlegte und betrachtete dabei den Notizzettel von Brandner. »Nein, danke, kein Interesse.«

»Bitte.« Nun klang er verzweifelt. »Bitte, das Morden muss endlich aufhören.«

»Wenn Sie beichten wollen, sagen Sie es mir am Telefon oder kommen Sie zurück und ergänzen Sie Ihre Aussage bei meinen Kollegen.«

»Nein, das kann ich nicht, ich …«

Die Leitung war tot.

KAPITEL 68

Romanauszug *Die 5. Tugend* (Seiten 402 bis 408)

Kurz bevor Ellis Zeigefinger den Klingelknopf berührte, bemerkte sie den Lichtspalt an der Haustür. Sofort verstärkte sich das ungute Gefühl in ihrer Magengegend. Irgendetwas stimmte nicht. Erst der seltsame Anruf des Professors, jetzt die offen stehende Tür. Unmittelbar nach Professor Zacharias' Anruf war sie von zu Hause aufgebrochen. Das war kurz nach zwanzig Uhr gewesen. Am Telefon hatte er aufgeregt geklungen, hatte von Ellis Vater, von einer Drohung und einer fünften Tugend gesprochen. Mittendrin war das Gespräch abgebrochen. Bis zur Villa des Professors hatte sie knapp fünfundzwanzig Minuten gebraucht. Unterwegs hatte sie mehrfach die Wahlwiederholung gedrückt. Jedes Mal war die Nummer besetzt gewesen.

Nun stand sie unschlüssig vor dem Haus. Ihr erster Gedanke war, ihre Kollegen zu verständigen, doch weshalb eigentlich? Bisher lag weder ein Notfall noch eine konkrete Gefahr vor. Also musste sie wenigstens klingeln und herausfinden, was vorgefallen war.

Die Glocke ertönte im Inneren, doch in der Folge erschien weder der Professor noch sein Bediensteter. Abgesehen vom Licht im Gebäude machte es den Anschein, als wäre niemand anwesend.

351

Elli drückte die Haustür ein Stück weiter auf, spähte in den Eingangsbereich. Danach setzte sie einen Fuß über die Schwelle und rief den Professor. Keine Antwort, kein Laut. Doch, da war etwas. Kaum hörbar spielte irgendwo im Haus ein klassisches Klavierstück. Den Titel kannte sie nur zu gut.

Für Elise.

Elise, das klingt wie Elli, hatte ihr Vater früher immer gesagt. Beethovens Komposition zählte für ihn zu den schönsten Stücken der Musikgeschichte. Im gleichen Maße, wie er sie liebte, verabscheute Elli die Melodie. Dennoch folgte sie den Tönen. Sie führten sie direkt zum Arbeitszimmer des Professors. Mehr als einmal hatte sie dort unter der urigen Holzbalkendecke gesessen und ihm zugehört. Auf dem Weg dorthin fand sie den umgekippten verwaisten Rollstuhl seines Besitzers. Spätestens jetzt hätte sie ihre Kollegen verständigen können. Doch sie blieb wie gelähmt vor der geschlossenen Tür stehen und stierte auf einen am Türblatt befestigten Notizzettel.

Für Elli. Hinter dieser Tür erwartet dich die fünfte Tugend.

Als sie die Handschrift ihres Vaters erkannte, befielen sie all die negativen Gefühle und Erinnerungen aus ihrer Kindheit. Die Zeit bis zur Volljährigkeit, als sie unter ihrem autoritären Vater gelitten hatte, weil er Unterordnung und Folgsamkeit eingefordert hatte. Und schlagartig wusste sie, dass hinter der Tür etwas Schlimmes lauerte. Der Nachthirte war längst noch nicht fertig mit seinem grausamen Werk.

Geistesgegenwärtig nahm sie einen ungeschliffenen Paradesäbel von der Wand, der dort zu Dekozwecken diente. Sie tat es, um nicht völlig unbewaffnet das Zimmer zu betreten. Dann öffnete sie die Tür. Mit dem Geräusch des Riegels verstummte die Musik und an deren Stelle setzte das Surren einer Mechanik ein. Irgendein versteckter Kontakt musste ausgelöst haben.

KAPITEL 69

Noch lange nach dem seltsamen Telefonat mit Israel rätselte Frost weiterhin über seine Worte. Seine Andeutungen hatten nicht dazu beigetragen, dass sie sich auf ihre Arbeit konzentrieren konnte. Sie tippte die letzten Sätze ihres Aktenvermerks in den Computer ein und schloss anschließend ihr Büro zu. Träge verabschiedete sie sich von ihrer Chefin, Kettner und Stahlmann. Danach schleppte sie sich zu ihrem Wagen. Vor lauter wirren Gedanken vergaß sie sogar, sich auf dem Weg zum Hof eine Zigarette anzuzünden. Einige Gedanken betrafen den Autor, einige Theo Spreer und wieder einige Brandners Nachricht. Die Uhr im Fahrzeug zeigte bereits 21.39 Uhr.

Ob ich Frank unterwegs über die Freisprecheinrichtung anrufen sollte?

Darauf verspürte sie auch keine richtige Lust. Nicht auf seine Notiz zu reagieren, hielt sie gleichfalls für albern. Aufgrund dessen tippte sie eine Nachricht in ihr Smartphone.

[21:41] Klara Frost: Mach dir keine Gedanken über uns. Ich bin schwierig, nicht du. Jetzt bin ich müde und will nur noch in mein Hotelzimmer. An einem anderen Tag hast du vielleicht mehr Glück bei mir.

Im gleichen Moment, als sie den Text abgeschickt hatte, bereute sie es.

Das klingt nach den Sätzen eines Teenagers, nicht nach denen einer erwachsenen Frau.

Kaum, dass sie vom Hof rollte, kam schon die Rückmeldung.

[21:43] Frank Brandner: Ich möchte ungern auf einen anderen Tag warten. Falls ich mich für irgendwas entschuldigen soll, würde ich das gern bei einem Drink tun. Leider kenne ich mich in der hiesigen Lokalszene nicht aus. Darf ich dich abholen?

Sein Vorstoß gefiel ihr. Statt zu antworten, ließ sie ihn jedoch zappeln und fuhr weiter zum Hotel. Ob es einen Grund gab, für den er sich entschuldigen müsste, wusste sie selbst nicht genau. Sie wusste nur, dass sie darüber heute nicht mehr nachdenken wollte. Auch nicht bei einem gemeinsamen Drink, was unter normalen Umständen verlockend geklungen hätte.

Aber ich denke darüber nach.

Als sie siebzehn Minuten später das *Halo* erreichte, fand sie seine Nachrichten schlagartig nicht mehr nett. Ohne Uniform, dafür mit einer Lederjacke und engen, ausgewaschenen Jeans stand Frank Brandner vor der Einfahrt zur Tiefgarage. Es war unschwer zu erkennen, dass er dort nicht zufällig wartete. Denn als er ihren Wagen bemerkte, fuhr er sich kurz durchs Haar und hob die Hand zum Gruß. Seinem Styling nach zu urteilen, hatte er sich wirklich herausgeputzt. Nur tat er das zum denkbar ungünstigsten Zeitpunkt. Sie wollte ihn einfach nicht sehen.

Am liebsten wäre sie schnurstracks an ihm vorbeigefahren, doch die Schranke an der Einfahrt verhinderte das. Kaum hatte sie die Fensterscheibe hinuntergefahren und ihre Zugangskarte gezückt, legte der Kollege bereits seinen Arm auf das Wagendach und beugte sich leicht zu ihr hinunter. Eine herbe Parfümnote wehte ins Fahrzeuginnere.

»Ich weiß, was du jetzt denkst«, sprach er sie sofort an.

Ich denke an einen Stalker.

»Das glaube ich kaum«, erwiderte sie.

»Keinesfalls möchte ich dir nachstellen.«

»Zu spät.«

»Aber du redest nicht mit mir und irgendwie finde ich dich … nett.«

Frost verdrehte die Augen. »Ach, bitte! Ich bin alles andere als nett.«

»Falls du jetzt schon weißt, dass das mit dem Drink nie etwas wird, kannst du es mir gleich sagen.« Er zwinkerte ihr verwegen zu. »Dann belästige ich dich nie wieder, versprochen.«

Tja, was soll ich auf solch ein charmantes Lächeln erwidern?

Zum Glück hupte es hinter ihr. Sie schaute in den Rückspiegel und erkannte die Scheinwerfer und das Kennzeichen eines Transporters, der ebenfalls in die Tiefgarage einfahren wollte. Während Brandner dem Fahrer ein Zeichen gab, dass es nicht lange dauerte, streckte Frost den Arm nach draußen, um mit ihrer Chipkarte die Schranke zu öffnen. Bereitwillig trat er beiseite.

»Vielleicht triffst du einfach immer den falschen Zeitpunkt, um ein Gespräch mit mir anzufangen«, sagte sie.

»Sieht ganz danach aus.« Er klopfte auf das Fahrzeugdach und ließ sie ohne einen weiteren Kommentar fahren.

Sie rollte die Rampe hinunter und lenkte den Leih-Mercedes in das zweite Untergeschoss. Dort parkte sie an ihrem gewohnten Stellplatz ein und stellte den Motor ab. Eine Weile blieb sie noch sitzen, um zu sehen, ob der Kollege ihr folgte. Das tat er nicht. Wie so oft ging es in den Katakomben des Hotels totenstill zu. Selbst die Geräusche des Fahrzeugs, das hinter ihr eingefahren war und sich offenbar einen Platz im ersten Untergeschoss gesucht hatte, waren verstummt. Bei dem Gedanken an den Überfall durch Konstantin Weiß befiel Frost ein mulmiges Gefühl. Erneut befand sie sich mutterseelenallein hier unten. Gewöhnlich war sie nicht ängstlich, wenn sie sich in einem Parkhaus aufhielt, aber der heimtückische Angriff des Anwalts war noch allzu lebendig in ihrer Erinnerung. Demnächst wollte sie mit dem Hotelmanager über ein paar zusätzliche Kameras in der Tiefgarage reden. Notfalls würde sie die Installation aus eigener Tasche bezahlen. Als bevorzugter Gast im *Halo* konnte sie sich hin und wieder großzügig zeigen.

Sie stieg aus ihrem Fahrzeug, lauschte und ging Richtung Fahrstuhl. Plötzlich hielt sie inne. Nicht, weil sie ein Geräusch oder sogar Schritte vernommen hatte, sondern weil sie ein Geistesblitz traf.

»Das Kennzeichen!«, sagte sie halblaut vor sich hin.

Das Fahrzeug, das mit ihr gemeinsam die Zufahrtsschranke passiert hatte, war ein grauer Transporter. Und sie erinnerte sich ganz genau an das Kennzeichen. Bis auf die Zahlenfolge stimmte es mit dem überein, das der Aufpasser vom Klub Elfenbeinturm sich auf einem Zettel notiert und an seinen Chef weitergegeben hatte.

Ein Ablesefehler! Er hatte sich die Zahlen des Kennzeichens falsch gemerkt.

Diese Möglichkeit hatte das K11 zwar in ihre Überlegungen einbezogen, aber da es allein bei der Begrenzung auf weiße und graue Karosserien tausend Kleintransporter gab, hatten sich die Ermittlungen in diesem Fall hingezogen.

Doch jetzt war Frost sicher, dass es sich bei dem Fahrzeug eindeutig um jenes handelte, das in der Nacht, in der Paulsens Freundin getötet wurde, vor dem Klub gestanden hatte. Und nun war der Fahrer wegen Frost hier.

Sofort griff sie nach ihrem Handy, doch es war zu spät, der Mann näherte sich ihr bereits von hinten.

KAPITEL 70

Frost wirbelte herum und erfasste den irrsinnigen Blick von Dominik Israel. Die letzten Meter stürmte der Autor auf sie zu. Abwehrbereit bildete sie Fäuste. Ihr erster Gedanke war, dem Angreifer ihr Handy mitten ins Gesicht zu rammen. Doch dann blieb er auf sicherer Distanz stehen und hob entschuldigend die Hände. Sie waren leer. Kein Messer, keine Pistole, kein Schlagring so wie bei Weiß.

»Da Sie nicht zu mir kommen, komme ich zu Ihnen«, war seine Begrüßung. »Erinnern Sie sich? So in etwa lautete doch Ihr Spruch.«

»Da waren die Voraussetzungen andere«, konterte sie, machte einen Schritt zurück und hielt ihr Handy demonstrativ vor sich. »Ich werde jetzt meine Kollegen verständigen und Sie bleiben genau da stehen, wo Sie jetzt sind.«

»Ich fürchte, das geht nicht.« Er machte einen Schritt auf sie zu.

Frost dachte nach. Vermutlich würde er ihr keine Zeit für einen Anruf lassen. Ihr fiel ein, dass sie zuletzt Frank Brandners Nummer gewählt hatte.

Wenn es mir gelingt …

Unauffällig bewegte sie den Daumen auf dem Handydisplay, schaltete es lautlos und klickte sich bis zur Wahlwiederholung.

»Wollen Sie mich nicht telefonieren lassen oder nicht stehen bleiben?«, verwickelte sie ihn weiter in das Gespräch, während sie Brandners Nummer anrief.

Hoffentlich nimmt er das Telefonat an und lauscht.

Von Brandners Auffassungsgabe hing womöglich ihr Leben ab. Ohne Waffe konnte sie den Autor schwerlich in Schach halten. Zwar trug sie Handschellen in ihrer Jacke, aber bei seinem Staturvorteil war es fraglich, ob sie ihn mit bloßen Händen überwältigen konnte. Bestenfalls konnte sie sich verteidigen, um die Flucht zu ergreifen. Vorerst versuchte sie, ihre Atmung zu beruhigen und keine Schwäche zu offenbaren.

»Sie verstehen das nicht, Frau Frost.«

»Was verstehe ich nicht?«

»Ich befinde mich in einer Zwickmühle. Ich will reden, aber niemand hört mir zu.«

»Vorhin auf der Dienststelle hatten Sie die Chance dazu.«

»Nein, ich hatte gehofft, Sie könnten mir helfen.«

Frost vermied es, mit Blick auf ihr Handy zu prüfen, ob der Anwahlversuch gelungen war. »Wobei helfen?«, wollte sie wissen und schaute Israel dabei fest an, denn sie ahnte, dass er ihr gleich die Wahrheit über die Morde erzählen würde.

»Einen Mörder aufzuhalten.«

»Würde es Sie sehr schockieren, wenn ich Sie für einen Mörder halte?«

Er lächelte. »Dafür spricht wohl einiges.«

»Lassen Sie mich telefonieren«, forderte sie erneut.

Er machte einen weiteren Schritt nach vorn. Knapp zwei Meter stand er nun von ihr entfernt. »Sie haben mein Buch tatsächlich nicht gelesen.«

Doch, das habe ich.

»Woher wollen Sie das wissen?«

»Weil ich Sie für klug genug halte, dass Sie dann die Hinweise entdeckt hätten. Warum habe ich wohl ausgerechnet

Sie angerufen? Sie zur Hauptfigur in meinem Buch gemacht? Verdammt, ich habe die Wahrheit in eine fiktive Geschichte gepackt, weil ich wollte, dass Sie den Nachthirten überführen. Glauben Sie, er hat hier zum ersten Mal getötet?«

»Herr Israel«, sprach sie ihn mit Namen an. Seine Worte klangen bedrohlich, seine Aussagen zu unkonkret. »Was wollen Sie mir damit erklären?«

»Wissen Sie, warum ich in meiner eigenen Wohnung mein Arbeitszimmer abschließe?«

Das hatte Frost sich damals auch gefragt, die Frage jedoch verdrängt, nachdem sie vom Anblick der Zeitungsartikel und Bilder über sich selbst erschrocken gewesen war. »Verraten Sie es mir.«

»Weil …«

Eine Tür schepperte und das Chaos brach los. Gleichzeitig schauten Frost und Israel zu der Person, die mit erhobenen Armen auf sie zugestürzt kam.

»Klara, du bist in Gefahr!«, schrie Paulsen, der noch immer auf Frosts Kosten im Hotel wohnte. »Frank Brandner! Er ist …«

Bevor Frost verstand, was hier passierte, rannte Israel bereits davon. Geistesgegenwärtig reagierte sie auf seine Flucht und setzte ihm nach. Hinter sich vernahm sie Paulsens Warnrufe. Sie ignorierte ihn, weil sie Israel nicht entkommen lassen durfte.

»Stehen bleiben!«, rief sie dem Autor hinterher, doch der steuerte zielstrebig auf die nächstbeste Ausgangstür zu.

Knapp zehn Meter hatte er inzwischen Vorsprung. Menschen, die in Panik flüchteten, setzten unwahrscheinliche Kräfte frei, musste Frost einmal mehr feststellen. Auch ihren Körper durchströmte pures Adrenalin. Sie fühlte sich beinahe wie die Tigerfrau in Israels Buch, der man nachsagte, sie würde sich raubtierhaft bewegen.

Und wie ein Raubtier werde ich über dich kommen.

Nur Sekunden später erreichte sie die Tür zum Treppenhaus, durch die Israel zuvor verschwunden war. Mit aller Gewalt riss sie die Tür auf. Israel stand dahinter und stürzte ihr entgegen. Reflexartig schoss ihre rechte Faust nach vorn und traf ihn brachial am Kinn. In seinen Augen trat das Weiße hervor und er röchelte. Doch statt nach dem Fausthieb zurückzuweichen, machte er noch zwei Schritte nach vorn und kippte in ihre Arme. Seine Finger krallten sich in die Ärmel ihrer Jacke. Sein Körpergewicht zwang sie in die Knie. Fast wie zwei Ertrinkende klammerten sie sich aneinander und gemeinsam sanken sie zu Boden.

Mit Verzögerung nahm sie wahr, wie dunkles Blut aus seiner Kehle schwappte. Erst da merkte sie, wie sehr sie sich geirrt hatte. Dominik Israel war kein Mörder – aber er kannte ihn. Er kannte den Mann, der aus dem Treppenhaus durch die Tür trat und ein Messer in der Hand hielt.

Kapitel 71

Romanauszug *Die 5. Tugend* (Seiten 409 bis 412)

Binnen Sekundenbruchteilen erfasste Elli die Situation. Der Professor lag reglos und mit dem Gesicht nach unten auf den Fußbodendielen seines Arbeitszimmers. Unter ihm befand sich eine Blutlache. Sie konnte ihn eindeutig nicht mehr retten – jedoch ihren Vater. Er befand sich ebenfalls im Raum und lebte noch. Um seinen Hals hing ein Seil, das von einer elektrischen Winde Millimeter für Millimeter nach oben zu einem der Deckenbalken gezogen wurde. Seine Fußspitzen schwebten bereits ein paar Zentimeter über dem Boden. Selbst konnte er sich nicht befreien, denn seine Arme und Beine waren gefesselt. Er konnte nicht einmal um Hilfe rufen, denn sein Mund war mit Paketband überklebt.

»Nein!«, schrie Elli. Sie eilte zu ihm und ließ dabei den Säbel fallen, weil er angesichts der stumpfen Klinge nicht dafür taugte, das Seil zu durchtrennen. Auch wenn sie nach Jahren des Zerwürfnisses keinerlei Sympathien mehr für ihren Vater hegte, konnte sie nicht tatenlos zusehen, wie die Schlinge ihn strangulierte. In ihrer Not tat sie das Naheliegendste: Sie umklammerte seine Beine und hob ihn ein winziges Stück an, um dadurch die Zugkraft des Seils am Hals zu minimieren. Zwar stoppte die Winde Sekunden später von selbst, aber lange würde Elli ihren Vater nicht in der Luft halten

361

können. Suchend schaute sie sich um. Erst jetzt bemerkte sie, dass sämtliche Sitzmöbel und der Tisch aus dem Zimmer geräumt waren. Andernfalls hätte sie einen Sessel unter die Füße ihres Vaters schieben und ihn dadurch befreien können.

»Halt durch«, motivierte sie ihren Vater, der nicht einmal mehr keuchte. Vermutlich war er bereits bewusstlos, denn er zeigte keinerlei Regungen mehr. Sie selbst merkte, wie sein Körpergewicht ihr die Kräfte raubte.

Als einziges Hilfsmittel fiel ihr der Rollstuhl außerhalb des Zimmers ein. Bis sie den geholt und in Position geschoben hätte, würde ihr Vater möglicherweise schon irreversible Gehirnschädigungen erlitten haben. Nichts zu tun, verbesserte seine Lage jedoch gleichfalls nicht.

Doch als sie sich von ihm löste, erstarrte sie sogleich. Der Körper des Professors bewegte sich plötzlich. Nein, er erhob sich!

»Wollen Sie ihn denn einfach so hängen lassen?«, fragte Zacharias, während er wacklig auf die Beine kam und den Lauf einer Pistole auf Elli richtete. »Ich meine, aus Ihrer Sicht hätte er es wohl verdient.«

»Sie können stehen«, brachte sie bloß heraus.

»Und gehen«, erwiderte er und setzte demonstrativ einen Fuß nach vorn.

Während ihr die Worte fehlten, ging ihrem Vater sprichwörtlich die Luft aus. Mit seiner vermeintlichen Querschnittslähmung hatte der Professor alle getäuscht. Und er war auch nicht verletzt, sondern hatte für sein Schauspiel anscheinend täuschend echtes Kunstblut benutzt.

»Sie sind der Nachthirte«, sagte sie schließlich, statt um das Leben ihres Vaters zu betteln, denn mittlerweile kannte sie das unbarmherzige Spiel des Killers. Er würde kein Erbarmen zeigen.

»Das bin ich wohl. Seit meinem Unfall. Seit dem Tag, an dem mich die Ärzte aufgegeben haben. Seit ich mich selbst gerettet und wieder Laufen gelernt habe. Allein durch Willenskraft habe ich

362

das Unmögliche geschafft. Wut und Hass können eine unglaublich starke Triebfeder sein.«

»Haben Sie meine vier Kollegen deshalb getötet, weil Sie neidisch waren, dass die im Polizeidienst arbeiten durften, während man Sie wegen Ihrer Behinderung abgelehnt hat?«

»Das waren keine Polizisten, sie alle waren Abschaum.«

Dahingehend konnte Elli ihm schwerlich widersprechen, denn sie wusste, was jeder Einzelne von ihnen an Widerwärtigkeiten getan hatte. Trotzdem sah sie in Emanuel Zacharias keinen Gerechten. »Sie haben mit einem fingierten Täterprofil den Verdacht auf Jan Böhm gelenkt. Dabei war er unschuldig. Und Sie haben mir später den USB-Stick in den Briefkasten gelegt.«

»Und ich habe Ihren Vater hergelockt und ihn für Sie aufgehängt, wie Sie es sich immer gewünscht haben.«

»Seinen Tod habe ich ihm garantiert nie gewünscht.«

»Und doch lassen Sie ihn in diesem Moment sterben. Zugegeben, er ist krank und würde vermutlich bald von selbst das Zeitliche segnen, aber ich wollte Ihnen den Gefallen tun und ihn für Sie aufhängen. Wie sehr Sie ihn doch gehasst haben müssen. Und wie sehr Sie dadurch die wichtigste Grundtugend von allen vernachlässigt haben ...«

»Sie reden von der fünften Tugend, nehme ich an.«

Er nickte und lächelte dabei. »Demut.«

»Demut«, wiederholte Elli und schüttelte den Kopf. »Das ergibt natürlich jede Menge Sinn, wenn man sich alles so zurechtbiegt, wie man will.«

»Fehlende Demut gegenüber Ihrem Schöpfer«, er zeigte auf ihren Vater, »hat Sie an diesen Ort geführt. Fehlende Demut hat Sie zur Polizeibeamtin gemacht und Sie in die tiefsten Abgründe der Menschen blicken lassen. Wozu das alles? Was haben Sie dadurch gewonnen, außer Trauer und Verzweiflung? Ihnen fehlt jegliche Bereitschaft zur Unterordnung, stattdessen streben Sie nach Selbstverwirklichung.«

»Ich glaube, Nietzsche bezeichnete Demut einmal als ein gefährliches und verleumderisches Ideal«, entgegnete sie. »Denn dahinter versteckt sich lediglich Feigheit.«

»Ich werde über Nietzsches Worte nachdenken, wenn ich weinend an Ihrem Grab stehe.«

Er hob den Arm mit der Waffe ein Stück höher, doch das Stehen strengte ihn an. Das konnte sie an seiner zitternden Hand erkennen. Für Elli war es das Zeichen, sich aus ihrer Starre zu lösen und wie eine Tigerin nach vorn zu springen.

Kapitel 72

Die Krücke war verschwunden – genau wie das Hinken. Von dem gebrechlichen alten Mann war nichts mehr übrig. Angesichts des irrationalen Geschehens versuchte Frost, sein Alter abzuschätzen und zu verstehen, wie es ihm gelungen war, alle hinters Licht zu führen. Anscheinend hatte er sein Leiden und seine Schwäche jahrelang vorgetäuscht.

Nur sein Enkel hat es die ganze Zeit gewusst.

Während Israels Blut ihre Kleidung, ihre Hände und sogar ihr Gesicht besudelte, versuchte sie vergeblich, die Wunde an seinem Hals zuzudrücken. Keine Sekunde dachte sie an Flucht, sondern daran, einem Schwerverletzten zu helfen.

»Sie können ihn nicht mehr retten, Frau Frost«, sagte Alfons Klein und trat dicht an sie heran. »Er stirbt und Sie werden ihm folgen.«

Obwohl es ihm in dieser Situation ein Leichtes gewesen wäre, ihr die Klinge ebenso wie Israel in den Hals zu stechen, tat er es nicht sofort. Schon bei den anderen Mordopfern hatte sich gezeigt, wie überaus kaltblütig und geduldig er seine Taten ausführte. Statt sich um ihr eigenes Leben zu sorgen, schaute sie über ihre Schulter nach ihrem unerfahrenen Praktikanten. Paulsen war verschwunden.

»Warum haben Sie Ihren eigenen Enkel umgebracht? Er hat sich doch um Sie gekümmert.«

»Gekümmert?« Klein winkte ab. »Höchstens aus Furcht. Sogar sein Arbeitszimmer hat er vor mir abgeschlossen, weil er so viel Angst hatte. Er ist genauso schwach wie sein Vater. Er wollte mich an Sie und Ihre Kollegen ausliefern, deshalb hat er Sie an diesem Ort aufgesucht.« Mit dem Arm beschrieb er einen Bogen und meinte damit die Tiefgarage. »Auch ich kann lesen und muss sagen, dass mir sein Buch nicht gefallen hat. Ganz und gar nicht. Er hat aus der Schäferlegende eine Farce gemacht. Und er wollte, dass jeder die Wahrheit erfährt.«

Unterdessen hörte Israels Herz auf zu schlagen. Irgendwann nahm Frost die Hände von seinem Hals und schob sich ein Stück von dem leblosen Körper weg.

Klein versperrte ihr den Fluchtweg und redete weiter. »Er wusste nichts über die wahre Bedeutung des Umstands, ein Knecht Gottes zu sein. Zum dreizehnten Geburtstag habe ich ihm mein Tagebuch geschenkt, aber er hat den Inhalt nie verstanden. Die Aufgabe des Schäfers wird innerhalb der Familie weitergegeben. So ist es seit Jahrhunderten Tradition. Aber wie es scheint, will den Job heutzutage niemand mehr machen. Also bin ich der Letzte meiner Art.«

»Nicht mal auf seine Nachkommen ist mehr Verlass. Das muss Sie ziemlich fertigmachen.«

»Ich weiß nicht, wer der größere Schwächling ist: mein Sohn oder mein Enkel. Thomas hat Dominik verhätschelt, ihn nie zurechtgewiesen oder geschlagen. Das hat ihn verweichlichen lassen. Kein Wunder, dass er den Schlachtbetrieb nie übernehmen wollte. Alles in dieser Welt geht den Bach hinunter. Und dann hat mein Sohn auch noch einen Bastard mit dieser unausstehlichen Elvira Spreer gezeugt. Was für eine Schande! Aber was erzähle ich Ihnen das? Vermutlich wissen Sie das längst.«

Nein, das wusste ich bisher nicht. Ich hätte schwören können,
dass Benno Rodenberg Theo Spreers Vater ist.

Sie lenkte das Gespräch in eine Richtung, die sie viel mehr interessierte. »Damals, der Mord an dem Metallarbeiter in Bielefeld, waren Sie das?«

Er zuckte mit den Schultern. »Gott hat mich von jeglicher Schuld freigesprochen. Ich musste meinem Enkel Dominik eine Lektion erteilen, denn er hatte sich mehr und mehr von der Familie abgeschottet. Besagter Metallarbeiter war eine Schwuchtel und er hat Dominik ermutigt, gegen unseren Glauben zu rebellieren. Seine teuflischen Reden im Internet mussten aufhören, bevor Dominik sich gänzlich von uns abgewandt hätte. Also habe ich den Ketzer wie ein Schaf zur Schlachtbank geführt. Geschockt vom Tod des Ungläubigen kehrte unser Junge zurück in die Heimat. Gott hatte ihn geläutert. Zumindest zeitweilig. Wie man niemals die Kirchengemeinde verlässt, entfernt man sich auch nicht aus der Familie.«

Darum hatte Klein die Mitglieder der Simonskirche getötet. Er hatte sie bestraft, weil sie sich nach seiner Meinung von Gott entfernt hatten. Somit blieb eine Schlussfolgerung: Klein war ein verblendeter Fanatiker.

Auch wenn es fahrlässig war, ihn zu reizen, konnte Frost nicht aufhören, ihm sein falsches Handeln vorzuwerfen. »Sie töten nicht, weil Gott es will, sondern weil Sie verbittert und verzweifelt sind, dass niemand Ihr blutiges Werk fortführt.«

»Oh, auch wenn mein Büchlein inzwischen von der Polizei beschlagnahmt wurde, schon bald wird man den Kindern das Märchen *Vom Schlachten der Schafe* erzählen. Bestimmt wissen Sie, dass die meisten Märchen nur die verblümte Realität darstellen.« Er kniete sich nieder und selbst diese Bewegung ließ keinerlei Anzeichen von Altersschwäche erkennen. »Sie können den Menschen mein Tagebuch vorenthalten, aber niemals die

Geschichte, die darin erzählt wird. Irgendjemand wird den Mut haben, die Sache in die Hand zu nehmen und mir als Seelenhirte zu folgen. Bis dahin werde ich Schafe ausweiden und mich an dem Anblick ihrer verzagten Augen ergötzen.«

Damit rammte er Frost das Messer bis zum Anschlag in den Bauch. Sofort setzten Schmerz und Lähmung ein. Ihre Atmung beschleunigte sich auf das Tausendfache, so schien es. Gleichzeitig trübte sich ihr Blick ein. Ihre Hände packten seine, doch sie schaffte es nicht, die Klinge aus ihrem Körper zu schieben. Er war einfach zu stark.

»Eine Sache hat mir an Dominiks Geschichte allerdings gefallen«, sprach er dicht an ihrem Ohr und hob den Zeigefinger der freien Hand in ihr Sichtfeld. »Die Sache mit der fünften Tugend. Das hat er sich vortrefflich ausgedacht. Demut ist eine ganz besondere Stärke. Leider hat er sich selbst nicht daran gehalten. Andernfalls stünde jetzt nicht ich mit dem Messer hier, sondern er.« Er nickte zur Selbstbestätigung und Frost verstand.

»Ihr blödes Schwert bekommen Sie trotzdem nicht wieder«, stammelte sie, bevor ihr die Sinne entglitten.

»Das ist in der Tat bedauerlich.«

»Aufhören!«

Auf einmal hörte sie Paulsens Stimme. Klein zog das Messer heraus und erhob sich. Frost schaute in seine Blickrichtung, wo sich ihr Praktikant bewaffnet mit einem Feuerlöscher dem selbst ernannten Schäfer entgegenstellte.

»Lassen Sie das Messer fallen«, befahl Paulsen, als er nur noch wenige Meter von Klein entfernt stand. Drohend hielt er das Schlauchende nach vorn.

Klein lachte und tat nichts dergleichen. »Sonst was?«

Entschlossen drückte Paulsen den Hebel am Sprühkopf.

Nichts passierte.

»Scheiße!«

»Du hättest dich vergewissern sollen, ob das Ding auch funktioniert«, sagte Klein.

»Lauf!«, stieß Frost mit letzter Kraft aus und griff nach dem Hosenbein von Klein, als er auf Paulsen losgehen wollte. So fest sie konnte, hielt sie den Stoff umklammert.

Für einen Augenblick war der alte Mann abgelenkt. Diese Sekunde nutzte Paulsen und warf ihm den Feuerlöscher entgegen. Das Geschoss traf ihn an der Schulter, was ihn zu einem Schmerzlaut nötigte. Doch ernsthaft verletzt war Klein nicht. Mit dem freien Fuß trat er gegen Frosts Arm.

»Um dich kümmere ich mich gleich«, drohte er ihr und nahm Paulsen erneut ins Visier.

Lauf endlich, du dämlicher Don Quichotte.

Frost konnte weder ihre Zunge noch etwas anderes bewegen. Sämtliche Glieder klebten förmlich am Betonboden. Leise schleifende Geräusche traten aus ihrer Kehle. Es waren die letzten Signale ihres Körpers, bevor die Organe ihr den Dienst verweigerten. Langsam hüllte die Kälte sie ein. In ihrer Brust spielte ihr kaltes, mechanisches Herz die letzten Takte. Es klang wie ein Konzert von Eiszapfen. Oder wie das Pendel ihres Metronoms. Ihre Augenlider wurden schwer und schließlich stellte sie jeglichen Widerstand gegen die Schläfrigkeit ein.

Tick. Tack. So fühlt es sich an, wenn die Zeit für einen abläuft. Wenn das Leben aus einem hinausströmt.

Wie lange sie danach weggetreten war, wusste sie nicht. Als sie ihre Augen jedoch öffnete, taumelte plötzlich Brandner aus dem Treppenhaus. Zuerst hielt sie ihn für ein Trugbild, aber der kräftige Hauptmeister war es wirklich. Er hielt sich den Bauch, weil er ebenso verletzt war wie sie. Zwischen seinen Fingern sickerte Blut hindurch und weil er vornübergebeugt lief, tropfte es zu Boden.

Offenbar hatte sie weniger als zwei Sekunden verpasst, denn Klein hatte sich nach dem Treffer mit dem Feuerlöscher wieder gefangen und schaute kurzzeitig dem flüchtenden Paulsen nach, um dann auf Brandner aufmerksam zu werden. Waffenlos, dafür mit blutverschmierten Händen stürzte sich der Polizist auf den Seelenhirten. Frost konnte gerade noch die nach vorn sausende Messerklinge erkennen, ehe sie aus ihrem Blickfeld verschwand. Wie beim American Football, wenn zwei Kolosse aufeinanderprallen, gingen die beiden Männer zu Boden.

»Warum bist du nicht tot?«, hörte sie Klein schimpfen.

»Weil du nicht richtig gezielt hast«, antwortete sein Gegner durch zusammengepresste Zähne.

Plötzlich lag Brandner unter Klein. Und der hob seine Hand mit dem Messer zum todbringenden Stoß.

»Ich bin der Schäfer«, brüllte er. »Ich führe Gottes Herde und sortiere die falschen Tiere aus.«

Mit eisernem Willen rappelte Frost sich auf und griff nach dem Feuerlöscher.

»Qualis rex«, begann Klein mit seinen finalen Worten. »Talis ...«

Weiter kam er nicht mehr. Das Metallgehäuse des Feuerlöschers krachte gegen seinen Schädel. Frost sah, wie die Haut am Hinterkopf aufplatzte und der falsche Seelenhirte bewusstlos zur Seite kippte. Danach fiel auch sie in die schwärzeste Dunkelheit, die sie je erlebt hatte.

Epilog

»… trug eine einzelne Rose über den Friedhof. Beim Ablegen der Blume auf der Grabstelle ihres Vaters schmerzten Elli Stolz die Hüfte und die linke Schulter. Die Stellen an ihrem Körper, an denen die Projektile sie getroffen hatten. Sie jammerte nicht und sie vergoss keine einzige Träne. Der Tod ihres Vaters war kein wirklicher Verlust für sie. Hier zu sein, empfand sie als bloße Pflicht. Auch wenn sie nicht gläubig war, sprach sie ein kurzes Gebet für ihn. Dabei fühlte sie plötzlich doch so etwas wie Bedauern, weil das Verhältnis zu ihrem Vater kein gutes gewesen war. Trotz des plötzlichen Empfindens stand sie aufrecht und erhaben wie eine Tigerin vor seinem Grab. Dann drehte sie sich um und ging. Später kam Elli nie wieder an diesen Ort zurück.«

Nachdem Frost die letzte Seite von *Die 5. Tugend* gelesen hatte, klappte sie das Buch zu. Im Krankenhaus und jetzt während der Rehabilitationszeit im Hotel hatte sie Israels Thriller zum zweiten und dritten Mal durchgelesen. Noch immer kam sie zu keinem eindeutigen Ergebnis, wenn sie darüber nachdachte, ob der Autor mit dem Buch tatsächlich seinen Großvater entlarven wollte.

Und eigentlich ist es mir mittlerweile egal.

Um ein Haar wäre sie selbst gestorben. Durch den Messerstich war ihr Darm verletzt worden, zudem hatte sie viel Blut verloren. Pures Glück, dass sie überlebt habe, hatten die Ärzte angesichts der schweren Verletzung gemeint. Bestimmung, nannte sie es. Ihre Lebenszeit war einfach noch nicht abgelaufen gewesen. Dabei hatte sie selbst schon mit ihrem Leben abgeschlossen, kurz bevor sie das Bewusstsein verloren hatte.

Das war über einen Monat her. Jetzt saß sie im Hofgarten des *Halo* unter einem Sonnenschirm, schlürfte einen alkoholfreien Cocktail und langweilte sich. Trotz der schlimmen Ereignisse fehlte ihr die Arbeit unendlich.

Immerhin lässt man mich hier in Ruhe und verbietet mir nicht das Rauchen.

Sie hatte sich zu früh gefreut, denn gerade als sie nach der Zigarettenschachtel griff, trat der Concierge in den Hof und führte Oliver Paulsen zu ihrem Platz.

»Ich dachte, du darfst noch nicht rauchen«, sprach er prompt wie ihr Arzt.

»Falls Oli.P wieder ins *Halo* einzieht, ziehe ich aus«, sagte Frost, weil ihr ehemaliger Praktikant ein echter Pechvogel war und sie keine Lust verspürte, weiterhin das Kindermädchen für ihn zu spielen.

»Keine Sorge«, antwortete Paulsen. »Für ein Hotelzimmer reicht mein Anwärtergehalt niemals.«

»Du bist also immer noch bei der Truppe«, entnahm sie der Aussage, denn sie hatte ihn lange nicht mehr gesehen. »Das freut mich.«

»Du musstest nicht einmal ein gutes Wort für mich einlegen. Offenbar war man bei der Polizeiführung der Meinung, dass ein Lebensretter wie ich eine zweite Chance verdient hat.« Er grinste und legte nach. »Wobei ich kurzzeitig überlegt habe, mich bei der Feuerwehr zu bewerben …«

Beinahe hätte sie aufgelacht, weil sie an die Sache mit dem Feuerlöscher denken musste. Doch selbst die geringste Heiterkeit wurde sofort von einem Stich in der Bauchgegend gebremst. Schmerzvoll verzog sie das Gesicht.

»Ist alles in Ordnung, Frau Frost?«, sorgte sich der Concierge, der das Gespräch bis hierhin belauscht hatte.

Sie wiegelte ab und reichte ihm Israels Buch. »Können Sie das für mich entsorgen?«

Er blinzelte verwirrt, nickte und entfernte sich mit dem Buch.

»Ich habe den Thriller auch gelesen«, sagte Paulsen und setzte sich neben sie. »Besonders gelungen fand ich den Showdown, als die Tigerfrau den Nachthirten mit dem Paradesäbel aufgespießt hat.«

Sie hat einen alten Mann besiegt, der seine Standfestigkeit überschätzt hat. Im Gegensatz zu dem Roman ...

Gedanklich winkte sie ab. »Bist du nach dem Lesen schlauer?«

Unschlüssig wackelte er mit der Hand. »Gab es nun nur einen einzigen Verrückten, der sich als Gottes Hirte gesehen hat, oder war Alfons Klein nur der Letzte, der in dieser grausamen Tradition stand?«

Damit hatte auch Frost sich in den letzten Tagen beschäftigt. Laut ihrem ehemaligen Dozenten hatte es schon früher Verbrechen gegeben, die Ähnlichkeiten mit den hiesigen Kardinaltugendmorden aufwiesen. Inzwischen wusste auch die Bielefelder Kripo, wer damals für die Enthauptung des homosexuellen Metallarbeiters verantwortlich war. Nicht dessen Freund Hektor Richter war es gewesen, wie ursprünglich von der Polizei angenommen, sondern Alfons Klein. Kurioserweise hatte Dominik Israel während seines Studiums in Bielefeld nicht nur Umgang mit beiden gepflegt, er war sogar ein entfernter Verwandter von Richter. Diese Verbindung war Frost jedoch erst zu spät bekannt geworden, nachdem das Bielefelder Standesamt ihr umfangreiche Unterlagen zu Hektor Richter geschickt hatte. Wahrscheinlich hatte Richter Israel sogar ermutigt, Leipzig zu verlassen und sein Studium in Bielefeld zu absolvieren. Eine Sache, die Alfons Klein nicht gefallen haben dürfte, vermutete Frost. Wer nicht in Kleins Tradition stand, zählte nicht viel in der Verwandtschaft. Entsprechend leicht war es ihm gefallen, Richter an die Polizei zu liefern. Auch wenn der Tatverdacht gegen ihn später fallengelassen worden war und der Bielefeld-Mord bis vor Kurzem ungeklärt im Archiv lag.

Ihr Gefühl sagte ihr, dass Klein die Aufgabe des Schäfers von einem seiner Vorfahren übernommen hatte. Exakt so, wie er versucht hatte, die Aufgabe an seinen Sohn und später an seinen Enkel weiterzugeben. Inzwischen lag das uralte handgeschriebene Buch mit dem Titel *Vom Schlachten der Schafe* bei den Asservaten. Wo es ihrer Meinung nach für immer bleiben sollte. Denn nach ihrem Empfinden ging etwas Böses von dem Buch aus.

Es klebt Blut an jeder einzelnen Seite.

»Mach dir darüber keine Gedanken mehr«, riet sie Paulsen, damit er sich nicht zusätzlich belastete. »Wichtig ist nur, dass wir den Schäfer hinter Gitter gebracht haben.«

»Das ist wohl besser so«, sagte er. »Übrigens habe ich jetzt auch eine neue Wohnung.«

Hauptsache, du lädst dir nicht wieder die falschen Leute nach Hause ein – und überdenkst allgemein deinen Umgang. Ich kann nicht ständig auf dich aufpassen.

»Ich bin sicher, du wirst deinen Weg gehen. Immerhin bist du jetzt ein zweifacher Lebensretter.«

Er ließ den Kopf sinken. »Ja, nur fühlt es sich irgendwie nicht danach an.«

Das glaubte sie ihm, denn nicht nur er und sie hatten viel Schreckliches erlebt. »Hast du mal was von Frank Brandner gehört?«

»Inzwischen ist er aus dem Krankenhaus entlassen worden, aber es geht ihm sehr schlecht. Es ist nicht ausgeschlossen, dass er bleibende Schädigungen an Leber und Magen behält. Deswegen ist er ziemlich fertig. Hey, vielleicht rufst du ihn einfach mal an.«

Das tue ich vielleicht. Irgendwann.

Sie bezweifelte, dass er sich über einen Anruf von ihr freuen würde. Nachdem sie Klein gemeinsam überwältigt hatten und sie in der Klinik aufgewacht war, hatte sie Frank Brandner nur selten gesehen. Unter dem Einfluss von Schmerzmitteln hatten sie beide ein paar Worte gewechselt. Ein richtiges Gespräch war nicht zustande gekommen. Er hatte so abweisend reagiert wie sie vor dem Unglück. Sie konnte seine Reaktion verstehen. Hätte sie ihn an der Tiefgaragenschranke nicht abgewiesen, wäre er dem Mörder höchstwahrscheinlich niemals direkt in die Arme gelaufen. Klein und Frank Brandner waren sich zufällig im Treppenhaus begegnet und der alte Mann hatte sofort auf den Hauptmeister eingestochen.

»Ich werde Frank anrufen«, versprach Frost gegenüber Paulsen, allerdings war sie sich nicht sicher, ob sie das tatsächlich tun würde …

NACHWORT UND DANKSAGUNG

Liebe Leserin, lieber Leser,

vielen Dank, dass Sie mein Buch gelesen haben. Vermutlich müssen Sie nach der letzten Seite erst einmal kräftig durchatmen, denn die Taten des Seelenhirten sind zweifellos nichts für schwache Nerven. Ich gebe zu, auch ich habe mich beim Schreiben mehrfach gefragt, ob und wie ich Gewalt in der Geschichte darstelle. Schlussendlich ist die Klara-Frost-Reihe aber dafür bekannt, dass sich die exzentrische Kriminalhauptkommissarin stets den echt durchgeknallten Typen stellen muss.

Ich hoffe, Sie fanden die Handlung spannend und die darin enthaltene Verarbeitung der Kardinaltugenden interessant. Mich persönlich hat das Thema im Vorfeld sehr angesprochen. Keine Sorge, ich wollte mit dem Inhalt garantiert niemanden belehren oder gar zum Glauben bekehren, sondern schlicht und einfach mit jeder Zeile unterhalten. Entsprechend werden Sie auch keine tiefere Bedeutung in der Geschichte finden.

Falls die Begeisterung für die Reihe anhält, wird Klara Frost garantiert erneut in Aktion treten. Mir schwebt da ein Fall vor, bei dem man tiefe Einblicke in ihre (erschütternde) Vergangenheit bekommt. Ein weiteres Buch hängt aber maßgeblich von der Resonanz der Leser ab.

Wie immer geht an dieser Stelle mein Dank an all die Leute, die mir geholfen haben, dass aus einer Grundidee ein fertiges Buch wurde: Alexandra Scherer, Jennifer Bruno, Kerstin Gilbert, Jens Leichsner, meine Arbeitskollegen (die mir mittlerweile übertrieben höflich begegnen, weil sie fürchten, in einem meiner Bücher aufzutauchen), meine Lektorin und mein Korrektor und das Team von Amazon Publishing.

Interessierte Leser können mir auf www.eliashaller.com oder www.facebook.com/HallerKrimis folgen. Dort erfahren Sie alles über meine Autorentätigkeit, einschließlich Neuerscheinungen. Gern können Sie mir per E-Mail (autor@eliashaller.com) Lob, Kritik oder einfach einen Gruß zukommen lassen.

Elias Haller, April 2019

Zeitfracht Medien GmbH
Ferdinand-Jühlke-Straße 7
99095 Erfurt, Deutschland
produktsicherheit@kolibri360.de

Druck:
CPI Druckdienstleistungen GmbH
im Auftrag der
Zeitfracht Medien GmbH
Ein Unternehmen der Zeitfracht - Gruppe
Ferdinand-Jühlke-Str. 7
99095 Erfurt